Elisabeth Herrmann • Seefeuer

DIE AUTORIN

Foto: © Isabelle Grubert

Elisabeth Herrmann, geboren 1959 in Marburg/Lahn, ist eine der aufregendsten Thrillerautorinnen unserer Zeit. Zum Schreiben kam sie neben ihrer Tätigkeit als Journalistin erst über Umwege – und hatte dann sofort durchschlagenden Erfolg mit ihrem Thriller »Das Kindermädchen«, der von der Jury der KrimiWelt-Bestenliste als bester deutschsprachiger Krimi 2005 ausgezeichnet wurde und vom ZDF verfilmt wurde. Seitdem macht Elisabeth Herrmann Furore mit ihren Thrillern und Romanen. 2012 erhielt sie den Deutschen Krimipreis für »Die Zeugin der Toten», die ebenfalls vom ZDF verfilmt wird. Nach »Lilienblut» und »Schattengrund«, ist »Seefeuer« ihr dritter Thriller für jugendliche Leser.

Von der Autorin sind bereits bei cbt erschienen:

Lilienblut (30762)
Schattengrund (30917)
Seifenblasen küsst man nicht (30867)

Mehr über cbj/cbt auf Instagram unter @hey_reader

Elisabeth Herrmann

SEEFEUER

cbt

Sollte diese Publikation Links auf Webseiten Dritter enthalten, so übernehmen wir für deren Inhalte keine Haftung, da wir uns diese nicht zu eigen machen, sondern lediglich auf deren Stand zum Zeitpunkt der Erstveröffentlichung verweisen.

Dieses Buch ist auch als E-Book erhältlich.

MIX
Papier aus verantwortungsvollen Quellen
FSC® C014496
FSC www.fsc.org

Verlagsgruppe Random House FSC® N001967

3. Auflage
Erstmals als cbt Taschenbuch Juni 2016

Umschlaggestaltung: semper smile, München, unter Verwendung von Motiven von © Getty Images (George Kavanagh) und © Shutterstock (kenny1)
jb · Herstellung: KW
Satz: Buch-Werkstatt GmbH, Bad Aibling
Druck und Bindung: GGP Media GmbH, Pößneck
ISBN: 978-3-570-31063-2
Printed in Germany

www.cbj-verlag.de

What is lost, must be found.

Für Shirin

SCHWARZES KLIFF, APRIL 1951

Die Blitze zuckten über Himmel und erhellten die bizarrsten Wolken, die Hinner Johansen jemals gesehen hatte. Und er hatte schon viel gesehen mit seinen achtundfünfzig Jahren, von denen er die meisten auf dem Leuchtturm am Schwarzen Kliff verbracht hatte. Wind und Wetter schreckten ihn nicht. Gewitter, Orkane, sogar Windhosen und Schneestürme hatte er hier draußen erlebt. Doch das …

Kilometerhoch türmten sich die nachtschwarzen Wolkengebilde, rollten über das Meer auf die Küste zu wie eine bleigraue Wand, verschluckten die untergehende Sonne und den Horizont.

»Dunkel wie ein Affenarsch«, murmelte er und setzte das Fernglas ab. Er saß an einem der kleinen, runden Fenster seiner Turmwohnung hoch über der Erde, und über ihm befand sich nur noch der Feuerraum, in dem die elektrisch angetriebenen Schweinwerfer standen. Selbst bei diesem Schietwetter schickten sie ihre warnende Botschaft hinaus aufs Meer: Vorsicht, Seeleute, kommt dieser Stelle nicht zu nah!

Aus dem Radio quäkte die Sturmwarnung. Zu spät für die

Schiffe draußen. Sie konnten nicht mehr kehrtmachen. Hinner hoffte, dass die Kapitäne der beiden Frachter und des Fischfängers erfahren genug waren, die zackige Küstenlinie zu meiden. Das Schwarze Kliff hatte seinen Namen nicht, weil der sanft geschwungene Hügel über dem Meer so lieblich und vertrauenerweckend wirkte. Es wurde so genannt, weil unter Wasser scharfzackige Felsen lauerten, die eine tückische Laune der Natur direkt vor die Küste geworfen hatte und die für jedes Schiff, das sich bei Ebbe näher als eine halbe Seemeile heranwagte, zur Todesfalle wurden. Der Leuchtturm stand seit Jahrhunderten an dieser Stelle. Erst seit einigen Jahren wurde das Seefeuer elektrisch betrieben. Das erleichterte Hinner die Arbeit so sehr, dass er insgeheim befürchtete, eines nicht so fernen Tages überflüssig zu werden.

Das Grollen des Donners klang durch den Sturm, gefolgt von einer Blitzsalve, dem Artilleriefeuer des aufgewühlten Himmels. Die See antwortete mit einem brüllenden Aufbäumen. Drei, vier, fünf Meter hoch waren die Brecher bereits. Steil aufragende Wasserwände, gekrönt von brodelnder Gischt. Sie rollten auf die Klippe zu, schlugen donnernd auf und schäumten so hoch, dass sie fast bis an Hinners Fenster spritzten. Kochend zog sich das Wasser zurück, um mit der nächsten Dünung anzuschlagen, als ob das Land ein Feind wäre, den diese Urgewalt in die Knie zwingen müsste.

Das Seefeuer leuchtete waagrecht in den Regen. Auch wenn Hinner im vorbeifliegenden Licht nicht viel erkennen konnte, wusste er, dass es draußen auf See meilenweit wahrgenommen werden konnte. Er überlegte gerade, ob er für die armen Seelen auf den drei schutzlosen Schiffen ein Gebet sprechen sollte, als ein Donnerschlag über die Küste und gegen den Leuchtturm krachte, der die Wände wackeln ließ. Hinner zuckte zusammen. Im nächsten Moment spürte er etwas, das er später »elektrisch« nennen würde, auch wenn das nicht stimmte und sein Gefühl nur unzureichend beschrieb. Es war, als ob sprühende Funken in der Luft knisterten. Es roch … nach Feuer. Auch das war falsch. Feuer roch nach Holz, nach Kohle, nach Teer oder Tannenzapfen. Also nach dem, was gerade Raub der Flammen wurde. Dieses Feuer hingegen verbrannte … Wasser. Hätte Hinner sagen sollen, es hätte nach brennendem Wasser gerochen? Aber in diesem Moment wusste er ohnehin noch nicht, was sich über seinem Kopf zusammenbraute. Er ahnte es vielleicht. Später würde er sagen, er hätte den Blitz gespürt, noch bevor er herunterkam. Aber auch das würde ihm niemand glauben.

Instinktiv warf er sich auf den Boden. Keine Sekunde zu früh. Ein loderndes Zischen erfasste und umhüllte den Leuchtturm. Milliarden Watt erleuchteten den nachtschwarzen Himmel. Helles, gleißendes Licht tobte in wildem Zucken um ihn herum. Sekunden dehnten sich zu Ewigkeiten, in denen nur noch Gedankenfetzen durch Hinners Kopf flogen. Gummimatte, zum Beispiel. Dielen. Flammen. Treppe. Raus hier. Nichts wie raus.

Mit einem gewaltigen Schlag erlosch das Licht. Noch bevor der Leuchtturmwärter registrierte, dass es stockdunkel war und sogar das Seefeuer seinen Geist aufgegeben hatte, zersprangen die dicken Scheiben des Leuchtfeuers über ihm, und der Wind schleuderte das schwere Glas auf den Fels weit unten am Fuße des Turms. Es zerbarst mit einem dumpfen Knall. Ein letzter Blitz zuckte spielerisch von der Spitze des Turms hinaus in die Dämmerung, dann war das Phänomen vorüber.

In Hinners Ohren rauschten sein Blut und das Heulen des Orkans, der von diesem Blitzschlag neu belebt zu sein schien und zu noch größerer Form auflief. Durch die leeren Fensterhöhlen über ihm pfiff der Wind. Wasser sprühte herab, als ob jemand mit gewaltigen Gießkannen draußen stände. Mühsam kam Hinner auf die Beine und stützte sich auf dem Ringgeländer ab. Er sah nach oben, in den Feuerraum, zu dem eine Eisenleiter hinaufführte, und sah – nichts.

Der Blitz musste sogar das Notlicht erwischt haben. Fluchend tastete Hinner sich an der Wand entlang bis zu der Kiste, in der die Leuchtpatronen, das Sturmfeuerzeug, eine kleine Axt und Streichhölzer lagen. Dabei warf er einen Blick aus einem der runden Fenster, die anders als die Scheiben oben im Turm keinen Schaden erlitten hatten.

Es war das Fenster nach Osten. Eigentlich ging der Blick über die Küstenlinie weit hinaus bis an die Mündung der Elbe. Kleine Dörfer schmiegten sich an die Deiche, Laternen beleuchteten die Straßen, und weit entfernt, dort, wo das Licht der Stadt Cuxhaven von den Wolken eingefangen wurde, stand sonst ein heller Schein am Himmel. Nun war alles dunkel. Hinner presste einen Fluch zwischen den Zähnen hervor. Offenbar hatte der Blitz nicht nur den Leuchtturm, sondern auch die gesamte Stromversorgung der Küste lahmgelegt. Da hatten sie den Salat. All das Gerede um Elektrizität, und wenn es darauf ankam, war es …

»Dunkel wie ein Affenarsch«, presste er hervor. Er musste das Seefeuer so schnell wie möglich wieder in Gang bringen. Langsam gewöhnten sich seine Augen an die Finsternis. Er ahnte weit unten die schaumgekrönten Wellenkämme, die ans Ufer und gegen die Deiche schlugen. Hoffentlich halten sie, dachte er. Hoffentlich keine Sturmflut.

Noch immer zuckten Blitze übers Firmament und erleuchteten die gewaltigen, schwarzen Wolkengebirge. Der nächste Donner war nicht mehr so heftig wie der, der dem Einschlag vorausgegangen war. Hinner bewaffnete sich mit der Taschenlampe, warf den Regenmantel über und machte sich an den mühsamen Abstieg. Dreißig Meter führte die Wendeltreppe von seiner kleinen Wohnung hinab zum Fuß des Leuchtturms. Mühsam stemmte er die schwere Eisentür auf und verfluchte die Baumeister, die den Zugang zum Keller in schwer nachzuvollziehender Absicht genau auf die andere Seite des Turmeinganges gelegt hatten.

Der stürmische Wind blies ihn beinahe aus den Stiefeln und riss ihm den nachlässig mit einem Gürtel zugeknoteten Mantel auseinander. Nach drei Schritten, in denen er sich am Geländer entlang den Böen entgegenstemmte, war er nass bis auf die Knochen. Die See brüllte, der Sturm heulte. Die wenigen Meter bis zur Kellertür waren so anstrengend, dass Hinner nach Luft rang, als er endlich den schweren Schlüssel ins Schloss steckte und umdrehte. Die Riegel forderten seine letzte Kraft. Endlich konnte er die Tür aufziehen. Dabei musste er sich gegen den Wind stemmen, der sie immer wieder mit seiner eisernen Hand zustoßen wollte. Schnell schlüpfte er hinein. Der Knall, als sie hinter ihm ins Schloss fiel, klang fast leise in seinen sturmtauben Ohren.

Instinktiv legte er den Lichtschalter um. Es blieb dunkel. Was zu tun war, hatte Hinner schon mehrmals erledigt. Im Keller stand ein Dieselmotor, den er anwerfen musste und der dafür sorgte, dass das Seefeuer oben im Turm wieder brannte und die Notbeleuchtung anging. Der Brennstoff reichte für acht Stunden, danach musste er den Tank wieder befüllt haben. Mehrere große Blechkanister standen an der Wand. Er war gerüstet für einen mehrtägigen Stromausfall, doch den hatte es noch nie gegeben. Spätestens morgen früh würden die Elektriker aus der nahen Kaserne anrücken und den Schaden beheben. Hinner hoffte, dass keine Kabel verschmort waren oder ein größerer Ausfall entstanden war. Er musste das Feuer zum Brennen bringen. Drei Schiffe waren auf See, gefährlich nahe am Schwarzen Kliff. Sie hatten Radar und Echolot – doch was, wenn der Sturm auch die Elektrik an Bord schachmatt gesetzt hatte? Dann waren es die Seefeuer, die den Weg wiesen. So wie in uralten Zeiten.

Hinner ging zu dem Generator, den er liebevoll Emma nannte, was er natürlich auch niemals jemandem erzählen würde.

Wer wie er schon seit Jahren einsam in einem Turm lebte und nur zu seltenen Gelegenheiten einmal ins Dorf ging, empfand eben eine persönliche Zuneigung zu den Dingen, mit denen er sich umgab.

Emma hatte nur wenig Staub auf dem Rücken. Alle vier Wochen schaute er kurz bei ihr vorbei, prüfte, ob sie mit zwei Handgriffen zu starten war und lauschte ihrem beruhigenden Brummen, als wäre es das Schnurren eines Kätzchens. Auch jetzt dauerte es nur wenige Sekunden und der Generator sprang an. Die Notbeleuchtung flackerte auf – zwei Glühbirnen hinter vergittertem Schutzglas. Ihr trüber Schein erhellte den Raum gerade so sehr, wie es nötig war. Hinner nahm das aufatmend zur Kenntnis. Er prüfte die Spannung und den Tank, befand beides für ordnungsgemäß und machte sich auf den Rückweg. Als er die Tür öffnete, verschwand gerade der Schein des Seefeuers hinter dem Turm, um im nächsten Moment auf der Rückseite wieder aufzutauchen und über ihn hinwegzugleiten.

Gut, dachte Hinner. Die alten Methoden sind doch die zuverlässigsten. Er überschlug, wie lange das Seefeuer ausgefallen war – er kam auf eine Zeit zwischen fünf und zehn Minuten, keinesfalls länger. Fast vergnügt machte er sich an den Aufstieg. Auf halber Höhe der Wendeltreppe spähte er hinaus Richtung Cuxhaven. Die tiefe Dunkelheit wurde hier und da von kleinen, flackernden Lichtern durchbrochen. Krankenhäuser, Polizeistationen, vielleicht auch der eine oder andere vorsorgende Privatmann hinter dem Deich, der einen Generator im Hause hatte.

In seiner Wohnung angelangt, verriegelte er als Erstes die Luke zum Feuerraum, damit nicht noch mehr Wasser von oben eindringen konnte. Dann zog er seinen Regenmantel und die Stiefel aus. Er prüfte, ob das Wasser im Kessel noch heiß genug für einen Grog war, fand es lauwarm vor und entzündete die Gasflamme seines kleinen Herdes. Dann holte er die Flasche Rum aus dem Regal, öffnete sie und goss sich eine Handbreit ins Glas. Da der Kessel seine Zeit brauchte, nahm er das Fernglas und trat wieder ans Fenster.

Der Orkan hatte sich zu einem schweren Unwetter abgeschwächt. Hinner suchte das Wasser ab und fand den Frachter in sicherer Entfernung von mindestens drei Seemeilen. Nicht weit entfernt Richtung Nord Nordost pflügte der Fischfänger mit eingeholtem Netz über die aufgewühlte See. Hinner drehte sich mit dem Fernglas mehr nach links und hielt Ausschau nach dem dritten Schiff, da stieß die Kesselpfeife einen hohen, schrillen Ton aus. Er wandte sich ab, goss sich seinen Grog auf und wollte sich in seinen Lehnstuhl zurückziehen, die kalte Pfeife noch einmal in Brand setzen und es sich gemütlich machen. Aber der fehlende Frachter ging ihm nicht aus dem Sinn. Die Position der drei Schiffe hatte er noch klar vor Augen: Erst der Fischer, dann die beiden anderen. Schön brav hintereinander. Das dritte konnte nicht weit weg sein.

Er ging wieder ans Fenster. Dieses Mal suchte er sorgfältig und methodisch. Fischer. Frachter. Nichts. Das dritte Schiff war verschwunden. Mit einem Fluch stellte er das Funkgerät laut, lauschte auf das atmosphärische Knistern und kaum verständliche Wortfetzen. Und dann gefror ihm das Blut in den Adern.

Drei Mal kurz, drei Mal lang, drei Mal kurz. SOS. Save our Souls. Der Notruf, eingesetzt in höchster Lebensgefahr. In fliegender Hast setzte er die Kopfhörer auf. War denn sonst außer ihm niemand in Bereitschaft? Die Küstenwache? Der Seenotrettungsdienst?

Er morste zurück. Hier Seefeuer Schwarzes Kliff. Wie ist eure Position? Was ist passiert?

MS Trinity, kam es zurück. Havarie. Schlagseite. Rettet uns. Rettet uns. Gott sei uns gnädig. Das Schiff sinkt.

Hinner griff zum Telefon,aber die Leitung war tot. SOS, kam es wieder aus dem Funkgerät. SO ... Er wartete auf das S, doch es kam nicht. Er funkte zurück, doch die Trinity meldete sich nicht. Mit zitternden Händen schrieb er die letzte Position auf. Dann versuchte er, die nächste Küstenstation zu erreichen. In diesem Moment drang ein dumpfer Schlag an seine Ohren. Er sprang zum Fenster, riss es auf und sah hinaus. Nichts. Wieder ein Schlag. Ganz nah. Von unten. Er holte seinen Stuhl, schob ihn an die Wand, stieg hinauf und lehnte sich, so weit es ging, aus dem Fenster.

Es war ein Rettungsboot, das an den Felsen zerschellte. Es war leer.

1.

»Marie?« Pia tauchte in der offenen Tür der Futterküche auf. Sie hielt Maries gelbe Regenjacke in der Hand und warf sie ihr zu. »Einsatz auf Wilhelmswacht!«

Marie Vosskamp fing das Teil gerade noch auf, bevor es im Futtereimer landen konnte. Besser gesagt: in einem Brei aus püriertem Fisch, Milchpulver, Fett und Lezithin. Nicht gerade das, was sie gerne mit einem kräftigen Wasserstrahl von ihren Ärmeln gespritzt hätte. Ehrlich gesagt auch nicht das, womit sie gerechnet hatte, als sie vor knapp zwei Monaten ihr Praktikum in der Seehundaufzuchtstation von Friedrichskoog begonnen hatte.

»Du gewöhnst dich dran«, hatte Pia ihr damals gesagt. Richtig. Angenehmer machte es den Geruch trotzdem nicht.

Worüber Menschen die Nase rümpften, war für die Neuzugänge der Aufzuchtstation überlebensnotwendig. Oft hatten sie die Seehunde und Kegelrobben so geschwächt vorgefunden, dass sie noch nicht einmal mehr fressen konnten. Dann flößten Marie und ihre Kollegen ihnen die Mischung ein. Vor allem die Heuler, von ihren Müttern getrennt und deshalb oft dem Verhungern in freier Wildbahn preisgegeben, legten mit dieser hochkalorischen Mischung innerhalb kürzester Zeit ordentlich zu. Zurzeit befanden sich vier Kegler, alles junge Robben, auf der Station. Ein Blick in Pias ungeduldige Miene verriet, dass es schon heute mehr werden könnten.

»Wer übernimmt die Fütterung?«

Pia Müller grinste sie an. Ihr roter Haarschopf schien sogar im Dunkel der Futterküche zu leuchten. Sie hatten die Jalousien heruntergelassen, denn draußen schien die Sonne, und es war ein ungewöhnlich warmer Tag. »Die Ladies, die auch die Führungskommentierung machen. Komm jetzt. Anne und Jensen sind schon im Hafen.«

Marie verstaute den Eimer unter der Spüle. Sie schlüpfte schnell in ihre Jacke, ein leichter gelber Friesennerz, und folgte Pia hinaus. Im Laufen zog sie den Haargummi von ihrem Pferdeschwanz und band sich ihre schulterlangen hellbraunen Haare zu einem Knoten. Sie wusste, dass ihr diese Frisur nicht stand. Ihre Augen waren zu klein, der Mund war zu groß und die Nase – irgendwie zu schmal mit einem leichten Drall nach links. Früher hatte sie die Haare am liebsten wie einen Vorhang ins Gesicht frisiert getragen. Mittlerweile hatte sie sich daran gewöhnt, dass sie niemals eine wilde, üppige Haarpracht haben würde. Dass selbst Make-up diesem Gesicht keine Schönheit, sondern nur maskenhafte Künstlichkeit verlieh. Sie verzichtete weitgehend darauf, halb aus Trotz, und halb, weil sie keinen rechten Glauben in all die Farbtöpfe und Buntstifte hatte. Blicke in den Spiegel vermied sie, soweit es ging. Sie war zwischen schlank und kräftig, etwas mehr mittel als groß, irgendwie in allem mittel – also nichts Halbes und nichts Ganzes, so redete sie es sich in schlechten Momenten ein, nur in der Schule war sie gut gewesen.

Da Seehunde überwiegend auf anderes als das Aussehen ihres Pflegers achteten, fühlte Marie sich wohl in Friedrichskoog. Zumindest wohler als in den alleenartigen, stillen Straßen ihrer Heimatstadt weiter unten an der Elbmündung. Wohler als auf der Privatschule, in der sie sich all die Jahre vorgekommen war wie ein roher Flusskiesel unter strahlend geschliffenen Diamanten. Und sogar wohler als zu Hause, in diesen leeren, fast unbewohnt wirkenden Räumen, aus denen seit der Sache mit ihrem Vater jedes Leben gewichen zu sein schien.

Bis der Fremde kam.

Sie verbot sich, den Gedanken weiterzuverfolgen. Vielleicht war es ein Segen, dass ihre Mutter nicht mehr allein war. Aber Marie war sich nicht sicher. Die Veränderungen in ihrem Leben waren zu plötzlich und zu krass geschehen. Manchmal kam ihr Friedrichskoog ebenfalls vor wie eine Insel. Ein Ort, der ihr Schutz bot und ein Zuhause war, wenn auch nur auf Zeit. Aber an dem sie sich zum ersten Mal seit langer Zeit angenommen fühlte.

Die Aufzuchtstation selbst war für Besucher gesperrt. Im öffentlichen Bereich befanden sich jedoch mehrere Freibecken mit Unterwasserfenstern, das Dokumentationszentrum und eine kleine Cafeteria. Im Moment wurden die Dauerhaltungstiere gefüttert. Kegelrobben und Seehunde, die aus verschiedenen Gründen nicht mehr ausgewildert werden konnten. Sophies helle Stimme klang über den Lautsprecher. Sie erklärte gerade den staunenden, kichernden, interessierten oder auch gelangweilten Schulklassen, wie man sich den Tieren gegenüber verhielt.

»Erstes Gebot: Nicht anfassen! Seehunde und Robben sind Raubtiere, vergesst das nicht. Ein verletztes Tier kann aggressiv werden, also zweites Gebot: Abstand halten! Hunde sofort an die Leine! Dann hat das Tier vielleicht noch die Chance, zu seinen Artgenossen zurückkehren zu können und nicht ausgestoßen zu werden.«

Marie sah, wie das blonde Mädchen einer Robbe mehrere einfache Zeichen vor die Schnauze hielt: Kreuz, Viereck, Kreis. Zielsicher suchte das Tier das richtige Zeichen aus und wurde dafür zur Belohnung mit einem Fisch gefüttert. Damit sie genügend Bewegung bekamen, durften die Dauerhaltungstiere mehrmals am Tag in die Außenbecken. Die Vorführungen kamen ihrer munteren Natur sehr entgegen. Sie sprangen durch Reifen, verschoben Klötzchen und zeigten unter Wasser eine mal verspielte, mal atemberaubende Eleganz, während sie an Land eher tollpatschig wirkten. Genau das eroberte die Herzen der vielen Besucher im Sturm. Selbst die mauligsten Schüler stießen entzückte Ausrufe aus und klatschten begeistert, wenn einer der Robben ein Kunststück geglückt war. Doch eine Aufzuchtstation war kein Zirkus. Sophie trug ein Mikrofon. Sie und ihre Helfer – Buftis und

Praktikanten wie Marie – gaben Besuchern einen Einblick in ihre Arbeit, zu der viel mehr gehörte als Showeffekte.

»Drittes Gebot, falls ihr am Strand einen allein liegenden Seehund oder eine Kegelrobbe findet: Seehundjäger, Seehundstation und Polizei benachrichtigen!«

Und dann machen wir uns auf den Weg, dachte Marie.

Sophie hatte sie entdeckt und warf ihr ein aufmunterndes Lächeln zu. »Gerade haben wir so einen Notruf bekommen«, fuhr sie fort. Ihre Stimme klang etwas verzerrt durch das Mikrofon, trotzdem hingen die Besucher an ihren Lippen und wollten sich kein Wort entgehen lassen. »Marie und Pia sind auf dem Weg zum Schiff. Der Vogelwart hat zwei Seehunde gemeldet.«

Alle Köpfe wandten sich zu ihr um. Marie wurde feuerrot. Sie spürte die bewundernden Blicke der Schulkinder. Achte, neunte Klasse? Für einen kurzen Augenblick tauchte ein Bild in ihrem Inneren auf: sie selbst, zwölf, vielleicht dreizehn Jahre alt. Wandertag. Ausflug an die Friedrichskoog-Spitze. Watt. Aufzuchtstation. Fasziniert hatte sie den Führern zugehört. Helden waren sie gewesen, Retter kleiner Seehunde, die, von den Müttern getrennt oder verletzt, sonst gestorben wären. Die Station war ihr wie eine Insel des Guten in einer feindlichen Welt erschienen. Dass sie jetzt dazugehörte, wenigstens für diese kurzen Wochen des Praktikums, erfüllte sie mit einem unbändigen Stolz.

Maries Herz machte einen schmerzhaften Sprung. Sie liebte ihre Arbeit. Und sie wünschte sich nichts mehr, als dass man sie im Anschluss für ein freiwilliges ökologisches Jahr übernehmen würde. Danach wollte sie Wildbiologie studieren und maritime Meeressäuger erforschen. Aber im Moment war am wichtigsten, dass es gelang, *Jack Sparrow* auszuwildern. Ihren Liebling, den ersten Heuler, den sie gefunden und gerettet hatte und der mit seinen knapp acht Kilo eigentlich chancenlos gewesen war. Wie gerne wäre sie noch dabei, wenn er weit draußen auf See mit einem aufmunternden Klaps wieder in sein freies, wildes Leben entlassen werden würde.

»Sag mal, brauchst du eine Extra-Einladung?« Pias Stimme riss sie aus ihren Träumen in die Gegenwart.

»Nein. Sorry.«

Sie liefen zum Tor, wo schon die nächsten Schulklassen und Urlauber darauf warteten, eingelassen zu werden. Im Sommer herrschte hier Hochbetrieb. Und an einem Tag wie diesem, mit strahlend blauem Himmel und einem fast südlich warmen Wind, war der Ansturm manchmal kaum noch zu bewältigen. Marie und Pia drängten sich durch die geordneten Klassenaufstellungen, die die Lehrer gerade zustande gebracht hatten, und entschuldigten sich mit hastigen Worten.

»Ein Notfall. Sorry. Dürfen wir mal?«

»Was für ein Notfall?«, fragte eine absurd hochgestylte, kaugummikauende Neuntklässlerin.

»Zwei verwaiste Seehunde auf Wilhelmswacht«, antwortete Marie.

»Gott, wie süß!«, rief das Mädchen aus. »Können wir mitkommen?«

»Nein«, zischte Pia genervt und zog Marie aus dem Pulk weiter.

Sie erreichten den Parkplatz, der bereits hoffnungslos überfüllt war und auf dem herumirrende Geländewagen für weiteren Stress sorgten. Dann liefen sie über die Straße und hinüber zum Rugendorfer Loch, dem Dorfhafen, wo die schlanken Masten der Krabbenkutter schon von Weitem zu sehen waren. Ganz vorne lag die *Seerose*. Sechs Meter lang, mit einem niedrigen Steuerhaus, schnell, wendig und jederzeit einsatzbereit. Marie warf einen Blick auf ihre Armbanduhr. Noch zwei Stunden bis zum Gezeitenwechsel. Auslaufen konnten sie nur bei Flut.

»Nach Wilhelmswacht?«

»Jep«, antwortete Pia knapp.

Eine Insel zwischen Trischen und Tertiussand, mitten in der Meldorfer Bucht. Eine Wanderinsel. Wenn die Ebbe die Gezeitenküste von der Elbe bis zur Eider in ein Wattenmeer verwandelte, sich Sandbänke erhoben, Ton, Sand und Schluff mitgerissen wurden, Wasserströmung, Seegang und Wind unglaubliche Kräfte in Bewegung setzten, entstanden solche Gebilde. Auf Trischen, einer halbmondförmigen Erhebung, hatte vor langer Zeit einmal ein Bauernhof gestanden. Doch das Eiland wanderte langsam aber stetig jedes Jahr dreißig Meter Richtung Festland und würde, wenn es seine derzeitige Geschwindigkeit beibehielt, in vierhundert Jahren an Büsum andocken. Eine Bewirtschaftung war unmöglich. Man hätte alle fünf Jahre sein Haus verschieben müssen. Der Gedanke, dass irgendwo unten auf dem Meeresgrund dieser längst versunkene Bauernhof lag, hatte für Marie etwas Romantisches und Unheimliches zugleich.

Wilhelmswacht hingegen war noch jung, erst vor ein paar Jahrzehnten aufgetaucht, eine Insel ohne Kern, ein Sandhaufen im Meer. Auf der Nordseite ein Marschrücken, der in der Mitte durchbrochen war und an der Kante eine Art Kliff bildete, dahinter ein weites, flaches Geest aus Mergel, Sand und Kies. Struppige Vegetation krallte sich hier tapfer fest. Geschaffen aus See- und Brackmarsch, eine unbedeichte Insel, die in regelmäßigen Abständen überflutet wurde. Vielleicht würde sie beim nächsten Sturm untergehen, vielleicht weiterwandern – wer wusste es? Im Moment jedoch war sie da, trügerisch und unbewohnt, und genau deshalb ideal für brütende Vögel oder Seehunde, die ihren Nachwuchs zur Welt bringen wollten.

»Schaffen wir das denn noch?« Marie keuchte ein wenig. Sie liefen schnell, um keine kostbare Sekunde zu vergeuden.

»Frag Jensen. Und wenn nicht, liegen wir eben ein paar Stunden im Wattenmeer auf Grund und müssen warten, bis die Flut das Schiff wieder freisetzt. Es gibt *Malefiz* an Bord.«

Pia war die abgekochteste *Malefiz*-Zockerin, die Marie jemals untergekommen war. Das waren keine schönen Aussichten. Außerdem knurrte ihr Magen. Nach den Seehunden wären nämlich die Pfleger mit dem Essen an der Reihe gewesen.

Die *Seerose* war ein umgebauter Fischkutter. Dort, wo früher die Netze entleert worden waren, hatte man eine tiefe Wanne in das Deck eingelassen. In ihr wurden die Seehunde transportiert. An der Reling stand Anne Rickenberg, die Leiterin der Station. Sie war eine schlanke, braun gebrannte Frau Anfang vierzig, mit sonnengebleichten kurzen Haaren und dem frischen Blick all jener, die sich viel unter freiem Himmel aufhielten. Sie sprach mit Jens Jensen, dem Käptn, der ruhig wie ein Fels in der Brandung am Kai stand und darauf wartete, dass die beiden Nachzügler endlich eintrafen. Auf einem Poller daneben saß sein Ferienkind Gottfried, eine Leseratte, die sogar jetzt noch mit der Nase in einem Buch steckte und so aussah, als ob alles um sie herum versunken wäre. Gottfried würde – hoffentlich! – die Leinen lösen, sobald die *Seerose* startbereit war.

»Beeilt euch!«, rief Anne den Mädchen zu.

Pia enterte das Schiff als Erste und half dann Marie an Bord.

Jensen kletterte als Letzter zu ihnen. »Leinen los!«

Ein kurzer Pfiff und Gottfried klappte das Buch zu und sprang auf. Während er das dicke Tau von dem Poller löste und Pia und Marie sich die Schwimmwesten anlegten, klärte Anne sie über die Hintergründe der kleinen Expedition auf.

»Wilhelmswacht ist schwer zu erreichen«, berichtete sie. »Die Sandbänke unter Wasser wandern ständig. Nehrungen tauchen auf und verschwinden wieder. Schuld ist die Gezeitenbewegung. Jensen kennt das Gebiet zwar wie seine Westentasche, aber auch er sagt, die Ecke ist tückisch. Die Insel liegt mitten im Nationalpark, Besucher gibt es da nicht. Deshalb wissen wir auch nicht, wie lange die beiden Seehunde schon dort liegen.«

»Der Vogelwart hat uns alarmiert?«, fragte Marie und kämpfte mit dem Gurtverschluss.

»Ja. Er ist der Einzige, der die Insel betreten darf. Bei seiner Runde hat er die beiden entdeckt. Es sieht nicht gut aus.«

Annes Augen bekamen einen mitfühlenden Schimmer. Ihr Blick wanderte kurz zu Jensen, der gerade in den Steuerstand ging und so tat, als hätte er nichts gehört. Marie wusste, was das zu bedeuten hatte. Jensen war früher einmal Fischer gewesen. Jetzt war er Seehundjäger. Sie hatte nicht gewusst, dass es diesen Beruf hierzulande noch gab. Und wenn, hätte sie ihn instinktiv verabscheut und verurteilt. Erst ihre Zeit in Friedrichskoog hatte sie umdenken lassen. Es gab Tiere, für die kam jede Hilfe zu spät. Wie lange sollte man sie leiden lassen? Bis jetzt hatte Marie glücklicherweise kein einziges Mal erlebt, dass es zum Äußersten gekommen war. Auch Anne konnte sich angeblich nicht erinnern, wann Jensen das letzte Mal von seinem Gewehr Gebrauch gemacht hatte. Es lag in einer Kiste im Steuerhaus, in der Sitzbank verstaut, gesichert mit einem Vorhängeschloss, zu dem nur Jensen den Schlüssel hatte.

Sie kann oder sie will sich nicht erinnern, dachte Marie. Keiner redete gerne über eine solche Erfahrung. Das waren die Schattenseiten. Eines Tages würde sie selbst so eine Entscheidung treffen müssen. Dann würde sie froh sein, jemanden wie Jensen an ihrer Seite zu haben, der ihr die schreckliche Aufgabe abnahm, ein Tier von seinem Leiden zu erlösen.

»Sind sie verletzt?«, fragte Pia. Der Wind wehte ihr die roten Haare immer wieder ins Gesicht. Sie hatte lustige Sommersprossen, und Marie fand, dass es ein Segen war, sich mit ihr ein Zimmer zu teilen. Zwei Chaotinnen auf zwölf Quadratmetern … »Passt!«, hatte Pia mit einem frechen Grinsen gesagt. Außerdem kam sie aus Harrislee bei Flensburg. Marie mochte Pias trockenen Humor und die bodenständige, zupackende Art.

Der Motor tuckerte. Die Luft roch nach Diesel und Salz. Über ihnen schrien die Möwen. Es war ein wunderschöner Tag. Die Sonnenstrahlen ließen das Wasser funkeln wie Milliarden Diamanten. An Land war es fast windstill gewesen, doch sobald der Trawler die Schleuse passiert und den kleinen Hafen von Friedrichskoog verlassen hatte – begleitet von einem halben Dutzend hoffnungsvoller Möwen –, würde es ziemlich ungemütlich werden.

Anne checkte die Schwimmwesten ihrer Mitarbeiterinnen. »Nein, von Verletzungen war nicht die Rede. Aber sie wirken sehr geschwächt. Möglich, dass sie schon vor längerer Zeit dort gestrandet sind. Der Vogelwart ist erst heute Morgen eingetroffen und hat vor den Zählungen nur einen Rundgang gemacht. Dabei hat er sie entdeckt. Setzt euch.«

Zwei Seehundjungen, vielleicht Heuler. Das waren von ihren Müttern verlassene Jungtiere, die tatsächlich so etwas Ähnliches wie weinende Klagelaute ausstießen. Im Sommer kamen solche Sichtungen beinahe täglich vor. Wenn die Leute von der Seehundstation gerufen wurden, mussten sie als Erstes die Lage checken und oft genug die Tiere von ihren Rettern fernhalten. Meistens waren es Urlauber, Familien mit

Kindern, die die kleinen Heuler am liebsten sofort adoptiert hätten. Dabei konnten Seehunde und Kegelrobben ziemlich gefährlich werden. Vor allem, wenn sich die Mutter der Jungtiere noch in der Nähe aufhielt. Dann sperrten die Helfer den Strand ab und versuchten, das Findelkind zurück ins Wasser und zu seiner Mutter zu bringen. Wenn es aber weit und breit keine Mutter gab, dann nahmen sie die Kleinen mit.

Das Ziel der Station war, sie so fit wie möglich für ein Leben in freier Wildbahn zu machen und sie, sobald sie ein anständiges Kampfgewicht hatten, wieder auszusetzen. Maries Herz klopfte schneller, wenn sie an *Jack Sparrow* dachte. Sie hatte den Heuler auf eine ganz und gar unprofessionelle Weise lieb gewonnen. Am liebsten hätte sie ihn auf der Station behalten. Doch das war unmöglich und sehr, sehr egoistisch gedacht. Die Robben und Seehunde wollten in der Nordsee leben, jagen, auf Sandbänken in der Sonne liegen, die Freiheit spüren.

Marie und Pia nahmen auf den Bänken an der Reling Platz. In dem Becken lagen Köcher, Stangen und ein Netz. Es war nicht das erste Mal, dass sie auf einer Bergung mit dabei waren. Trotzdem war Marie aufgeregt. Sie sah zu Pia. Ging es ihr ähnlich? Ihre Mitchaotin streckte gerade die Nase in die Sonne und machte einen schwer relaxten Eindruck.

»Denn man tau!«, rief Jensen.

Der Motor brüllte und stieß eine schwarze Dieselwolke aus. Die Möwen zogen sich zeternd zurück. Nicht für lange, wusste Marie. Sie verließen Friedrichskoog und nahmen Kurs auf die Inseln. Schon nach wenigen Minuten zerrten die Böen an

Maries Anorak und zerzausten ihre Haare. Tief atmete sie die salzige Luft ein. Als Ufer und Strand immer kleiner wurden und das Meer sich vor ihr ausbreitete wie ein riesiger, graugrüner Teppich, stand sie auf und ging nach vorne.

Der brüllende Dieselmotor pflügte das kleine Schiff durch die Nordsee. Sie fühlte sich mindestens wie Kate Winslet in *Titanic.*

Fragt sich nur, wann Leonardo endlich auftaucht.

Sie grinste und hielt sich an der Reling fest. Jedes Mal, wenn die *Seerose* in ein Wellental hinabfuhr, sackte ihr Magen nach unten und sie ging leicht in die Knie. Glücklicherweise wurde sie nicht seekrank. Dafür löste sich ihre Frisur jetzt völlig auf und die Haare peitschten ihr ins Gesicht. Natürlich könnte sie zu Jensen in den Steuerstand schlüpfen. Sie drehte sich um und winkte ihm zu. Der knurrige Seebär kniff die Augen zusammen, weil ihn die Sonne blendete, und konzentrierte sich auf den Kurs. Anne saß neben ihm auf dem zweiten Steuersitz. Sie hatte eine Seekarte in der Hand und beugte sich gerade darüber, wahrscheinlich, um eine Vorstellung von der Lage der kleinen Vogelinseln zu bekommen.

Jensen drosselte den Motor. Der Wind drehte sich und trieb eine Wolke Dieselgestank nach vorne. Marie hob ihr Fernglas und ließ den Blick über den Horizont wandern. In der Ferne konnte sie ein Stück flaches Land erkennen – Wilhelmswacht. Sie sah auf die Uhr und rechnete nach. Noch eineinhalb Stunden Zeit bis zur Ebbe. Vielleicht hatten die Seehunde die Flut zur Flucht genutzt. Wenn nicht … Die Aufzuchtstation hatte

Platz genug. Aber sie wunderte sich, dass Jensen jetzt schon langsamer wurde.

Vorsichtig hangelte sie sich an der Reling entlang in den Steuerstand. Der Wind auf See war kräftig, fast hätte er ihr die Tür aus der Hand gerissen. Jensen saß auf seinem Stuhl und drehte sich nicht nach ihr um. Etwas fesselte seine ganze Aufmerksamkeit. Die Seekarte. Anne schreckte hoch. Sorge stand in ihrem Gesicht.

»Was ist los?«, fragte Marie und verschloss die Tür sorgfältig hinter sich. Der alte Seebär runzelte die Stirn. Seine wettergegerbten Züge und die tief ins Gesicht gezogene Mütze ließen ihn aussehen wie jemanden, dem die See so schnell nichts vormachen konnte. Mit einem knappen Nicken wies er nach vorne.

»Ja?« Das Meer sah aus wie immer. Ein graugrüner, kabbeliger Wellenschlag mit Schaumkronen.

»Es ist anders.«

Marie sah genauer hin. »Wie anders?«

Jensen zuckte mit den Schultern. Wahrscheinlich war es schwer zu erklären, worin sich die Nordsee an diesem Tag von der Nordsee anderer Tage unterschied. Marie sah zu Anne. Die Leiterin der Station vertraute ihm. Wenn jemand sich auskannte mit dem Meer, dann er.

»Ich weiß nicht, ich weiß nicht …« Jensen schüttelte missbilligend den Kopf und änderte den Kurs. Sie hatten Wilhelmswacht eigentlich von Südwest aus erreichen wollen. Nun zog er nach steuerbord. Sie würden also Nordost an Land gehen.

»Hier?«, fragte Anne und deutete auf die Karte.

Jensen nickte.

Besorgt sah Marie auf die Messinguhr an der Tür. Es war schon halb fünf am Nachmittag. Wilhelmswacht war nicht groß, keine zwei Quadratkilometer. Aber die Insel war Naturschutzgebiet. Das hieß: keine Wege und ein naturbelassener Strand, an dem sich das Treibgut stapelte. Wer einmal versucht hatte, sich durch so eine Wildnis zu kämpfen, lernte, selbst den schmalsten Trampelpfad zu schätzen. Noch nicht mal den gab es da.

»Wie anders?«, fragte Marie noch einmal.

»Halt anders«, brummte er.

Sie nickte und ging wieder nach draußen. Pia saß immer noch auf der Bank in der Sonne. Sie setzte sich neben sie. Es war zu laut, um sich ohne Anstrengung zu unterhalten, also hing Marie einfach ihren Gedanken nach. Dumm war nur, dass sie ständig und immer wieder um ihr Zuhause in Cuxhaven kreisen wollten. Sie war im Streit gegangen, und es schien keinen Weg zur Versöhnung zu geben.

Es bringt nichts. Wenn du die Umstände nicht ändern kannst, musst du sie akzeptieren.

Aber wie akzeptierte man einen Mann an der Seite seiner Mutter, mit dem man so überhaupt nicht klarkam? Der tatsächlich die Frage: »Sie oder ich« gestellt hatte? Und ihre Mutter Viola, immer ängstlich, immer irgendwo in ihrem Wolkenkuckucksheim, immer mit dieser Sehnsucht nach der starken Schulter zum Anlehnen und Abladen, ihre eigene Mutter hatte sich für den Mann und gegen die Tochter entschieden. Hatte es wirklich keinen anderen Weg gegeben?

Nein.

Das Schiff wurde langsamer. Pia stand auf und ging nach vorne. Marie folgte ihr. Wilhelmswacht lag, einen halben Kilometer entfernt, wie eine sanft begrünte Sandbank vor ihnen.

»Zieht eure Wathosen an.« Anne kam aus dem Steuerstand. Sie war schon in die hüfthohe Schutzkleidung geschlüpft, die so unvorteilhaft wie ein Sack aussah, aber alles, was man darunter anhatte, vor dem Wasser schützte. Wenn man vorsichtig war und nicht im Überschwang vom Boot ins Wasser sprang, wie Marie das einmal gleich zu Anfang getan hatte. Nordseewasser war selbst im Hochsommer nicht gerade badewannenwarm.

Jensen fuhr noch zweihundert Meter näher an den Stand und ließ dann den Anker hinunterrasseln. Skeptisch starrte Marie in die Fluten.

»Es ist nur knapp einen Meter tief. Steigt langsam runter, dann werdet ihr auch so schnell nicht nass.« Anne warf ihnen einen aufmunternden Blick zu und schob die Außenleiter über die Reling. »Beeilt euch. Wir haben nicht viel Zeit.«

Anne ging als Erste von Bord. Dann kam Pia an die Reihe. Als Letzte folgte Marie. Jensen reichte ihnen zwei Korbkisten mit Deckel herunter, groß genug, um je ein Jungtier zu transportieren. Die Temperatur des Wassers war durch den langen Sonnentag erträglich. Marie warf noch einen schnellen Blick zurück auf die *Seerose*, die in der seichten Dünung dümpelte. Jetzt kletterte auch Jensen von Bord und nickte ihr zu. Aus irgendeinem Grund gab ihr diese kleine Geste Zuversicht. Wenn wir zwei Heuler finden, dachte sie, werden wir auch mit beiden zurückkommen.

Das Ufer war flach und nur leicht ansteigend, sodass sie kein Problem hatten, an Land zu kommen. Ab da wurde es mühsam. Der Sand war nass und gab unter jedem Schritt nach. Wilhelmswacht war flach wie eine Flunder. Dennoch gab es ein paar sanfte Dünen, die den Blick auf den Nordstrand verstellten. Am liebsten wäre Marie geflogen. Stattdessen keuchte sie vor Anstrengung. Der Wind war fast genauso stark wie auf offener See und blies ihr die Haare in die Augen. Es war ein kräftezehrender Marsch.

»Geht es?«, fragte Anne, die vorausging und sich kurz nach den beiden Mädchen umwandte.

Marie und Pia schleppten gemeinsam eine Kiste, Jensen trug die zweite.

»Ja!«, antworteten alle drei wie aus einem Mund.

Nach einer Viertelstunde erreichten sie den Nordstrand der kleinen Insel.

»Da!« Anne blieb stehen. »Bleibt hinter mir!«

Marie blinzelte gegen die Sonne. In gut hundert Meter Entfernung lagen zwei Seehunde. Sie reagierten nicht, als der kleine Trupp näher kam und die Kisten absetzte. Anne gab ihnen ein Zeichen zurückzubleiben, während Jensen sich Anne anschloss. Vorsichtig näherte sich die erfahrene Biologin den beiden Tieren, die immer noch reglos dalagen. Marie ließ sie nicht aus den Augen.

»Sie leben!«, rief Anne in ihre Richtung. »Ihr könnt kommen!«

Marie lächelte Pia erleichtert an. Sie nahmen die Kisten und eilten, so schnell sie konnten, den Strand entlang.

»Der eine ist verletzt.« Anne deutete auf den kleineren der beiden Seehunde. Er lag mit geschlossenen Augen da, als ob er schlafen würde. Sein Atem ging flach. Marie schätzte ihn auf acht, neun Kilo. Quer über den Rücken verlief eine hässliche, blutverkrustete Wunde.

»Hat ihn jemand angegriffen?«, fragte Marie entsetzt. Sie ging in die Knie. Der Heuler versuchte, die verklebten Augen zu öffnen und blinzelte sie an. Impulsiv streckte sie die Hand aus und zog sie gerade noch rechtzeitig zurück. Sie hatte kein Kuscheltier vor sich.

»Nein.« Jensen schüttelte den Kopf. »Sieht mir eher so aus, als ob er sich an einer scharfen Kante geschnitten hätte.« Mit gerunzelter Stirn sah er hinaus aufs Meer. »Aber hier gibt es keine scharfen Kanten. Das schwarze Kliff ist viel zu weit entfernt.«

»Es sieht so aus, als wäre er irgendwo hängen geblieben«, sagte Marie. Erst jetzt bemerkte sie, dass auch seine linke Vorderflosse einen hässlichen Schnitt aufwies.

Jensen nickte. »Fragt sich bloß, wo. Vielleicht ein altes Ölfass, das irgendein Mistkerl heimlich über Bord geworfen hat. Oder …« Er brach ab.

»Oder was?«, fragte Pia. Sie stellte eine der Kisten neben Marie und Jensen ab.

Der kräftige Mann bückte sich und gab den Mädchen ein Zeichen. Zu dritt hoben sie den Heuler vorsichtig hoch und ließen ihn in die Kiste gleiten. Anne verschloss sie sorgfältig. Dann gingen sie zu dem zweiten Seehund. Das Jungtier schien ein wenig kräftiger zu sein. Es machte ein paar schwache Bewegungen mit den Vorderflossen, aber der klägliche Fluchtversuch misslang.

»Der hier ist unverletzt«, stellte Anne fest. »Jedenfalls hatten sie großes Glück, dass der Vogelwart uns alarmiert hat. Noch ein, zwei Tage länger und sie wären verhungert.«

»Werden sie es schaffen?«, fragte Marie.

»Wir sollten uns beeilen. Jensen möchte die *Seerose* bestimmt nicht vor Friedrichskoog auf Grund setzen.«

Jensen brummte zustimmend. Wieder sah er hinaus aufs Meer. Irgendetwas schien ihn nach wie vor zu beunruhigen.

»Ist was?«, fragte Marie.

Aber Jensen schüttelte nur den Kopf.

2.

Die Kisten lagen in der Wanne. Anne war bei Jensen. Pia streckte ihre Nase der Sonne entgegen. Marie stand an der Reling. Sie spürte den Wind im Gesicht und Glück im Herzen. Leben retten war einfach ein verdammt guter Job.

Im nächsten Moment riss sie ein Schlag von den Füßen. Pia fiel mit einem erschrockenen Schrei in die Wanne. Das ganze Schiff bebte. Ein ohrenbetäubendes Geräusch erklang. Ein unheilvolles Krachen, gefolgt von jammerndem Stöhnen. Der Boden unter ihren Füßen vibrierte. Marie wollte sich an der Reling hochziehen, als der nächste Aufprall sie wieder von den Füßen riss. Sie rutschte über Deck hinein in die Seehundwanne zu Pia. Hektisch klammerten sie sich aneinander fest.

»Was ist das?«, schrie Marie. Panik kroch in ihr hoch. Hatte Jensen nicht gesagt, die nächsten Klippen wären meilenweit entfernt?

Noch ein Schlag. Knirschen, Quietschen, das Reißen von Eisen und Holz.

»Scheiße!«, rief Pia. »Weißt du, dass ich im Schwimmen immer die Schlechteste war?«

Sie konnten Jensen fluchen hören. Er trieb wohl den Motor hoch und riss das Rad herum. Die *Seerose* begann, sich um ihre eigene Achse zu drehen. Offenbar hing sie irgendwo fest. Aber das war unmöglich. Sie waren auf dem Meer. Bis auf den schmalen Streifen Land von Wilhelmswacht und die verschwommene Küstenlinie des Festlandes war weit und breit nichts zu sehen.

»Jensen!«, brüllte Marie und kam wieder auf die Beine. Doch er konnte sie nicht hören. In Windeseile kletterte sie aus der Wanne.

Der Dieselmotor röhrte und schickte eine schwarze Wolke in die Luft. Marie hustete. In das Stampfen der Maschine mischte sich ein schrecklicher, eiserner Ton. Eine Art rostiges Wehklagen, wenn es das gab, ein hohles Jaulen wie von einknickenden Stahlträgern. Die *Sandrose* war aufgelaufen. Aber das war unmöglich! Dies war das Wasser vor einer sanft aus der Nordsee aufsteigenden Insel, ohne Untiefen, ohne Abgründe, ohne Felsen.

In einer fast verzweifelten Anstrengung bäumte sich das kleine Schiff auf. Ein Knirschen zerriss beinahe Maries Trommelfell. Nicht, betete sie, bitte bitte nicht ... Das Jaulen schwoll an und endlich schoss das kleine Schiff nach vorne und landete sanft in einem Wellental.

Marie stürzte zur Reling. Dann hangelte sie sich am Steuerstand vorbei nach hinten. Sie sah das aufgewühlte, weiße, gischtige Wasser hinter dem Schiff. Es würde Minuten brauchen, bis es sich wieder beruhigt hatte. Enttäuscht wandte sie sich ab und wollte gerade zu den anderen zurückkehren, da klopfte es.

Als ob jemand mit einer schweren Eisenstange ans Heck des Schiffes schlagen würde. Als ob jemand ... zu ihnen wollte und energisch um Einlass bat. Jemand mit gewaltigen Kräften und einem mindestens ebenso gewaltigen Stück Eisen. Marie fuhr herum und sah Pia, die es auch gehört haben musste. Das Mädchen war wachsbleich, die Augen hatte sie vor Schreck weit aufgerissen und den Mund geöffnet zu einem Schrei. Jensen drosselte den Motor. Anne stürzte aus dem Steuerhaus und rief ihnen etwas zu. Wieder ein Schlag. Marie beugte sich vor, so weit es ging, und spähte ins Wasser, in die Richtung, aus der sie dieses fürchterliche Klopfen vermutete. Sie erkannte ein Stück rostiges Eisen. Armdick und verbogen, das sich irgendwie am Rumpf der *Seerose* verfangen hatte und vom Wellengang hin- und hergeschleudert wurde. Sie hörte die Tür schlagen und Jensens schwere Schritte an Deck näher kommen. Sie stand immer noch so unter Schock, dass sie nur wortlos auf das Eisending deuten konnte. Jensen schob sich die Mütze in den Nacken und murmelte irgendetwas wie *gottverdammich*. Dann begutachtete er das Schiff, soweit ihm das möglich war. Pia und Anne kamen zu ihnen.

»Was ist das?« Maries Knie waren immer noch weich, ihre Hände zitterten, und am Abend würde sie wahrscheinlich eine Menge blaue Flecken zählen können. Aber das war nichts im Vergleich zu der Höllenangst, die sie gerade ausgestanden hatte.

Jensen setzte die Mütze ab, fuhr sich mit den Händen durch die struppigen, weißen Haare und schüttelte den Kopf. »Wir haben eigentlich zwölf Meter Wasser unterm Kiel.«

»Eigentlich.« Anne, blass unter der Bräune, deutete auf das Teil, das von der nächsten Welle hochgehoben und wieder mit einem Krachen an die Bordwand geschlagen wurde. »Was also kann das sein? Eisen? Das schwimmt doch nicht einfach so im Wasser!« Ihre Stimme klang, als würde sie gerade Jensen persönlich für die Aufhebung sämtlicher physikalischen Gesetze verantwortlich machen.

Jensen kniff die Augen zusammen. »Ich fress 'nen Besen, wenn das mal nicht 'ne Steigleitung war.«

»Eine Steigleitung?«

Etwa eine Leiter vom Meeresgrund an die Wasseroberfläche? Wie konnte das sein?

»Die Ölbohrplattform!« schrie Pia. Dass immer noch mitten im UNESCO-Welterbe Wattenmeer Öl gefördert wurde, erhitzte viele Gemüter.

Wenn das wahr ist ..., dachte Marie.

Aber Jensen schüttelte den Kopf. »Von einem Schiff. Kleiner Frachter vielleicht.«

»Ein Schiff? Hier?«, fragte Marie. Unwillkürlich sahen sich alle um, als ob der Rest dieser vermaledeiten Kollision noch irgendwo auftauchen würde. »Das dürfte doch gar nicht in dieser Gegend fahren. Das ist doch Naturschutzgebiet. Die Wasserstraße ist viel weiter weg!«

Jensen brummte zustimmend. »Richtig. Aber die Gezeiten

sind eine ziemliche Kraft. Wer weiß, wie lange der Kahn schon auf dem Meeresboden gelegen hat. Vierzig, fünfzig Jahre vielleicht. Vor England, vor Dänemark? Und ganz langsam wird er nach Wilhelmswacht getragen.«

Pia hustete. »Zur Insel? Warum hat das denn niemand bemerkt?«

»Weil alle einen weiten Bogen um sie machen, min Deern. Marie hat recht. In dieser Zone darf kein Schiff fahren. Ab und zu kommt das Versorgungsboot für den Vogelwart, aber das legt im Süden an. Von Norden nähern sich nur Verrückte. Und Seehunde.«

Wieder erschütterte das dumpfe Klopfen den Schiffsrumpf. Anne beugte sich vorsichtig über die Reling, als ob sie sich überzeugen wollte, dass nicht doch noch ein halbes Wrack unter Wasser am Ende der Steigleitung hing.

»Und nun?«, fragte Anne. Offensichtlich war sie ebenso besorgt wie die Mädchen.

»Tscha.«

Marie und Pia wechselten einen halb belustigten, halb verzweifelten Blick. Das klang nicht danach, als ob Jensen nun den Notfallplan für unvorhergesehene Katastrophen aus der Tasche ziehen würde.

»Sollte man nicht ...«, sagte Marie und verschluckte sich fast. »Also ... Müsste das nicht jemand abmachen?«

Rumms. Wieder krachte das Teil an die Bordwand. Die Seehunde wurden wohl gerade verrückt in ihren engen Kisten. Der Transport war schon Strapaze genug, dann kam jetzt auch noch dieser Lärm dazu. Genauso gut könnten sie mit Big Ben übers Wasser schippern.

Jensen schüttelte den Kopf. »Das ist gefährlich bei dem Wellengang. Ich schau mir das an, wenn wir angekommen sind. Dem Kahn schadet es nicht. Ich mach mir eher Sorgen, ob das Ding nicht im Kanal was einreißt.«

Rumms. Marie, Pia und Anne fuhren wieder zusammen. Jensen gab ein Brummen von sich, das sicher keine von den Dreien als besonders tröstlich empfand, drehte sich um und stapfte zurück zu seinem Steuerstand. Fassungslos betrachtete Marie das verbogene Eisenstück, das sich an der Bordwand verklemmt hatte. Jensen hatte recht. Hier auf offener See konnten sie nicht viel tun. Vielleicht, wenn sie Wilhelmswacht erreicht hatten und im seichten Wasser nachsehen konnten, wie viel Schaden entstanden war.

»Kommt auch mit nach vorne«, sagte Anne.

Pia und Marie folgten ihr und setzten sich im Steuerhaus auf die Bank unter dem Aussichtsfenster. Die *Seerose* war ein kleines Schiff und nicht mehr das jüngste. Sie und ihr Käptn waren quasi zeitgleich in Pension gegangen, und dann hatte Jensen sich und seinen Kahn der Aufzuchtstation ehrenamtlich zur Verfügung gestellt. Der Steuerstand roch nach Diesel und ein wenig nach dem Tabak, den Jensen manchmal in seine Pfeife stopfte, wenn sie von einer längeren Fahrt zurückkamen und wieder ein paar Tieren das Leben gerettet hatten. Eine Weile herrschte Schweigen. Ab und zu schlug das Eisenteil wieder mit voller Wucht an den Rumpf.

Marie konnte schon mit bloßem Auge das Festland ausmachen und die Aussichtsplattform. »Du meinst, das Schiff ist gesunken?«, fragte sie.

Jensen verstand sofort, was sie meinte. Er nickte.

»Wann?«

»Keine Ahnung. Vielleicht noch im Krieg.«

»Aber das muss man doch wissen.«

»Da sind so viele Schiffe verschwunden, von denen keiner weiß, wohin. Da kräht kein Hahn danach.«

»Was wird jetzt geschehen?«, fragte Pia.

»Ich informiere die zuständigen Stellen. Wahrscheinlich wird das Wrack in ein paar Monaten verschwunden sein. Das passiert öfter. Sie tauchen auf und gehen wieder unter.«

»Wie der fliegende Holländer.« Marie schauderte.

Jensen warf ihr einen kurzen Blick zu, als ob er sich überzeugen wollte, ob mit ihr alles in Ordnung war.

»Und die Menschen? Die, die auf dem Schiff waren?«

»Hoffen wir, dass sie es geschafft haben. So weit von der Küste entfernt ist die Schüssel ja nicht untergegangen.«

Marie nickte. Ein Zusammenstoß mit einem Wrack. So was erlebte man ja auch nicht alle Tage. Jensen schien es gelassen hinzunehmen. Aber er kannte die *Seerose* auch besser als sie. Ihr wurde immer noch kalt bei dem Gedanken an das eiserne Stöhnen aus den Tiefen des Meeres. Es hatte so … menschlich geklungen. So, als ob etwas von ganz weit unten nach ihr gerufen hätte.

3.

Sie erreichten die Einfahrt in den Hafenkanal tatsächlich in letzter Minute. Jensen machte die *Seerose* vor der Brücke fest und holte dann über Funk Hilfe von den anderen Schiffen. Anne hatte bereits die Station informiert. Obwohl es nur ein paar Schritte waren, stand ein Transporter bereit, in den sie die Kisten einladen konnten.

Als Marie mit aufsteigen wollte, wehrte Anne ab. »Ihr könnt nachher zu ihnen.« Anne bestieg die Ladepritsche und hob die Hand zu einem flüchtigen Abschiedsgruß. »Lasst sie uns erst einmal untersuchen. Okay?«

Schweren Herzens blieb Marie am Kai stehen und sah dem Wagen hinterher. Was, wenn der schwächere der beiden nicht überleben würde?

»Er schafft das«, sagte Pia.

Dankbar drehte Marie sich zu ihrer Freundin um. Freundin, dachte sie. Ja, ich glaube, wir sind hier Freunde geworden.

»Klar.« Sie sah wieder zu Jensen, der sich gerade am Hinterkopf kratzte und die Bescherung an seiner Bordwand begutachtete. Neben ihm standen jetzt drei, vier andere Skipper und diskutierten, worum es sich bei dem Schrott handeln könnte. »Ich glaube, sie holen das Ding raus.«

Gemeinsam gingen die Mädchen zu der kleinen Truppe. Die Nachricht von der Ankunft des demolierten Seehundrettungsschiffes musste bereits die Runde gemacht haben. Immer mehr Leute kamen vom Dorf und liefen in ihre Richtung auf die Hafenbrücke zu, vor der die *Seerose* lag wie ein gestrandeter Wal.

»Da muss großes Gerät ran«, sagte ein Mann mit Seemannskäppi und den derben Gesichtszügen eines wind- und wettergegerbten Krabbenfischers. Seine Nase erinnerte Marie an eine Kartoffel.

»Nee, schleppen muss man ihn. Der kommt so nich in den Hafen.« Ein anderer, schmal und zäh mit länglichem Gesicht und gelben Zähnen, spuckte eine Portion Kautabak ins Wasser.

Jensen lief ungeduldig ein paar Schritte auf und ab. »Nichts da. Ich geh selber rein. Kröm, hol mir ein Eisen.«

Der Kautabakspucker nickte und setzte sich mit wiegenden Schritten kaiabwärts in Bewegung.

»Und du, hol mir ein Boot.«

Die Kartoffel wollte protestieren, kam aber nicht dazu.

»Ein Boot. Hörst du nicht? Das schaff ich auch alleine. Kannst ja mal den Tauchern Bescheid sagen, wenn sie nichts Besseres zu tun haben!«

Jensen war wütend. Natürlich: Immer mehr Leute kamen nun dazu. Sie standen auf der Brücke, sahen zu ihnen herab und gaben mehr oder weniger geistreiche Kommentare ab.

Einheimische, Touristen, irgendwann wieselte auch sein Ferienkind Gottfried heran und bekam die harsche Anweisung, sich sofort wieder Richtung Heimat in Bewegung zu setzen, was der Junge natürlich geflissentlich ignorierte. Es passierte nicht viel in Friedrichskoog. Dass die *Seerose* sich ausgerechnet in der Steigleitung eines gesunkenen Schiffes verheddert und die gleich noch mit in den Hafen geschleppt hatte, machte blitzschnell die Runde. Jensen hatte die Koordinaten der Kollision bereits an die Küstenwache weitergegeben.

»Die Taucher sind schon draußen!«, rief Gottfried. Dieses Mal hatte er kein Buch dabei. Manchmal ist das echte Leben spannender, dachte Marie. Ihr kam die Verletzung des Heulers in den Sinn. Das Schiff war auch eine Gefahr für die Tiere. Der Junge kletterte über das Brückengeländer und kam zu ihnen. »Ich soll ausrichten, sie kommen sofort, wenn der Einsatz beendet ist!«

»Jou jou«, knurrte Jensen.

Marie wandte sich ab. »Komm«, sagte sie zu Pia. »Hier passiert erst mal nichts.«

Sie stiegen hoch zur Brücke und dem schmalen Zufahrtsweg. Um zur Aufzuchtstation zu gelangen, mussten sie mitten durch die Schaulustigen hindurch gehen.

»Entschuldigen Sie bitte.«

Alle machten bereitwillig Platz. Nur eine nicht.

Die alte Birte kämpfte sich von der anderen Seite durch die Menschen hindurch. Einheimische machten ihr sofort Platz. Die Touristen schubste sie einfach mit ihrem knochigen Ellenbogen zur Seite. Keiner wusste, wie alt Birte war und ob sie überhaupt noch etwas sehen konnte aus ihren schmalen Augenschlitzen, die fast in den Falten ihres Gesichtes verschwanden. Sie bewegte sich erstaunlich behände auf ihren dünnen Beinen, die selbst im Hochsommer in mehrfach geflickten Strickstrumpfhosen steckten. Die Jacke war zu warm und viel zu groß für diese schmale und sehr kleine Frau, die Marie immer an einen grauen Raben erinnerte. Wenn Birte auftauchte, wurde es interessant. Niemand konnte besser auf plattdeutsch irgendwelche wüsten Beschimpfungen von sich geben als sie. Marie gab Pia einen Wink und blieb erst mal stehen.

»Jensen!«, rief die Alte mit ihrer erstaunlich kräftigen, hohen Stimme. »Hab gehört, du hast was aus dem Meer gefischt?«

Der Käptn sah hoch, suchte mit den Augen, wer ihn da nicht gerade freundlich ansprach, erblickte Birte, unterdrückte einen Fluch und brummte stattdessen unwirsch: »Geh nach Hause. Hier gibt's nichts zu sehen. Das gilt für euch alle!«

»Ich kann es riechen, Jensen.« Birte streckte ihre kleine Nase in den Wind und tat so, als ob sie schnupperte. »Bis in mein Haus konnte ich es riechen, dass du was mitgebracht hast. Was ist es?«

Marie entging nicht, wie die Einheimischen sich ein paar schnelle, versteckte Blicke zuwarfen. Birte nahm niemand für voll. Trotzdem war sie eine Art Instanz in Friedrichskoog, wenn auch eine ziemlich durchgeknallte.

»Scheint 'ne alte Steigleitung zu sein, von 'nem alten Kahn. Nichts für alte Weiber.«

Ein paar lachten.

Aber nur so lange, bis Birte sich umdrehte und ihnen ins Gesicht blinzelte. »Ich hab's damals gerochen und ich riech es heute. Draußen vor Wilhelmswacht, stimmt's?« Sie wandte sich wieder zu Jensen. »Du weißt, was damals passiert ist. Eines Tages kommt sie wieder hoch. Ich hab's immer gesagt. Sie kommt wieder hoch. Und mit ihr alle, die untergegangen sind.«

Betretenes Schweigen machte sich breit. Marie ahnte, dass es wohl mit einem Unglück zu tun haben musste, das sich vor langer Zeit vor der Küste ereignet hatte. Sie sah sich nach Pia um, doch die war verschwunden. Wahrscheinlich hatte sie sich schon auf den Weg in die Klinik der Aufzuchtstation gemacht. Birte streckte den dünnen Arm aus und deutete auf das Eisenteil am Heck der Seerose. Marie konnte es gut unter der Wasseroberfläche erkennen.

»Die *Trinity«*, sagte Birte. »Das ist ein Teil von ihr. Jensen, du hast die Toten geweckt.«

»Nun mach mal halblang!« Der Skipper stemmte ärgerlich die Hände in die breiten Hüften. »Erzähl keinen Schiet. *Uns* hätte es beinahe erwischt. So rum wird ein Schuh draus.«

Etwas in Maries Herzen machte sich bemerkbar. Sie konnte nicht sagen was, aber es kam ihr wie ein Ziehen vor oder wie ein kurzer, heftiger Nadelstich. »Die … *Trinity?«*, fragte sie. »Was ist mit ihr passiert?«

Langsam drehte Birte sich zu Marie um und musterte sie von oben bis unten. Dann schnupperte sie. »Dich riech ich auch. Wer bist du?«

»Lass das Mädel in Ruhe!«, rief Jensen. Noch wirkte es so, als ob er das im Scherz sagen würde.

»Ich bin Marie Vosskamp. Ich war mit auf dem Schiff, als es passiert ist.«

Die alte Birte schnupperte noch einmal. »Auf welchem Schiff?«

Verwundert deutete Marie auf die *Seerose.* »Auf dem da.«

»Vosskamp … Vosskamp … Ich rieche, dass mit dir irgendwas …« Birte brach ab. Sie riss die kleinen Augen auf und starrte Marie an, als ob sie sie gerade zum ersten Mal sehen würde.

Marie starrte zurück. Was war bloß mit dieser Frau los? »Sorry. Tut mir leid. Wir haben gerade zwei Heuler geholt. Ich kam noch nicht zum Duschen.«

Ein paar vereinzelte Lacher. Die Situation schien sich wieder zu entspannen.

Aber Birte schüttelte nur missbilligend den Kopf. »Du riechst nicht nach Fisch und nicht nach Seehund.«

»So?« Marie versuchte ein Grinsen, aber es gelang nicht. Die alte Frau beunruhigte sie. Genauso wie das Wort *Trinity.* »Wonach denn?«

»Du riechst nach dem Meeresgrund.«

»Wie bitte?«

Birte senkte die Stimme. »Nach Algen und Schlick. Nach Seesternen und Sand. Mädchen, hast du es denn nicht gespürt?«

Die Hand der alten Frau umfasste Maries Unterarm. Am liebsten hätte Marie sich losgerissen. Verunsichert sah sie sich um, ob die anderen Birtes Vergleiche auch gehört hatten und sich vielleicht darüber amüsierten. Doch es schien, als ob niemand außer ihr die fast geflüsterten Worte vernommen hatte. Keiner achtete auf sie. Alle hatten nur Augen für das Schiff mit seiner seltsamen Fracht. Jensen schien sogar durch sie hindurchzusehen. Mit einem Kopfschütteln drehte er sich wieder um zu seinem Kahn.

In den Augen der alten Frau funkelte ein belustigtes Glitzern. »Angst?«, fragte sie und kam noch näher.

Marie wäre gerne einen Schritt nach hinten ausgewichen, doch da war das Brückengeländer zu Ende. Sie wäre ins Wasser gefallen. Sie schüttelte den Kopf. »Nö. Warum denn?«

»Das ist gut. Denke daran, wenn du hinuntersteigst. Es ist dein Zuhause.«

»Birte, das ist doch Blödsinn.«

»Denk an meine Worte, wenn du da unten bist. Du musst keine Angst haben.« Tiefe Besorgnis huschte über Birtes faltiges Gesicht. »Es gibt Geheimnisse, die sollten niemals gelüftet werden. Hüte sie, mein Kind. Hüte sie. Bei mir sind sie in sicheren Händen.«

Damit ließ die Frau Marie los. Die Stimmen um sie herum wurden wieder lauter, das Gedrängel wurde noch enger.

»Was meinst du damit?«, fragte Marie. »Warum sollte ich auf den Meeresgrund?«

Jemand rempelte Birte aus Versehen an. Ein Mann aus dem Dorf, Marie hatte ihn schon einmal beim Bäcker gesehen.

»Entschuldigung«, sagte er hastig.

Birte wandte sich weg von Marie und sah wieder zur *Seerose*.

»Welche Geheimnisse auf dem Meeresgrund?«, fragte Marie noch einmal. »Was ist bei Ihnen sicher?«

»Egal«, murmelte die alte Frau und wollte sich durch die Leute wieder zurück Richtung Uferpromenade drängeln.

»Die *Trinity?«*, fragte Marie schnell. »Was war mit ihr?«

Vergebens. Birte tauchte hinter den Umstehenden weg. Wohin Marie auch sah, sie blickte entweder in verschlossene oder offensichtlich unwissende Gesichter.

Sie beugte sich über das Geländer zu Jensen. »Was ist denn mit Birte los?«

Der Käptn riss den Blick von seinem ramponierten Schiff und schob die Hände in die Hosentaschen. »Sie redet komisches Zeug. Achte nicht auf sie. Birte ist noch mit den Spinnstuben groß geworden, mit Talgkerzen und Sturmfluten, die das ganze Land verwüstet haben. Sie ist aus einer anderen Zeit.«

»Hast du mitbekommen, was sie zu mir gesagt hat?«

»Nö.« Jensen spuckte ins Wasser. »Alte Geschichten. Am besten die Straßenseite wechseln, wenn sie auftaucht. Sonst quatscht sie dir ein Ohr ab. – Packt ihr jetzt endlich mit an oder soll ich für ewig mit dem Lametta am Arsch rausfahren?«

Marie erkannte, dass dies wohl nicht der Moment war, weiterzubohren. Sie ist wirklich nicht ganz dicht, dachte sie. Geheimnisse hüten, so ein Quatsch.

Doch das Wort *Trinity* hallte nach in ihr. Es war wie der Klang einer fernen Glocke tief unten im Meer.

4.

Diejenigen, die Jensen nicht unter die Arme griffen, kehrten auf die Uferpromenade zurück. Marie lief über die Straße und den fast leeren Parkplatz zur Station. Die Einlasspforte war bereits geschlossen, die Jalousien im Souvenirshop waren heruntergelassen. Sie nahm den Seiteneingang, für den sie einen Schlüssel besaß, und wollte gerade den Weg zur Klinik hinter den Aufzuchtbecken einschlagen, als Timm ihr entgegenkam.

Marie beneidete Timm glühend, denn er hatte das geschafft, wovon sie träumte: ein Jahr auf Friedrichskoog. Es war fast um, sein Jahr, und die Stelle wurde frei. Jeden Abend flüsterte sie ein Mantra: *Bitte, lass mich den Job bekommen. Nichts gegen Timm, er hört ja auf, aber ich will so gerne dieses Jahr auf der Station.*

Etwas in seinem Gesicht gefiel Marie nicht. »Was ist los?«

»Du sollst zu Anne kommen.«

»Ist was mit den Heulern?«

»Bis jetzt sind beide okay. Sie sind in Becken vier.«

Marie blieb stehen. »Was ist dann?« Wie immer, wenn etwas Unvorhergesehenes geschah, spürte sie eine leise Unruhe. Als ob alle Neuigkeiten schlechte Neuigkeiten wären.

Timm zuckte mit den Schultern. Er war einen halben Kopf größer als Marie, hatte blonde, windzerzauste Haare und ein paar Sommersprossen auf der Nase. Marie mochte ihn gerne. Aber das Herzklopfen, das sie auf einmal bekam, hatte andere Ursachen. »Keine Ahnung. Es klang ziemlich ernst.«

»Oh nein.« Maries Herz galoppierte. »Heute sollte ich doch … Sie wollte mir doch sagen, ob ich nach dem Praktikum bleiben kann.«

Eigentlich hatten sie das Gespräch am Nachmittag in aller Ruhe führen wollen. Doch dann war der Einsatz dazwischengekommen. Die kurzen Wochen waren so rasend schnell vorüber gegangen – Marie wollte nicht weg! Nicht jetzt. Wohin hätte sie gehen sollen? Zurück nach Hause?

»Wird schon nicht so schlimm sein«, sagte Timm schnell. Zu schnell. »Du bist doch die Beste. Keine engagiert sich so wie du. Nun mach dir mal nicht in die Hosen.«

Ich will nicht zurück. Ich war doch schon längst weg. Das ist ja so, als ob man mich aus dem Auswilderungsbecken zurück in die Kiste setzt.

»Wie ernst?« Marie versuchte, aus Timms Miene etwas herauszulesen, das ihr mehr Information geben könnte.

Doch ihr Kollege hob nur bedauernd die Hände. »Ich weiß es nicht. Am besten beeilst du dich, dann hast du es schneller hinter dir. Pia ist in der Cafeteria. Du sollst zu ihr kommen, wenn du es hinter dir hast.«

Offenbar machten schlechte Nachrichten ziemlich schnell die Runde.

»Okay.«

Marie ging ins Verwaltungsgebäude. Während sie die Stufen in den ersten Stock in die Büroetage hinauflief, zerbrach sie sich den Kopf, was sie falsch gemacht haben könnte. Vielleicht war sie einfach zu bemüht gewesen? Zu sehr darauf fixiert, hier eine neue Heimat zu finden? Täglich trudelten waschkörbeweise Bewerbungen ein von Leuten, die zehn Mal qualifizierter als sie waren. Was hatte sie schon vorzuweisen? Nicht viel mehr als den unbedingten Wunsch, die Geheimnisse des Meeres zu erforschen …

Maries Schritt stockte. Es war, als ob sie noch einmal Birtes Stimme hörte. Was hatte die alte Frau gesagt? *Dein Zuhause ist da unten.* Oder so ähnlich. Wirres Zeug. Aber es musste auch etwas Wahres daran sein. Das Meer hatte Marie schon immer fasziniert. Sie hatte früher schwimmen als laufen gelernt. Ihre schönsten Erinnerungen waren die, wenn sie gemeinsam mit ihrem Vater zum Tauchen gegangen war.

Und dann wollte er nach oben. Ganz hoch hinaus. Und die Gipfel waren nicht sein Zuhause.

Sie atmete tief durch. In letzter Zeit hatte sie weniger an ihn gedacht. Wie lange war es jetzt her? Vier Jahre und drei Monate. In Momenten wie diesen kam es ihr vor, als ob es erst gestern gewesen war.

Du fehlst mir, dachte sie. Hört das eigentlich irgendwann auf? Tut es irgendwann nicht mehr so weh?

Sie kam am verwaisten Kinderzimmer vorbei. Hier hatte sie oft mit den allerjüngsten Besuchern zusammengesessen. Bilder gemalt. Puzzle zusammengesetzt. Auf die Frage: »Was machst du hier?« mit: »Seehunde retten« geantwortet und einen Stolz verspürt, der ihr in diesem Moment kindisch vorkam.

Das war's. Du hast es einfach zu sehr gewollt.

Vor Annes Tür verließ sie der Mut. Sie hob die Hand, um zu klopfen, und ließ sie wieder sinken. Wahrscheinlich hätte sie unverrichteter Dinge kehrtgemacht und schon mit dem Packen begonnen, wenn nicht in diesem Moment die Tür von innen geöffnet worden wäre und die Direktorin vor ihr gestanden hätte, einen leeren Becher in der Hand.

»Da bist du ja. Ich wollte mir gerade einen Tee machen. Nach solchen Ausfahrten brauche ich immer eine heiße Tasse Earl Grey.« Sie musterte ihre Praktikantin. »Komm rein. Setz dich. Willst du auch einen?«

»Nein.« Marie spürte, wie ihre Knie weich wurden. Wir immer in wichtigen Momenten.

Bringen wir es hinter uns. Selbst drei Kilo Kandis können eine Absage nicht versüßen.

»Sie ... Sie wollten mich sprechen?«

Anne wartete, bis Marie ins Büro eingetreten war und schloss dann langsam die Tür. So, als ob sie Zeit bräuchte, ihre Worte abzuwägen. »Du gehst nach Hause. Noch heute.«

»Ja«, sagte Marie tonlos.

»Ich habe schon im Internet nachgesehen. Klaas kann dich mit dem Wagen nach Marne bringen, dann sparst du dir die

Busfahrt über die Dörfer. Mit dem Zug dauert es nur eine halbe Stunde bis Brunsbüttel und du bekommst auf jeden Fall noch eine Fähre über die Elbe. Das wäre der kürzeste Weg. Über Hamburg wärst du mehr als fünf Stunden unterwegs.«

Marie sah zu Boden. Das war ja nett, dass man sich über ihre Rückreise solche Gedanken machte. Aber sie hatte eigentlich damit gerechnet, wenigstens noch bis zum Wochenende bleiben zu können. »Heißt das, ich soll gleich meine Sachen packen?«

»Besser wäre es. Ich glaube, deine Mutter wartet händeringend auf dich.«

Um ein Haar hätte Marie aufgelacht. Ihre Mutter hatte, seit sie sich erinnern konnte, auf viele Dinge händeringend gewartet – aber noch nie auf ihre Tochter.

»Es tut mir sehr leid.« Anne stellte den Becher auf ihrem Schreibtisch ab und kam zu Marie. Sie nahm sie in die Arme und drückte sie an sich. Einen kurzen Augenblick wurde Maries Kehle eng, und das Gefühl, gleich in Tränen auszubrechen, wurde fast übermächtig. »Wir halten dich natürlich auf dem Laufenden, was mit unseren Neuzugängen passiert. Der eine scheint mir ein richtiger kleiner Kämpfer zu sein.« Sie hielt Marie auf Armeslänge von sich und versuchte, in ihr Gesicht zu sehen. »Und *Jack Sparrow* wird keinesfalls ohne dich ausgewildert.«

»Das heißt, ich kann noch mal zurückkommen?«

»Aber …« Anne ließ sie los. »Marie! Kind, was hast du denn gedacht? Oh du meine Güte! Nein! Du bist übernommen!

Herzlichen Glückwunsch zu deinem freiwilligen ökologischen Jahr in Friedrichskoog!«

Marie traute ihren Ohren nicht. »Ich habe gedacht … Ich hatte …« Gott, wie dämlich fühlte sie sich. Und gleichzeitig überglücklich. »Ich dachte, das wäre der Grund, weshalb Sie mich gerufen haben.«

»Deine Mutter hat dich immer noch nicht erreicht?«

»Meine Mutter?« Marie griff in ihre Hosentasche nach dem Handy – es lag im Spind. Sie hatte es nicht auf die Fahrt mitgenommen, aus dem einfachen Grund, weil sie bisher noch keine Möglichkeit gehabt hatte, eine Wasserschutzhülle zu kaufen. »Was ist mit meiner Mutter?«

»Dann weißt du es noch nicht? Marie, deine Großmutter hatte einen Schlaganfall. Es geht ihr sehr schlecht. Deine Mutter meinte, es könnte sein, dass sie die Nacht nicht … Es tut mir so leid.«

Anne machte eine Bewegung, als ob sie sie gleich noch mal in die Arme nehmen wollte, ließ es dann aber bleiben. So einen Gefühlsausbruch war man von der nüchternen Naturwissenschaftlerin und Stationsleiterin auch nicht gewohnt.

»Wie, schlecht? Was meint sie mit schlecht?« Marie, eben noch irgendwo auf Wolke sieben, hatte das Gefühl, der Boden würde unter ihr wanken. Großmutter Clara. Der einzige Mensch, der sie wirklich und vorbehaltlos liebte. »Ein Schlaganfall?«

»Ja. Deshalb, pack deine Sachen und mach dich auf den Weg. Klaas wird dich bis … ach Quatsch, er soll dich gleich bis zur Fähre bringen. Nimm dir alle Zeit, die du brauchst. Und mach dir keine Sorgen um deinen Job. Du hast ihn. Aber die Familie ist im Moment wichtiger als alles andere.«

»Ja«, sagte Marie. Sie hörte ihre Stimme wie aus weiter Ferne. Als ob alles um sie in Watte gepackt wäre.

Sie bekam kaum mit, wie sie die Treppen hinunterlief und direkt in die Quartiere stürmte. Wie Pia irgendwann dazukam, sie ansah und fragte, was denn los wäre, sie würde ja aussehen wie ein Geist …

»Meine Großmutter«, stammelte Marie nur. »Sie ist schwer krank. Ich muss sofort weg.«

Und ohne viel Worte half Pia ihr beim Packen. Ein paar Minuten später klopfte schon Klaas an ihre Türe, ein untersetzter kräftiger Mann, dessen Gesicht ein bisschen an eine Bulldogge erinnerte, der aber ein freundliches und sanftes Wesen an den Tag legte, wenn man ihn etwas näher kannte.

»Zehn Minuten?«, fragte er. »Ich lass gerade das Wasser in die Becken ein.«

»Klar. Wir treffen uns draußen am Parkplatz.«

Marie hob ihren Seesack hoch. War das Ding schwer! Warum verdreifachten sich Gewicht und Umfang von Gepäck eigentlich jedes Mal, wenn man verreiste? Obwohl kaum etwas Neues hinzukam? War das ein bisher unbekanntes Naturgesetz?

»Deine Stiefel!«, rief Pia.

Marie winkte ab. Die konnte sie, ebenso wie die Wathosen, in Cuxhaven nicht gebrauchen. Außerdem würde sie wiederkommen, sobald es Clara besser ging. Eine andere Möglichkeit wagte sie sich nicht vorzustellen. Sie warf sich den Sack über die Schulter, stürmte hinaus, ließ ihn fallen und kehrte noch einmal zurück. Das Handy. Das hätte sie beinahe vergessen.

Sie hatte vier Nachrichten auf der Mailbox, alle von ihrer Mutter. Und sie wollte keine einzige hören. Stattdessen tippte sie im Laufen eine kurze SMS. *Bin auf dem Weg und heute Abend in der Klinik. Schlafe bei euch.*

Bei euch. Andere hätten vielleicht *zu Hause* geschrieben. Aber die hatten vielleicht auch eins.

Der Parkplatz war leer. Auch die Menge am Kai hatte sich mittlerweile verlaufen. Die *Seerose* lag immer noch vor der Brücke. Aber nun hatte ein kleines Boot an Steuerbord angelegt, und zwei Taucher waren im Wasser, um den Schaden zu begutachten und Jensens Kahn von seiner eisernen Tentakel zu befreien. Gerade tauchte einer auf, in der Hand ein paar verrostete Eisenteile, die er an Land warf.

Marie sah auf ihre Uhr. Fünf Minuten würde es bestimmt noch dauern, bis Klaas bereit zur Abfahrt war. Gemeinsam mit Pia ging sie zur Brücke, blieb aber dieses Mal nicht oben stehen, sondern nahm die schmalen Stufen hinunter zum Kanalufer.

»Und?«, rief sie, als sie Jensen an Bord erblickte. »Wie sieht es aus?«

»Wird wohl.«

»Ich muss nach Cuxhaven. Meine Omi ist krank.«

»Dann wünsch ich gute Besserung. Kommste wieder?«

Marie nickte. Das kleine glückliche Lächeln, das sie trotz der ernsten Situation nicht unterdrücken konnte, wurde breiter. »Ja. Ich bin übernommen. Für ein ganzes Jahr.«

Jensen strahlte. »Na so was, min Deern. Dann gehen wir wohl noch öfter gemeinsam auf Kaperfahrt! Und du?« Er deutete auf Pia.

Die schüttelte bedauernd den Kopf. »Ich gehe in zwei Wochen nach Flensburg zurück. Ein ganzes Jahr hier draußen wäre mir zu lang. Es gibt ja noch nicht mal ein Kino.«

Das stimmte. In Bezug auf die Abendunterhaltung junger Erwachsener hatte Friedrichskoog noch einiges nachzuholen.

»Ich bin bald wieder zurück.« Hoffentlich, setzte Pia in Gedanken hinzu. Etwas in ihrem Bauch zog sich schmerzhaft zusammen. Omi Clara. Mach keinen Scheiß. Ohne dich bin ich ganz allein auf der Welt.

Jemand legte seinen Arm um sie. Es war Pia, die nun ein Papiertaschentuch, das noch einigermaßen unbenutzt aussah, aus der Hosentasche zog und ihr reichte. Marie nahm es und schneuzte herzhaft hinein. Erst jetzt bemerkte sie, dass der Wind ihr Tränen in die Augen getrieben hatte. Der Wind oder der Gedanke an das, was sie in Cuxhaven erwartete.

Sie drehte sich um, trat auf etwas und verlor beinahe das Gleichgewicht.

»Pass auf!«, schrie Pia, packte sie und zog sie von der Wasserkante zurück. Marie war über die Eisenteile gestolpert, die die Taucher an Land geworfen hatten. Verrostet waren sie.

Oxydiert unter Wasser. Ein Ding sah aus wie ein zu klein geratener Steigbügel. Sie hob es hoch und betrachtete es.

»Nimm es mit!«, rief Jensen. »Als Erinnerung an deine erste Havarie!« Er lachte dröhnend.

Vom Parkplatz her klang ein Hupton zu ihnen herüber. Flink kletterten Marie und Pia die Stufen hinauf. Klaas' Lieferwagen stand dort und wartete auf sie.

»Was ist das?«, fragte Pia.

Marie zeigte ihr das Ding. »Keine Ahnung.«

»Das könnte ein Teil von einer Glockenkrone sein. Oben, der Aufsatz, den die Glocken haben, wenn sie ins Joch gehängt werden.« Pias Vater war Schreiner. »Siehst du hier, die Bruchstelle? Da wurde sie abgetrennt.«

»Dann war das vielleicht gar keine Steigleitung, sondern die Aufhängung der Schiffsglocke?«

Pia gab ihr das Eisenstück zurück. Es war schwer, rostig und handtellergroß. »Vielleicht. Wer weiß, vielleicht ist die Glocke beim Untergang abgebrochen und liegt jetzt immer noch da unten. Oder es ist ein Gelenkteil von einem Lastkran. Auch möglich.«

Marie drehte sich noch einmal um und sah hinaus aufs Meer, das sich grau am Horizont mit dem Himmel traf. »Was damals wohl passiert ist?«

»Vielleicht finden sie heraus, von welchem Schiff das Teil stammt.«

»Birte hat gesagt, es wäre die *Trinity*«, sagte Marie. »Sie glaubt, sie kann es riechen.«

Das und noch einiges andere. Verrückte Frau.

Sie erreichten den Transporter. Klaas stieg aus und öffnete die Schiebetür, damit Marie ihren Seesack verladen konnte.

»Die *Trinity?*«, fragte er. Offensichtlich hatte er den letzten Teil ihrer Unterhaltung gehört.

Etwas in seiner Stimme erregte Maries Aufmerksamkeit. Es klang, als ob er sich daran erinnerte, wie man ihm den ersten Zahn ohne Betäubung gezogen hatte. »Meint Birte. Also ohne Gewähr, ja?«, antwortete Marie und warf ihr Gepäck auf die Ladefläche. »Was war das für ein Schiff?«

Klaas schob die Tür mit Schwung wieder zu. »Keine Ahnung. Ich war noch ein Kind damals. War wohl ein schreckliches Unglück, gab wochenlang kein anderes Thema. Sind ja auch immer wieder Kisten angespült worden und …« Er brach ab.

»Und?«, fragte Marie. Im gleichen Moment spürte sie, dass sie es gar nicht wissen wollte.

»Nichts und. Aber sie kann es nicht gewesen sein. Das ist viel weiter draußen passiert, am Schwarzen Kliff. Wie soll sie auf einmal vor Wilhelmswacht wieder auftauchen? Das ist ja fast hundert Seemeilen weiter.«

»Aber Birte …«

»Birte erzählt viel, wenn der Tag lang ist«, schnitt Klaas das Gespräch ab. »Kein Wunder.«

»Wie, kein Wunder?«

Ihr Chauffeur warf einen ungeduldigen und ziemlich deutlichen Blick auf die Armbanduhr. »Mädel, willst du nun los oder nicht?«

Marie umarmte Pia ein letztes Mal, dann stieg sie vorne ein und nahm auf dem Beifahrersitz Platz.

Pia klopfte an die Scheibe. »Ruf an!«

»Mach ich!«

»Und sieh zu, dass du wiederkommst, bevor ich weg bin!«

»Ja-ha!«

»Und pass auf dich auf! Und denk dran: Immer frische Wäsche anziehen!«

Marie kurbelte die Scheibe hinunter. »Sag mal, geht's noch?«

Pia grinste. »Man wird sich ja wohl noch Sorgen machen dürfen, oder?«

»Um mich. Nicht um meine Wäsche.«

»Aye aye.«

Klaas fuhr los, der Wagen machte einen Satz, und dann sah Marie im Rückspiegel, wie Pia kleiner wurde, die Brücke und der Parkplatz verschwanden und zum Schluss die Station. Und wie die Sonne ein letztes Mal hinter den Wolken hervorkam und den Himmel in blutrotes Licht tauchte, glühend und dunkel wie der Grund eines Hochofens.

5.

Viola stand allein an Claras Bett. Die Intensivstation hatte keine eigenen Zimmer, sondern nur mit Vorhängen abgetrennte Abteile. Es gab keine Stühle, nichts, das den Aufenthalt irgendwie erträglicher gemacht hätte. Nur die reine, desinfizierte Effizienz.

Nachdem Marie sich den Kittel übergestreift und die Hände gesäubert hatte, durfte sie eintreten. Sie wagte nicht, die anderen Patienten anzusehen. Wenn sie hier hilflos liegen würde, würde sie auch nicht von Fremden angestarrt werden wollen.

Die Geräte waren so laut, dass Viola nicht bemerkte, wie ihre Tochter ans Bett trat. Sie war eine sehr hübsche Frau, das bekam Marie immer wieder zu hören. Und mit ihren achtunddreißig Jahren auch eine sehr junge Mutter. Schlanker und zarter als ihre Tochter, mit dunklen, feenhaft gelockten langen Haaren und einem porzellanpuppengleichen Gesicht. Die großen, rehbraunen Augen brachten Gletscher zum Schmelzen, wenn Viola das wollte. Lief die Welt in ihrem Sinne, dann wirkte alles an ihr sanft und lieblich. Doch ihr Blick konnte Feuer gefrieren lassen und ihre Stimme Glas schneiden, wenn die Dinge ihr entglitten. Und das war leider ziemlich häufig der Fall.

Ich bin Violas erste Liebe. Das hatte Maries Vater Frederick gerne gesagt und die kichernde Viola dabei in den Arm genommen. In Hamburg waren sie sich über den Weg gelaufen, sie keine achtzehn, er zehn Jahre älter. Und danach hatten sie nicht mehr voneinander gelassen. Heirat in Gretna Green, gegen den Willen ihrer Eltern, die diese Verbindung dann zähneknirschend akzeptieren mussten. Maries Geburt in Violas ersten Semesterferien. Frederick arbeitete sich gerade in die Firma ein und übernahm sie ein paar Jahre später von Clara. Er führte sie mit Weitsicht weiter, Viola vertändelte den Tag und malte ihre Bilder, traf sich mit Kommilitonen, durchtanzte die Nächte … Warum auch nicht? Zu Hause kümmerten sich Kindermädchen und Hauspersonal um Marie. Sie wuchs im Wohlstand auf. Nie hatte es ihr an materiellen Dingen gemangelt. Zumindest in den ersten Jahren ihrer Kindheit nicht.

Aber wenn der Vater von seinen ausgedehnten Reisen zurückkehrte, brauchte er oft seine Ruhe. Und die Mutter stand irgendwann am Vormittag auf, verzog sich in ihr Atelier und wollte nicht gestört werden. An den seltenen Abenden, an denen ihre Eltern beide zu Hause waren, hatte Marie dennoch das Gefühl, dass sie sich liebten. Allerdings – sie hatte nicht viel davon. Zirkusbesuche, Schlittschuhlaufen, Kino, Basteln, Spieleabende – all das, was für andere zu einer normalen Kindheit gehörte, erlebte Marie nicht. Sie hätte das Gefühl gehabt, wie eine Waise aufzuwachsen, wenn ihr Vater sie nicht einige Male mit auf Geschäftsreisen genommen und sich darüber hinaus sehr selten ein paar Stunden Zeit für sie genommen hätte. Dies waren die kostbarsten Erinnerungen, die Marie besaß. Drachen steigen lassen. Eine Teezeremonie im japanischen Garten. Eine Fahrt in die Hamburger Speicherstadt. Der gemeinsame Gang durch die Lagerhalle. Ihr erster Tauchgang im Hallenbad. Die Geschichte und Herkunft des Tees, den sie importierten. Die Walnussvitrine im Kontor mit dem kostbaren Porzellan. Ein leeres Regalfach. Was war da drin gewesen?

»Unser Familiensilber.« Ihr Vater hatte gelächelt und sie an sich gezogen. »Jede Familie hat ihre Schätze. Dort standen einmal weiße Porzellanschalen aus der Song-Dynastie.«

»Und wo sind die hin?«

Wie alt war sie gewesen? Zehn? Zwölf, dreizehn?

»Sie sind im Krieg verschollen, hat deine Großmutter mir gesagt. Ganz ehrlich? Ich glaube, eine Putzfrau hat sie runtergefegt.«

So war Frederick Vosskamp gewesen. Über Verluste wurde nicht geredet. Wenn sie schmerzten, behielt man das für sich. Dass das Haus in Hamburg eines Tages geschlossen wurde, dass das Kindermädchen ging, die Köchin, der Gärtner – all das erfuhr Marie entweder durch Zufall oder indem man sie vor vollendete Tatsachen stellte. An diesen Vormittag an seiner Seite erinnerte sie sich besonders gut. Verlorene Schätze mochten alle kleinen Mädchen. Ihr Vater hatte das wohl von ihren verträumten Augen abgelesen.

»Ich selbst habe sie nie gesehen. Irgendwo schwirren noch ein paar alte Aufnahmen davon herum. Das bringt sie aber auch nicht wieder zurück in dieses Fach.«

»Welche Musik haben sie da gespielt?«

Überrascht hatte er sie angesehen.

»Na ja, in der Song-Dynastie. Welche Songs?«

Er hatte den Kopf in den Nacken gelegt und laut gelacht. Und sie war stolz gewesen, ihn zum Lachen gebracht zu haben, auch wenn es aus Dummheit oder Einfalt gewesen war.

Du hast dich sogar gefreut, wenn du ausgelacht wurdest.

Und dann war alles so entsetzlich schiefgelaufen. Seit mehr als vier Jahren kam ihr Leben ihr vor wie ein Tablett mit Porzellan, das jemand fallen gelassen hatte. Und Viola, die noch nie Kehrschaufel und Besen in die Hand genommen hatte, scherte sich nicht um die Scherben.

»Hallo Mama.«

Die Erwachsene, die so gerne ein junges Mädchen geblieben wäre, drehte sich um und sah auf ihre Armbanduhr. »Da bist du ja.«

Ich freu mich auch, dich zu sehen.

Viola nahm ihre Tochter flüchtig in die Arme und hauchte ihr einen Kuss auf die Wange. »Gut, dass du mich ablöst. Ich muss gleich wieder zurück ins Atelier.«

»Wie geht es ihr?«

»Das siehst du doch.«

Clara lag mit geschlossenen Augen auf dem Bett. In ihrem linken Handrücken steckte eine Kanüle mit Infusionsschlauch. Die Flasche hing an einem Ständer auf der anderen Seite des Bettes. Als Marie das Gesicht ihrer Großmutter sah, erschrak sie. Mit geschlossenen Augen und leicht geöffnetem Mund lag sie da, blass wie das weiße Kissen, und man hätte nicht sagen können, ob sie noch lebte.

Über dem Bett stand ein Monitor. Die flachen Linien schienen wohl irgendetwas über den Herzschlag und andere lebenswichtige Funktionen auszusagen, aber Marie hatte kein Auge dafür. Sie beugte sich vor und strich über Claras weiches, silbergraues Haar, das die alte Dame immer ordentlich frisiert getragen hatte, und das nun verwirrt an ihrem kleinen Kopf klebte. Das beunruhigte Marie am meisten. Clara hatte immer sehr auf sich geachtet. Es würde ihr gar nicht gefallen, so zerzaust den Blicken der Ärzte und Krankenschwestern preisgegeben zu sein.

Marie wollte sich aufs Bett setzen.

»Nicht. Das darfst du nicht.« Ihre Mutter nahm ihre Handtasche, die sie vor dem Fußende von Claras Bett abgestellt hatte. »Ich muss nach Hause. Du weißt doch, die Ausstellung. Kann ich dich hier allein lassen?«

»Kein Problem.« Warum fragte Viola eigentlich? Sie wartete eine Antwort gar nicht erst ab.

»Bis später.« Und weg war sie.

Marie sah ihr hinterher. Ihre Mutter wirkte, als wäre sie auf der Flucht. War sie wahrscheinlich auch. Krankenhäuser, Alter, Siechtum, all das waren Dinge, mit denen man Viola jagen konnte. »Ich hab übrigens den Job!«, sagte sie. Aber die Worte verhallten ungehört.

Oder doch nicht? Als Marie sich wieder zu Clara drehte, hatte sie einen Moment lang den Eindruck, als ob die Kranke sich bewegt hätte. Nein. Doch nicht. Es musste eine Täuschung gewesen sein. Obwohl es verboten war, setzte Marie sich trotzdem auf die Bettkante.

»Omi«, flüsterte sie. »Was machst du denn für Sachen? Du musst so schnell wir möglich wieder gesund werden. Du hast mir doch versprochen, mich in Friedrichskoog zu besuchen, wenn sie mich nehmen.«

Eine Schwester huschte vorbei, warf der Besucherin einen kurzen Blick zu und nickte. Marie gab den Gruß zurück. Sie streichelte Claras Hand. So warm. So leblos.

»Also, du hast es ja vielleicht mitgekriegt, ich kann da anfangen. Ein ganzes Jahr. Ich freue mich unglaublich. Das ist mein absoluter Traum. Aber das weißt du ja.«

Mutlos brach sie ab. Wie redete man mit jemandem, der einen nicht hörte? Ihre Großmutter wirkte so klein, so zerbrechlich. Sie musste aufwachen. Die Augen öffnen, die Decke zurückschlagen, sich aufsetzen, mit den Händen ordnend durch die Haare fahren und sagen: *Was für ein menschenfeindlicher Ort! Machen wir, dass wir hier wegkommen.*

»Heute haben wir gleich zwei junge Robben gerettet. Wobei … Bei der einen ist es noch nicht klar, ob sie überlebt. Aber Anne, die Stationsleiterin, sagt ja. Und wenn Anne etwas sagt, dann stimmt das auch. Das war draußen auf Wilhelmswacht. Du weißt schon, die Insel. Und stell dir vor, was uns dabei passiert ist!«

Marie griff in ihre Jackentasche und holte das Stück Eisen hervor.

»Wir sind mit einem Schiff kollidiert. Einem Wrack. Keiner weiß, wie es dahin gekommen ist. Strömung und Gezeiten, sagt Jensen. Das ist der Käptn unseres Kahns. Die bewegen wohl alles, was auf dem Meeresgrund liegt, und so muss das Wrack im Lauf der Jahrzehnte ganz langsam vor die Insel gewandert sein. Die Route fährt sonst keiner, deshalb hat es auch niemand bemerkt. Wahrscheinlich sind wir haarscharf an einer Kollision vorbeigeschrammt. Aber irgendeinen Aufbau haben wir erwischt. So ein Stück Mast oder Reling oder die Schiffsglocke. Die alte Birte sagt, es war die *Trinity.* Keine Ahnung, ob das stimmt. Jensen hat die Koordinaten schon an die Küstenwache gegeben, dann wissen wir bald mehr. Man soll nicht drauf hören, was Birte sagt, denn Birte soll ein bisschen …« Marie brach ab. Claras Hände bewegten sich. Eindeutig. »… ein bisschen plemplem sein …«

Sie tasteten über die dünne Decke, als ob sie etwas suchen würden. Claras Augenlider zitterten, doch es gelang ihr nicht, sie zu öffnen.

»Omi?«

Die Linke ihrer Großmutter stieß an das Eisenteil. Behutsam, als wäre es aus Glas, schloss sich Claras Hand um das verrostete Fundstück.

»Omi?«

Auf dem Monitor über dem Bett veränderte sich etwas. Einige schwache Linien bekamen stärkere Ausschläge.

»Kannst du mich hören? Verstehst du mich? Brauchst du etwas? Soll ich einen Arzt holen?«

Der Notfallschalter hing vom Ständer mit der Handschlinge herunter. Marie griff danach und drückte ihn. Irgendetwas passierte gerade. Vielleicht wacht sie auf?, dachte sie. Die Schwester, ein Tablett mit Medikamenten in der Hand, kam zu ihr.

Marie erhob sich. »Ich glaube … Also, ich weiß nicht …«

Sie war Mitte dreißig, mit streng zurückgesteckten Haaren und einer Aura von Sauberkeit und Effizienz. Sie stellte das Tablett ab und checkte den Monitor. »Keine Sorge«, sagte sie. »Das passiert öfter.«

»Wacht sie auf?«

»Leider nicht. Sehen Sie? Alle Funktionen sind wieder im vorherigen Bereich.«

Tatsächlich. Die Linien wurden flacher. Clara lag immer noch da, als ob sie schliefe und ein schwerer Traum sie niederdrücken würde.

»Was genau hat sie? Meine Mutter konnte mir das nicht richtig erklären.«

»Sprechen Sie mit dem Arzt. Sie sind eine Verwandte?«

»Ihre Enkelin.«

Es war, als ob sich ein Hauch von Mitgefühl über die professionelle Miene der Schwester legen würde.

»Wird sie wieder aufwachen?«

»Bitte, reden Sie mit dem Arzt.«

»Ich hatte eben das Gefühl ... also, dass sie sich bewegt hat.«

»Sie liegt im Koma. Aber natürlich kann sich ihr Zustand jeden Moment ändern. Heute Vormittag ...«

Die Schwester brach ab, als hätte sie um ein Haar etwas gesagt, was sie eigentlich nicht erwähnen wollte. Sie nahm das Tablett und entfernte sich mit schnellen Schritten. Mutlos setzte Marie sich wieder hin. Clara sah wieder genauso aus wie vorher. Was hatte die alte Dame so beunruhigt? Was war bis in die dunkle Tiefe ihres Schlafes gedrungen, um diese Reaktion auszulösen? Marie öffnete die Hand und betrachtete die Innenfläche. Sie war bräunlich rot gefärbt. Wahrscheinlich von den Eisenpartikeln des rätselhaften Gegenstandes, den Clara festhielt, obwohl sie bewusstlos sein musste.

»Die Robben. Ja. Das war eine spannende Geschichte.«

Clara rührte sich nicht.

»Die Kollision. Das war wirklich gefährlich. Stell dir vor, das Wrack hätte den Schiffsrumpf aufgeschlitzt und wir wären gesunken!«

Nichts.

»Die *Trinity*«, murmelte sie schließlich. »War es das?«

Die Augenlider ihrer Großmutter zuckten.

Marie beugte sich zu ihr herab. Ihr Herz klopfte. »Kennst du diesen Namen?«

Sie lauschte mit angehaltenem Atem, aber natürlich war ihr klar, dass ihre Großmutter jetzt wohl kaum anfangen würde zu reden. Trotzdem war es seltsam. Ein Wort. Es war ein Wort, das Clara erreichte.

»Ich schenke es dir.« Sanft strich sie der alten Frau die Haare aus der Stirn. »Wenn es dir so viel bedeutet? Was ist mit der *Trinity?* Kannst du dich an dieses Schiff erinnern? Als die alte Birte den Namen gesagt hat, da hatte ich das Gefühl, dass es irgendwo klingelt. Wir kennen ihn. Er hat einmal eine Rolle gespielt. Warum?«

Aber Clara reagierte nicht mehr. Als ob ihr ganzes Begehr dieser verbogene, letzte, verrostete Gruß des untergegangenen Schiffes gewesen wäre. Sie war in einer Zwischenwelt und Marie redete mit leiser Stimme weiter. Verstand ihre Großmutter, was sie sagte? Hörte sie ihr zu? Bekam sie überhaupt mit, wie die Zeit verrann und Stunde um Stunde verging? Marie erzählte von ihrem Tagesablauf, von *Jack Sparrow,* von Pia, von den Fütterungen, schließlich sogar von dem Gefühl, in Friedrichskoog so etwas wie eine Heimat auf Zeit gefunden zu haben. Ihre Großmutter schlief und rührte sich nicht.

Kurz nach Mitternacht kam ein Arzt ans Bett. Auf seinem Namensschild stand Dr. Pionka, und er sah mindestens genauso müde aus, wie Marie sich fühlte.

»Gehen Sie nach Hause, junge Frau«, sagte er leise.

Marie schreckte hoch. »Ich will sie nicht alleine lassen. Nicht hier.«

Dr. Pionka nickte. »Wir rufen Sie an, sobald sich etwas an ihrem Zustand ändert.«

»Was können Sie mir sagen?«

»Sie wurde mit Schwindel und starken Kopfschmerzen eingeliefert. Dann verschlechterte sich ihr Zustand rapide. Wir haben eine Neurothrombektonie durchgeführt, das heißt, wir haben das betroffene Gefäß im Kopf wieder öffnen können. Sie hat gute Chancen. Glauben Sie mir.«

»Wird sie wieder so wie früher?«

Dr. Pionka versuchte ein Lächeln. »Wir müssen hoffen. Sie können nichts tun. Dies ist eine Intensivstation. Eigentlich hätten Sie nach einer halben Stunde wieder gehen müssen. Sagen Sie das bitte auch dem Rest der Familie. Der Besuch heute Vormittag hat sie sehr angestrengt.«

»Heute Vormittag? Wer war denn da?«

»Das weiß ich nicht. Mich hat mein Kollege bei der Ablösung informiert. Frau Vosskamp braucht Ruhe.«

Marie nickte. Der Arzt beugte sich über die Patientin und checkte die Infusion. Er bemerkte nicht, dass sie ein Eisenstück in der Hand hielt. Oder er wollte es nicht bemerken. Dann huschte er zum nächsten Bett, das hinter einem Vorhang verborgen war.

»Ich muss jetzt gehen«, flüsterte Marie. »Ich komme morgen früh wieder. Halte durch, ja? Werde wieder gesund.«

Sie musste schlucken, um nicht gleich am Bett loszuheulen. Die ganze Zeit über hatte sie Claras Zustand nicht an sich herangelassen. Nun, wo sie sich verabschiedete, ließ sie der Gedanke nicht mehr los, dass es vielleicht … nein. Das durfte nicht sein. Schon der Gedanke, in ein Haus ohne Clara zurückkehren zu müssen, war beinahe unerträglich.

»Bis morgen.« Marie haucht ihr einen Kuss auf die Wange. Sie überlegte, ihr den letzten Gruß der *Trinity* wieder wegzunehmen, damit die Schwester ihn nicht finden und entsorgen würde. Aber sie brachte es nicht übers Herz. Wenn Clara dieses Teil haben wollte, sollte es so sein.

»Halt durch. Wach wieder auf. Ich brauche dich.«

Sie verließ die Station, ohne sich noch einmal umzusehen.

6.

Marie. Die Goldmarie ist wieder da. Aber aus Goldmarie wird Pechmarie. Armes Mädchen. Weiß es noch nicht. Hab ja auch alles erst eben erfahren. Pläne. Zum Teufel mit Plänen. Es wird alles so schnell gehen. Ich sollte ihr vielleicht etwas mehr Zeit lassen, um zu verstehen. Genug, damit sie begreift, was sie angerichtet hat. Natürlich, sie kann nichts dafür. Die einen werden im Licht geboren, die anderen im Schatten. Warum ich?, wird sie fragen. Und ich kann ihr keine Antwort geben. Irgendjemand hat gesagt, es ist so. Aber das heißt nicht, dass es auch so bleiben muss. Die Zeit des Schweigens ist vorüber. Die Zeit des Handelns ist gekommen. Du kleine Marie. Du dummes Kind. Es ist nichts Persönliches. Wir wären uns nie über den Weg gelaufen, hätte das Schicksal nicht uns beiden ins Gesicht gespuckt. Menschen wie wir begegnen sich nicht. Für euch sind wir unsichtbar. Die Unberührbaren. Und genau das macht uns gefährlich, denn wir werden zuschlagen, wenn ihr am wenigsten damit rechnet. Und dann sind die Dinge wieder gerade gerückt. Ich werde dort sein, wohin ich gehöre. Und du, Pechmarie? Du wirst vergessen sein in dem Moment, in dem sich deine Augen schließen.

7.

Der nächste Morgen weckte Marie um exakt fünf Uhr dreißig. So früh war sie die letzten vier Wochen aufgestanden, denn um sieben hatte ihre Schicht begonnen. Sie brauchte einen Moment, um zu kapieren, dass sie nicht mehr Pias roten Haarschopf im Bett gegenüber sah, sondern ihren Schreibtisch und das Bücherregal.

Ich bin in Cuxhaven. In dem Haus, in dem ich aufgewachsen bin. Warum wird es mir immer fremder?

Weil Clara nicht mehr da ist, gab sie sich selbst die Antwort. Sie wühlte in ihrer Tasche, fand ihr Handy, checkte die Nachrichten – nichts, außer einem kurzen Gruß von Pia – und sank erleichtert zurück.

Keine Nachrichten sind gute Nachrichten.

Einschlafen konnte sie trotzdem nicht mehr. Und so lief sie wenig später die Treppe hinunter und erwartete, eine leere, unaufgeräumte Küche vorzufinden. Stattdessen stieg ihr der Duft von gebratenem Speck in die Nase, und am blitzblanken Herd stand ein Mann Anfang Vierzig, bei dessen Anblick Marie gerade noch einen ungeduldigen Seufzer unterdrücken konnte. Magnus. Magnus von Treut. Der derzeitige Lover ihrer Mutter.

»Morgen«, knurrte sie.

Magnus drehte sich zu ihr um und musterte sie von oben bis unten. »Guten Morgen. Kommst du vom Fischmarkt?«

Herr von Treut war natürlich trotz der frühen Stunde perfekt gekleidet. Blau gestreiftes Hemd, gelber Seidenbinder, eine dunkle Bundfaltenhose. Um das alles nicht mit Fettspritzern zu verunzieren, trug er eine Schürze. *Le Chef,* stand darauf.

»So ungefähr«, gab sie zurück und näherte sich der Pfanne. Speck braten konnte er. Allerdings war das eine Fähigkeit, mit der kein Mann bei Viola punkten konnte. Im Moment ernährte sie sich laktose- und glutenfrei. Ihre essenstechnischen Marotten änderte sie so schnell, wie der Zeitgeist sein wetterwendisches Fähnchen drehte.

Sie stibitzte eine Scheibe aus der Pfanne und verbrannte sich die Finger.

»So was kommt von so was«, kommentierte Magnus.

Marie pustete auf ihre Hand. »Ist Viola schon auf?«

»Seit dem Morgengrauen. Sie arbeitet wie verrückt für die Ausstellung, das arme Ding.«

Marie mochte nicht, dass er ihre Mutter ein Ding nannte. Der Teekessel begann zu pfeifen. Während Magnus sich um den weiteren Verlauf des Frühstücks kümmerte, verließ Marie die Küche und ging in die Eingangshalle.

Halle war vielleicht übertrieben. Dennoch war das Vosskamp-Haus eines der schönsten der Stadt. Ein Jugendstil-

Juwel, so wurde es genannt. Wer jedoch genauer hinschaute, erkannte die abgetretenen, hölzernen Treppenstufen, die Flecken auf den Teppichen und die grauen Schatten in den Ecken, dort, wo schon lange kein Pinsel mehr frische Farbe aufgetragen hatte.

Die Vosskamps hatten im neunzehnten Jahrhundert begonnen, Tee zu importieren. Zunächst aus China, dann, als nach dem Opiumkrieg die ersten Plantagen in Indien und Ceylon angelegt wurden, auch aus anderen Ländern. Reedereien lieferten sich wahre Wettkämpfe darum, wer mit seinen Clippern und dem ersten First Flush in Bremerhaven und Hamburg am schnellsten ankam. Georg Vosskamp war sogar richtig berühmt gewesen. Er hatte mit einem der ersten Dampfschiffe den Hamburger und Londoner Teeclippern den Kampf angesagt.

Ein altes, dunkel gewordenes Ölgemälde unter der Treppe erinnerte daran: Georg Vosskamp und seine *Unity,* 1869 auf dem Suezkanal. Marie kam immer daran vorbei, wenn sie durch die Hintertür ins Atelier wollte. An diesem Morgen blieb sie davor stehen und betrachtete es, als hätte sie es noch nie gesehen.

»*Unity*«, murmelte sie. Einheit. *Trinity* – Dreieinigkeit. Die leise Unruhe beschlich sie wieder. Es war, als ob das Bild sie an etwas erinnern wollte, das sie einmal gewusst hatte. Aber was? Und warum hatte sie es vergessen? Sie war versucht, in die Bibliothek zu gehen und dort nachzuschlagen, aber das würde den halben Vormittag dauern. Seit Jahrzehnten hatte dort niemand mehr für Ordnung gesorgt. Ihr Vater hatte mehrmals angesetzt, den optimistischen Versuch aber nach einem halben Regalmeter staubiger Folianten wieder abgebrochen.

»Dafür brauchen wir einen Historiker«, hatte er erklärt. »Später. Jetzt habe ich zu viel um die Ohren.«

Später, später … Mit einem Seufzen wandte Marie sich ab und verließ das Haus. Der Garten war ein ähnliches Später-Projekt. Clara hatte bis zum Schluss versucht, wenigstens einen Rest romantischen Blütenzauber zu bewahren. Ab und zu kam ein Gärtner auf Stundenlohnbasis, wenn Viola den Termin nicht verbaselte, und beschnitt die Rosen. Im Herbst harkte er das Laub zusammen. Marie hatte, so oft es ging, mitgeholfen. Doch es war ein großer Garten. Und das Unkraut musste gespürt haben, dass es hier keinen ernst zu nehmenden Gegner mehr hatte. Nach dem Tod von Claras Vater hatte Viola beschlossen, sich voll und ganz der Kunst zu widmen und ihre Energien nicht an Haus und Garten zu verschwenden. Genau so sah es auch aus. Marie stolperte über einen halb zusammengerollten Gartenschlauch. Der Rasen war gelb und verdorrt.

Sie schloss den Schlauch an den Außenwasserhahn an und drehte das Wasser auf. Das Nächste, was sie hörte, war ein irrer Schrei.

»Aufhören!«, kreischte Viola. »Aufhören! Welcher Idiot war das?« Ihre Mutter kam klitschnass um die Ecke, einen Pinsel in der Hand. »Du. Das hätte ich mir denken können. Gehirn einschalten, ja? Mach das aus! Sofort!«

»Der Rasen …«

»Der Rasen! Der Rasen! Du hast mein Bild ruiniert!«

Marie rannte zum Hahn und drehte ihn zu. Wutschnaubend verschwand Viola hinter einem zerfransten Goldregen. Ihre Tochter folgte ihr.

Die Staffelei war umgefallen, das Bild, ursprünglich wohl eine wilde Farbsymphonie, musste voll im Regen gestanden haben. Die Konturen waren zerlaufen wie bei einem Aquarell, und Marie konnte sich den Gedanken nicht verkneifen, dass das Wasser dem Werk wohl eher gutgetan hatte.

Viola war im Atelier verschwunden. Marie hörte, wie sie wütend herumkramte und irgendetwas auf die Erde fiel. Als sie eintrat, fand sie Viola unter dem gewaltigen Arbeitstisch, der einst im Esszimmer der Villa gestanden hatte. Sie war dabei, die Pinsel wieder einzusammeln.

»Lass das. Ich helfe dir.«

»Lieber nicht.« Viola war eigensinnig. Sie würde auch ertrinken, wenn ihr die Nase ihres Retters nicht passte. »Immer wenn du auftauchst, passiert irgendetwas. Du bist *Murphys Law* auf zwei Beinen.«

»Ich freu mich auch, dich zu sehen«, presste Marie hervor. »Gibt's was Neues von Clara?«

»Clara?« Viola runzelte die Stirn. »Ach so, ja. Nein, meine ich. Das Krankenhaus meldet sich, wenn sich an ihrem Zustand etwas ändert. Bis jetzt habe ich noch nichts gehört.«

Viola kam, die Pinsel in der Hand, unter dem Tisch hervor. In den Spitzen ihrer Haare hingen immer noch Wassertropfen. Der bunte, farbverschmierte Kittel war an einer Seite völlig durchnässt.

»Soll ich dir was anderes zum Anziehen holen?«

»Lass mal. Das trocknet. Ich hab keine Zeit. Ich muss arbeiten. Und du? Warum bist du hier? Haben sie dich gefeuert?«

In dem misstrauischen Blick ihrer Mutter glaubte Marie, nicht nur eine Nachfrage zu entdecken, sondern noch etwas anderes. Eine Art unsichtbares Stoppschild. Komm mir jetzt bloß nicht mit Problemen; stand darauf. Ich habe Wichtigeres im Kopf.

»Nein. Im Gegenteil. Ich bin übernommen.«

Viola legte die Pinsel ab und nahm einen Wischlappen, um sich die Haare und das Gesicht zu trocknen. Leider hatte sie damit wohl vor nicht allzu langer Zeit eine Tube mit dunkelgrüner Farbe abgewischt. Ein dicker Balken verzierte nun ihre rechte Wange. »Wo übernommen? Hattest du dich beworben? Ich dachte, du wolltest studieren.«

Marie unterdrückte einen ungeduldigen Seufzer. Gespräche mit ihrer Mutter kamen ihr ähnlich Erfolg versprechend vor wie der Versuch, einem Labrador französische Vokabeln beizubringen. »In der Seehundaufzuchtstation. Ich mache dort ein freiwilliges ökologisches Jahr. Danach werde ich studieren.«

»Ach ja. Stimmt. Das hattest du erzählt. Entschuldige.« Viola legte den Lappen zur Seite und trat auf eine Staffelei zu, auf der ein weiteres wirres Farbknäuel seiner Vollendung harrte. »Gib mir mal das Terpentin. – Aber am ersten Septemberwochenende hast du doch Zeit?«

Marie suchte in dem windschiefen Regal unter Hunderten halb- oder ganz eingetrockneten Farbeimern, ausgelaufenen Kanistern und halb blinden Flaschen nach dem Verdünner. »Warum?«

Das Terpentin hatte Viola in eine Milchflasche umgefüllt.

»Weil wir dann heiraten.«

Um ein Haar hätte Marie die Flasche fallen gelassen. »Was?«, fragte sie. War das ein schlechter Scherz? Sie drehte sich zu ihrer Mutter um, die verträumt auf die Leinwand starrte.

»Wir heiraten.«

Die Stimme kam von der Tür und gehörte zu Magnus. Er hatte zwei Teebecher in der Hand und suchte einen Platz, um sie abzustellen. Marie erkannte den Tee am Duft. Merkwürdig, dass ihr das gelang, obwohl es nach Farbe und Lösungsmitteln roch. Es war ein Vosskamp Darjeelig First Flush, eine Art Krönungsmessen-Tee und das Feinste, das die Vosskamps seit Generationen importierten. Leider gab es im Atelier ihrer Mutter so gut wie keine Stelle, an der man einen Teebecher loswerden konnte, ohne dass er in Farbe, Terpentin, Pigmentgläsern oder bunt befleckten Lappen landete. Schließlich behielt Magnus seinen in der Hand und stellte ihren auf einer Dose ab.

Es war unübersehbar, wie unbehaglich der große, breitschultrige Mann sich damit fühlte. Von Treut würde niemals mit Tee warm werden. Er war ein Mann, der Whisky mochte, alten Rotwein, junge Frauen und … so unwahrscheinlich es war, offenbar auch ihre Mutter. Und genau das kaufte Marie ihm nicht ab. Ihre Mutter war hübsch, aber keine Schönheit.

Intelligent, aber nicht gerissen. Dafür war sie eine Vosskamp, genau wie Marie. Und Marie hatte schon früh gelernt, welche Türen dieser Name öffnete und welche er schloss. Sie war mit Vorurteilen und falschen Freunden aufgewachsen, und mit ihren kaum zwanzig Jahren hatte sie das Gefühl, erwachsener als ihre weltfremde Mutter zu sein.

»Warum?«, fragte sie. »Ihr kennt euch doch erst so kurz.«

Viola riss den Blick von ihrer Leinwand los. Zwar hatte immer noch keine Galerie angebissen, dafür war Violas Kunst zu »wild-dekorativ«, was auch immer man sich darunter vorstellen sollte. Aber die Bilder waren ein Zeichen, dass es ihr im Moment gut ging. Marie hätte es auch klaglos akzeptiert, wenn Viola nichts anderes als Currywürste gemalt hätte. Hauptsache, keine schwarzen Flächen mehr. Schwarze Flächen hieß: Welt, lass mich in Ruhe, ich habe Migräne und möchte die nächsten drei Tage mein Essen auf einem Tablett vor der Zimmertür abgestellt bekommen.

»Zeit ist doch irrelevant.« Viola legte den Pinsel auf ihren Becher. »Wir lieben uns. Warum sollten wir warten?«

»Genau.« Magnus trank einen Schluck Darjeeling und versuchte, nicht das Gesicht zu verziehen. »Außerdem ist der Spätsommer die schönste Jahreszeit. Wir dachten an Sylt. Die Dorfkirche auf Keitum und dann feiern am Strand. Wild wie die Hippies!«

Marie verzog keine Miene. Sie war seit Langem daran gewöhnt, ihre Gedanken für sich zu behalten. Wild wie die Hippies. Auf Sylt. »Sylt ist teuer.«

Die Vosskamps importierten vielleicht den feinsten Tee der Welt, aber sie verkauften ihn mittlerweile gar nicht mehr gut.

Viola verdrehte ungeduldig die Augen. Wie immer, wenn die Sprache auf so niedrige Dinge wie Geld kam. »Wir wollen es ja auch klein halten. Nur die Familie. Du, Clara …«

»Clara liegt im Krankenhaus. Außerdem ist sie nicht so … hippie.«

Magnus fand endlich einen Platz auf dem Fensterbrett und stellte seine Tasse dort ab. »Über Clara wollte ich noch einmal mit dir reden. Wir müssen der Tatsache ins Auge sehen, dass sie sich von ihrem Schlaganfall nicht mehr erholen wird.«

»Nicht?«, fragte Viola, griff nach einem anderen, dünneren Pinsel und tupfte einen schimmernden Reflex auf ein violettes Gebilde, das vage an einen Atompilz erinnerte.

»Was meinst du damit?«, fragte Marie.

»Clara ist pflegebedürftig und nicht zurechnungsfähig. Du musst dich darum kümmern, Viola.«

»Um was?«, antwortete Marie an ihrer Stelle.

Viola seufzte. Sie bekam wieder diesen abwesenden Blick. Sie wollte von Problemen nichts hören. Sie war behütet aufgewachsen, hatte als sensibles, junges Mädchen einen wesentlich älteren Mann geheiratet, der alles von ihr ferngehalten hatte, auch ihre Schwiegermutter, und wollte nichts lieber, als in Ruhe gelassen werden.

»Du musst dich um Claras Zukunft kümmern«, sagte Magnus. »Es müssen Formalitäten erledigt werden.«

»Formalitäten?«, fragte Marie. »Welche Formalitäten?«

Viola tauchte den Pinsel in die feuchte Ölfarbe auf ihrer Palette. Marie hätte am liebsten alleine mit ihr gesprochen. Magnus' permanente Anwesenheit in den letzten Wochen, seine forsche Art, Dinge an sich zu reißen und in seinem Sinne umzusetzen, verstörte Marie mehr und mehr. Sie vermisste ihren Vater. Seine zupackende, optimistische Art. Marie ertappte sich bei dem Gedanken, dass es dieses Gespräch niemals geben würde, wenn ihr Vater noch lebte. Es war immer sein Wunsch gewesen, dass das Haus Vosskamp ein Heim für alle Generationen blieb.

»Wir müssen uns um einen guten Pflegeplatz kümmern.«

»Die beste Pflege ist zu Hause«, erwiderte Marie scharf.

Magnus checkte den Sitz seiner Manschettenknöpfe. »Wunderbar. Dann wäre das geklärt. Du, Marie, schießt alle Pläne in den Wind und wirst ab sofort rund um die Uhr für Clara da sein. Ich muss mich ums Geschäft kümmern und deine Mutter um ihre künstlerische Karriere.«

Dass ein Mann wie Magnus, mit allen Wassern gewaschen, ziel- und gewinnorientiert, effizient, nichts dem Zufall überlassend, ausgerechnet ihrer Mutter eine künstlerische Karriere zutraute, war schon bemerkenswert.

»Bitte«, sagte Viola. »Bitte nicht! Ich kann so nicht arbeiten. Lasst mich allein.« Ihre Stimme hatte diesen leicht schrillen Unterton, der schnell ins Hysterische abgleiten konnte. Normalerweise war das der Moment, in dem Marie einen Gang hinunterschaltete und das Thema vertagte. Doch Magnus' eiskalte Vorausberechnung der nächsten Schritte beunruhigte sie.

»Du weißt genau, dass das nicht möglich ist.« Marie versuchte, mit ruhiger, klarer Stimme zu sprechen. »Ich mache mein ökologisches Jahr auf der Seehundstation. Aber wir können eine Pflegekraft einstellen, und ich würde herkommen, so oft es geht. Wenn wir alle miteinander …«

»Wenn wir alle miteinander für eine pflegebedürftige Person unser eigenes Leben aufgeben? Marie, sei nicht naiv.«

»Früher war es absolut üblich …«

»Früher sind die Leute mit siebzig gestorben.«

Am liebsten hätte Marie ihm einen Farbeimer über den Kopf gestülpt. »Was willst du damit sagen? Dass es bequemer wäre, wenn Clara gar nicht mehr aus dem Krankenhaus zurückkommt?«

»Marie. Ich verstehe dich. Aber denk doch bitte mal nach.« Magnus verzog die Lippen zu einem, wie er wohl meinte, mitfühlenden Lächeln. Er war ein im landläufigen Sinne gutaussehender Mann. Einer zum Anlehnen, genau das, was zarte Wesen wie Viola brauchten. Sein dunkles, volles Haar wurde an den Schläfen von silbrigen Strähnen durchzogen, das scharf gezeichnete, immer etwas gebräunte Gesicht erinnerte Marie an das Portrait eines venezianischen Dogen, das sie einmal in einem Museum gesehen hatte. Zu einer Zeit, in der ihr Vater seiner Tochter von den wirklich wichtigen Dingen auf dieser Welt erzählt hatte.

Verdammt, sie vermisste ihn so. Sie war ein Vaterkind. Sogar äußerlich war sie sein Abbild. Nicht zerbrechlich und durchscheinend wie Viola, sondern kräftig und ein wenig zu groß, ein wenig zu ungelenk, um bei den Jungen ihres Alters Beschützerinstinkte hervorzurufen. Ihr Vater hatte sie zwei Mal mitgenommen zu den Teeplantagen nach Indien und China. Er hatte ihr gezeigt, wie die Pflücker die Blätter ernteten, wie sorgfältig sie von Hand verlesen und fermentiert wurden, wie viel Arbeit, Mühe und Schweiß in einer kleinen Handvoll Darjeeling oder Orange Pekoe steckte. Er hatte ihr die Augen verbunden und sie den Unterschied zwischen weißem, schwarzem und grünem Tee schmecken lassen. Ihr die jahrtausendealte Geschichte und Kultur nähergebracht, sie zu Hause im Wohnzimmer japanische, indische und friesische Teezeremonien nachspielen lassen. Tee verbindet die Welt, hatte er gesagt. Wo gemeinsam Tee getrunken wird, schweigen Feinde und Waffen.

Er hatte kaum Zeit für sie gehabt. Doch selbst wenn er weg war, hatte er ihr etwas gegeben, was Viola nicht geben konnte. Ein Gefühl, dass das Leben einfach und bunt war. Aber dann brach Frederick Vosskamp auf in ein fernes Land, das irgendwo zwischen Georgien und Armenien lag, einer Region, in der man Tee mit Minze und Schwarzkirschen trank und wo er auf der Suche nach einer geheimnisvollen kaspischen Mischung war. Einer Suche, von der er nicht mehr zurückkehrte. Sein Jeep wurde Wochen später ausgebrannt in den Bergen gefunden, von ihm und seinem Übersetzer keine Spur. Es hieß, er sei Aufständischen in die Hände gefallen, und der leise Vorwurf im Schreiben des Botschafters war nicht zu überlesen: Es hatte eine Reisewarnung des Auswärtigen Amtes gegeben. Warum zum Teufel war ihr Vater nicht in Georgien geblieben? Was hatte ihn ins Hochland geführt? Was über die Grenze getrieben? Wahrscheinlich die Kunde von diesem seltenen Melange von unbeschreiblichem Duft und Aroma … Vier Jahre war das nun her, und sie würde nie erfahren, mit wem er seinen letzten Tee getrunken hatte und warum die Feinde und die Waffen nicht geschwiegen hatten.

Magnus betrachtete Marie mit einem seltsamen Blick. Eine Mischung aus Sorge und Ärger schien darin zu liegen, genau konnte sie das nicht sagen. »Bei diesen Überlegungen geht es um nichts anderes als um Claras Wohl«, sagte er. »Viola muss sich endlich wieder mehr um ihre Kunst kümmern. Nicht wahr, Liebes?«

Liebes lächelte zerstreut, trat einen Schritt zurück und betrachtete mit zusammengekniffenen Augen das Bild. »Im Herbst, hat mir der Galerist gesagt. Das wäre doch schön, oder? Nach der Hochzeit?«

»Mama!« Der Galerist wechselte bereits die Straßenseite, wenn er nur von Ferne eine Vosskamp sah.

»Lass mich. Ich will das heute fertig kriegen. Und dann möchte ich mit dem Lavendel beginnen. Lavendel zu malen ist schwer. Sehr schwer.«

Marie öffnete den Mund, um etwas zu sagen, das sie bestimmt hinterher bereuen würde. Drehst du jetzt völlig durch?, oder: Kannst du endlich mal die Augen aufmachen und klar sehen, was hier abläuft?

Magnus streichelte Viola sanft über den Arm. »Sehr schwer. Wir wollen dich nicht stören.«

»Mama?«

Aber Viola schüttelte nur ungeduldig den Kopf. Magnus ließ sie los und ging zur Tür. Marie folgte ihm. Im Treppenhaus wollte sie nach oben in ihr Zimmer.

»Auf einen Moment noch, Marie.«

Unwillig folgte sie ihm ins ebenerdige Wohnzimmer. Mit seinen weißen Sprossenfenstern, den Bücherregalen und dem Kamin war es ein gemütlicher Rückzugsort gewesen. Bis Magnus sich dort breitgemacht hatte. Auch jetzt ließ er sich in den Sessel fallen, als wäre er in ihm geboren worden. Dabei passte nichts so wenig in dieses von Weltläufigkeit und Tradition geprägte Haus wie dieser aalglatte Mann. Marie blieb stehen.

»Ich weiß, wie sehr dich das mitnimmt«, begann er.

So? Woher denn?

»Da komme ich in euer Dreimäderlhaus und wirbele alles durcheinander.«

Jetzt sind es ja nur noch zwei.

»Aber irgendjemand muss sich ja um euch kümmern.«

Und wenn ich in Friedrichskoog bin, ist es nur noch eine.

»Dein Vater ...«

Wehe, du sagst jetzt das Falsche!

»... er hat die Dinge nicht so geordnet, wie es gut gewesen wäre. Wahrscheinlich hatte er geglaubt, ihm bliebe noch viel Zeit.«

»Er war erst vierundvierzig!«, brach es aus Marie heraus.

»Eben, eben. Er hat damit gerechnet, dass du den Teehandel eines Tages mal übernimmst.«

»Was?«

Frederick Vosskamp hatte ihr die Liebe zum Tee mitgegeben. Zu fremden Ländern, zu anderen Sitten und Gebräuchen. Aber er hatte sie immer unterstützt, ihren eigenen Weg zu gehen. Als sie nach dem MSA den Entschluss gefasst hatte, eines Tages Meeresbiologie zu studieren, hatte er ihr sogar einen Tauchanzug geschenkt. Es war sein letztes Weihnachtsgeschenk gewesen.

»Anders kann ich mir die mangelnde Voraussicht nicht erklären. Tatsache ist: In der Firma haben wir zu hohe Ausgaben. Wir müssen rationalisieren. Mehr ins Internet gehen. Den Versand ausbauen. Neue Zeiten. Neue Herausforderungen. Das musste schließlich auch Herr Weller einsehen. Wir haben uns in gegenseitigem Einvernehmen getrennt.«

»Wir?«, fragte sie verblüfft. »In gegenseitigem Einvernehmen?«

Gerhardt Weller, der Prokurist. Er war schon in der Firma gewesen, als Clara sie noch geführt hatte. Ein feiner Mann mit hanseatischem Auftreten, großer Umsicht und absolut vertrauenswürdig. Zu den Wellers pflegten die Vosskamps eine Art respektvolle Freundschaft. Sein Enkel Thomas war sogar im gleichen Alter wie Marie. Gut, ein bisschen älter vielleicht. Er müsste jetzt Mitte zwanzig sein und studierte in Hamburg.

Wenn Marie sich je einen großen Bruder gewünscht hätte, dann hätte er so wie Thomas Weller sein müssen. Früher hatte sie ihn eine ganze Weile lang sogar angehimmelt. Die Wellers gehörten irgendwie zur Familie. Marie vertraute ihnen, ganz besonders dem Senior, der ihr als Kind immer Karamellbonbons zugesteckt hatte.

»Er hat außerdem das gesetzliche Rentenalter erreicht.«

»Das sagt doch nichts. Gerhardt Weller … Er hat doch alles ganz im Sinne meines Vaters weitergeführt!«

»Zielgerichtet in den Abgrund, würde ich sagen.« Magnus beugte sich vor. »Kurzum: Ich bin jetzt der Geschäftsführer von Vosskamp Import. Und ich habe der Firma ein rigoroses Sparprogramm auferlegt. Wellers Job hat jetzt Frau Berger übernommen. Sie ist die persönliche Assistentin der Geschäftsführung.«

Marie plumpste auf die Couch. »Kenne ich sie?«

»Wahrscheinlich nicht, denn du hast dich ja noch nie für die Belange der Firma interessiert. Wir rationalisieren. Das ist unsere Aufgabe. Viola muss sich endlich um ihre Bilder kümmern. Und du … Du hast dir dieses freiwillige Jahr ausgesucht, was ich sehr begrüße.« Er nickte ihr wohlwollend zu.

Aber auf Magnus' Wohlwollen war Marie ganz und gar nicht versessen. »Wie hast du Viola von deiner freundlichen Übernahme überzeugt?«

»Sie ist froh, wenn ich ihr die Verpflichtungen abnehme.«

»Auch die mit Clara? Welche Formalitäten hast du eben gemeint?«

Magnus seufzte. »Wir müssen sie entmündigen. Sie ist immer noch Miteigentümerin.«

»Sag das noch einmal.«

»Es ist hart, das sehe ich ein. Aber es geht immerhin um den Erhalt des Familienvermögens und um dieses Haus. Clara ist nicht mehr geschäftsfähig. Viola muss Entscheidungen treffen können. Und ich auch. Es ist, selbst wenn du es jetzt noch nicht einsiehst, eine absolute Notwendigkeit.«

Marie schüttelte den Kopf. »Das glaube ich jetzt nicht. Wie hast du meine Mutter dazu gekriegt, das abzunicken?«

»Indem ich ihr eine Ausgaben/Einnahmen-Rechnung vorgelegt habe. Ganz einfach. Clara besitzt die Mehrheitsanteile an der Firma. Sie hat leider kein Testament gemacht. Viola wird alles übernehmen. Bei aller Liebe, das schafft sie nicht.«

»Und um sie zu unterstützen, musst du meine Omi auf dem Krankenbett, in der Intensivstation entmündigen?« Marie blieb fast die Luft weg vor Zorn. »Und wer kriegt dann die Anteile? Du etwa?«

Magnus sah zu Boden und gab sich redlich Mühe, zerknirscht zu wirken. »Viola und ich werden das untereinander regeln.«

»Die Firma gehört so gut wie dir. Ist das dein Plan?«

»Plan.« Magnus sah hoch. »Der Mensch plant und Gott lacht. Ich liebe Viola. Ich habe für sie meinen Manager-Job bei Höhne aufgegeben. Ich bin hierher nach Cuxhaven gezogen. Ich will euren Laden wieder auf die Beine bringen. Warum glaubst du mir das nicht?«

Ja, warum glaube ich ihm das nicht? Weil alles zu schnell geht? Weil Manager in deiner Position unsere Firma sicher lieber geschluckt als saniert hätten?

Höhne war der größte Kaffeevertrieb Europas. Vosskamp Import war ein winzig kleiner Fisch in diesem großen Becken. Und Magnus, der große Höhne-Manager, war quasi vom Olymp auf einen Hühnerhaufen gestiegen. Und in dem suchte er jetzt nach goldenen Eiern.

»Ich will mir selbst ein Bild machen«, sagte Marie trotzig.

»Selbstverständlich. Das ist dein gutes Recht. Wir können über alles reden. Aber bedenke, dass deine Vorschläge, wenn du welche hast, auch in die Tat umgesetzt werden müssen. Das betrifft auch den zukünftigen Aufenthaltsort deiner Großmutter.«

Marie stand auf.

»Was hast du vor?«, fragte er.

»Ich werde mir das alles durch den Kopf gehen lassen. Und du?«

»Was meinst du?«

»Was hast *du* vor?«

Für einen Moment verschwand sein leutseliges Lächeln. »Ich weiß, dass du mich von dem Tag an, an dem ich diese Türschwelle übertreten habe, nicht leiden konntest. Aber glaube mir. Ich will nur euer Bestes.«

Marie nickte. Er hatte sie hundertprozentig überzeugt. Er will unser Bestes, dachte sie.

Unsere Firma.

8.

Ein Duft nach Zitrus und Lavendel, dazu die milde Süße reifer Aprikosen und ein Hauch von Mandel. Die Wärme des Tages war noch unter dem Dach gefangen, auch wenn die Sonne schon fast untergegangen war.

Marie trat mit geschlossenen Augen in Claras Zimmer und atmete tief ein. Es war, als ob ein warmer, schützender Mantel sich um ihre Schultern legen würde. Ihr Zufluchtsort. Ihr Zuhause.

Sie öffnete die Augen, drehte sich um und erschrak. Der Wandschrank war geöffnet, davor standen mehrere Umzugskartons, voll mit Kleidern und Wäsche. Die Regale waren zur Hälfte geleert. Wer hatte das getan? Wann? Clara war doch erst gestern ins Krankenhaus eingeliefert worden. Das musste davor geschehen sein. Hatte ihre Großmutter mitbekommen, wie jemand vor ihren Augen begonnen hatte, ihre Habe einzupacken?

Eine Porzellanfigur lag zerbrochen am Boden. Marie hob die Stücke auf. Ein lächelnder chinesischer Teeträger war das gewesen. Uralt, wahrscheinlich noch aus den »goldenen Zeiten« der Vosskamps. Clara hatte diese Figur geliebt. Wie war sie zu Bruch gegangen? Gewollt? Aus Versehen?

Nachdenklich legte Marie die Porzellanstücke auf dem Nachttisch ab. Erst jetzt bemerkte sie die rechteckigen hellen Flecken auf der Tapete. Dort hatte das Bild eines Teeclippers vor der schottischen Küste gehangen. Da drei indische Pflückerinnen, die sich neben ihren Körben hingesetzt und miteinander lachend geredet hatten. Ein … Expressionist, jetzt fiel es ihr wieder ein. Ob die Bilder wertvoll gewesen waren? Für Clara bestimmt. Wo waren sie hingeraten?

Einen Moment verspürte sie den Impuls, hinunterzurennen und Magnus zur Rede zu stellen. Dann fiel ihr ein, dass er wohl schon längst auf dem Weg in die Firma war. Viola konnte sie nicht fragen. Viola war keine Vosskamp.

Lächerlich. Natürlich war sie es. Aber warum zum Teufel hatte sie nach dem Tod ihres Mannes ihren Mädchennamen, Schneider, wieder angenommen? Richtig verstanden hatte sie sich mit ihrer Schwiegermutter nie. Wie auch? Clara, die Erbin der Teedynastie, der Inbegriff von Disziplin und Kaufmannsadel. Viola, der flatternde Schmetterling, der alles begann und nichts richtig zu Ende brachte.

Marie setzte sich aufs Bett. Dabei stieß sie mit dem Fuß an eine Kiste, die darunter geschoben worden war. Neugierig zog sie sie heraus. Mein Krimskrams, so hatte Clara ihr lächelnd einmal erzählt. Ein bisschen Modeschmuck, ein Opernglas, zwei Handschuhe – einer weiß, einer blau, und die Manschettenknöpfe von Claras Mann Wilhelm, den Marie nicht mehr kennengelernt hatte.

Die Sachen sahen durchwühlt aus. Und je länger Marie das Zimmer betrachtete, desto mehr fiel ihr auf, dass hier nicht nur wild gepackt, sondern auch *gesucht* worden war. Eine methodische, aber dennoch hastige Suche. Nur mühsam getarnt als erstes Zusammenräumen von Claras Siebensachen.

Eine unbändige Wut stieg in Marie auf. Magnus. Wie konnte er es wagen, Claras Zimmer auszuräumen? Und war er dabei etwa auch noch auf der Suche nach Wertsachen gewesen?

»Wenn mir mal etwas passiert, mein Kind …« Für einen Moment hatte Marie das Gefühl, ihre Großmutter säße neben ihr und würde ihr diese Worte ins Ohr flüstern. »Dann weißt du, wo die hübschen Sachen sind.«

»Welche Sachen?«, hatte Marie entgeistert gefragt.

Wie alt war sie gewesen? Vierzehn? Fünfzehn? Für Clara, die in so vielen Dingen äußerst modern war, markierte der vierzehnte Geburtstag das Ende der Kindheit und den Anfang des Erwachsenenlebens. Mit vierzehn wurde man im Mittelalter verheiratet, hatte sie ihrer empörten Enkeltochter ein ums andere Mal gesagt, wenn die sich wieder einmal geweigert hatte, den Mülleimer hinauszubringen oder ihr Zimmer in einen Zustand zu versetzen, in dem ältere Damen nicht Gefahr laufen mussten, sich beim Betreten den Hals zu brechen.

Rund um meinen vierzehnten Geburtstag, vermutete sie. Damals hatte Clara begonnen, sie zumindest wie eine Erwachsene zu behandeln. Wahrscheinlich weil ihr klar wurde, dass ihre Schwiegertochter Viola wohl auf ewig ein Kind bleiben würde.

»Hier, in meiner Schreibtischschublade.« Behände war Clara aufgestanden und zu dem kleinen Sekretär hinübergegangen, der in einem Erker zwischen zwei Fenstern stand. Sie hatte Marie nicht in die Augen gesehen. Zum ersten und einzigen Mal war etwas zwischen ihnen aufgetaucht, das schwer zu benennen war, wenn man niemanden beleidigen wollte. Misstrauen? Angst? Ein Gefühl von Schuld, das die alte Dame niemandem eingestehen wollte, noch nicht einmal sich selbst? Was hatte sie damals auf diese merkwürdige Idee gebracht, ihrer Enkelin das Geheimfach zu zeigen?

Plötzlich überfiel Marie die Vorahnung, dass etwas geschehen würde. Sie hätte es nicht beschreiben können. Es war wie ein eisiger Lufthauch, der an einem heißen Sommertag aus dem Nichts auftauchte und einem über den Nacken strich. Wie ein böser Blick, zufällig aus einer Menge erhascht. Wie die Erinnerung an einen merkwürdigen Traum, der den Schläfer nah an einen Abhang geführt hatte, viel zu nah …

Wie ferngesteuert erhob sich Marie und ging zu dem Möbelstück. Ihr schien, als ob auch hier schon jemand die Schubladen aufgezogen und durchwühlt hätte. Sie öffnete eine Klappe und betätigte den Mechanismus, genau so, wie Clara ihr das damals gezeigt hatte. Und schon sprang das Geheimfach unter dem Aufsatz auf. Mit klopfendem Herzen tastete Marie nach der Holzschachtel – und fand sie. Sie zog sie heraus und öffnete den Deckel.

Erleichtert atmete sie auf. Da lagen Claras Schätze, sorgfältig in pastellfarbene Watte gepackt. Kleine Perlenohrringe, eine Kette, die Rubinbrosche. Nichts, was tatsächlich von umwerfendem Wert gewesen wäre – für das Kind, das sie gewesen war, aber sagenumwobene Kostbarkeiten.

Mit einem Lächeln ließ Marie die Schachtel wieder in ihrem Versteck verschwinden. Gut. Das hatte Magnus also nicht gefunden. Wenn …, ja wenn er es gesucht hatte … Ganz zufrieden mit dieser Erklärung war Marie nicht. Der Schmuck war altmodisch und allenfalls ein paar Hundert Euro wert. Hatte Magnus das nötig? Vermutlich nicht.

Und plötzlich war es da.

Ein Geruch. Scharf. Penetrant. Als ob Viola vor der Tür einen Kanister Benzin ausgeschüttet hätte. Und genau in diesem Moment ging das Licht aus.

»Hallo?«

Das Zimmer war schwarz. Ihre Augen konnten sich nicht so schnell an die Dunkelheit gewöhnen. Vorsichtig tastete sie sich zur Tür und lauschte. Dann kippte sie den Lichtschalter um. Nichts. Wahrscheinlich war die Sicherung herausgesprungen. Aber was zum Teufel roch so merkwürdig?

Es gelang ihr, ohne größere Schäden an Schienbein und Claras Kiste den Nachttisch zu erreichen. In ihm lagen Kerzen und Streichhölzer. Aber plötzlich war sie sich nicht im Klaren, ob es so eine gute Idee war, der Ursache des Gestanks mit offenem Feuer zu begegnen. Sie schloss die Schublade wieder. In diesem Moment klappte draußen eine Tür. Eine innere Stimme flüsterte ihr zu, dass da nicht Magnus oder Viola waren.

Sei vorsichtig, schoss es ihr durch den Kopf. *Es ist nicht das erste Mal, dass jemand versucht, hier einzubrechen.*

Hastig sah sie sich um. Das Licht, das durch das Fenster ins Zimmer fiel, war schwach, aber ausreichend – jetzt, wo ihre Augen sich ans Dunkel gewöhnt hatten. Oben auf dem Kleiderschrank lag Claras langer Schuhlöffel aus Messing. Vorsichtig, um kein unnötiges Geräusch zu verursachen, holte sie ihn herunter. Wenigstens war sie nicht unbewaffnet. Sie schlich zur Tür, drückte die Klinke hinunter und öffnete sie einen Spalt. Viel erkennen konnte sie nicht, aber wenigstens stand niemand davor und lauerte auf sie. Dafür wurde der Geruch noch intensiver und raubte ihr fast den Atem. Himmel. Was ging hier vor? Wollte jemand das Haus in die Luft jagen?

Mit einem Quietschen, das in Maries Vorstellung Tote hätte wecken können, zog sie die Tür vorsichtig noch ein Stück auf. Niemand war zu sehen. Nur das Fenster hinten am Ende des Flurs stand offen. Sie wollte in den Gang hinaustreten, ließ die Klinke los, streckte die Hand nach rechts aus und wollte die Tür ganz öffnen – und griff direkt in etwas Feuchtes, Glitschiges. Entsetzt fuhr sie zurück. Der Schreck ließ ihr Blut zu Eiskristallen gefrieren. In diesem Moment ging das Licht an – und sie starrte auf ihre nasse Handfläche, von der dickes, dunkelrotes Blut auf den Boden tropfte.

Den Schrei, der ihr in der Kehle saß, konnte sie nicht mehr unterdrücken. Sie taumelte zurück, strich sich wie panisch das Blut von der Hand, verschmierte es auf ihrer Kleidung, an der Wand, es ging nicht ab – ging nicht ab –

»Marie?« Magnus kam die Treppe hochgerannt. Er sah sie und blieb entsetzt stehen. »Um Gottes Willen!«

»Es ist nichts«, keuchte Marie. »Mir ist nichts passiert. Aber hier war jemand! Magnus! Das Fenster!«

Magnus rannte den Gang hinunter, lehnte sich hinaus, spähte in den Garten und schloss die Flügel. Dann drehte er sich zu ihr um. »Wenn das ein Witz sein soll …«

»Das ist kein Witz!« Ihre Stimme überschlug sich. Sie hob die Hand und roch daran. »Das ist … Farbe!«

Langsam drehte sie sich um. Auf die Außenseite von Claras Tür hatte jemand mit dicker, roter Ölfarbe und einem breiten Pinsel vier Buchstaben geschrieben.

JANE.

9.

»Auch einen?« Magnus hatte sich einen Cognac eingeschenkt und hob die Flasche in Maries Richtung.

Viola schlief. Magnus behauptete, sie hätte eine Schlaftablette genommen, und noch nicht einmal eine Elefantenherde, die durch das Haus trampeln würde, könnte sie wecken.

In ihrem Atelier hatte Marie genug Lösungsmittel gefunden, um ihre Hand zu säubern. Danach waren sie gemeinsam nach oben gegangen und hatten die Tür gesäubert. Glücklicherweise war die Farbe frisch und ließ sich vom Lack der Tür problemlos entfernen. Nur die Flecken an der Wand im Zimmer waren schwieriger. Als sie nach einer halben Stunde schließlich aufgaben, konnte man immer noch Maries Handabdrücke erkennen.

Blut. Er wollte, dass es aussieht wie Blut.

»Nein danke. Ich finde trotzdem, wir sollten die Polizei rufen.«

»Ich gebe dir recht. Aber denk nach. Was ist passiert? Fehlt etwas?«

»Ich hatte das Gefühl, jemand hätte Claras Zimmer durchwühlt. Warst du das?«

Er wollte gerade das Glas zum Mund führen, aber nun senkte er die Hand, ohne getrunken zu haben. »Wie bitte?«

»Weiß ich es? Vielleicht wolltest du Sachen für sie ins Krankenhaus bringen. Außerdem fehlen Bilder. Und eine Porzellanfigur ist zu Bruch gegangen.«

»Daran war der Notarzt Schuld. Und die Bilder fehlen schon länger. Seit ein paar Wochen mindestens.«

Marie hätte gerne widersprochen, aber sie war vor über einem Monat nach Friedrichskoog gegangen. Und das mit dem Notarzt klang plausibel. Das Versteck im Sekretär hätte zudem jeder gewiefte Einbrecher sofort geknackt. Die kleinen Kostbarkeiten waren noch da. Aber die Bilder … »Vielleicht weiß Viola etwas darüber«, sagte sie leise.

Magnus kam zu ihr und ließ sich mit einem lauten Seufzen in den Sessel neben Marie fallen. »Nein«, sagte er bestimmt. »Und ich will nicht, dass du sie fragst.«

»Warum nicht? Dinge verschwinden. Fremde Leute kommen ins Haus, durchwühlen Claras Sachen und schreiben irgendwelche Buchstaben auf ihre Tür? Ich finde, Viola sollte das wissen.«

»Für Letzteres habe ich keine Erklärung. Definitiv nicht. Viola benutzt keine rote Ölfarbe. Viel zu plakativ.«

»Ja.«

»Für die Bilder allerdings … Marie, ich habe dir nicht die ganze Wahrheit gesagt.«

Oha. Einen Moment überlegte sie, ob jetzt der Moment für den ersten Cognac ihres Lebens gekommen wäre, und entschied sich dagegen. Magnus musste man nüchtern begegnen.

»Claras Entmündigung hat nicht nur mit ihrem Zustand zu tun. Das Verfahren läuft bereits seit einiger Zeit.«

Ruhig bleiben. Ganz ruhig. Jetzt nicht hysterisch werden.

»Sie hat immer wieder Summen vom Firmenkonto veruntreut. Weller hat das gedeckt. Deshalb habe ich ihn entlassen und die Überweisungen gestoppt.«

»Welche … welche Überweisungen?«

»An einen dubiosen Verein, der sich angeblich um Seenot-Opfer kümmert.«

Marie schluckte. Das wurde ja immer besser. »Du meinst die Gesellschaft zur Rettung Schiffbrüchiger? Die sind absolut seriös! Wenn Clara diese Leute unterstützt hat, dann hatte sie Gründe!«

»Es ist nicht diese Gesellschaft. Der Verein nennt sich Seenot-Hilfe und sitzt in Hamburg. Aber es gibt ihn nicht. Ich habe das überprüft. Sie hat all die Jahre Geld an Betrüger überwiesen. Hohe Summen. Sehr hohe Summen. Als ich dem einen Riegel vorgeschoben habe, hat sie begonnen, Wertgegenstände zu versetzen. Unter anderem auch kostbare Bilder aus dem Familienbesitz. Ich kann dir die Leihscheine zeigen. Sie bekam mal dreitausend, mal sechstausend Euro. Und zahlte alles wieder auf dieses Konto ein.«

Marie stieß einen abgrundtiefen Seufzer aus, schlug die Hände vors Gesicht und atmete hinein in die Dunkelheit. Was für einen absoluten Blödsinn erzählte er da? »Gut.« Sie ließ die Arme herunterfallen. »Clara hat gespendet. Und es war viel Geld. Vielleicht ist sie irgendwelchen Betrügern aufgesessen. Aber das macht sie doch noch lange nicht verrückt.«

»Die Hypothek auch nicht?«

»Welche Hypothek?«

»Euer Haus gehört der Bank. Und die Firma ist auf Talfahrt. Marie, verstehst du immer noch nicht? Clara hat Vosskamp ruiniert!«

Marie sprang auf. »Halt den Mund! Ich will das nicht mehr hören!«

Magnus trank einen tiefen Schluck. »Wie die Mutter, so die Tochter.«

Marie stürmte aus dem Zimmer und jagte die Treppen hoch. Am liebsten hätte sie das Haus auf der Stelle verlassen. Aber es war weit nach Mitternacht. Außerdem wollte sie Clara nicht im Stich lassen, die hilflos im Krankenhaus lag und sich nicht verteidigen konnte.

Du bist doch nicht verrückt, Omi. Du hast doch nie etwas getan ohne Grund. Du hast für Vosskamp dein ganzes Leben lang gearbeitet. Da machst du doch am Ende nicht alles kaputt, oder?

In ihrem Zimmer verkroch sie sich hilflos im Bett, nachdem sie die Tür von innen abgeschlossen und das Fenster zwei Mal überprüft hatte, und starrte in die Dunkelheit.

Du bist doch die Einzige, die ich habe. Du kannst doch nicht plötzlich eine andere sein.

Sie schlief erst ein, als kurz vor Morgengrauen die Vögel ihr Lied vom Ende der Nacht anstimmten.

10.

Ich habe dich gesehen, Marie Vosskamp. Was hatte ich erwartet? Eine Persönlichkeit? Einen Gegner? Jemand, gegen den der Kampf schwer werden würde? Nein. Ich sehe dich als die, die du bist. Ein Nichts. Ein Niemand. Ein schlotternder Haufen Elend, der vor ein paar Buchstaben an der Wand schon hysterisch wird.

Es wird schlimmer kommen. Viel, viel schlimmer. Du wirst alles verlieren, was du liebst. Eins nach dem anderen. Und wenn du am Ende bist und die Frage nach Schuld stellst, werde ich dir die Antwort geben.

Dein Tod wird für mich nicht schlimmer sein, als einen Apfel zu zerschneiden. Und er wird auch nicht mehr bedeuten. Nur die Korrektur eines Irrtums. Nicht mehr lange, dann ist alles wieder an seinem richtigen Platz. Dort, wo es hingehört. Und du, Marie Vosskamp, gehörst … ins Nichts.

11.

Je näher Marie ihrem Ziel kam, desto unruhiger wurde sie. Auf der Intensivstation wurde sie erst nach einigen Minuten Wartezeit eingelassen. Dr. Pionka empfing sie. Als Marie sein Gesicht sah, hatte sie Angst, ihre schlimmsten Befürchtungen würden sich bestätigen.

»Kommen Sie bitte. Hier hinein, da ist es ruhiger.«

Er führte sie in ein Schwesternzimmer. Auf dem Tisch stand ein Blumenstrauß, durchs Fenster schien die Sonne. Aber Marie hatte das Gefühl, alles um sie herum wäre mit einem Mal grau und dunkel geworden.

»Was ist mit meiner Großmutter?«

Dr. Pionka schloss die Tür. Er bot ihr einen Stuhl an und das war gut so. Denn Maries Knie zitterten. »Sie hatte heute Nacht einen zweiten Schlaganfall.«

»Und? Was bedeutet das?«

»Wir wissen nicht, ob sie jemals wieder aufwacht. Und wenn ja, welche Folgeschäden bleiben.«

Marie schluckte. »Könnten Sie … Könnten Sie mir bitte sagen, was das heißt? Wird sie sterben?«

Der Arzt sah sie voller Mitgefühl an. »Frau Vosskamp ist vierundsiebzig Jahre alt. Das ist ein Alter, in dem man damit rechnen muss …«

»Sie war immer gesund! Fit wie ein Turnschuh!« Tränen traten in Maries Augen. Sie wusste, dass es keinen Sinn hatte, dem Arzt Vorwürfe zu machen oder zu widersprechen. Er konnte nichts dafür, dass Clara nun irgendwo zwischen Leben und Tod schwebte. »Sie ist jeden Morgen laufen gegangen, und sie hat Yoga gemacht und diesen chinesischen Tee getrunken, mit dem man hundert Jahre alt werden soll.«

Dr. Pionka nickte mitfühlend.

Marie suchte nach einem Papiertaschentuch in ihrer Jackentasche. »Wie passiert denn so was? Sie war wie immer, als ich sie das letzte Mal gesehen habe.«

»In manchen Fällen gibt es keine Vorwarnung. Hatte sie viel Aufregung in letzter Zeit?«

»Nein. Nur das Übliche.«

Violas hochfahrende Art, wenn sie sich von Clara als Künstlerin nicht ernst genug genommen fühlte. Der Gärtner, der den Buxbaum nicht richtig beschnitt. Magnus, der sich in ihrem Haus breit gemacht hatte und sie entmündigen wollte …

»Sie sollte in ein Heim.«

Der Arzt nickte. »Das kann es natürlich sein. Für viele Menschen ist es unvorstellbar, ihr geliebtes Zuhause zu verlieren. Allerdings … Sie kam doch gut zurecht, oder?«

Marie nickte.

»Und die Krankenakte, die uns vorlag, bestätigte, dass sie

sich in einem für ihr Alter ausgezeichneten Gesundheitszustand befand.«

»Sie war nicht gebrechlich. Aber der neue Mann meiner Mutter … Meine Großmutter und er haben sich wohl nicht so gut verstanden.«

Dr. Pionka sah auf seine Uhr. »Heute bitte nur fünf Minuten. Sie braucht absolute Ruhe. Ihre Mutter, ist das die Dame, die gestern bei ihr war?«

»Ja.«

»Sie wirkt sehr jung, wenn ich mir die Bemerkung erlauben darf.«

Marie steckte ihr Taschentuch weg.

Sie wirkt nicht nur so, sie ist es auch. Irgendwann haben wir einfach die Rollen getauscht. War nicht meine Idee. Aber was würden Sie tun, wenn ihre eigene Mutter ihr Leben nicht auf die Reihe kriegt?

Sie schwieg. Der Arzt stand auf und öffnete die Tür. Es war offensichtlich, dass das Gespräch beendet war.

»Sie war jünger als ich jetzt, als sie mich bekommen hat.«

»Eine große Leistung. Sie wirken ausgesprochen angekommen im Leben.«

Den Weg zu Claras Bett verbrachte Marie damit, über diese Bemerkung nachzudenken. Wie hatte er das gemeint? Irgendetwas in ihr weigerte sich, das als Kompliment aufzunehmen.

Clara sah noch zarter und schutzbedürftiger aus als beim letzten Mal. Vorsichtig setzte sich Marie auf die Bettkante und streichelte die Hände ihrer Großmutter. Sie schlief. Aber das Gesicht der alten Dame wirkte eingefallen, die Nase stach spitz hervor und um den Mund lang ein angestrengter Zug.

»Wie geht es dir?«

Keine Reaktion. Natürlich nicht.

»Mach dir keine Sorgen. Alles läuft gut. Viola malt jetzt Lavendel. Das wird sie eine Weile beschäftigen. Sie hat demnächst eine Ausstellung, sagt sie. Hoffentlich findet die auch wirklich statt und ist nicht wieder so ein Kaffeetrinken der Selbsthilfegruppe Stadtteilkünstler.«

Die Maschinen arbeiteten. Irgendwo ging ein Pieper los. Die Krankenschwester vom letzten Mal hastete vorbei und nickte nur knapp, als sie den Besuch am Bett der Patientin sitzen sah.

»Ich soll dich natürlich grüßen. Alle haben viel zu tun. Aber ich habe Zeit und kann jeden Tag kommen. Wenn es sein muss, lasse ich auch den Job fahren.«

Marie beugte sich vor. Clara atmete flach, aber regelmäßig.

Sie hört mich nicht.

»Egal, worüber du dich aufgeregt hast, es wird nicht wieder vorkommen. Das verspreche ich dir. Ich werde Magnus verbieten, sich in deine Angelegenheiten zu mischen. Was du mit deinem Haus und deinem Geld machst, ist allein deine Sache. Bald bist du wieder zu Hause und kannst dich selbst um alles kümmern.«

Wann wird das sein? Ob du mich jemals wieder in den Arm nehmen kannst? Lass mich nicht alleine. Ohne dich habe ich gar kein Zuhause mehr.

»Es klingt vielleicht blöde. Aber gestern ist was Komisches passiert im Haus. Erst hatte ich das Gefühl, es wären Einbrecher. Aber dann … Sagt dir der Name Jane etwas?«

Da! Ihre Lider flatterten. Sie wollte die Augen aufschlagen und konnte es nicht.

»Omi? Ich bin es! Marie! Wach auf! Kannst du mich hören?«

»Es tut mir so leid.«

Sie fuhr herum. Magnus stand hinter ihr. Ein siedend heißer Schreck durchfuhr sie. Wie viel hatte er gehört? Letzten Endes konnte es ihr egal sein. Vor Viola würde sie vielleicht den Mund halten. Aber nicht vor ihrer Großmutter.

Den Kopf hielt er leicht gesenkt, als ob diese Geste der Demut ihn irgendwie sympathischer machen würde. »Sie kann dich nicht hören.«

»Woher willst du das wissen?«

»Sie liegt im Koma. Natürlich wird sie mitbekommen, dass jemand in ihrer Nähe ist, der sie liebt. Aber sie ist zu weit weg, um zu reagieren.«

»Was machst du hier?«, fragte sie, weil sie sich immer noch ertappt und beobachtet fühlte und Angriff in solchen Situationen wohl die beste Verteidigung war.

»Ich wollte nach Clara sehen. Wir müssen schließlich Vorkehrungen treffen, falls sie …«

»Falls sie was? Stirbt? Oder überlebt?«

Magnus seufzte. »Findest du es eigentlich okay, immer alles so zu dramatisieren? Und das auch noch am Bett einer Sterbenskranken?«

Ich habe nicht angefangen.

Er wandte sich ab und entfernte sich. Wohl oder übel musste Marie ihm folgen. Ihre fünf Minuten waren vorüber. Dass sie gestern bis Mitternacht hatte bleiben dürfen, hatte sie der anderen Schwester zu verdanken. Doch die hatte an diesem Tag keinen Dienst.

Ihr Stiefvater in spe wählte das Treppenhaus. Salopp lief er die Stufen hinunter, was wohl jugendlich-dynamisch wirken sollte. Marie in ihren schweren Boots kam sich linkisch und ungeschickt vor. Sie war immer noch angezogen, als ob sie im nächsten Moment einen Walfischfänger entern wollte.

Magnus durchquerte die Haupthalle, sah sich kurz nach ihr um und hielt ihr dann die Glastür zur Cafeteria auf.

»Danke.«

»Einen Kaffee? Oder lieber Tee? Ich fürchte allerdings, das Angebot in einer Krankenhauscafeteria wird einer Vosskamp noch nicht einmal ein mattes Lächeln entlocken.«

»Auf dem Rettungsschiff von Friedrichskoog wird selten High Tea gereicht.«

»Natürlich.« Er lächelte. »Ich vergesse, dass du uns beweisen willst, dass du nicht aus Porzellan gemacht bist.«

Warum klang das aus seinem Mund immer so abfällig? Magnus musste ein Problem haben. Da Viola in ihrem Bohème-Dasein kaum den Vorurteilen entsprach, die man reichen Leuten gegenüber hegte, musste Marie wohl dafür herhalten. Die Vosskamps schüchtern dich ein, dachte sie.

Deshalb musst du sie entweder verhaltensgestört oder klein machen. Aber mich nicht. Dieser Gedanke bereitete ihr irgendwie Vergnügen.

Sie nahm an einem Fenstertisch Platz. Schräg gegenüber hing ein Fernsehbildschirm an der Wand. Der Ton war leise gestellt. Trotzdem hatten sich einige Patienten in Bademänteln und Hausschuhen davor gesetzt. Im Moment lief eine Nachrichtensendung. Der Bundestag in Berlin mit seinen halb leeren Reihen war zu sehen, dann ein Redner, der irgendjemandem die Leviten las.

Magnus kam mit zwei Bechern Kaffee zurück. Er setzte sich ihr gegenüber.

»Bevor du mir irgendwelche krummen Dinger unterstellst«, begann er, »kann ich dir versichern, dass alles mit Viola abgesprochen ist. Clara kann nicht mehr alleine leben. Jetzt erst recht nicht. Sollte sie sich jemals von diesem Schlaganfall erholen, wird sie Pflege rund um die Uhr brauchen. Wir hatten das Thema bereits.«

»Habt ihr darüber gestritten? Oder über Geld??«

»Gestritten?« Er wickelte umständlich zwei Stück Würfelzucker aus und warf sie in seine Tasse. Dann rührte er gemächlich um. »Wie kommst du darauf?«

»Clara war gesund. Irgendetwas hat diesen Schlaganfall ausgelöst. Ich will wissen, was.«

Er hob den Becher und trank einen Schluck. »Wir hatten keinen Streit.«

»Du willst mir also sagen, sie hat deinen Vorschlag, ihr Konto aufzugeben, ihr eigenes Haus zu verlassen und in ein Heim zu ziehen, widerspruchslos akzeptiert?«

»Sie hat eingesehen, dass es das Beste für sie ist.«

»Für dich.«

Magnus setzte den Becher ab. »Worauf willst du eigentlich hinaus?«

»Ganz einfach. Darauf ...«

Sie brach ab. Ihr Blick blieb an dem Fernseher hängen. Zu sehen war das Meer, offenbar die Nordsee, und dann eine Insel. Wilhelmswacht. Am unteren Bildrand lief eine Meldung: *Wrack der Trinity aufgetaucht. Bergungsunternehmen vermutet Millionenschatz. Pressekonferenz am Nachmittag in Cuxhaven.*

Magnus bemerkte, dass etwas nicht stimmte, und drehte sich um. Nun sah auch er den Bildschirm. Langsam stand er auf und ging näher heran. Marie folgte ihm.

Eine Animation wurde gezeigt. Das Schiff auf dem sandfarbenen Meeresboden, der sich in sanften Wellen bewegte und es eine Anhöhe hinauftrug. So wurde erklärt, wie Wracks ihre Position im Laufe der Jahrzehnte oder auch Jahrhunderte immer wieder verändert hatten, sodass manche von ihnen tatsächlich wieder aufgetaucht waren. Und dann – sie schnappte nach Luft – erschien Jensen auf dem Bildschirm.

»Hab gleich gewusst, das ist was anderes als 'ne verwehte Sandbank. Um ein Haar hätte das Wrack mein Schiff aufgeschlitzt. Konnte gar nicht mehr so schnell abmoven. Ein Sicherheitsrisiko, sage ich Ihnen!«

Graues Wasser, träge Wellen. Darüber die Stimme des Kommentators.

»Immer wieder gibt das Meer längst versunkene Schiffe wieder frei. Zuletzt waren im Wattenmeer gleich drei Wracks wieder aufgetaucht. Auf der Sandbank Süderoogstrand kamen sie in der Nähe der Bake ans Licht. Unter ihnen auch ein Holzwrack aus dem siebzehnten Jahrhundert.«

Ein schwarzer Schiffsrumpf, quer zwischen Sand und Wasser liegend. Ein Geisterschiff.

»Schatzsucher sind an diesen Schiffen besonders interessiert. Zuletzt hatte das spektakuläre Auftauchen eines Sklavenschiffs vor der niederländischen Küste Schlagzeilen gemacht. Im seinem Rumpf wurden Perlen und Kupfermünzen gefunden. Das Bergungsunternehmen *Sea Fire,* das bereits Schatzschiffe vor Malaysia und Irland gehoben hat, will, wie gestern gemeldet, deshalb zur *Trinity* tauchen.«

Ein Mann Anfang fünfzig, braun gebrannt, mit dunkelbraunen lockigen Haaren, durch die sich silberne Strähnen zogen, lachte mit blitzweißen Zähnen in die Kamera. Ein durch nichts zu erschütterndes Grinsen, mit dem er selbst den größten Herausforderungen die Stirn zu bieten schien.

»Wir haben die *Trinity* schon lange auf unserer Liste. Sie ist mein ganz persönliches Traumschiff. Dass sie jetzt so unerwartet aufgetaucht ist, ist nicht überraschend, zwingt uns aber zur Eile.« Er sprach deutsch mit einem US-amerikanischen Einschlag. »Sie ist mein Fixstern. Mein Traum. Ich habe mein Leben lang darauf hingearbeitet, die alte Lady aus ihrem Dornröschenschlaf zu wecken. Wir beginnen die Bergung in den nächsten Tagen. Mit den Besitzern der Fracht, Mitgliedern der Familie Vosskamp, stehen wir bereits in Verbindung.«

»Was?«, japste Marie.

Auch Magnus' Gesicht war ein einziges Fragezeichen.

Und dann wurde der Name des Chefs von dem Bergungsunternehmen eingeblendet und Marie schnappte erneut nach Luft. *Robert Burch. Sea Fire – Deep-Ocean Shipwreck Experts.*

»Mit wem hat er Verbindung aufgenommen?«

»Mit mir nicht«, antwortete Magnus und sah dabei so verwirrt aus, dass sie ihm fast glauben musste.

Sie starrte wieder auf den Bildschirm. Die *Sea Fire* war ein beeindruckendes Bergungsschiff.

»Mit 76 Metern und 1750 Bruttoregistertonnen ist Burch in der Lage, mit einem eigenen, hochmodernen *Deepdiver* der jüngsten Generation in den Wracks nach Schätzen zu suchen. Die *Trinity* soll bei ihrem Untergang antikes chinesisches Porzellan mit sich geführt haben.«

Wieder tauchte Robert Burch auf. »Anhand von Ladelisten und den Schiffsregistern, aber auch mit Hilfe von privaten Unterlagen haben wir herausgefunden, dass die *Trinity* im März 1951 von New York aus in See stach. Ihr Ziel war Hamburg. An Bord befand sich in erster Linie Baumwolle. Doch neben der Ladung waren auch Passagiere bei dieser letzten Fahrt dabei.«

Eine Rückblende: Grobkörniges Schwarz-Weiß-Material. Marie erkannte den Hamburger Hafen. Viele Menschen an einem Kai. Ein Kreuzer des Seenotrettungsdienstes. Fotografen mit tellergroßen Blitzlichtern. Zwei Polizisten – damals hatten sie noch diese hohen, kantigen Mützen auf – kamen über einen Laufsteg vom Schiff. Zwischen ihnen, in eine Decke gehüllt, ging ein Kind. Ein verschrecktes, verschüchtertes Mädchen.

»Das ist doch – Clara!«

Marie erkannte sie sofort. Das Mädchen hatte ihre Haare zu zwei Zöpfen geflochten und sah schüchtern, mit gesenktem Kopf, in die Menge. Diese Haltung hatte ihre Großmutter bis ins Teenageralter beibehalten. Marie kannte einige Fotos, auf denen sie genau so abgebildet war. Selbstbewusstsein, aufrechter Gang, Mut, Geschäftssinn – all das war bei Clara wohl erst zum Vorschein gekommen, als sie mit einundzwanzig die Firma übernommen hatte.

»Clara?«, fragte Magnus. »Dieses Mädchen da war Clara?«

Marie schüttelte unwillig den Kopf. Sie wollte den Bericht sehen und nicht Magnus' Fragen beantworten.

»Der Untergang der *Trinity* 1951 bewegte die Menschen damals sehr, denn es war auch der Untergang einer der bekanntesten hanseatischen Kaufmannsfamilien – der Vosskamps. Auf der Überfahrt nach Deutschland geriet das Schiff in einen Sturm, der in weiten Teilen der Küste die Elektrizität lahmlegte. Auch die Seefeuer fielen aus. Deshalb lief die *Trinity* aufs Schwarze Kliff und sank innerhalb weniger Minuten. Alle Passagiere kamen bis auf eine Ausnahme ums Leben. Als Einzige gerettet wurde Clara Vosskamp, damals elf Jahre alt, deren Eltern mit den anderen Menschen an Bord ertranken. Die Behörden haben bereits signalisiert, dass sie sich bei der Untersuchung des Schiffes auch Aufschlüsse über den Hergang des Unglücks erhoffen. Zudem müssen die Tanks geprüft werden, weshalb das Genehmigungsverfahren bereits durchlaufen ist und sofort mit der Bergung begonnen werden kann. Die Betreiber der *Sea Fire* werden dazu am Nachmittag eine Pressekonferenz geben.«

Der Bericht war zu Ende. Eine Moderatorin erschien und erzählte irgendetwas von Löwenbabys im Hamburger Zoo.

»Was zum Teufel ...« Magnus sah genauso ratlos und bestürzt aus, wie Marie sich fühlte. »Deine Großmutter war auf dem Schiff? Und dieser windige Typ will da jetzt runter?«

Marie zuckte ratlos mit den Schultern. Magnus fuhr sich mit der Hand durch die Haare, dann über die Augen. So perplex hatte sie ihn noch nie erlebt. Oder besorgt? Quatsch. Ein von Treut war doch nicht besorgt. Irgendetwas musste ihn gerade ziemlich aus der Bahn geworfen haben. Genau wie sie. Marie wusste nicht, was es war. Aber es hatte mit Sicherheit nicht denselben Grund.

Sie kehrten wieder zu ihren Plätzen zurück. Niemand von den anderen Patienten hatte mitbekommen, welches innere Erdbeben dieser Bericht in ihnen hervorgerufen hatte.

Magnus runzelte die Stirn. »Viola hat auch nie etwas in dieser Richtung erwähnt. Ein Schiffsuntergang?«

»Meine Mutter ist nicht gerade Expertin in der Vosskampschen Familiengeschichte.«

Es gab Marie einen Stich, wenn sie daran dachte. Plötzlich fühlte sie, wie tief der Graben gewesen sein musste, der ihren Vater und ihre Mutter trotz aller Liebe getrennt hatte. Viola hatte *eingeheiratet,* so drückte sie selbst das aus. Claras hanseatische Art und die bei aller Abenteuerlust klare Zielstrebigkeit von Maries Vater waren das genaue Gegenteil von Violas Künstlerseele.

Marie liebte ihre Mutter. Sie liebte sie schmerzhaft und irgendwie unerwidert. Manchmal kam sie ihr vor wie eine große, seltsam verpeilte Schwester, auf die man besser etwas mehr als zu wenig aufpasste. Sie hatte so gehofft, dass Viola irgendwann, in ferner Zukunft, einen Mann kennenlernen würde, der für sie eine Stütze sein könnte. Der Marie in ihrem Job als »Gouvernante« ablösen könnte. Dass dann ausgerechnet ein Typ wie Magnus auf der Bildfläche erschienen war, kam Marie vor wie eine zusätzliche Bedrohung und nicht wie eine Entlastung.

Magnus schien einen Entschluss gefasst zu haben. »Ich fahre heute Nachmittag nach Hamburg und mache einen Termin mit eurem Notar. Der muss ja wohl etwas wissen, oder?«

Marie nickte. Sie wusste nicht, wer der Notar war. Das waren Dinge, die ihr Vater erledigt hatte. Ihr war nicht wohl bei dem Gedanken, dass Magnus die Sache in die Hand nehmen wollte. Aber wer sonst?, dachte sie. Er hatte sich ja schon überall eingemischt. Und sie – das wurde ihr jetzt erst bewusst –

hatte sich nach dem Tod ihres Vaters eigentlich um gar nichts gekümmert.

»Und dann müssen wir sofort alle Hebel in Bewegung setzen, um dieses Vorhaben zu verhindern.«

»Was?«, fragte Marie. Sie war in Gedanken bei Clara gewesen. Clara, die einzige Überlebende dieser Katastrophe. Natürlich war das irgendwann einmal ein Thema gewesen. Deshalb hatte das Wort *Trinity* auch gleich im ersten Moment etwas in Marie ausgelöst. Eine Erinnerung, ein Gefühl, eine Ahnung, dass dieses Schiff etwas mit ihr zu tun hatte. Was für eine Tragödie.

»Ich werde das nicht zulassen«, sagte Magnus bestimmt.

»Was denn?«

Er lehnte sich zurück und sah aus dem Fenster. Seine Gesichtszüge waren angespannt. Mit den Fingern der linken Hand trommelte er auf die Tischplatte. »Ich weiß nicht, wie du das siehst. Ich bin kein Mitglied der Familie, und ich habe immer wieder versucht, dir zu erklären, dass ich das auch nie sein will. Aber ich liebe Viola und ich will nicht, dass diese Geschichte für sie zu einer Belastung wird.«

Marie wollte den Mund öffnen und sagen, dass das Einzige, was Viola in Bezug auf diese Familie dauerhaft belasten würde, der Wegfall des monatlichen Unterhaltsschecks wäre, ließ es dann aber bleiben. Sie redeten hier von ihrer Mutter.

»Sollte sich wirklich dieses kostbare Porzellan in dem Schiff befinden, dann weiß ich, wohin der Hase läuft.«

»Wohin?«, fragte Marie ahnungslos.

»Bei solchen Bergungen geht es doch nur um eins: ums Geld.«

Sie warf noch einen Blick in Richtung Fernseher. Die Löwenbabys in Nahaufnahme. Die *Trinity* war kein Thema mehr. Bei Magnus dafür umso mehr.

»Vielleicht liegt da unten genau das Vermögen, das der Firma wieder auf die Beine hilft«, sagte Marie und runzelte die Stirn. »Wenn sich dieser Burch nicht hinter unserem Rücken mit dir abgesprochen hat …«

»Ich verbitte mir das!«

»… dann hat er dreist gelogen, um die Bergung voranzutreiben. Und er wird sich in kürzester Zeit bei uns melden müssen.«

Magnus beugte sich vor. »Du hast eine bemerkenswert materielle Einstellung. Ist dir nicht in den Sinn gekommen, dass dieses Schiff ein Grab ist?«

Bestürzt senkte sie den Blick. Nein. Auf diese Idee war sie nicht gekommen. Sie schämte sich. Und noch mehr ärgerte sie sich darüber, dass ausgerechnet der Lover ihrer Mutter sie daran erinnern musste.

»Dort unten liegen Claras Eltern. Vielleicht ihre Geschwister. Ich weiß nicht, ob sie welche hatte. Glaubst du, sie würde es wollen, dass Schatzsucher die letzte Ruhe ihrer Lieben stören?«

Langsam schüttelte Marie den Kopf. Daran hatte sie wirklich nicht gedacht.

Magnus nickte, als sähe er in ihrer Reaktion die Bestätigung seiner schlimmsten Befürchtungen über ihren materiellen Charakter. »Ganz abgesehen davon, was so eine Bergung mit dem Ökosystem des Wattenmeeres anstellt. Ich dachte, du wärst zumindest in dieser Hinsicht sensibilisiert.«

»Das bin ich auch! Entschuldige vielmals, aber ich habe gerade eben erst davon gehört. Die Sache ist für mich genauso neu wie für dich.«

»Dann überleg dir gut, ob du Grabräuber da unten herumstochern lassen willst.«

Grabräuber. Mit einem Mal wurde ihr klar, was Magnus meinte. Wie hatte sie nur so vorschnell reagieren können? In ihrem Kopf hatte es bei dem Wort »Schatz« pling gemacht. Alles andere war nebensächlich gewesen. Sie kam sich vor wie eine komplette Vollidiotin. Magnus hatte recht. Die Vorstellung, an Claras Krankenbett zu sitzen und ihr, wenn sie aus dem Koma erwachte, als Erstes die Nachricht zu präsentieren, dass der nasse Sarg ihrer Eltern geöffnet worden war und die Toten beraubt wurden, ließ sie schaudern. Die ganze Geschichte war einfach nur gruselig. Da lag ihre Familie auf dem Meeresgrund, und sie, Marie, wusste so gut wie gar nichts davon ... Der Name des Schiffes war bestimmt einmal gefallen. *Trinity* ... schschsch ... still ... Ihre Großmutter hatte dieses Kapitel der Familiengeschichte komplett ausgeblendet. Wenn es um Geschichten aus ihrer Kindheit ging, hatte sie nur von New York erzählt. Nun begriff Marie. Claras Kindheit war mit dem Unglück schlagartig beendet worden.

»Es tut mir leid, wenn ich hart war. Ich weiß, du hattest nur das Beste im Sinn.« Magnus stand auf. »Aber das Beste ist eben manchmal auch Verzicht.«

Marie sammelte ihre Sachen ein. »Ähm, ja. Klar.« Sie kam aus dem Staunen nicht mehr heraus. Das Beste ist manchmal Verzicht. Dieser Satz aus Magnus Mund, das war irgendwie verkehrte Welt. Trotzdem rang sie sich zu einem »Du hast recht« durch.

Ein winziges Lächeln erschien um seinen strengen Mund. »Ich bin erstaunt.«

»Nein, wirklich. Du hast recht. Ich habe nicht nachgedacht. Was dieser Burch vorhat, ist eine Katastrophe. Aber ich weiß nicht, was wir dagegen tun können.«

»Dann bist du mit mir einer Meinung, dass wir diesen Leuten auf keinen Fall gestatten dürfen, die *Trinity* zu bergen?«

Ein winzig kleines Alarmglöckchen schlug leise in ihrem Hinterkopf an. Seit wann gab es etwas, bei dem sie und Magnus im wahrsten Sinne des Wortes in einem Boot saßen?

»Ich weiß nicht …«

»Nun, dann werde ich mit Viola reden und mir anhören, was sie zu sagen hat.«

Das kann auch ich dir sagen, dachte sie. *Halt mir alles Unangenehme vom Hals und lass mich meine Lavendelbilder malen.*

Dann war sie schon lieber informiert über die Schritte, die ein Magnus von Treut einleiten würde.

Ihr zukünftiger Stiefvater holte sein Handy heraus. »Frau Berger, wir müssten heute noch nach Hamburg. – Ja. – Das ist eine gute Idee. Danke.«

»Was hast du vor?«, fragte Marie, nachdem er die Verbindung beendet hatte.

Sie gingen gemeinsam zum Ausgang.

Magnus hielt ihr die Glastür auf. »Ich werde sofort eine einstweilige Verfügung gegen die Bergung erwirken. Dazu brauche ich natürlich eure Vollmacht, aber ich gehe mal davon aus, dass weder du noch deine Mutter ein Interesse daran habt, gegen ein amerikanisches Bergungsunternehmen in den Ring zu steigen. Habe ich recht?«

Marie schwieg. Ihr ging das alles zu schnell.

»Ich lasse von eurem Notar eine aufsetzen. Außerdem werde ich die Umweltorganisationen mobilisieren. Es kann nicht sein, dass dieser Brecher von einem Schiff, diese *Sea Fire,* sich direkt vor Wilhelmswacht breitmacht. Das alles müsste zumindest einen zeitlich befristeten Stopp des Unternehmens bewirken.«

»Vielleicht wacht Clara auf. Sie sollte entscheiden, wie es ...«

Sie hatten den Ausgang des Krankenhauses erreicht. Draußen wehte ein frischer Wind, Möwen schwebten in der Luft und stießen heisere Schreie aus.

Magnus blieb stehen. »Marie, Clara wird nicht mehr aufwachen.«

Es war, als ob er Eiswasser über ihren Kopf gegossen hätte. »Natürlich wird sie das.«

»Was ich sagen wollte: Wenn sie aufwacht, wird sie nicht mehr so sein, wie du sie kanntest.«

»Das stimmt nicht!«

»Ich hoffe, dass in diesem Fall du recht hast. Bist du mit meinem Vorgehen einverstanden?« Er hielt ihr die Hand entgegen.

Im ersten Moment wollte Marie ihn einfach nur stehen lassen. Doch dann würde er ohne sie weitermachen. Sie wusste, dass sie Magnus im Auge behalten musste. Etwas an seiner Liebe zum Verzicht stimmte nicht. Sie schlug ein und hoffte, dass er ihr Zögern nicht bemerkt hatte. »Okay. Einverstanden. Aber halt mich auf dem Laufenden.«

Ein Auto, ein ziemlich großer Schlitten, bestätigte gerade alle Vorurteile, die man gegen die Fahrer solcher Autos haben konnte. Es fuhr die Notarzteinfahrt hinauf und hielt direkt vor dem Klinikeingang. Zu Maries größter Verblüffung ging Magnus darauf zu, öffnete die Beifahrertür und stellte seine Aktentasche in den Beifahrerfußraum. Hinter dem Steuer saß eine Frau Ende zwanzig, in grauem Kostüm, mit hochgesteckten blonden Haaren und mit einer Hornbrille auf der Nase.

»Tu mir einen Gefallen«, sagte Magnus zu Marie. »Finde raus, wo diese Pressekonferenz ist und geh hin.«

Marie sah ihn fragend an. »Wofür soll das gut sein?«

»Wir müssen wissen, was sie vorhaben.«

»Klar. Kann ich machen.«

Die Frau stieg aus. Sie war so groß wie Marie, aber schlank wie eine Gazelle und bewegte sich auch so. Mit eleganten, kleinen Schritten umrundete sie das Heck des Wagens und trippelte auf den Eingang zu.

»Sie sind Marie Vosskamp?« Ihre Stimme war jungmädchenhaft hoch.

Magnus trat mit einer entschuldigenden Geste an ihre Seite. »Marie, das ist Anja Berger. Sie unterstützt mich seit einiger Zeit und ist nun ...«

».... die persönliche Assistentin der Geschäftsleitung«, ergänzte Marie. Sie versuchte, diese Frau nicht allzu neugierig zu mustern. Hatten die beiden etwas miteinander?, schoss ihr durch den Kopf. Jedenfalls waren sie ein passenderes Paar als Magnus und ihre Mutter. Wenn dem so wäre, dann überspielten beide das grandios.

Jetzt hör aber auf, dachte sie. Ich kann doch nicht hinter allem, was Magnus betrifft, Unheil wittern.

Sie fühlte sich wie ein eifersüchtiges Kind, das seiner Mutter nichts gönnte. Dabei wünschte sie ihr alles Glück der Welt. Nur nicht mit so einem Menschen wie Magnus ...

Anja Berger reichte Marie eine manikürte, weiche Hand und lächelte sie an. Ihre Zähne strahlten weißer als ein Schneemann bei Sonnenschein in der Antarktis. »Herr von Treut und ich sind auf einem guten Weg, was die Umstrukturierung angeht. Wenn Sie möchten, kommen Sie doch mal vorbei. Ich erkläre Ihnen dann gerne, was wir vorhaben. Vosskamp soll wieder die Nummer eins der Premium-Importe werden. Wir überlegen auch, unter diesem Namen eine eigene Produktserie zu lancieren. Was halten Sie davon?«

»Gute Idee«, murmelte Marie.

»Ich hoffe, Ihrer Großmutter geht es wieder besser? Herr von Treut kümmert sich ja rührend um Ihre Familie.«

Der rührende Kümmerer sah verlegen auf seine Schuhspitzen. Marie atmete tief durch. Offenbar weihte er diese Frau nicht nur in die Geschicke der Firma, sondern auch in die der Eigentümerfamilie ein.

»Wir müssen nach Hamburg, zum Notar.« Er reckte den Arm, um auf seine Uhr zu sehen. »Wir wollen die Bergung der *Trinity* verhindern.«

»Der was?«

»Ich erkläre es Ihnen unterwegs.« Er wandte sich ab, stieg zwei Stufen hinunter und blieb stehen. Dann drehte er sich zu seiner künftigen Stieftochter um. »Marie? Ich bin froh, dass wir in dieser Sache einer Meinung sind.«

Marie lächelte und wartete, bis die beiden im Auto saßen und davongefahren waren. Dann verschwand das Lächeln aus ihrem Gesicht. Magnus von Treut hatte einen Fehler gleich zwei Mal gemacht.

Er hatte zwei Mal *wir* gesagt.

12.

Die »Alte Liebe« war eine weiß gestrichene, hölzerne Aussichtsplattform direkt am Elbefahrwasser, auf Pfählen gebaut. Noch immer legten von dort Ausflugsdampfer nach Helgoland, den Seehundsbänken und Neuwerk ab. Sie war bei Spaziergängern und Shipspottern beliebt, denn man konnte die großen Pötte fast zum Greifen nah Richtung Hamburg oder Nord-Ostsee-Kanal vorüberziehen sehen. Von der Plattform führten flache Wege hinunter zum Wasser, die ebenfalls mit weißen, hölzernen Geländern befestigt waren. Ausgerechnet diesen belebten Ort hatte sich die *Sea Fire Marine Exploration* für ihre Pressekonferenz ausgesucht.

Das Wetter war gut, blauer Himmel, weiße Wolken, ein leichter, nicht zu frischer Wind. Marie hatte den Termin über Pia herausgefunden. Nachdem sie ihrer Freundin von den Absichten des Bergungsunternehmens erzählt hatte, war Pia, wie zu erwarten, fast ausgeflippt.

»Ich werde Greenpeace informieren!«, hatte sie durchs Telefon gerufen. »Wir werden uns ans Schiff ketten! Das muss unter allen Umständen verhindert werden!«

»Gar nichts wirst du tun. Ich will erst einmal herausfinden, was sie vorhaben. Damit du weißt, wo du dich überhaupt anketten sollst.«

Wenig später war Pia wieder am Apparat. »Ich habe mit Annes Erlaubnis die Polizei angerufen und gesagt, dass wir als Aufzuchtstation ein ziemliches Interesse an dem haben, was vor Wilhelmswacht passieren soll. Also: Fünfzehn Uhr, Alte Liebe. Veranstalter und Verantwortlicher ist die *Sea Fire Marine Exploration,* so heißt der Verein wohl. Du musst dich an … Moment. Er heißt …« Pia hatte hörbar herumgekramt, was nicht außergewöhnlich war. Sie konnte sich Notizen machen und die dann nur eine Sekunde später verzweifelt suchen. »Vincent. Vincent Reinhardt. An ihn sollst du dich wenden. Der kann dir alles sagen. Du stehst auf der Anmeldeliste, also werden sie dich auch reinlassen. *Good luck.*«

»*Good luck*«, murmelte Marie, als sie sich der Menschenansammlung näherte, die sich vor den schmalen Aufgängen zur Plattform versammelt hatte. Kamerateams, Fotografen, Journalisten, Schaulustige, alle wollten hinauf. Marie stellte sich an und wurde von der Schlange aufgenommen und langsam und stetig weitergetragen. Als sie oben angekommen war, ging erst mal nichts mehr. Es waren zu viele Leute. Und es wurde eng. Und enger. Von unten strömten immer mehr Menschen hinauf, aber es ging einfach nicht weiter.

Jemand stieß sie in den Rücken und schob sie rücksichtslos voran, direkt an das Holzgeländer. Dort klemmte sie fest, bekam kaum noch Luft und konnte sich nicht mehr rühren.

»Sorry«, sagte der Typ hinter ihr jetzt wenigstens. Offensichtlich wurde er ebenfalls geschubst, sodass er sich an ihr festhielt und ziemlich eng an sie gepresst stehen bleiben musste.

»Könnten Sie Ihren Arm vielleicht von meiner Hüfte nehmen?«, fauchte sie.

»Geht nicht.«

Sie konnte sich noch nicht einmal umdrehen und ihn vors Schienbein treten. Er musste größer sein, auf jeden Fall kräftiger, und der Arm, der sich jetzt an ihr vorbei ans Geländer schob, um sich dort abzustützen, war muskulös und hatte goldblonde Härchen.

»Wenn Sie vielleicht nur einen Schritt weiter …«, sagte er direkt an ihrem Ohr.

»Geht nicht«, giftete sie zurück. »Ich hab das Geländer schon im Magen.«

Endlich schaffte er es, ihr ein paar Zentimeter von der Pelle zu rücken. Sie wandte mühsam den Kopf und blickte direkt in die blauesten Augen, die sie je gesehen hatte.

Mein Gott, ist der süß, schoss es ihr durch den Kopf. Im selben Moment spürte sie, wie ihr Gesicht heiß wurde und sie wahrscheinlich rot anlief wie eine Tomate. War das peinlich.

Er grinste sie an. »Ist eigentlich ganz bequem so«, sagte er. Sein Grinsen wurde noch frecher.

Er hatte halblange, dunkelblonde Haare und ein schmales Gesicht mit Dreitagebart, dem die ausgeprägten Wangenknochen etwas Abenteuerliches gaben. Dazu die breiten

Schultern eines Extremsportlers. Er trug ein ausgeblichenes Surfer-Shirt und eine schmale, aus Lederbändern gefertigte Kette um den Hals, in die winzige Muscheln geflochten waren.

»Ist alles okay? Oder fällst du jetzt gleich in Ohnmacht?«, fragte er.

Wie meinte er das? Ihr wurde bewusst, dass sie ihn ziemlich lange angestarrt hatte.

»Ja, klar. Nein. Also, alles okay.« Wieder ein Schub von hinten. Wieder kam er ihr nahe, sehr nahe. Das war die verrückteste Situation ihres Lebens. Sie kannte diesen Typen gar nicht und wurde quasi die ganze Zeit von ihm umarmt. Nicht unangenehm. Im Gegenteil. Sie hatte nur null Souveränität, um damit umzugehen.

»Ziemlich voll hier«, sagte sie. Der Wind wehte ihr die Haare ins Gesicht. Sie versuchte, sie wegzupusten.

»Ein alter Kahn und ein paar Scherben.« Er lachte. Sein Lachen war sympathisch. Genau wie seine Stimme. Sie kam aus dem Bauch, war nicht zu hoch, einfach nur amüsiert. Und er lachte glücklicherweise nicht über sie. »Die Menschen sind verrückt, nicht?«

»Ja.«

Mittlerweile war klar, dass die Aussichtsplattform längst nicht alle Leute fassen konnte. Marie sah, wie zwei Ordner, die Westen mit der Aufschrift *S.E.M.E trugen,* ein Absperrseil vorhängten. So schön das war, hier in den Armen eines Unbekannten zu stehen, sie hatte noch etwas anderes vor.

»Ich bin so eine Verrückte.« Mühsam und mit leisem Bedauern versuchte sie, sich aus dieser Umarmung zu befreien. Aber die Abgewiesenen begannen nun, die Gangway zum Strand wieder hinunterzugehen, und es entstand ein noch heilloseres Durcheinander.

»So neugierig?«

»Interessiert«, gab sie zurück. »Ich bin interessiert. Und du?«

Entschuldigung, hätte sie am liebsten gesagt. Das *Du* war ihr so herausgerutscht. Aber er hatte schließlich damit angefangen.

Glücklicherweise ging er gar nicht darauf ein, sondern nahm es wie selbstverständlich hin. »Mehr als interessiert. Ich bin richtig scharf drauf. Das ist wie eine Zeitkapsel, so ein untergangenes Schiff.«

»Es ist ein Grab.«

»Ja. Nein. Eigentlich nicht. Es ist Geschichte, konservierte Historie.«

Marie schüttelte den Kopf. Der Rückzug der Abgewiesenen schuf ihnen langsam etwas Platz zum Atmen. Sie hatte Angst, nicht hineinzukommen. Im Moment standen ihre Chancen ganz schlecht. »Es hat damals Tote gegeben. Das ist, wie einen Sarg zu öffnen.«

»Das machen Wissenschaftler ja ständig. Was sind die Pyramiden? Nichts anderes als gewaltige Gräber. Die Cenotes der Maya? Folterkeller. Die Reliquien der Heiligen in katholischen Kirchen? Willst du wissen, was die eigentlich sind? Und warst du schon mal in einem ägyptischen Museum und hast dir Gedanken gemacht, um was es sich bei Mumien eigentlich handelt?«

»Die sind seit zweitausend Jahren tot!« Oder mehr? Sie wusste es nicht. Ihr fiel nur auf, dass dieser Typ sie nicht nur mit seiner Nähe, sondern auch mit seinen superschlauen Argumenten verunsicherte. »Die Opfer der *Trinity* haben Leute gekannt, die heute noch leben.«

»Dann ist Pietät für dich also eine Frage der Zeit?«

»Nein! Ja! Ich weiß es nicht. Ja. Es ist eine Frage der Zeit. Das sind keine Mumien da unten und auch keine Maya-Opfer. Das waren Menschen, die meine ...« Sie brach gerade noch rechtzeitig ab. »...die meine Urgroßeltern sein könnten.«

»Von denen ist sowieso nichts mehr übrig«, gab er mit erstaunlicher Abgebrühtheit zurück. »Die Fische, das Wasser ... Die haben schon längst ihren Frieden gefunden.«

»Den die *Sea Fire* stören will.«

»Sag mal ...« Er kniff die Augen zusammen und musterte sie scharf. »Bist du eine von diesen durchgeknallten Schamanenweibern, die am liebsten ein Forschungsverbot ausrufen würden?«

»Sehe ich so aus?«, giftete sie.

Er blickte an ihr herab, und unter dieser Musterung wurde sie wieder rot. »Nein, eigentlich nicht. Du siehst ganz okay aus.«

Ganz okay. Wow. Das war ja ihr Glückstag.

»Ich bin Vince. Vincent eigentlich, aber Vince klingt besser.«

»Vince«, wiederholte sie. Das war ja noch schlimmer als

ganz okay. Diese Stunde würde mit einem Weltrekord an Fettnäpfchen in die Geschichte eingehen. »Du gehörst zur Crew.«

Er nickte. »Und zu wem gehörst du? Zu unseren Gegnern, nehme ich an.«

Marie schluckte. Dann gab sie sich einen Ruck. Sie hatte diesen Typen gerade erst kennengelernt und sie musste mehr über die Ziele des Bergungsunternehmens herausfinden. Es ging um ihre Familie. Und nicht darum, von jemandem als mehr oder weniger *okay* gehalten zu werden.

»Ich weiß es nicht. Vielleicht lasse ich mich überzeugen.«

Kurz entschlossen packte er sie am Arm und zog sie durch die Menge bis zur Absperrung mit. Erst wollte Marie protestieren, doch dann gefiel es ihr, wie Vince ihnen höflich, aber bestimmt den Durchgang freikämpfte. Zwei Ordner erkannten ihn und hoben das Absperrband.

»Sie kann durch.«

»In Ordnung.«

Einer der Männer klebte ihr einen Stoffbutton aufs T-Shirt. Er zeigte die *Sea Fire.* Marie sagte artig »Danke« und folgte Vince hin zu der übervollen Plattform.

Man hatte eine kleine Bühne aufgebaut, darauf einen Tisch mit vier Mikrofonen. Vor jedem stand ein Namensschild.

»Und was hast du gegen die Bergung?«, fragte Vince.

Marie holte den Button der Seehundstation heraus und pinnte ihn neben das Schiff an ihr T-Shirt. »Ihr verdreckt das ganze Wattenmeer. Außerdem bringen dort die Seehunde ihre Jungen zur Welt, seltene Vögel brüten …«

»… und werden das auch tun, während wir da sind. Außerdem glaube ich, die Gefahr ist viel größer, wenn wir die *Trinity* nicht besuchen.«

»Warum?«

»Ihre Kessel wurden von Dampf auf Schweröl umgerüstet. Keiner weiß, wie sehr die Tanks durch die Korrosion gelitten haben. Dazu kommen noch Jahrzehnte, in denen das Schiff auf dem Meeresboden in Bewegung war. Unsere Messungen haben ergeben, dass es direkt über dem Schillgraben festhängt. Es kann jeden Moment in einen Abgrund stürzen. Es ist sehr gefährlich, da runter zu gehen, aber wir sind fest entschlossen, es trotzdem zu tun. Wenn wir feststellen, dass einer der Tanks ein Leck hat oder droht, auseinanderzubrechen, dann *muss* die *Trinity* geborgen werden, bevor sie stürzt. Und unsere Expedition hat sogar noch etwas zum Erhalt des Wattenmeers beigetragen.«

Marie nickte. »So macht ihr das also den Leuten schmackhaft.«

Vince ließ sie los. »Ich hätte dich für klüger gehalten.«

»Was hat gesunder Menschenverstand mit Klugheit zu tun?«

»Gesunder Menschenverstand«, wiederholte er. Es klang wie »mittelschwere Akne«. Er ließ sie stehen.

Marie seufzte. Warum ließ sie sich so provozieren? Wenn sie so weitermachte, würde sie gar nichts erfahren.

Du musst doch einfach nur so tun, als wäre diese Bergung das aufregendste Abenteuer seit der Entdeckung Amerikas, sagte sie sich selbst.

Sie lächelte gezwungen und sah sich um. Die meisten hier sahen nicht so aus, als ob sie gegen das Unternehmen wären. Die *Sea Fire* musste so etwas wie eine Berühmtheit sein, denn der Stand mit Buttons, Aufklebern und Broschüren war dicht umlagert, und wer ein Schlüsselband oder eine DVD ergattert hatte, strahlte.

Die Lautsprecher wurden eingeschaltet. Schlagartig verstummte der aufgeregte Lärm. Eine attraktive, blonde Frau mit von Salz und Sonne ausgeblichenem Haar stieg auf das Podium und ging an den Tisch. Sie trug Jeans und eine weiße Bluse und sah mit diesem Mix aus cleaner Lässigkeit aus, als ob sie gerade auf dem Weg zu einer Vorstandssitzung ihr Surfbrett an der Garderobe abgegeben hätte. Sie beugte sich zu dem Mikrofon hinunter, vor dem ein Schild mit der Aufschrift »Margeaux Burch, Chief Operating Officer« stand, und tippte mit dem Zeigefinger an das Gerät. Das Geräusch wurde von den Boxen übertragen, selbst die Letzten hörten nun auf zu reden und sahen erwartungsvoll nach vorne.

»*Welcome*«, begann sie. »*Bienvenue*. Willkommen zu unserer Pressekonferenz.«

Sie sprach deutsch mit leicht französischem Akzent. Die ganze Crew schien international zu sein. Nach Robert Burch, der gewollt jugendlich mit einem Satz hinaufsprang und sich den Leuten wahrscheinlich als unglaublich dynamisch und locker präsentieren wollte, kamen mit Esteban Lopez der Finanzchef und mit Davor Antunovic der Chief Executive Officer an den Tisch. Die beiden Letzteren trugen Anzugsjacken über ihren T-Shirts und gaben der bunten Combo einen Hauch von Seriosität. Dennoch hätten sie mit ihren halblangen Haaren und den kragenlosen Hemden bei einer Vorstandssitzung wie bunte Vögel gewirkt. Alles in allem war es eine ziemlich gute Performance, kam es Marie in den Sinn. Eine Mischung aus verrückten Abenteurern, die aber mit beiden Beinen auf dem Boden stehen und wissen, was sie tun. Das bestätigte Robert Burch schon in der ersten Minute.

Wirkte das Auftreten des Chefs anfangs noch sehr unbefangen, beinahe fröhlich, wurde er nach den kurzen Begrüßungsworten von Margeaux schlagartig der taffe Unternehmer.

»Was für ein Empfang. *Thank you!* Danke!« Er deutete mit ausgestrecktem Zeigefinger wahllos in die Menge. So marschierten auch amerikanische Präsidentschaftskandidaten durch ihr Wahlvolk, und Burch schien sich von denen einiges abgekupfert zu haben. »Ich kann Ihnen versichern, dass wir alles tun werden, um die Belastungen für die Natur so gering wie möglich zu halten. Ich kenne die Bedenken, und ich kann sie beinahe lückenlos ausräumen. Ich kenne auch die Vorurteile. Ob ich die auch ausräumen kann – das liegt bei Ihnen.«

Kurze Kunstpause. Er hatte sie. Alle warteten darauf, wie er die Argumente entkräften würde, die gegen sein Unternehmen sprachen. Marie kam nicht darum herum, ihm für seine Rattenfängeroffensive einen gewissen Respekt zu zollen.

»Wir sind in den Augen vieler Leute Vandalen. Respektlos, getrieben von Gier, egoistischer Abenteuerlust, wir verletzen die Totenruhe. Ich sage Ihnen: Wir wollen die letzten Safes der

Geschichte knacken. Für uns und die Nachwelt. Der größte Teil der gefundenen Artefakte steht heute im Museum. Natürlich müssen wir uns finanzieren. Aber das geschieht, anders als viele denken, nur mit einem Bruchteil der gefundenen Schätze. Wir produzieren Filme und Bücher, wir veranstalten Workshops und Exkursionen. Und wir wollen das letzte Geheimnis lüften: Was geschah in der Stunde des Untergangs?«

Gemurmel kam auf. Einige sahen betroffen zu Boden. Marie biss sich auf die Lippen. Sie wollte sich nicht vorstellen, was in so einer Situation geschah. Die Angstschreie, der Kampf um einen Platz im Rettungsboot, eine Schwimmweste, die Panik, das eiskalte Wasser, das ins Schiff schlug und immer höher an den Wänden hinaufstieg, die Erkenntnis, dass man gefangen war in einem Sarg aus Eisen … nein.

»Die *Trinity* sank in der Nacht vom 14. auf den 15. April 1951. Es herrschte Sturm und schwere See. Sie war auf dem Weg von New York nach Hamburg. Sie hatte es schon fast geschafft. Nur wenige Seemeilen trennten sie von der Außenelbe. Doch dann wurde aus dem Sturm ein Orkan Beaufort-Stärke dreizehn. Die Instrumente fielen aus. Einzige Orientierung waren die Seefeuer, die Leuchttürme entlang der Küste. Doch auch sie wurden seit Neuestem elektrisch betrieben. Als der Blitz einschlug, erlosch das letzte Licht. Die *Trinity* trieb orientierungslos im brodelnden Hexenkessel der Elemente. Sie zerschellte am Schwarzen Kliff.«

Wieder eine geschickte Kunstpause. Burch schloss die Augen, als ob er sich diesen grauenhaften Moment vor seinem geistigen Auge vergegenwärtigen wollte, um danach umso kraftvoller durchzustarten.

»Sie sank innerhalb von wenigen Minuten. Für Rettungsboote war es zu spät. Wer sich noch einen Weg an Deck erkämpfen konnte, wurde von der brüllenden See verschlungen. Es gab, bis auf eine Ausnahme, keine Überlebenden.«

Schweigen. Dieser Moment tat Marie gut. Alle waren im Bann der Schilderung jener grausamen Geschehnisse in einer stürmischen Nacht vor langer Zeit. Aber er ging zu schnell vorüber. Schon erklang Burchs kräftige, wohltönende Stimme wieder in ihren Ohren.

»Diese Menschenleben sind unersetzlich. Vierundfünfzig Seelen, die hinabgezogen wurden in ein dunkles Grab. Über sechzig Jahre sind seitdem vergangen. Vielleicht mag das bei den Angehörigen den Schmerz gemildert haben, doch vergessen ist er nicht.«

Sein Blick glitt über die Anwesenden und schien wie unabsichtlich an Marie hängen zu bleiben. Sie fühlte sich erkannt, ertappt, doch sie hielt ihm stand. Er kennt mich nicht, schoss es ihr durch den Kopf. Er kann mich gar nicht kennen.

»Diesen Menschen und ihren Angehörigen gilt unser allerhöchster Respekt. Bitte glauben Sie mir, dass wir niemandes Totenruhe stören werden. Wir wollen einzig und allein zwei Dinge: den Korrosionsstand der Tanks checken, denn von ihnen geht unzweifelhaft die größte Gefahr für das Wattenmeer aus, und den Frachtraum sichten. In diesem Raum befinden sich, wenn man den Aufzeichnungen glauben darf, vier Kisten. Ihr Inhalt: chinesische Teeschalen. Die wollen wir finden.«

Einige steckten die Köpfe zusammen und tuschelten. Teeschalen. Wer machte sich denn so eine Mühe, um ein paar Tassen vom Meeresboden hochzuholen? Sie mussten nicht lange auf die Antwort warten.

»Diese Teeschalen aus der Song-Dynastie sind jede, einzeln für sich, rund eine Viertelmillion Dollar wert.«

Durch die Menge ging ein kollektiver Seufzer. Hier und da lachte jemand. Es war ja auch absurd viel Geld.

»Wir vermuten, dass sich dort unten die legendäre Ashford-Collection befindet, die sich lange im Familienbesitz der Vosskamps befunden hat und die seit dem Zweiten Weltkrieg verschollen ist.«

Aus dem Seufzer wurde aufgeregtes Gemurmel. Ein Mann streckte den Arm hoch und meldete sich wie ein Schulkind. Mit einem aufmunternden Nicken erteilte Burch ihm das Wort.

»Wie viele von diesen Schalen vermuten Sie dort unten?«

»Hundert, vielleicht … In der Ashford-Collection befanden …«

Der Rest ging unter in Rufen, Geschrei, Blitzlichtgewitter und dem heillosen Durcheinander, das einige Reporter und Kamerateams verursachten, als sie versuchten, noch näher nach vorne zu kommen. Aus der Pressekonferenz war mit einem Schlag eine Sensation geworden. Marie hatte das Gefühl, alle um sie herum verlören gerade den Verstand. Sie wurde geschubst, zur Seite gestoßen, die Leute brüllten und tobten. In ihr war nichts. Kein Erschrecken, kein Gefühlsausbruch, gar nichts. Nur der Gedanke: Es ist ein Grab. Das könnt ihr doch nicht machen, Leute.

»Ich bitte um Ihre Aufmerksamkeit!«, rief Burch. Es wurde wieder etwas ruhiger. »Noch einmal: Nach den Aufzeichnungen und alten Fotos aus Familienbesitz handelte es sich bei der Ashford-Collection um eine Sammlung von kostbarstem chinesischem Porzellan. Ihr Umfang beim Auslaufen belief sich nach heutigen Schätzungen auf rund einhundert Artefakte.«

Nun brach ein Tumult los. Während Marie versuchte, hundert mal zweihundertfünfzigtausend auszurechnen, einfach nur, um eine Vorstellung zu bekommen, was Burch dort oben zu einem Dompteur der tobenden Masse machte, brüllte jemand neben ihr: »Fünfundzwanzig Millionen!«

Fünfundzwanzig Millionen? Ihre Familie sollte einmal einen Schatz in dieser Größenordnung besessen haben? Wie konnte das sein? Warum wusste das keiner? Wieso hatte ihr Vater ihr nie etwas davon erzählt? Oder waren das diese lächerlichen, kleinen Schälchen, die irgendjemand angeblich zerdeppert hatte? Marie hielt die Luft an. Das mussten sie sein. Unglaublich, dass alles, was ihre Familiengeschichte betraf, mit der Trinity untergegangen war. Während alle um sie herum versuchten, so nahe wie möglich nach vorne zu kommen – vielleicht hielten sie Burch für ein Goldenes Kalb und hofften, dass etwas Goldstaub an ihnen haften bleiben würde, wenn sie ihn nur berührten –, drehte Marie sich um. Für eine halbe Sekunde knickten ihr die Beine weg, dann hatte sie sich wieder in der Gewalt.

Sie versuchte, sich den Weg hinaus zur Absperrung zu bahnen. Als sie es endlich geschafft hatte, war sie froh, die frische, salzige Luft auf ihrem Gesicht zu spüren. Sie spürte, wie ihre Knie wieder weich wurden, und hielt sich am Geländer fest. Gemeinsam mit allen anderen, die nun nach draußen strömten, ließ sie sich mitnehmen und führen, bis sie schließlich am Ende der Gangway angekommen war. Fünfundzwanzig Millionen.

Im Bauch der *Trinity* lag ein Vermögen. Hier ging es nicht um Tanks und Korrosion. Hier ging es um Geld. Und ganz langsam dämmerte es ihr: um ihr Geld.

13.

Da hast du gestaunt, nicht wahr? Da blieb dir der Mund offen stehen. Jetzt ist es raus. Fünfundzwanzig Millionen. Dafür geht man schon mal über Leichen, oder? Marie, Mariechen … Was wirst du tun? Es ist egal, denn die Würfel sind gefallen. Du wirst den Lauf der Dinge nicht mehr aufhalten können. Ab jetzt geht alles seinen Gang. Ich muss nur einen günstigen Moment abwarten. Vielleicht … könntest du irgendwo ertrinken? Oder du läufst vor ein Auto, du dummes Ding? Fällst einem Triebverbrecher in die Hände? – Nein, natürlich nicht. Ich würde es nur so aussehen lassen. Ich will dir ja nicht unnötig wehtun. Man quält ja auch kein Tier zum Scherz. Ich habe mir überlegt, dass ich dich irgendwo abpassen werde, und dann reden wir miteinander. Ich finde, du solltest wissen, warum ich dich töten werde. Du wirst in einem gewissen Maß Verständnis empfinden, das weiß ich. Einsicht, Demut, vielleicht wirst du ein bisschen betteln … Bitte bitte, lass mich leben! Aber warum? Willst du das wirklich? Von so hoch oben nach ganz tief unten fallen? Marie, Schätzchen, ich bin nicht verrückt. Ich muss dich einfach aus dem Weg räumen, und ich habe zu wenig Zeit, mir eine passende Geschichte für dich auszudenken, die es dir leichter machen würde. Mein Vorschlag: Du hängst dich auf. Oder nimmst Tabletten. Hattest du mal was mit Drogen? Nein? Dann fällt das also raus. Aber Depressionen, das glaubt dir jeder sofort, der deine Mutter sieht. Ein Zug. Genau. Du legst dich vor einen Zug. Keiner wird wissen, ob du das freiwillig gemacht hast oder ob ich nachgeholfen habe. Ein Zug. Genial. You made my day.

14.

Jane …

»Sagt dir der Name was?«

Viola ließ den Pinsel sinken, trat einen Schritt zurück und musterte ihr Werk, das Marie an eine Tasse Hagebuttentee erinnerte, die jemand an die Wand geworfen hatte.

»Nie gehört. Oder meinst du Jane Austen?«

Marie stellte das Tablett auf den Arbeitstisch, den sie zuvor unter dem erbitterten Protest ihrer Mutter freigeräumt hatte.

Viola tauchte den Pinsel ins Wasser und tupfte dann über die lilafarbenen Gebilde auf ihrer Leinwand.

»Hat Papa mit dir mal über Porzellan gesprochen?«

Die Nachrichten im Radio hatten kein anderes Thema. Die Zeitung brachte die Geschichte auf der Titelseite. Aber Viola las keine Zeitung und hörte kein Radio.

»Porzellan? Du meinst den Abwasch? Sieh mal, ich war immer eine Künstlerin. Da beschäftigt man sich mit anderen Dingen als dem Haushalt. Und Clara war immer gegen mich. Vom ersten Moment an. Ich habe mir wirklich Mühe gegeben mit ihr, aber es hat nicht funktioniert.«

Marie seufzte. Sie glaubte ihrer Mutter. Viola war weder böse noch nachtragend und erst recht nicht hinterhältig. Sie hatte nur eine unglaublich penetrante Art, ihren Lebensstil als den einzig akzeptablen zu verteidigen und alle anderen, die morgens einer geregelten Arbeit nachgingen, für verrückt zu erklären.

»Na ja, ich meine so kleine Teeschalen, die ein paar hundert Jahre alt sind. Aus der chinesischen Song-Dynastie.«

»Die sind weg.« Viola tupfte angestrengt weiter. »Die haben wohl einen Bombenangriff im Krieg nicht überlebt.« Sie ließ den Pinsel sinken. »Warum?«

Marie wusste nicht, inwieweit sie ihre Mutter auf den Stand der Dinge bringen oder ob sie das lieber Magnus überlassen sollte. Eine innere Stimme sagte ihr, dass er das wohl gerne übernehmen würde. Trotzdem fuhr sie fort: »Sie waren auf einem Schiff und das ist untergegangen. Jetzt ist das Wrack wieder aufgetaucht. Die *Trinity*. Clara hat den Untergang damals nur knapp überlebt. Es liegt jetzt unterhalb der Wasseroberfläche. Und die Leute von einem Bergungsunternehmen glauben, dass die Schalen noch zu finden wären.«

»Porzellan? Nach einem Schiffuntergang?« Viola stellte den Pinsel ins Wasserglas und ging zum Tisch, um sich eine Tasse Tee einzuschenken. »Dann viel Glück. Ich glaube nicht, dass auch nur eine Tasse diese Katastrophe überlebt hat.«

»Was weißt du darüber?«

Viola nahm die schwarz angelaufene, versilberte Zange und ließ zwei Stück Würfelzucker in ihre Tasse fallen. Gedankenverloren rührte sie um. »Clara war mit ihrer Familie auf dem Schiff. Sie konnte sich an einem Stück Holz festhalten und wurde erst am nächsten Tag gerettet. Ein Wunder, dass sie das überlebt hat. Stell dir vor, es wäre anders gekommen. Dann hätte es deinen Vater nie gegeben. Und dich auch nicht, mein Schatz.«

Für einen Moment fühlte es sich an, als ob eine Mutter mit ihrer Tochter reden würde.

Viola lächelte. »Vielleicht hat sie das so hart gemacht.«

»Sie ist nicht hart.«

»Zu dir nicht. Du bist ihr Liebling. Aber zu mir. Es tut mir unglaublich leid, was ihr widerfahren ist. Als Kind, und jetzt natürlich auch. Aber im Gegensatz zu dir ist sie mir immer fremd geblieben.«

»Willst du das?«

»Was?« Viola pustete in ihren Tee und trank einen Schluck.

»Dass Leute nach dem Schiff tauchen. Dort unten liegt unsere Familie.«

»Unsere Familie steht hier vor dir.« Viola stellte die Tasse ab. Der heitere Zug um ihren Mund verschwand.

»Sie sagen, es geht um Millionen.«

»Tatsächlich?« Ihre Mutter sah zur Leinwand, legte den Kopf schief und presste nachdenklich die Lippen aufeinander. »Ich müsste etwas mehr Magenta nehmen. Was meinst du?«

Marie betrachtete das Bild und nickte. »Ja. Etwas mehr Magenta wäre gut.«

Wann immer Marie sich über ihre Mutter ärgerte, sie wütend war, verzweifelt, sich alleine gelassen fühlte – es gab immer wieder diese Augenblicke, in denen sie eine überwältigende Liebe spürte. Da redeten wildfremde Leute von Millionen, die da unten auf dem Meeresgrund verrotteten, und alles, was Viola interessiert, war ein Farbton auf ihrer Leinwand. Marie wusste, dass das echt war. Dass ihre Mutter wirklich so empfand. Geld war ihr egal. Die Firma war ihr egal. Dieses absolut echte, ursprüngliche Desinteresse an allem Materiellen war etwas, das Marie einfach nur mochte. Es ging zwar einher mit dem schleichenden Untergang der Vosskamps, aber niemand hätte Viola jemals unterstellen können, geldgierig zu sein.

Bei Magnus lag die Sache schon anders. Über seine Motive war sie sich überhaupt nicht mehr im Klaren. Felsenfest war sie der Überzeugung gewesen, dass sich dieser smarte Karrierist nur deshalb an ihre Mutter herangemacht hatte, um die Firma zu kapern. Aber sie waren, nicht zuletzt dank Claras rätselhaftem Tun, offenbar bankrott. Doch dann … Im Krankenhaus, diese vehemente Ablehnung, das Wrack bergen zu lassen … Das passte nicht!

Und so musterte sie ihn ein paar Mal verstohlen, als sie am Abend zusammen im Wohnzimmer saßen, was ziemlich selten vorkam. Sie hatten den Fernseher an und sahen – was noch seltener vorkam – Nachrichten.

Das Regionalprogramm berichtete ausführlich über die Pressekonferenz. Einen Moment hatte Marie Angst, eine der Kameraeinstellungen hätte sie erwischt. Doch die Menschen waren nur in der Totalen zu sehen, konzentriert hatten sich die Macher des Stücks auf Margeaux und Robert Burch.

»Burch?«, fragte Viola irritiert. Sie hatten sie nur deshalb aus dem Atelier herausbekommen, weil Marie sonst die Sicherung herausgedreht hätte. Eine der wenigen Drohungen, die wirkten, aber auch nicht allzu oft angewendet werden durften. »Ich hatte mal ein Paar Schuhe, da stand dieser Name drauf. Ob er etwas damit zu tun hat?«

»Mit deinen Schuhen?«, fragte Magnus. »Sicher nicht, mein Schatz.«

Magnus drückte ihr einen Kuss an die Schläfe. Um ein Haar hätte Marie die Augen verdreht. Die Turteltaube und der Fuchs, kam es ihr in den Sinn. Aber sie hatte mit dem Fuchs eine Allianz geschmiedet. Und er schien die Turteltaube wirklich zu mögen. So, wie die beiden sich anschmachteten. Doch das war gleich wieder vorbei.

Denn nun kam der Teil mit dem Porzellan. Marie ließ Magnus nicht aus den Augen. Sie brauchte nicht zu befürchten, dass er das bemerken würde. Er hatte alles um sich herum ausgeblendet, saß vornübergebeugt mit Blick auf den Bildschirm und wollte keine Silbe verpassen.

»Der Wert des Porzellans beliefe sich nach vorsichtigen Schätzungen auf eine Summe von zwanzig bis fünfundzwanzig Millionen Dollar«, sagte der Kommentator aus dem Off. Ein paar Gesichter hatte der Kameramann doch eingefangen, die nun gezeigt wurden. Allen war buchstäblich der Mund offen stehen geblieben.

»Oha.« Magnus lehnte sich zurück. Mehr sagte er nicht.

Viola wippte ungeduldig mit dem Fuß. Sie wollte wieder zurück an ihre Arbeit.

Der Beitrag war zu Ende, die Moderatorin erschien und kündigte in der Spätausgabe ein Interview mit Burch an, den sie als Studiogast eingeladen hatten. Magnus, schon ganz Herr der Fernbedienung, schaltete den Apparat aus.

»Das ist Geld«, bemerkte er richtig.

Marie nickte. »Viel Geld.«

»Es ist absoluter Blödsinn.« Viola runzelte die Stirn. »Diese alten Tassen sind niemals so viel wert.«

»Doch«, erwiderte ihr Zukünftiger. »Ich habe mich erkundigt. Die Nachrichten waren ja voll davon. Es könnte hinhauen. Ihr Wert ist in den letzten Jahrzehnten enorm gestiegen. Und Tatsache ist, dass ihr tatsächlich einmal im Besitz dieser Kollektion wart, bevor sie verschwunden ist. Was machen wir?«

In diesem Moment klingelte das Telefon. Marie sprang auf und lief in den Flur.

Am anderen Ende meldete sich das Krankenhaus. »Spreche ich mit den Angehörigen von Clara Vosskamp?«

Marie fühlte sich, als ob sie mit einem Fahrstuhl zu schnell nach unten gefahren wäre. Alles in ihr, das Herz, der Magen, der Bauch rutschte herab. »Ich ...« Sie musste sich räuspern. »Ich bin die Enkelin.«

Nicht. Bitte, bitte nicht.

Alles war unwichtig. Millionen. Porzellan. Magnus. Jane. Nichts hatte wirklich eine Bedeutung in diesem Moment.

»Wir wollten Sie sofort informieren, falls sich der Zustand der Patientin ändert«, sagte die Stimme am anderen Ende. Es war ein junge Stimme und dennoch klang sie schon routiniert.

»Ja?«, flüsterte Marie.

»Ihre Großmutter ist vor wenigen Minuten aufgewacht.«

15.

Clara lag in ihrem Bett, dessen Kopfteil ein aufmerksamer Pfleger nach oben gekurbelt hatte. Sie sah schlecht aus und müde, und mittlerweile hatte sie einen Schlauch in der Nase, aber als sie Marie erkannte, leuchteten ihre Augen auf. Sie wollte reden, aber es ging nicht. Nur ein paar leise, unverständliche Laute kamen ihr über die Lippen. Marie wusste, dass das eine Folge des Schlaganfalls war. Hinter ihr standen Viola und Magnus.

»Clara, was machst du denn für Sachen?« Viola tupfte sich mit einem Papiertaschentuch die Augen ab. »Wir sind fast umgekommen vor Sorge!«

Magnus räusperte sich, weil er noch gar nicht wahrgenommen worden war. »Was sagen denn die Ärzte?«

Clara versuchte zu antworten, doch es gelang ihr nicht. Marie griff nach ihrer Hand und spürte einen leichten Druck. Vielleicht konnten sie so kommunizieren?

»Clara, wenn du mir zustimmst, dann machst du das einfach noch mal. Ist das okay?«

Der Griff wurde ein bisschen fester, dann ließ Clara wieder

los und ihre Hand lag schlaff in Maries. Gut. Nein. Nicht gut. Aber sie hatten wenigstens einen Weg gefunden, um miteinander zu kommunizieren.

»Du wirst wieder gesund«, sagte Marie. »Du musst dich ausruhen. Du hattest einen Schlaganfall.«

Magnus beugte sich zu der alten Frau herab. »Clara, wenn du mich verstehen kannst, dann musst du wissen, dass die *Trinity* wieder aufgetaucht ist.«

Empört zog Marie die Luft ein. Wie konnte er es wagen, am Bett einer Schwerstkranken mit diesem Thema zu kommen?

»Taucher wollen in das Wrack. Wir können es verhindern. Willst du das?«

Ein schwacher Druck.

»Ja«, flüsterte Marie. »Ich glaube, sie sagt Ja.«

»Wenn das dein Wille ist, dann werde ich alles Menschenmögliche versuchen, um das zu verhindern.«

Erwartungsvoll sah er zu Marie. Die nickte. Clara hatte ihr wieder das Zeichen gegeben.

»Soll ich mich um alles kümmern?«

Marie nickte.

Magnus richtete sich wieder auf. Er legte seinen Arm um Viola, doch die achtete nicht darauf.

»Clara«, sagte sie mit leiser Stimme. »Ich weiß nicht, ob du mich verstehen kannst. Ich wünsche dir von Herzen, dass du wieder gesund wirst. Ich wünsche es mir so sehr. Ich will nicht, dass wir so … dass wir uns so …«

Marie spürte, dass Clara ihre Hand wieder ganz leicht drückte.

»Sie sagt Ja. Sie will es auch nicht.«

Und zu Maries Überraschung beugte sich Viola über Claras Bett und hauchte der alten Dame einen Kuss auf die Wange. Dann strich sie ihr über die Haare. »Es tut mir so leid, dass ich deine Erwartungen nicht erfüllen konnte. Aber ich habe Frederick geliebt. Sehr geliebt. Er wird immer in meinem Herzen bleiben. Jedes Mal, wenn ich Marie anblicke, sehe ich ihn vor mir. Vielleicht konntest du es nicht erkennen, aber wir waren wirklich glücklich miteinander.«

Marie schluckte. So etwas hatte ihre Mutter noch nie gesagt. Zum ersten Mal begriff sie, wie verloren Viola sich fühlen musste. Alle erwarteten von ihr, dass sie sich zusammenriss und gefälligst funktionierte. Aber das konnte sie nicht. Maries Vater hatte sie beschützt und einen liebevollen Kokon um sie herum gesponnen. Ihr Blick fiel auf Magnus, und was sie sah, jagte ihr einen Schreck ein: Mit zusammengepressten Lippen beobachtete er diese seltsame Aussöhnung mit einem Ausdruck im Gesicht, den man wohlwollend nur als verletzt beschreiben konnte. Er war sichtlich wütend und er konnte dieses Gefühl kaum unterdrücken. Eifersucht auf einen Toten?

»Verzeih mir, bitte.« Viola, die sowieso immer schnell weinte, schluchzte mit einem Mal, als ob in ihr alle Dämme brechen würden. »Ich habe immer versagt. Ich bin noch nicht einmal eine großartige Künstlerin geworden. Ich war eine schlechte Mutter. Aber glaube mir, wenn eine Ehefrau an der Liebe gemessen wird, die sie ihrem Mann entgegenbringt, dann war ich erste Sahne.«

Clara drückte Maries Hand.

»Sie ist ganz deiner Meinung.«

»Wirklich?« Erstaunt sah Viola zu ihrer Tochter. Dann zu Clara. Sie schneuzte in ihr Taschentuch. »Das freut mich aber. Entschuldige bitte, ich muss los. Es ist schon spät, und ich habe den ganzen Abend vorm Fernseher vertrödelt, wo es um dieses Schiff ging. So eine schreckliche Sache. Ein Glück, dass Frederick mich damit immer verschont hat. Jetzt kümmert sich Magnus um alles. Du magst ihn ja auch nicht besonders. Wahrscheinlich magst du gar niemanden, der von außen in deine Familie kommt. Aber er hat alles im Griff. Nicht?« Mit einem Lächeln unter Tränen sah sie zu Maries zukünftigem Stiefvater, dem es gerade noch rechtzeitig gelang, ein mitfühlendes Nicken hinzukriegen.

»Wir sehen morgen wieder vorbei. Marie?« Er wartete darauf, dass sie aufstand und sich ihnen anschloss.

»Ich bleibe noch.«

Nachdem Viola und Magnus gegangen waren, blieb sie eine Weile sitzen und sagte gar nichts. Es genügte, Claras Hand zu halten. Dabei gingen ihr Sätze durch den Kopf, die sie ihr gerne sagen würde – und es sich dann doch nicht traute.

»Ich hatte solche Angst um dich«, sagte sie schließlich leise. »Ich bin so froh, dass du aufgewacht bist. Ohne dich wäre ich ziemlich verloren. Viola kann sich nicht um die Firma kümmern, und Magnus … Ich weiß nicht, was ich von ihm halten soll.«

Schwaches Drücken.

»Du auch nicht, ich verstehe. Aber ich muss wohl akzeptieren, dass meine Mutter ihn heiraten will. Hoffentlich erwarten sie nicht, dass ich bei der Hochzeit dabei bin.«

Keine Reaktion.

»Was ich nicht blicke: Ich habe ihn eigentlich die ganze Zeit für jemanden gehalten, der sich ins gemachte Nest setzen will.«

Fester Druck.

»Und dann setzt er sich so vehement dafür ein, dass die *Trinity* nicht geborgen wird. Das Porzellan, das da unten liegen soll, hat einen Wert von ein paar Millionen Dollar.«

Keine Reaktion.

»Warum? Ich will auch nicht, dass jemand in dieses Wrack taucht, in dem deine Familie ums Leben gekommen ist.«

Fester Druck.

»Du bist doch auch dagegen?«

Noch festerer Druck.

»Obwohl das Geld uns retten könnte?«

Keine Reaktion. Marie seufzte. Das Gespräch war schwierig, und trotzdem war sie glücklich darüber, dass Clara sich verständlich machen konnte.

»Wir sind finanziell ziemlich am Ende, sagt Magnus. Wem hast du denn all diese Summen gegeben?«

Nichts.

»Die Seenot-Retter in Hamburg. Sollte ich sie kennen?«

Nichts.

»Ich kann mich mit ihnen in Verbindung setzen.«

Wieder nichts. Vielleicht war Clara schon längst wieder eingeschlafen?

»Ich kann es auch bleiben lassen.«

Fester Druck.

»Okay. Geht mich also nichts an.«

Leichter Druck.

»Und Jane? Wer ist Jane?«

Claras Hand begann zu zittern. Mit einem Stöhnen wollte die Kranke den Kopf zur Seite drehen, aber es gelang ihr nicht. Ein Monitor zeigte mit einem Mal eine veränderte Kurve. Das monotone Piepen wurde hektisch.

»Clara! Was hast du? Clara?«

Und dann ging alles ganz schnell. Eine Schwester erschien und zog Marie vom Bett weg. Sie schrie einer Kollegin etwas zu, ein Arzt kam angerannt. Es war Dr. Pionka.

»Bitte verlassen Sie die Station.«

»Aber ich ...«

»Bitte gehen Sie! Sie können nichts tun.«

»Was hat sie denn?«

»Es sieht so aus, als ob sie eine weitere Embolie hat. Warten Sie draußen. Ich komme zu Ihnen, sobald wir sie stabilisiert haben.«

»Aber ...« Marie schossen die Tränen in die Augen. »Sie war doch wieder da! Wie kann das sein? Wir haben sogar miteinander gesprochen!«

Die Schwester schob einen Apparat auf Rollen an Claras Bett.

»Dr. Pionka?«, fragte sie.

»Wir tun, was in unserer Macht steht. Das verspreche ich Ihnen.«

Wie betäubt verließ Marie die Intensivstation und setzte sich im Flur neben den Aufzügen auf eine Bank. Sie überlegte, Viola anzurufen, doch die würde an dieser Situation verzweifeln. Und Magnus wollte sie erst recht nicht um sich haben. Er hatte sie gewarnt, diese Sache anzusprechen. Pia, dachte sie. Es wäre schön, wenn Pia jetzt hier wäre.

Sie holte ihr Handy heraus, stellte mit einem Blick auf das Display fest, dass es kurz vor Mitternacht war, und steckte es wieder ein. Dann wartete sie. Die Zeit verstrich quälend langsam. Um eins legte sie den Kopf an die Wand und schloss die Augen. Als sie ständig wegrutschte, legte sie sich einfach auf die Bank und dämmerte ein.

Es war kurz vor zwei, als sie jemand sachte am Arm berührte. Sie blinzelte in das helle Neonlicht und hob die Hand, um ihre Augen dagegen abzuschirmen. Vor ihr stand Dr. Pionka. Er sah auf sie herab, mit ernsten Augen und Mitgefühl im Blick, und er hätte noch nicht einmal den Mund öffnen müssen, um es zu sagen, denn Marie wusste es in dem Moment, in dem sie in sein Gesicht gesehen hatte.

»Es tut mir leid. Sie hat es nicht geschafft.«

Marie nickte. Mühsam richtete sie sich auf. Der Arzt half ihr behutsam auf die Beine. »Wann … wann ist es passiert?«

»Vor einer Viertelstunde.«

»Sie hätten mich rufen sollen.«

Er sah schuldbewusst zu Boden.

»Kann ich sie noch einmal sehen?«

»Natürlich.«

Marie ging zurück in die Intensivstation. Die Schwestern waren gerade dabei, die Geräte und Schläuche von Claras zartem Körper abzunehmen. Als sie Marie sahen, unterbrachen sie ihre Arbeit und gingen weg.

Marie setzte sich ans Bett ihrer Großmutter. Sie fühlte sich, als ob jemand ihr Herz in zwei Teile zerschnitten hätte. Clara war ein so wichtiger, so innig geliebter Teil ihres Lebens gewesen. Und nun war sie für immer gegangen.

Das Gesicht der alten Dame sah friedlich aus. Ein kleiner, schwacher Trost. Sie lag mit geschlossenen Augen da, den Mund leicht geöffnet, als ob sie Marie gerade eben noch etwas sagen wollte und dann eingeschlafen wäre. Marie griff nach ihrer Hand, und sie war warm, aber so entsetzlich lebensleer. Sie strich ihr über die Haare und hauchte ihr einen Kuss auf die Stirn. Keinen Moment lang dachte sie darüber nach, was sie tat. Dies war ihre Großmutter. Dies waren die letzten Minuten in ihrer Nähe. Ihr war, als ob sie immer noch bei ihr wäre, irgendwo in dieser entsetzlich sterilen Station.

»Ich respektiere deinen letzten Wunsch«, flüsterte sie. »Ich werde die Seenot-Retter in Ruhe lassen. Aber Jane nicht. Ich muss herausfinden, was in unser Haus eingebrochen ist und uns zu Tode erschrecken will. Du hattest Geheimnisse, Clara. Vielleicht nimmst du sie mit ins Grab. Aber wenn jemand wagt, uns weiterhin einen Schrecken einzujagen, werde ich herausfinden, warum. Und ich werde dich deshalb nicht weniger lieben.«

Eine Träne löste sich und lief ihre Wange bis zum Kinn herunter. Sie wischte sie weg. Jemand berührte ihre Schulter, als ob er sie trösten wollte.

»Geht schon, Dr. Pionka. Danke«, flüsterte sie. »Ich werde dann mal gehen.«

Sie stand auf und drehte sich um. Aber da war niemand.

16.

Weil keine Busse fuhren, lief Marie den Weg zurück. Sie fühlte sich, als hätte jemand eine Glasglocke über sie gestülpt. Das Leben ging weiter. Autos fuhren an ihr vorbei. Ein Lkw warf einen Packen Zeitungen vor ein geschlossenes Geschäft. Irgendwo schlug eine Turmuhr. Es war der erste Morgen, den Clara nicht mehr erleben würde. Jedes Mal, wenn Marie daran dachte, hätte sie laut losschreien können.

Als am Himmel im Osten eine fahle Ahnung von Licht erschien, erreichte sie das Haus. Still lag es da. Irgendwie leer und verlassen, obwohl doch zwei Menschen darin schliefen. Leise schloss sie die Tür auf, zog die Schuhe aus und wollte die Treppen hochschleichen. Sie würde Viola nicht wecken. Was geschehen war, konnte sie ihr auch noch nach dem Aufstehen sagen.

»Wer ist da?«

Das Deckenlicht flammte auf. Marie fuhr erschrocken herum. Viola sah aus wie ein Geist. Das Haar stand ihr wirr vom Kopf ab, und das T-Shirt, das sie trug, war voller violetter Farbflecken.

»Ach du.«

»Ach ich«, sagte Marie. Sie wusste nicht, wie sie die Nachricht von Claras Tod vorbringen sollte.

»Ich hatte eine Vision«, erzählte ihre Mutter, während sie in die Küche ging. Marie folgte ihr und sah zu, wie Viola sich eine Milchflasche aus dem Kühlschrank holte und ein Glas Milch eingoss. »Glühendrote Rosen und welker Efeu. Das Sinnbild von Leben und Vergänglichkeit.«

»Clara ist tot.«

Viola setzte das Glas ab. Sie hatte einen Milchbart, den sie nun gedankenverloren wegwischte. »Ich habe es geahnt. Man sagt nicht solche Dinge wie heute im Krankenhaus, wenn sie nicht wirklich wichtig sind und es die letzte Gelegenheit sein könnte. Komm her.«

Marie stolperte in ihre Arme. Und obwohl sie einen halben Kopf größer als ihre Mutter war, hatte sie zum ersten Mal seit langer Zeit das Gefühl, geborgen zu sein. Es hielt nicht lange an.

»Was ist denn hier los?«

Er musste auch direkt aus dem Bett gekommen sein. Der Pyjama war genauso zerknittert wie sein Gesicht. Er sah exakt so sauer aus, wie man um fünf Uhr früh aussieht, wenn man Einbrecher im Haus vermutet.

»Könnt ihr euch auch leiser unterhalten?«, fragte er barsch.

»Clara ist gestorben«, sagte Marie. Bei Magnus hatte sie nicht das Gefühl, besonders rücksichtsvoll sein zu müssen. Das war sie bei ihrer Mutter auch nicht gewesen, aber da hatten ihr einfach die richtigen Worte gefehlt. »Eine Embolie. Die Ärzte haben getan, was sie konnten, aber …«

Nicht heulen, dachte sie. Nicht vor ihm.

»Das tut mir leid. Ihr habt sie sehr gemocht.«

»Ja.« Viola klopfte ihrer Tochter noch einmal leicht auf die Schulter, dann ließ sie sie los. »Ich lasse mir ein Bad ein. Und dann muss ich an die Staffelei, um das zu verarbeiten.«

»Gute Idee«, murmelte Marie. Viola verließ die Küche. Wenig später hörten sie, wie Wasser in die Badewanne lief.

Magnus schlurfte in seinen Lederpantoffeln zum Küchentisch und setzte sich. »Das ändert nichts an meiner Haltung.«

Marie versuchte, sich an seine Haltung zu erinnern, aber sie fiel ihr nicht mehr ein.

»Viola ist nun Eigentümerin von Vosskamp«, fuhr er fort. »Du weißt, dass sie die Rolle, die sie jetzt spielen müsste, nicht übernehmen kann. Also werde ich für sie die Entscheidungen treffen.«

»Mir geht das zu schnell, Magnus. Clara ist … Sie ist …« Wie kalt musste ein Mensch sein, dass er noch in der Minute einer Todesnachricht die Nachfolge regelte? »Wir sollten das besprechen, wenn Viola mit dabei ist.«

»Da hast du recht.« Er legte die Arme auf den Tisch, faltete sie und senkte den Kopf. »Ich bin ein blöder Affe.«

»Ja.« Es war kühl, Marie fröstelte. Durch das gekippte Fenster strich die Morgenluft.

»Hast du eine Adresse von diesen Leuten?«, fragte er.

»Welche Leute?«

»Die Eigentümer der *Sea Fire.* Der Notar sagt, wir können wegen Störung der Totenruhe gegen sie vorgehen. Aber nur, wenn kein öffentliches Interesse an der *Trinity* besteht. Dieser Burch tut im Moment aber alles, um genau das zu schüren.«

»Es ist mir egal.«

Er hielt inne. »Wie? Was ist dir egal?«

»Ich werde direkt nach der Beerdigung zurück nach Friedrichskoog gehen. Meine Großmutter ist heute Nacht gestorben. Ich kann mich jetzt nicht um ein Schiffswrack kümmern. Außerdem fahren sie schwere Geschütze auf. Es wird ein Medienspektakel. Das letzte, ganz große Abenteuer. Dass Clara auf diesem Schiff ihre Familie verloren hat, ist diesen Leuten völlig gleichgültig.«

»Dann müssen wir sie stoppen!«

»Ich weiß nicht wie!«

»Nun warte doch mal ab.« Magnus nickte ihr zu. »Ich bin ja auch noch da.«

Eben, dachte Marie.

»Fünfundzwanzig Millionen«, sagte er nachdenklich. »Damit könnte man eine Menge anstellen.«

»Du warst absolut dagegen, dass die *Trinity* geborgen wird.«

»Ja. Da wusste ich aber noch nicht, um welche Summe es geht.«

»Ab welchem Betrag wird deiner Meinung nach aus Grabschändung eine ehrenwerte Mission?«

Viola riss die Badezimmertür auf und lief ins Schlafzimmer.

Magnus senkte die Stimme, als ob sie beide Heimlichkeiten aushecken würden. Das gefiel Marie nicht. »Ich überlege die ganze Zeit, ob es nicht doch einen anderen Weg gibt. Das eine vermeiden, das andere kriegen.«

Marie nickte übertrieben bewundernd. »Wasch mich, aber mach mich nicht nass.«

»Eine Vereinbarung, zum Beispiel. Dass sie nur die Frachträume und diese Tanks checken, die Kabinen aber in Ruhe lassen. Damit könnten doch alle leben.«

»Was hast du davon?«

Er lehnte sich zurück und verschränkte die Arme vor der Brust. »Ich würde Vosskamp modernisieren. Und das Haus hier auf Vordermann bringen. Und ich würde eine Galerie für Viola kaufen, für sie ganz allein. Dort könnte sie ihre Bilder ausstellen. Und ich würde sie heimlich kaufen lassen. Von einem russischen Sammler zum Beispiel.«

Marie sah ihn an und hatte zum ersten Mal das Gefühl, dass er sie nicht belog. »Eine Galerie? Für Viola?«

»Sie würde es natürlich nie erfahren, dass ich dahinterstecke.«

»Klar. Ich leg mich noch eine Stunde aufs Ohr.«

Sie stieg die Treppen hoch, blieb stehen und lauschte. Sie konnte hören, wie Magnus die Küche verließ und das Licht ausknipste. Das Badewasser lief immer noch. Hoffentlich hatte Viola es nicht vergessen. In regelmäßigen Abständen setzte sie das Erdgeschoss unter Wasser.

Ein Schrei. So hoch, so laut, so voller Angst. Marie fuhr zusammen.

»Nein!«, schrie Viola. »Oh mein Gott, nein!«

Marie raste die Treppen hinunter, stolperte in den Flur, sah, dass die Küche dunkel war und die Tür zum Bad offen stand. Viola taumelte gerade zurück, mit weit aufgerissenen Augen.

Magnus stürzte aus dem Schlafzimmer. »Viola! Was ist los?«

Ihre Mutter streckte einen zitternden Arm aus. »Da. Da drin. Ein totes Kind.«

»Was?« Magnus ging an Viola vorbei ins Badezimmer.

Marie hörte ein entsetztes Stöhnen.

»Ein totes Kind«, wimmerte Viola. Sie beugte sich mit gekreuzten Armen vor, als ob sie gleich zusammenbrechen würde.

»Mama …« Marie nahm sie vorsichtig zur Seite und spähte durch die geöffnete Tür.

Magnus stand kopfschüttelnd vor der Badewanne und drehte sich gerade zu ihr um. »Sieh dir das an.«

»Nein!«, schrie Viola. »Nicht! Wer tut so was? Oh Gott, wer tut uns so was an?«

Vorsichtig ließ Marie ihre Mutter los und betrat den kleinen Raum. Das heiße Wasser war zu Nebelschwaden kondensiert, durch die sie die Badewanne nur schemenhaft erkennen konnte. Unter der Wasseroberfläche lag – ein Kind mit offenen Augen. Ein Mädchen. Es starrte an die Decke. Die braunen Haare schwebten schwerelos um seine Schultern. Es trug ein weißes Kleid. Ein Engel, schoss es durch Maries Kopf. Ein toter Engel.

Magnus beugte sich herunter und zog den Engel an den Haaren aus der Wanne. Es war eine Puppe. Lebensecht, bis ins Detail fein gearbeitet. Eine Kinderpuppe aus Weichplastik, mit rosigen Wangen und echten Wimpern. Sauteuer waren diese Dinger. Da hatte jemand für einen makabren Scherz tief in die Tasche gegriffen.

»Es ist ein Puppe!«, schrie Magnus Richtung Flur. Viola, die den Kopf hinter ihren Armen verborgen hatte, richtete sich langsam und ungläubig auf. Er hielt ihr das triefende Ding entgegen. Entsetzt wich Viola zurück.

»Lass das!«, fauchte Marie. »Du siehst doch, dass sie Angst hat! Wer war das?«

»Keine Ahnung.« Er ließ die Puppe auf den Boden fallen, wo sie mit einem satten Klatscher landete. Ihre Augenlider klappten auf und zu. Es wirkte täuschend lebensecht und verstärkte den makabren Eindruck noch.

Magnus ging zum Fenster und stieß es auf. »Das war nicht verriegelt. Hier kann offenbar jeder kommen und gehen, wie er will. Ich rufe jetzt die Polizei. Mir reicht's.«

Er stürmte hinaus. Viola kam, immer noch zitternd, näher. Sie drückte sich an der Wand entlang und hielt den Blick dabei starr auf die Puppe gerichtet, als ob die gleich aufspringen oder nach ihren Knöcheln schnappen könnte. Vorsichtig ließ sie sich auf dem geschlossenen Klodeckel nieder.

Die Puppe verbreitete eine Wasserlache.

»Was … Was ist das?«

Marie musste sich überwinden, das Ding anzufassen. *Es ist nur Plastik,* dachte sie. Zumindest Kopf, Arme und Beine. Der Leib war irgendwie ausgestopft. Und hatte sich mit Wasser vollgesogen, deshalb wirkte er so unheimlich lebensecht tot.

Mit spitzen Fingern drehte sie die Puppe um. Wenn sie erwartet hatte, irgendein Zeichen zu sehen – vielleicht ein in den Rücken gerammtes Küchenmesser oder irgendwelche Schlitzereien, so wurde sie enttäuscht.

Der linke Arm der Puppe fiel während der Drehung nach vorne. Viola kreischte erneut auf und zog die Beine an.

»Es ist eine Puppe, Mama.«

»Aber wo kommt sie her? Hast du sie schon mal irgendwo gesehen?«

»Nein.«

»Und was soll das bedeuten?«

»Ich weiß es nicht. Es muss ein schlechter Scherz sein.«

Viola drehte sich halb um und spähte aus dem Fenster. »Ich war nur zwei Minuten weg. Da beobachtet uns jemand. Das war doch geplant! Der hat auf den richtigen Moment gelauert. Dieser Irre weiß, dass ich morgens immer bade, bevor ich an die Arbeit gehe. Er hat uns ausspioniert. Und dann wirft er genau in dem Moment, in dem ich kurz draußen bin, dieses Ding, dieses fürchterliche Ding in die Badewanne! Warum? Sag mir warum!«

Marie schüttelte den Kopf. Sie stand auf und schob die Puppe mit dem Fuß zur Seite. Sogar dazu musste sie sich überwinden. Durch das Wasser hatte sie genau das Gewicht eines Kindes. Pervers. Das war einfach nur pervers.

Magnus kam, das schnurlose Telefon noch in der Hand. »Die Beamten werden gleich hier sein und den Vorfall aufnehmen. Aber viel Hoffnung auf eine Strafverfolgung haben sie uns nicht gemacht.«

»Warum nicht?«, schrie Viola. »Das ist Hausfriedensbruch! Eine Drohung! Das hat doch etwas zu sagen. Oder?« Sie wies anklagend auf den nassen Körper vor der Badewanne.

»Ich … Ich weiß nicht«, stammelte Marie. Das Bild ging ihr nicht mehr aus dem Kopf. Das Bild des Mädchens unter Wasser. Natürlich will uns da jemand etwas sagen. Genauso wie mit den blutroten Buchstaben an Claras Zimmertür.

»Wir sollten das Haus sichern«, sagte sie. »Eine Alarmanlage einbauen und jeden Abend die Runde machen, ob auch alle Fenster und Türen verriegelt sind. Wir haben gedacht, uns passiert nichts. Aber …« Sie brach ab.

»Was aber?«, fragte Viola scharf.

Aber wir haben uns getäuscht, dachte Marie.

17.

Es kam, wie Magnus es vorhergesagt hatte. Die Polizei nahm den Vorfall auf. Einbrecher haben eine Puppe ins Badewasser geworfen, soso. Marie wusste, dass sie mit dieser Nummer bestimmt unter den Top Drei der skurrilsten Anzeigen des Jahres landen würden. Aber die Beamten hatten das Ding ja auch nicht gesehen, als es noch im Wasser lag …

Sie nutzte den Moment, in dem Viola in ihr Atelier verschwand, um den Beamten auch von den Schmierereien zu erzählen. *Jane.* Natürlich hatte sie keine Ahnung, was dieser Name bedeuten könnte. Das machte die Sache nicht besser. Und eine Drohung war es ja auch nicht gerade.

Nachdem die Polizei das Haus verlassen hatte, kamen die Handwerker. Magnus hatte sie gerufen. Es wurden Bewegungsmelder und Kameras aufgebaut, Leitungen gelegt, Geräte installiert. Eine Sicherheitsfirma schickte zudem noch einen Experten, der nicht mit guten Ratschlägen geizte. Er trug einen schlecht sitzenden, etwas zu engen Anzug, stellte sich als Herr Lohmeyer vor und gab Marie von Anfang an das Gefühl, dass sie ohne ihn verraten und verkauft wären.

»Die ganze Welt glaubt, Sie wären Multimillionäre. Seien Sie auf der Hut. Ich würde die Wagen mit Peilsendern ausstatten und vielleicht einen Panic-Room empfehlen.«

»Einen was?«, fragte Marie, der das alles langsam über den Kopf wuchs und die die Tage zählte, bis sie diese Festung verlassen konnte.

»Eine Art Bunker, ausgestattet mit Vorräten und einer Standleitung zu uns. Sie könnten sich jederzeit in diesen Raum retten, er ist von außen nicht zu öffnen. Dort sind Sie sicher.«

Viola war schon leicht hysterisch geworden, als Kameras in ihrem Atelier angebracht worden waren. Das alles beeinträchtigte ihre künstlerische Kreativität zutiefst. Ihr Lila wurde dunkler und dunkler. Marie beobachtete das mit Sorge.

Lohmeyer, Ende fünfzig, mit krausem Haarkranz hinter spiegelnder Halbglatze, wahrscheinlich ein ehemaliger Polizist, nickte. Er blätterte die Kopien der Strafanzeige durch. »Haben Sie eine Ahnung, um wen es sich bei dieser Jane handelt?«

»Nein«, sagte Marie.

»Nun, manchmal rasten Frauen auf die merkwürdigste Art aus.«

»Frauen?«

Er legte die Blätter auf den Tisch zurück. Sie saßen in der Küche. Magnus war schon auf dem Weg in die Firma gewesen und hatte unterwegs kehrtgemacht. Draußen vor dem Fenster stand ein Handwerker auf einer Leiter und bohrte in der Hauswand herum.

»Rote Farbe. Puppen. Das ist doch Frauengedöns. Ich will niemandem hier im Hause zu nahe treten. Aber könnte es sein, dass Sie, Herr von Treut, eine ehemalige Freundin zur Weißglut gebracht haben?«

Das macht er eigentlich mit jedem, dachte Marie und war gespannt auf Magnus' Reaktion. Sie fiel genau so aus, wie sie erwartet hatte.

»Ich? Nein. Nein! Wie kommen Sie denn auf diese absurde Idee? Ich kenne keine Jane.«

»In den USA ist Jane Doe so etwas wie Beate Mustermann. Vielleicht haben Sie unbeabsichtigt jemanden gekränkt, der sich nun … austauschbar fühlt? Nullachtfuffzehn eben?«

Magnus Unterkiefer arbeitete. Er sah aus, als wäre er kurz vorm Explodieren. Lohmeyers psychologischer Tiefgang erreichte gerade Pfützenniveau.

»Ich wüsste nicht, wen ich da in Betracht ziehen sollte.«

»Deine Ex, zum Beispiel.« Marie versuchte sich an einem unschuldigen Blick, der nichts, aber auch gar nichts unterstellen sollte. »Mit wem warst du vor Viola zusammen?«

Magnus presste die Lippen aufeinander.

»Nun, damit müssen Sie schon herausrücken, Herr von Treut. Karten auf den Tisch, sage ich immer.«

»Mit einer Kollegin aus der Vorstandsetage von Höhne, wenn Sie es genau wissen wollen. Hat sich von selbst erledigt. Sie hatte die besseren Karten, ich musste gehen. Mittlerweile arbeitet sie in Madrid, wie in jeder Managerpostille nachzulesen ist. Ich war der Loser.«

Das klang plausibel und erklärte auch, warum Magnus bei Vosskamp andocken wollte. Nichts mit neuen Herausforderungen oder großer Liebe. Vosskamp war einfach der rettende Strohhalm gewesen.

»Und davor?«

»Was wird das hier? Eine Inquisition?«

Der Experte brummte beschwichtigend. »Nein. Aber wir müssen natürlich alle Seiten im Blick behalten. Ich habe schon viel gesehen und erlebt in meinem Leben. Aber das hier sieht nach pathologischer Eifersucht aus.«

Magnus nahm Marie ins Visier. »Nun, dann erklär uns doch mal dein Liebesleben. Nicht, dass mich das auch nur einen Deut interessieren würde. Aber vielleicht hast du ja auf der Konfirmandenfahrt den pickligen Messdiener verschmäht?«

Marie schnappte nach Luft. »Ich denke gar nicht daran, dir irgendetwas zu erzählen!«

»Sehen Sie?« Wütend wandte sich Magnus wieder an den Sicherheitsexperten. »Wenn es sich tatsächlich um einen durchgeknallten Psychopathen handelt, der mit uns seine Spielchen treibt, dann könnte es jeder sein. Jeder, dem wir aus irgendeinem nicht nachvollziehbaren Grund zu nahe getreten sind.«

»Sie wollten einen Hinweis.«

»Wir werden darüber nachdenken«, sagte Marie. Draußen ging das Hämmern wieder los. »Wir lange dauert das noch?«

»Bis heute Nachmittag sind wir durch.«

Ein Schrei. Viola. Lohmeyer war so schnell wie der Blitz an

der Tür und rannte hinüber ins Atelier. Marie und Magnus sahen sich an.

»Was ist denn *jetzt* wieder?«, stöhnte er.

Marie antwortete gar nicht erst, sondern lief dem Sicherheitsmann hinterher. Unterwegs stieß sie fast mit einem der Handwerker zusammen, der gerade eine Leiter ins Haus brachte. Sie fand Viola völlig aufgelöst vor ihrer leeren Staffelei. Lohmeyer redete beruhigend auf sie ein.

»Was ist passiert?«

Er hob ein Bild auf und präsentierte es erst Marie und dann dem langsamer eintrudelnden Magnus. Viola hatte gerade angefangen, eine weitere Interpretation von Lavendel darauf zu verewigen. Jemand war direkt darauf getreten. Der Abdruck eines Stiefels war genau zu erkennen, doch die Leinwand hatte der Beanspruchung nicht standgehalten und war in der Mitte gerissen. Es sah ziemlich schlimm aus, nicht nur für sensible Künstlerseelen. Aber auch nicht gerade nach einem bösartigen Attentat der Art, wie sie es mit der Puppe erlebt hatten.

»Das war Absicht! Wer will mich zerstören? Wer?« Viola rannte zu den Fenstern und schrie einen Arbeiter an, der zufällig des Weges kam. »Waren Sie das? Wie können Sie es wagen? Hier überall herumzutrampeln und meine Bilder kaputt zu machen?«

Der Handwerker suchte das Weite. Lohmeyer rieb währenddessen über den Schmutz und die Farben, betrachtete die Spuren auf seinen Fingerspitzen und stellte das zerstörte Bild in Ermangelung anderer Ablageflächen wieder zurück auf die Staffelei.

»Es sieht so aus, als wäre das einer meiner Mitarbeiter gewesen. Ich untersuche den Vorfall, wenn Sie darauf bestehen. Jemand wird Farbe an den Schuhsohlen haben. Allerdings glaube ich eher an ein Versehen als an Absicht.«

»Das war kein Versehen!« Viola trug immer noch das T-Shirt, hatte aber eine uralte Shorts an und einen Häkelschal um die Schultern gewunden, den sie nun vor der Brust zusammenzog, als ob sie frieren würde. »Mein Bild wurde absichtlich auf den Boden geworfen und zertrampelt.«

Magnus trat vor das Gemälde und betrachtete es eingehend. »Es kann auch jemand daran hängen geblieben und dann gestolpert sein. Verglichen mit dem Vorfall von heute Morgen kommt es mir harmlos vor.«

»Harmlos?«

Marie bekam mit, wie Lohmeyer, der sich einen Moment unbeobachtet glaubte, die Augen verdrehte.

»Er hat meine Kunst zerstört!«

Der Sicherheitsexperte schaltete sich wieder ein. »Ich lasse den Vorfall untersuchen. Wenn es einer unserer Mitarbeiter war ...«

»Nicht wenn, es war einer. Der!«

Viola deutet auf den Mann, der wieder auf die Leiter stieg und an der nächsten Kamera herumbastelte.

»Einen Moment.«

Lohmeyer ging hinaus und ließ sich von dem Mann die

Schuhsohlen zeigen. Offenbar ohne das gewünschte Ergebnis. Dann verschwand er um die Ecke.

Viola begann wütend, die Leinwand vom Rahmen zu zerren. »Magnus, ruf noch mal die Polizei. Ich finde mein Handy wieder mal nicht. Ich will, dass dieser Verbrecher gefasst wird. Wenn wir ihn haben, kehrt auch endlich wieder Ruhe ein. Wie soll ich so arbeiten? Meine Nerven sind am Ende!«

»Ist ja gut, mein Herz.« Er nahm sie in die Arme und wiegte sie sacht hin und her.

Marie verließ das Atelier. Auf dem Weg ins Haus kam ihr Lohmeyer entgegen.

»Und?«

»Nichts. Es ist mir ein Rätsel. Entweder hat der Schuldige seine Schuhe blitzschnell gereinigt, oder …«

»Oder was?«

Der mutmaßliche Ex-Polizist musterte sie mit einem durchdringenden Blick. »Hat sie das öfter?«

»Sie meinen, dass sie ihre eigenen Bilder zerstört, nachts mit blutroter Farbe durchs Haus läuft und Kunstinstallationen in der Badewanne arrangiert? Nein.«

»Entschuldigen Sie bitte. Aber Ihre Frau Mutter kommt mir etwas … nun …«

»… hysterisch vor?« Marie warf einen Blick über die Schulter zurück zum Atelier. »Sie ist, wie sie ist. Aber sie würde nie etwas tun, was anderen schadet. Am allerwenigsten ihren Bildern.«

»Es war niemand von unseren Leuten.«

Marie atmete tief durch. »Dann bringen Sie es ihr so schonend wie möglich bei und sichern Sie auch das Atelier.«

Er nickte. »Ich lasse Ihnen noch unseren Katalog da. Vielleicht überlegen Sie es sich mit dem Panic Room. Der hat sich sehr bewährt. Ob auf Schiffen zum Schutz gegen Piraterie oder bei Millionären, wenn es um Entführungsdrohungen oder Einbruch geht. Ich würde zudem noch Notrufschalter installieren. Und portable, leicht an der Kleidung zu befestigende GPS-Sender und außerdem …«

»Danke«, unterbrach ihn Marie. »Ich glaube, das Sicherste ist, jetzt erst mal nicht in Panik zu geraten.«

Das war der kleinste gemeinsame Nenner, auf den sie sich schließlich einigten.

In den nächsten Nächten schlief Marie schlecht und fuhr bei jedem Geräusch hoch. Auch vor ihrem Fenster hing nun eine Kamera. Das rote, blinkende Licht irritierte sie. Sie fühlte sich jetzt erst recht beobachtet.

»Weißt du schon, wann du wiederkommst?«, fragte Pia sie am Abend am Telefon. Marie hatte ihr von den Vorfällen erzählt, aber nichts von den Entwicklungen, die die *Trinity* betrafen. Das wollte sie, wenn überhaupt, persönlich loswerden.

»Nächste Woche. Nach Claras Beerdigung. Das ist nicht mehr mein Zuhause.«

»Verstehe. Mir würde es genauso gehen. Allein der Gedanke, dass jemand nachts herumschleicht, meine Sachen durchwühlt und mir ertrunkene Kinder unterjubeln will …«

»… beruhigt mich sehr. Schön, dass du mich immer wieder daran erinnerst.«

»Sorry. Komm, sobald du kannst. Hat die Polizei schon was herausgefunden?«

»Nein. Sie denken, ein Irrer hat sich ausgetobt. Aber ich habe ein ganz blödes Gefühl. Wenn sie ihn nicht schnappen, werde ich den Rest meines Lebens Angst vor Spielzeug haben.«

Pia lachte. »Hier bist du sicher. Sechsundfünfzig gewaltbereite Raubtiere werden dich beschützen. Schlaf gut.«

Marie beendete die Verbindung und warf das Handy aufs Kopfkissen. Dann trat sie ans Fenster und sah in den dunklen Garten. Alles lag still und ruhig da. Sie hoffte, dass nicht wieder eine streunende Katze den Alarm und die Außenbeleuchtung auslösen würde. Inständig sehnte sie den Tag von Claras Beerdigung herbei. Zum einen, weil er in all der Trauer eine Zäsur setzen würde. Zum anderen, weil sie danach dieses Haus verlassen und nie mehr wieder zurückkehren würde.

18.

Manchmal habe ich mich gefragt, ob ich die Dinge nicht etwas auf die Spitze treibe. Mir Sachen einbilde. Überzogen reagiere. Aber dann passiert wieder etwas, das all meine Annahmen bestätigt. Ihr seid der letzte Dreck. Hochwohlgeborener Abschaum. Ihr braucht uns wie die Luft zum Atmen, aber wir sind völlig unsichtbar für euch. Zum Beispiel die Sache mit diesem Bild. Das war nicht geplant. Eher ein Zeitvertreib. Ich dachte, so ein kleines i-Tüpfelchen vor aller Augen wäre doch was. Nimm eine Leiter und keiner sieht dich mehr an. Denn dann bist du ein ARBEITER. Mit solchen Leuten beschäftigt man sich nicht. Außer, sie haben in geradezu blasphemischer Weise die große Kunst der besseren Menschen beschmutzt. Dann schaut man ihnen nicht etwa ins Gesicht, sondern auf die Schuhsohlen. Da war ich aber schon längst wieder auf der anderen Straßenseite in meinem Auto und konnte in aller Ruhe die Mikrofone anzapfen, die ihr so großzügig im ganzen Haus verteilt habt. An die Kameras komme ich noch nicht ran, dafür brauche ich meinen Laptop. Ach, Marie. Manchmal amüsierst du mich sogar. Du denkst, in Friedrichskoog wärst du sicher? Liebes Kind, genau dort werde ich dir dein nasses Grab bereiten. Sobald die Trinity ihre Schätze offenbart hat, bist du an der Reihe. Und damit die Zeit bis dahin nicht ungenutzt vergeht, ist jetzt Viola an der Reihe. Genieße Claras Beerdigung. Ich werde es auch tun. Etwas Besseres als dieser eine, ungeplante Tod konnte gar nicht passieren. Denn jetzt ist der Weg frei. Ihr beide seid Kieselsteine, die ich zur Seite kicken werde. Ich war lange genug selber Kieselstein. Diese Tage sind vorüber. Die Erben von Ashford sind auferstanden ... Klingt echt gut. Die Erben von Ashford. Vielleicht schreibe ich eines Tages mal ein Buch mit diesem Titel. Natürlich unter Pseudonym. Mit falschen Namen kennen wir uns doch aus, oder?

19.

Claras Beerdigung schien die halbe Stadt auf die Beine gebracht zu haben. Die Schlange der Kondolierenden hörte und hörte nicht auf. Marie stand neben Viola, reichte ihr in regelmäßigen Abständen ein Taschentuch und murmelte Dankesworte.

Die Trauerfeier hatte ihre Mutter fast erneut an den Rand eines Nervenzusammenbruchs gebracht. Dabei war es Marie, die kaum noch wusste, wohin mit ihren Gefühlen. Als der Pfarrer auf Claras Lebensweg zu sprechen kam, auf die Stärke dieses Mädchens, das mit elf Jahren zur Waise geworden war und bei einem fremden Großvater in einer fremden Stadt aufwachsen musste, hatte die ganze Kirche geschluchzt. Doch dann, so hatte er weitererzählt, schien das Glück dem Mädchen zuzulächeln, wenigstens für ein paar kurze Jahre. Clara lernte Wilhelm kennen, heiratete, bekam einen Sohn, übernahm die Firma Vosskamp von ihrem Großvater und startete als Unternehmerin in den späten Sechzigern des vergangenen Jahrhunderts durch. Als ihr Mann starb, war sie fünfunddreißig. Sie hatte nie wieder geheiratet.

Und dann der nächste Schicksalsschlag. Als der Pfarrer von Frederick Vosskamp sprach, Claras einzigem Sohn, schnürte es Marie beinahe das Herz ab. Viola saß einen Moment da wie versteinert. Dann griff Magnus nach ihrer Hand und sie lehnte ihren Kopf an seine Schulter und weinte. Es war ein einziges Bad in Tränen, der ganze Gottesdienst. Als die Gemeinde zum Schluss »Großer Gott wir loben dich« sang, hatte Marie das Gefühl, nie wieder aus ihrer Trauer herauszukommen.

Doch draußen vor der Kirche schien die Sonne. Der Gang zum Grab glich einem Spaziergang an einem wunderschönen Sommertag. Als sie endlich angekommen waren und der Pfarrer seinen letzten Segen sprach, schloss Marie die Augen und spürte die Wärme auf ihrer Haut. Ich lebe, dachte sie. Ich bin so unendlich dankbar für meine Zeit hier auf Erden.

Und dann zogen sie vorüber. Eine Heerschar von Menschen, alle beseelt davon, den Hinterbliebenen ihre Anteilnahme auszusprechen. Die meisten mussten Kunden und ehemalige Geschäftsfreunde sein. Sogar zwei Chinesen waren darunter, die extra aus Hamburg gekommen waren. Irgendwann nickte Marie nur noch mechanisch.

»Mein Beileid.«

Sie schreckte hoch, hatte gar nicht mehr auf jeden einzelnen geachtet, nur noch Hände gedrückt und Danke gesagt. Er war schon fast vorüber, als sie ihn erkannte. »Thomas!«

Der hochgewachsene, schlanke Mann drehte sich um und lächelte sie überrascht an. Wie lange schon hatten sie sich nicht mehr gesehen? Die dunklen, lockigen Haare, die ihm früher fast bis auf die Schulter gefallen waren, trug er nun ziemlich kurz. Er wirkte fit und sportlich und musste mindestens zehn Kilo abgenommen haben. Der schwarze Anzug gab ihm etwas Weltmännisches, das sie so früher nie bei ihm vermutet hätte. Mit Thomas Weller war sie auf Bäume geklettert, er hatte ihr Schwimmen beigebracht.

»Seit wann bist du hier?«

»Seit gestern. Ich hab noch meinen Großvater besucht.«

Gerhardt Weller stand neben seinem Enkel und nickte ihr freundlich zu. Mein Gott, ist er alt geworden, schoss es Marie durch den Kopf. Weller war schon immer ein Buchhaltertyp gewesen, aber ein freundlicher, leiser, aufmerksamer Mann. Nun schien es, als habe ihn eine schwere Last niedergedrückt. Die Kündigung, dachte sie. Das ist allein Magnus' Werk.

»Herr Weller.« Sie lächelte ihn an. Er gab ihr einen kraftlosen Händedruck. »Sie haben so lange mit Clara zusammengearbeitet. Es muss auch für Sie ein schwerer Verlust sein.«

»Sie war eine wunderbare, eine einzigartige Frau. Mein Beileid.«

Er ging weiter zu Viola und sprach ein paar Worte mit ihr. Magnus, der neben ihr stand, würdigte er keines Blickes.

»Eine Schweinerei«, murmelte Thomas. Dann schien er sich einen Ruck zu geben. »Sorry, tut mir leid. Nicht an Claras Grab.«

Hinter Thomas wartete Frau Berger. Sie trug schwarz, aber es musste eine sündhaft teure Designerkreation sein, zu der sie auch noch tief in die Schmuckschatulle gegriffen hatte.

»Ach, Frau Vosskamp«, sagte sie und tupfte sich eine nichtvorhandene Träne vom wasserfesten Mascara ihrer Wimpern. »Es tut mir so leid. Sie war eine wundervolle Frau.«

»Kannten Sie sie?«

»Leider nein. Aber Herr von Treut hat so viel von ihr erzählt. Was für ein Verlust. Mein aufrichtiges Beileid. Wenn ich irgendetwas für Sie tun kann …«

»Danke. Es geht.«

»Falls Sie in den nächsten Tagen Zeit haben, dann kommen Sie doch vorbei. Ich würde Ihnen gerne etwas über unsere Ideen erzählen. Es gibt sogar schon ein paar Entwürfe und eine neue Mischung, über die ich gerne mit Ihnen reden würde. Ich würde mich sehr freuen.«

Wie sollte sie diesem dekorativen Schmuckständer klarmachen, dass ihr im Moment der Sinn nach vielem stand, aber nicht nach neuen Teemischungen? Dann merkte sie, dass gar keine Antwort von ihr erwartet wurde.

»Herr von Treut, Frau Vosskamp …« Frau Berger wandte sich an das Paar neben Marie. Die nächsten Trauernden tauchten auf, eine schier endlose Menschenschlange, die Marie mehr deprimierte als die ganze Trauerfeier. Sie wollte nicht mehr. Sie hatte das Gefühl, schon zu viele Hände gedrückt und zu oft Danke gemurmelt zu haben. Sie kannte die meisten Leute nicht. Die wenigen, zu denen ihr ein Name einfiel, waren ehemalige Kunden und Geschäftsfreunde.

»Lass uns abhauen«, flüsterte jemand hinter ihr. Sie drehte sich um. Es war Thomas.

In seinen braunen Augen blitzte etwas auf, aber das galt

nicht Marie, sondern Frau Berger. Sein Gesichtsausdruck erinnerte Marie an Berner Sennenhunde, wenn man ihnen ein Würstchen zeigte und es dann selbst aß.

Sie konnte nichts dafür, aber sie musste lächeln. »Tut mir leid, aber sie ist die persönliche Assistentin vom neuen Freund meiner Mutter.« Mit einem kaum merklichen Nicken wies Marie auf Magnus. Aber Thomas schien sich nicht von seinem Interesse für die Bergersche Kehrseite abhalten zu lassen.

»Ist mir bekannt«, murmelte er. Sein sehnsüchtiger Blick verschwand. Sie glaubte, etwas anderes auszumachen. Eifersucht? Die Berger reichte Viola die Hand, dann Magnus. Sie war höflich, vielleicht ein bisschen übertrieben aufgewühlt, aber sie wirkte nicht so, als ob da etwas hinter Violas Rücken liefe.

Der nächste Gast tauchte auf und beanspruchte Maries Aufmerksamkeit. Dann wieder einer. Und noch einer. »Wenn das so weitergeht, stehst du hier bis heute Nachmittag«, flüsterte Thomas.

»Noch ein herzliches Beileid und ich fange an zu schreien«, gab sie ebenso leise zurück.

Kurz entschlossen nahm Thomas Marie am Arm, raunte seinem Großvater etwas zu und führte sie weg von den Leuten, hinter eine mannshohe Hecke mit einem gewaltigen Goldregen.

»Wohin?«, fragte er leise.

»Egal.«

»Mein Auto steht um die Ecke. Wir treffen uns da in fünf Minuten. Hältst du es so lange aus?«

Sie nickte.

»Dann bis gleich.«

Er verschwand in der Menge der Trauernden. Marie ging ein paar Schritte weiter. Es wurde still. Dieser Teil des Friedhofes war älter. Die Gräber erinnerten an verwunschene Gärten. Efeu überwucherte die eisernen Einfassungen. Ein brüchiger Marmorengel kniete in sanfter Trauer. Der Wind spielte in den Baumwipfeln, raschelte mit den Blättern, flüsterte ihr etwas zu, das sie nicht verstand. An einer Wegkreuzung erhob sich ein Brunnen. Die breite Einfassung aus alten Steinen zog Marie magisch an. Sie ging darauf zu und setzte sich rittlings auf die gemauerte Umrandung. Das Wasser im Brunnen spiegelte die Baumkronen über ihr.

Sei mir nicht böse, Clara, dachte sie. *Aber das ist nicht unsere Party.*

Ein Vogel begann zu singen. Es war fast so, als ob Clara ihr antworten würde. Aber das tat sie natürlich nicht. Marie war ganz allein. Oder doch nicht? Stand da nicht jemand zwischen den Bäumen? Nein, sie hatte sich getäuscht. Noch einmal blickte sie in den Brunnen und zerstörte ihr Spiegelbild, als sie mit der Hand ins Wasser fuhr.

Nach ein paar Minuten stand sie auf und verließ den Friedhof. Die enge Straße war zugeparkt mit Autos.

Thomas stand neben einem kleinen, etwas älteren Exemplar und grinste sie an. »Also. Wo soll es hingehen?«

Marie überlegte nicht lange. »Ans Meer.«

Sie ließen das Auto auf dem Parkplatz stehen und gingen die letzten Schritte hinunter an den Strand zu Fuß. Das Wetter würde umschlagen, doch an diesem Tag schien es, als ob die Sonne noch einmal all ihre Kraft zusammennehmen würde. Möwen lagen im Wind und schrien sich Kommandos zu. Die Wellen holten sich gegenseitig ein, kreuz und quer, und brandeten in schäumender Gischt ans Ufer.

Marie breitete die Arme aus und ließ sich durchpusten. »Oh Mann, das hab ich jetzt gebraucht!«

Thomas ließ sich mit seinem schwarzen Anzug einfach so in den Sand fallen. »Ich auch. Ist das nicht herrlich? Da können die Hamburger noch so sehr einen auf Meer machen, hier ist es. Und nicht hundert Kilometer weit weg.«

Marie setzte sich neben ihn. »Wie geht es dir denn inzwischen so?«

»Gut. Nächstes Jahr bin ich fertig mit dem Studium. Dann will ich erst mal ein Jahr ins Ausland. Oder eine Weltreise machen.«

»Wirklich? Das ist eine tolle Idee.«

Marie fühlte einen kleinen Stich. Genau diese Pläne hatte sie auch mit Frederick geschmiedet. Nach dem Abi ein Jahr mit auf Tour durch China, Indien und Sri Lanka. Reisen zu den Wurzeln des Tees. Wobei der Tee eigentlich die Nebensache gewesen wäre. Es war um gemeinsame Zeit gegangen. Der Tod hatte alle Pläne zunichte gemacht. Das war vielleicht das Schwerste am Abschiednehmen: Man verlor nicht nur einen Menschen, man verlor auch all das, was man gemeinsam hätte erleben können.

»Sagt Carina auch.«

»Carina?« Wie viele Frauen hatten eigentlich Platz in Thomas' großem Herzen? Eigentlich hatte sie geglaubt, er wäre Single. So, wie er der Berger hinterhergesehen hatte …

»Meine Freundin.« Er lächelte verlegen. Vielleicht, weil er doch etwas von Maries früherer Schwärmerei für ihn mitbekommen hatte. »Sie ist eigentlich ständig auf dem Sprung. Kein Wunder. Ihre Mutter ist schon zum vierten oder fünften Mal verheiratet und hat sie als Kind durch die halbe Welt geschleppt. Das merkt man ihr heute noch an. Manchmal denke ich, ich bin der Einzige, der noch eine intakte Familie hat.«

Erschrocken hielt er inne. »Das tut mir leid.«

»Nein, muss es nicht. Echt nicht. Grüß sie von mir, unbekannterweise. Was macht sie?«

»Sie studiert Sport. Und hält mich ganz schön auf Trab.«

Marie lächelte. »Deshalb siehst du so gut aus.«

»Findest du? Aber du hast recht, sie hält mich ganz schön auf Trab. Seit wir uns kennen, gibt es nur noch gesundes Essen, und vier Mal die Woche ist Joggen angesagt. Was mich auf die Idee bringt: Hast du Lust auf einen Hamburger?«

Marie lachte. »Nein, wirklich nicht. Wo ist sie jetzt?«

»Bei meinem Großvater. Das alles hat ihn ganz schön umgehauen. Erst die Kündigung und dann Claras Tod. Da scheint vieles wieder hochzukommen. Die ganzen alten Geschichten … Ich kenne sie ja schon. Aber Carina hat eine Engelsgeduld und kann richtig gut zuhören.«

»So ein Glück«, murmelte Marie.«

Thomas nickte. »So ein Glück«, wiederholte er.

»Es tut mir so leid mit deinem Großvater. Ich weiß es auch erst seit ein paar Tagen. Magnus hat einfach alles an sich gerissen und Viola lässt ihn schalten und walten.«

»Der Freund deiner Mutter, ja.«

»Demnächst ist er ihr Ehemann. Sie wollen heiraten. Im September.« Marie nahm eine Handvoll Sand und ließ ihn durch die Finger rieseln.

»Du klingst nicht sehr begeistert«, sagte Thomas nach einer Weile.

»Sie sind erwachsen. Ich hätte den Laden sowieso nicht übernommen. Ich will was anderes. Meeresbiologie. Das ist meine Leidenschaft. Nicht abwarten und Tee trinken.«

»Aber demnächst seid ihr reich, das weiß jeder. Multimillionäre.«

»Sind wir nicht!« Sie warf ihm einen kurzen Blick zu. Hatte ein Hauch Neid in seiner Stimme geklungen? »Wir werden die Plünderung des Schiffes gerichtlich verbieten lassen. Keiner darf da runter zur *Trinity.*«

»Das Schiff ist nicht euer Eigentum.«

»Aber das, weshalb es geplündert werden soll. Ich werde das nicht zulassen. Niemand steigt einfach so in das Grab meiner Familie.«

Er legte die Arme unter den Kopf und sah in den Himmel. »Wenn alles so einfach wäre …«

»Ja? Was wäre dann?«

»Dann hätte ich dir schon viel früher gesagt, dass ich als Teenager total in dich verschossen war.«

»Ach, hör auf!« Sie wollte ihm einen liebevollen Schubser geben, aber plötzlich fühlte sie sich befangen.

»Das ist mein Ernst.« Er setzte sich auf und stellte fest, dass der Sand nicht nur in sein Hemd, sondern auch in seine Haare gerieselt war. Er schüttelte sich wie ein Hund.

Marie lachte. Das tat gut nach all der Trauer. Während Thomas aufsprang und versuchte, den Sand loszuwerden, stellte sie wieder fest, wie sehr er sich verändert hatte. Er sah gut aus, nicht mehr wie der Nerd, als den sie ihn in Erinnerung hatte. Er reichte ihr die Hand und zog sie schwungvoll hoch. Sie landete direkt an seiner Brust. Und plötzlich sah er ihr in die Augen. Für einen verrückten Moment begann Maries Herz zu jagen.

»Ich war verknallt in dich«, sagte er leise. »Aber du warst das reiche junge Mädchen, und wir …«

Er brach ab, beugte sich herab, wollte sie küssen. In letzter Sekunde drehte Marie ihren Kopf weg. Carina, Frau Berger, und jetzt sie … Thomas hatte sich sehr verändert. Er wollte das reiche junge Mädchen küssen. Nicht die bankrotte Marie. Es ging ihm gar nicht um sie, sondern um den Triumph.

»Wir sollten wieder zu den anderen.«

Sie machte sich los. Der verwirrende Moment war vorüber.

Thomas versuchte ein sorgloses Lächeln, aber so ganz gelang ihm das nicht.

»Entschuldige. Es ist ja schon so lange her. Blödsinn, überhaupt noch daran zu denken.«

»Für mich warst du immer Thomas«, antwortete sie. »Und

das wirst du auch bleiben. Ich habe mir nie Gedanken um reich oder arm gemacht.«

»Das Vorrecht derer, die sich um Geld nie Gedanken machen mussten.«

»Also wirklich!« Wütend funkelte sie ihn an. »Wenn ich gewusst hätte, wie du über uns denkst, dann …«

»Dann wärst du gar nicht mit mir an den Strand gefahren? Marie, das ist vorbei. Schon lange. Freunde?«

Er reichte ihr die Hand. Ohne lange zu überlegen schlug sie ein.

»Freunde. Aber eines musst du mir versprechen: Grüß deinen Großvater von mir. Ich wollte in den nächsten Tagen einmal vorbeikommen und mit ihm reden. Meinst du, er hätte Zeit für mich?«

»Jede Menge. Er wird sich freuen. Du warst doch seine Prinzessin.«

Ja, dachte Marie, als sie zurückfuhren. Eine Prinzessin ohne Land, die zulässt, dass man ihre treuesten Weggefährten einfach so in die Wüste schickt.

20.

Es wäre so einfach gewesen. Niemand hätte etwas bemerkt. Ein Stoß, eine Minute lang den Kopf unter Wasser drücken, und schon vorbei, vorbei … Diese zerbrechlichen, zarten Leben … Ein Unglück. Vielleicht ein wenig unspektakulär. Ohne Größe. Säuft einfach ab im Brunnen, während nebenan die Kränze abgelegt werden. Ein paar Tage helle Aufregung, ein paar Schlagzeilen in der regionalen Presse, und das war's. Marie Vosskamp, Archivmaterial.

Ich habe ganz in deiner Nähe gesessen und du hast nichts gespürt. Mich noch nicht mal richtig angesehen. Einer wie der andere, nicht wahr? Austauschbare Komparsen deines Lebens, Staffage für dein ganz großes Theater. Marie, Marie. Um ein Haar hätte ich Mitgefühl gehabt beim Gedanken daran, was dir bevorsteht. Aber dieser gleichgültige Händedruck, dieser Blick, der durch mich hindurch ging, mich gar nicht wahrnahm … Ich *habe ein Gewissen.* Ich *habe eins.* Ich *liege nachts wach und denke darüber nach, ob es nicht auch einen anderen Weg geben könnte. Einen, bei dem ich mir nicht die Hände schmutzig machen müsste mit deinem Blut. Aber spätestens jetzt weiß ich, dass das unmöglich ist. Du behandelst andere Menschen wie Dreck. Du nimmst sie gar nicht wahr, weil sie so tief unter dir stehen. Dabei bist du selbst Dreck. Du gehörst weggewischt. Und ich muss die Drecksarbeit erledigen. Aber wenn sie getan ist, wird die Welt ein wenig besser sein. Ich handele nicht aus Habsucht, sondern einzig und allein angetrieben durch meine Sehnsucht nach … Gerechtigkeit.*

21.

Zwei Tage später stand Marie, beladen mit einem riesigen Kuchenpaket, vor der schmalen Gartenpforte und klingelte. Regula Weller öffnete die Haustür. Sie musste auch schon über siebzig sein, und es waren ein paar Jahre vergangen und ein paar graue Locken in ihren Haaren dazugekommen, seit Marie sie zuletzt gesehen hatte. In schnellen Schritten lief die kleine Dame den Weg bis zur Straße, um persönlich die Tür zu öffnen.

»Ach, Marie, da wird sich Gerhardt aber freuen. Er redet schon den ganzen Tag von nichts anderem, als dass ›die Kleine‹ uns heute besucht. Gib doch her.«

Regula nahm ihr den Kuchen ab und geleitete sie ins Haus. Sofort waren die Erinnerungen wieder da, obwohl Marie alles plötzlich viel kleiner vorkam als früher. Der schmale Flur, überladen mit Jacken und Gummistiefeln, die gemütliche Küche, das altmodische Wohnzimmer. Die Couchgarnitur und der Sessel waren mit beigefarbenem Samt bezogen, der an manchen Stellen schon etwas fadenscheinig wirkte. Aber die kurzen Gardinen vor den Fenstern strahlten weiß, und auf dem Couchtisch stand, wie immer, seit Marie denken konnte, eine Bonbonniere, gefüllt mit Süßigkeiten in buntem Papier.

Gerhardt Weller legte die Zeitung zur Seite und nahm die Brille ab. In zwei Schritten war Marie bei ihm und gab ihm die Hand, damit er nicht extra aufstehen musste.

»Mariechen! Wir schön, dass du Zeit hast, uns zu besuchen.«

»Das ist doch selbstverständlich«, antwortete sie. Sie hätte schon viel früher kommen sollen.

»Kaffee?«, flötete Regula aus der Küche, wo sie gerade den Kuchen aus der Verpackung befreite.

»Gerne. Darf ich schon mal den Tisch decken?«

Weller nickte. Marie holte das Geschirr aus der Anrichte und war in dem Moment fertig, in dem Regula mit der Kuchenplatte wiederkam.

»Sieh mal, Gerhardt, was sie uns alles mitgebracht hat. Davon können wir beide ja Wochen essen. Sie nehmen doch wieder etwas mit?«

»Nein, nein«, wehrte Marie ab.

Die nächste halbe Stunde verging mit vielstimmigem Lob auf den Kuchen, den Kaffee, den Garten, die Seehundaufzuchtstation und die Freuden des Rentnerdaseins. Dann ging Regula zurück in die Küche, um neuen Kaffee aufzusetzen.

»Nun, mein Kind, was führt dich zu uns?« Gerhardt Weller schob seinen Teller ein kleines Stück zur Seite. Er hatte sie geduzt, seit sie denken konnte, und Marie hatte darum gebeten, dass er damit auch fortfahren sollte. »Das ist doch mehr als ein kleiner Höflichkeitsbesuch, oder?«

Marie lächelte. Herrn Weller konnte man nichts vormachen. »Ich möchte mehr über meine Familie wissen. Omi ... also Clara, sie war in dieser Hinsicht sehr zurückhaltend. Und Paps hat sich lieber auf der ganzen Welt in Abenteuer gestürzt. Meine Mutter – na ja, meine Mutter ist meine Mutter.«

Gerhardt Weller lächelte. »Ja, das ist sie.«

»Warum zum Beispiel sind die Vosskamps in die USA gegangen? Was haben wir da gemacht? Warum sind wir 1951 zurückgekommen?«

»Das weißt du nicht?«

Marie schüttelte den Kopf.

»Ich finde, wenigstens das hätte dir deine Großmutter sagen sollen.«

»Hat sie aber nicht«, erwiderte Marie und glaubte, vor Spannung zu platzen.

Weller lehnte sich zurück in die Polster. Er schloss die Augen und dachte nach. Vielleicht darüber, was von den Geschichten er preisgeben dürfte. Vielleicht auch über die Worte, in die er sie kleiden würde. Als Marie glaubte, er würde sich dazu entschließen, gar nichts mehr zu sagen, atmete er tief durch. »Nun, gehen wir zurück in die Gründerzeit der Firma Vosskamp.«

»Ich weiß«, unterbrach Marie ihn ungeduldig. »Gustav und die Opium-Kriege, Georgs Dampfschiff gegen die Londoner Teeclipper.«

Weller lächelte. »Gut, überspringen wir das und kommen zu Gustav dem zweiten oder dem dritten, der den Handel in den Zwanzigerjahren des vergangenen Jahrhunderts übernahm. Er hatte zwei Söhne. Albert, der Ältere, wurde schon in jungen Jahren zum Erben erzogen. Piet, dem Jüngeren, ließ man ein Stück längere Leine. Der Ältere war fleißig, ordentlich, pünktlich – kurz, die Personifizierung der preußischen Tugenden. Piet hingegen war ein Heißsporn. Ein Tunichtgut. Er schloss sich den Kommunisten an und prügelte sich mit den Nazis. Während Albert schon recht früh in die Partei eintrat und die neue Ordnung mit seinen preußischen Tugenden verteidigte.«

»Der eine ein Nazi, der andere ein Kommunist?« Marie runzelte die Stirn, denn das hörte sich ziemlich schräg an.

»Ja. Ein tiefer Riss ging durch die Familie. Und was soll ich dir sagen? Wen liebte Gustav wohl mehr? Den Angepassten, den Braven – oder den Wilden, Ungezähmten?«

»Ich weiß es nicht«, flüsterte Marie.

»Er liebte beide gleichermaßen, doch er war, wie jeder anständige, ehrbare Kaufmann kein Freund von Knechtschaft und Diktatur. Ehre, Treue, Vaterland – nach Versailles waren der Pervertierung dieser Begriffe Tür und Tor geöffnet. Doch da ereignete sich etwas, das den Zusammenhalt der Familie auf eine noch härtere Probe stellte.«

Regula kam mit der Kaffeekanne zurück und stellte sie auf den Tisch. »Ach, ihr redet grade von dem Nazi?«

Marie fuhr kaum merklich zusammen.

»Von Maries Urgroßonkel Albert und ihrem Urgroßvater Piet. Zumindest glaube ich, dass das der verwandtschaftliche

Grad ist.« Gerhardt rutschte ein Stück zur Seite, um Regula Platz zu machen. »Piet verliebte sich. Sie hieß Ruth. Ein Mädchen aus der Nachbarschaft. Sie waren schon zusammen zur Schule gegangen. Und hatten sich danach nie aus den Augen verloren. Auch als es gefährlich wurde, mit einer Jüdin befreundet zu sein …«

»Sie war Jüdin?«, entfuhr es Marie. »Was ist aus ihr geworden?«

»Meine Mutter hat sie noch gekannt«, sagte Regula. »So eine feine Person. Ganz zart, und Klavier spielen konnte sie!«

»Hat sie den Krieg überlebt?«

»Du meinst den Holocaust. Die Vernichtungslager. Die Shoa. Nenn es beim Namen, Kind. Juden haben nicht den Krieg überlebt, sondern Auschwitz, Treblinka, Majdanek und Buchenwald. Und Millionen und Abermillionen Verfolgte nicht.«

Sie senkte den Blick. »Ich weiß.«

»Sei doch nicht so hart«, sagte Regula. »Sie kann doch nichts dafür.«

»Natürlich nicht. Aber sie sollten wenigstens die Dinge beim Namen nennen und nicht verharmlosen.« Er lehnte sich zurück, die Arme verschränkt, und musterte Marie mit dem Blick eines pensionierten Lehrers.

»Das hat sie doch nicht.«

»Was war mit Ruth?«, fragte Marie tonlos. Sie ahnte es, noch bevor Gerhardt Weller die ganze Wahrheit aussprach.

»Ja, sie war Jüdin. Und Piet besaß nicht das Geschick, sich

mit den Nazis zu arrangieren. Gustav ließ alle Verbindungen spielen. Es half nichts. 1939 musste Ruth das Land verlassen. Piet ging mit ihr. Sie heirateten in Amsterdam kurz vor dem Einmarsch der Nazis. Gustav gab den beiden das Familienvermögen mit: die Porzellanschalen. Wer weiß? Womöglich hätte Albert, der Nazi, diese Ehe noch irgendwie tolerieren können. Aber dass sein eigener Vater dem kleinen Bruder das gesamte Vermögen mit auf den Weg gab, war vielleicht zu viel für ihn. Ich weiß es nicht. Ich habe ihn nicht gekannt.«

»Wie ging es weiter?«

»Für Ruth und Piet war es eine Flucht, die um ein Haar tödlich geendet hätte. Denn jemand hatte Ruth verraten. In Rotterdam konnten sie den Hafen in buchstäblich letzter Minute an Bord eines amerikanischen Schiffes verlassen. Ein paar Tage später erreichten sie New York. Dort blieben sie, bauten einen kleinen Teehandel auf, bewahrten die Schalen und rührten sie nicht an. Sie bekamen Clara, ihre Tochter, erlebten das Kriegsende mit ... Und dann bat Gustav sie, zurückzukommen. Er war alt und schwach, fast blind, und wollte sein Lebenswerk in die Hände seines Sohnes legen.«

»Das ist ja ... Das muss ich erst einmal verarbeiten«, brachte Marie hervor.

»Ja, atemberaubend. Und stell dir vor, fast jede Familie kennt solche Geschichten.«

Regula schenkte Kaffee ein. Mit einem liebevollen Blick auf Marie sagte sie: »Clara hätte es Marie bestimmt eines Tages erzählt.«

Gerhardt Weller schwieg. Er goss Milch in seinen Kaffee und rührte länger um, als es hätte sein müssen.

»Was war mit Albert, dem älteren Sohn?«, fragte Marie schließlich. »Er hat doch das Geschäft so gut geführt. Ist er gefallen oder irgendwie ums Leben gekommen?«

Gerhardt Weller trank einen Schuck und stellte dann die Tasse zurück auf den Tisch. »Albert Weller wurde nach Kriegsende entnazifiziert. Und dabei kam heraus, dass er die Flucht seines eigenen Bruders verraten hatte.«

Marie glaubte, sie hätte sich verhört. »Er hat … seinen eigenen Bruder ans Messer geliefert? Und dessen Frau? Aber wieso?«

Weller seufzte. »Warum tun Brüder sich das an? Ich glaube, der Schlüssel zu allem liegt in dem unstillbaren Wunsch der Menschen, akzeptiert und anerkannt zu werden. Albert spürte, dass sein Vater zu ihm auf Distanz ging. Da konnte er sich anstrengen, so viel er wollte, Piet, der rote Piet, war der Liebling. Ihm wurde alles verziehen. Er bekam sogar noch das Familienerbe mit auf den Weg. Wie soll ein kleiner Mensch wie Albert das verkraften? Ich kann ihn nicht entschuldigen, denn was er getan hat, ist unverzeihlich. Aber eine Erklärung, die gibt es.«

Marie ließ sich zurück in die Polster sinken und starrte an die Decke. Nach einer Weile sagte sie: »Ein Angeber, ein Verräter, Flucht, Verrat, Untergang, Tod … was noch?«

»Nichts. Zumindest nichts, das ich wüsste. Alles Weitere ist dir bekannt. 1951 hatte Piet sein Unternehmen in den USA aufgelöst, das Haus verkauft, Kind und Kegel an Bord der *Trinity* geschafft. Gustav war damals schon sehr alt und fast blind. Seinen erstgeborenen Sohn hatte er enterbt und verstoßen. Alberts Spur verliert sich im Hamburger Rotlichtmilieu. In Cuxhaven wurde er nie wieder gesehen. Auf Gustavs zweitem Sohn ruhte nun die ganze Hoffnung. Das Haus Vosskamp lag buchstäblich in Trümmern. Den Handel begannen mein Vater und Gustav nach dem Krieg aus einer Garage. Das waren Zeiten …«

Der alte Mann lächelte und wiegte vielsagend den Kopf hin und her. »Ich weiß noch, wie glücklich er war, als er erfuhr, dass Piet zurückkommen würde. Mit seiner ganzen Familie! Er hatte Fotos bekommen und zeigte sie stolz herum.«

»Wo sind sie?«, fragte Marie atemlos.

Weller blickte zu Regula, und die hob fragend die Schulter. »Eigentlich müsste Clara sie besitzen. So was wirft man doch nicht weg, oder?«

»Nein …« Marie versuchte, sich noch einmal Claras Zimmer ins Gedächtnis zu rufen. »Sie hat sie nicht. Sind sie vielleicht in der Firma irgendwo?«

»Ich habe sie dort niemals gesehen, mein Kind. Aber du musst doch Fotos deiner Urgroßeltern haben.«

»Ja, von vor dem Krieg, von Piet. Da stehen welche herum und in der Bibliothek sind uralte Fotoalben. Die kenne ich. Aber es gibt kein einziges Bild von Clara als Kind. Und auch keins von Ruth. Von Clara gibt es dann erst wieder welche aus der Zeit nach ihrer Rettung.«

»Das verstehe ich nicht.« Weller runzelte die Stirn. »Jetzt, wo du es sagst … Vielleicht sind sie im Safe?«

»In welchem Safe?«

»Deine Großmutter hatte ein Schließfach bei der Bank. Ich weiß das, weil jährlich die Abrechnung für die Miete kam und sie über die Bücher lief.«

»Bei welcher Bank?«

»Eurer Hausbank.«

»Gibt es einen Schlüssel?«

»Sicher gibt es den. Aber ich weiß nicht, wo er ist. Ich habe ihn nie gesehen. Solche Dinge zeigt man ja auch nicht. Man verwahrt sie an einem sicheren Ort.«

Claras durchwühltes Zimmer. Das kleine Geheimfach in ihrem Sekretär. Marie versuchte sich zu erinnern, ob sie jemals einen Schließfachschlüssel gesehen hatte, aber sie konnte sich nicht darauf besinnen.

»Die Bank wird dir den Inhalt des Faches aushändigen, sobald du einen Erbschein hast. Eigentlich hätte dies …« Er brach ab. Warf zwei Stück Zucker in seine Tasse und rührte um.

Regula begann, die Tortenstücke auf der Servierplatte neu zu arrangieren. »Magst du noch eins?«

»Danke, nein. Was hätte eigentlich?«

»Nun, eigentlich hättest du zumindest schon den Totenschein und somit auch die Zugangsberechtigung zu Claras Konten bekommen müssen.«

Regula schüttelte den Kopf. »Nein. Das geht an Viola über.«

»Ich weiß nicht«, widersprach ihr Gatte. »War Viola jemals in der Erbfolge? Soweit ich weiß, hat Clara das immer verhindert. – Es tut mir leid, mein Kind. Ein schwieriges Thema.«

»Kein Problem«, murmelte Marie. »Es gibt nichts, was bei uns nicht schwierig ist.«

»Dann frag mal diesen Herrn von Treut.« Aus dem Mund des alten Mannes klang der Name wie ein Schimpfwort. »Der macht ja nun alles mit bestem Wissen und Gewissen für deine Mutter.«

»Trauen Sie ihm?« Die Frage war Marie so herausgerutscht. Aber die Wellers waren vielleicht die einzigen Personen in ihrem Umfeld, die nicht nur über die ganze vertrackte Familiensituation Bescheid wussten, sondern auf deren Urteil sie sich auch verlassen konnte.

»Trauen … Ich weiß es nicht, Marie. Er ist ohne Zweifel ein hervorragender Geschäftsmann. Aber warum geht so ein Mensch nicht seine eigenen Wege, sondern bindet sich an ein kleines und nicht mehr sehr solventes Unternehmen? Die Liebe, tja, von der Liebe kann man mir viel erzählen. Ob sie da ist oder nicht, das wissen ganz allein nur die zwei Menschen, die es betrifft. Und in manchen Fällen sogar noch nicht mal die.«

Regula streichelte seine Hand. Er nahm sie und drückte einen Kuss darauf. Es war eine Geste voll inniger Zuneigung. Marie hegte keinen Zweifel, dass diese beiden ganz genau wussten, was sie aneinander hatten. So will ich auch einmal mit meinem Mann zusammensitzen, dachte sie. Und auf ein langes, gemeinsames, wunderschönes Leben zurückblicken.

Herr Weller ließ Regulas Hand wieder los. »Es war Zeit für mich, meinen Hut zu nehmen. Es hätte charmanter sein können, mit ein wenig mehr Respekt vor meiner Lebensleistung, denn ich war Clara immer ein zuverlässiger Weggefährte gewesen.«

»Sie soll …« Marie schluckte. »Sie soll Geld veruntreut haben. Stimmt das?«

Regula murmelte etwas von Schlagsahne und ging in die Küche.

Der alte Mann fuhr sich mit den Händen über das faltige Gesicht. Er wollte nicht lügen, das sah man ihm an, aber auch nichts sagen. Es schmerzte, ihn in die Enge treiben zu müssen. Aber es ging nicht anders.

»Stimmt das?«, bohrte Marie nach.

»Sie hatte ein großes Herz. Vielleicht ein zu großes.«

Er log nicht, aber er sagte auch nicht die Wahrheit. »Herr Weller, ich bin die Letzte, die im Nachhinein am Andenken meiner Großmutter kratzen will. Aber es ist wichtig für mich, mehr über diese Sache zu erfahren.«

»Ich kann dir nicht mehr sagen. Ich war Prokurist. Sie hat diese Zahlungen, die Herr von Treut meint, in Auftrag gegeben und mir verboten, sie als Spende abzusetzen. Sie hat mir sogar untersagt, jemals ein Wort darüber zu verlieren. Sie war eine Frau, der man in diesen Dingen nicht widersprach. Sie hatte eine Aura von Unantastbarkeit. Sie war …« Er sah Marie in die Augen. Als ob er die kommenden Worte ganz besonders unterstreichen wollte. »Eine Überlebende. Verstehst du das? Es schien, als hätte dieses Unglück einen Panzer um sie gebildet, den niemand durchbrechen konnte.« Er lächelte. »Außer dir. Du warst immer etwas Besonderes für sie. Sie hat dich sehr geliebt.«

Marie schluckte. »Und trotzdem hat sie so vieles verschwiegen. Ich möchte diese Fotos finden. Was genau wissen Sie darüber?«

Herr Weller lehnte sich zurück. »Ich war doch selbst noch ein Kind. Lass mich nachdenken. Die ersten Jahre nach dem Krieg … Wir haben in Trümmern gespielt und Munition gesucht, Blindgänger, Stahlhelme, alles Mögliche. Die Engländer brachten Kaugummis und Musik. Und dann die Pakete aus Amerika. Ab und zu kam auch bei uns eins an. Schokolade, Kaffee, Zigaretten. Die Vosskamps hatten uns nicht vergessen. Natürlich gab es Telefon in der Villa. Aber jede Woche kam auch ein Brief. Als Gustavs Augen schlechter wurden, hat mein Vater sie ihm vorgelesen und die Fotos beschrieben. Ich selbst war nie dabei. Aber ich erinnere mich, dass er davon erzählt hat. Heute kam wieder ein Brief, so fing er an, und wir hörten mit gespitzten Ohren zu, verfolgten diese Nachrichten aus der großen, weiten Welt. Daher weiß ich, dass Piet dort wirklich auf die Beine kam. Von Jahr zu Jahr baute er sein Geschäft auf. Er krempelte ordentlich die Ärmel hoch, und mit der kleinen Clara war das Glück perfekt. Ganz die Mutter, so hieß es immer. Ruth wie aus dem Gesicht geschnitten, die Kleine … Und es ging ihnen gut, da drüben. Aber das Heimweh. Das Heimweh! Ich weiß nicht, was Ruth darüber dachte.

Das hat Piet nicht geschrieben. Es wird nicht leicht für sie gewesen sein, dem Wunsch ihres Mannes nachzukommen. Piet hat sie dafür auf Händen getragen. Sogar ein Kindermädchen haben sie für die Überfahrt eingestellt. Und dann, im April einundfünfzig, ging die große Reise los, und wir wissen alle, wo sie geendet hat.«

Sie schwiegen. Regula kam zurück und stellte eine Schüssel Schlagsahne auf den Tisch. Von Hand geschlagen, dick und cremig war die Sahne. So, wie Marie sie liebte. Sie nahm einen Löffel und krönte damit ihren Kaffee.

»Und Albert?«, fragte sie. »Ihr habt wirklich nie wieder etwas von ihm gehört?«

Weller nahm einen Schluck und goss sich dann etwas Milch nach. »Ich glaube, bis Kriegsende haben sich die beiden noch geschrieben. Ich weiß, dass Albert von Piet mal ein gerahmtes Familienfoto bekam. Doch nach dem Krieg, als herauskam, was für ein gottverdammter Verräter Albert gewesen ist …«

»Okay, verstehe.« Marie nickte. »Albert wurde quasi aus den Annalen der Vosskamps gestrichen. Aber vielleicht hatte er Kinder. Haben die mal versucht, Kontakt aufzunehmen?«

»Nicht, dass ich wüsste.«

Sie trank ihre Tasse aus. »Danke, dass Sie mir das alles erzählt haben. Ich verstehe so vieles nicht. Was, glauben Sie, war Claras letzter Wunsch?«

Das Ehepaar sah sich fragend an.

»Ich meine, das Porzellan betreffend. Hätte sie es gewollt, dass jemand danach sucht?«

Gerhardt Weller zuckte mit den Schultern. »Sie hat nie über das Unglück geredet. Nicht in der Zeit danach und nicht später. Es war, als hätte sie es verdrängt. Ich weiß, dass ab und zu Anfragen von diesen Leuten kamen, der … na?«

»Der *Sea Fire?*«

»Ja, genau. Sie hat sie zerrissen.«

»Zerrissen. Also wollte sie es nicht.«

Regula beugte sich vor und berührte Marie leicht am Arm. »Clara ist über dieses Unglück nie hinweggekommen. Sie kam schon in einer entwurzelten Familie zur Welt. Das Unglück hat alles auseinandergerissen. Nun könnte man sagen, es ist schon so viel Zeit vergangen. Aber manche Wunden heilen nie. Clara hat die Schmerzen ihr Leben lang ertragen müssen. Doch nun wandert der Stab weiter und er liegt in deinen Händen. Hör nicht auf das, was die Leute sagen. Hör nur auf dein Herz.«

»Was sagen denn die Leute?«

»Sie sagen, dass ein Fluch darauf liegt.«

Gerhardt Weller schüttelte den Kopf. »Also wirklich! Das ist doch Unsinn.«

»Natürlich. Noch einen Kaffee, mein Kind?«

»Nein danke. Vielen, vielen Dank, dass Sie sich die Zeit genommen haben.«

Marie verabschiedete sich. Regula und Gerhardt Weller ließen es sich nicht nehmen, sie zurück zum Gartentor zu begleiten.

»Eine Frage hätte ich noch«, sagte Marie, als sie schon Gerhardt Wellers Hand schüttelte.

»Ja?« Er nickte ihr freundlich zu.

»Sagt Ihnen der Name Jane etwas?«

»Jane? Nein. Dir?«

Seine Ehefrau dachte nach und verneinte schließlich ebenfalls. »Wer soll das denn sein?«

»Wenn ich das wüsste ...«, erwiderte Marie. »Aber danke für den schönen Nachmittag. Darf ich wiederkommen, wenn ich mal wieder in Cuxhaven bin?«

»Aber sicher! Jederzeit. Wir freuen uns immer, dich zu sehen. Was hast du denn jetzt vor?«

Marie öffnete die Pforte. »Ich fahre zurück nach Friedrichskoog. Ich war schon über eine Woche weg. Ich werde dort ein Jahr lang arbeiten und dann Wild- und Meeresbiologie studieren.«

»Meeresbiologie«, wiederholte Gerhardt Weller. »Das hätte deinem Vater gefallen.«

Sie lächelte, winkte den beiden noch einmal zu und tat so, als hätte sie Regulas Worte überhört, die sie ihrem Mann zugeraunt hatte: »Und Clara überhaupt nicht.«

22.

»Marie!« Pia ließ den Eimer fallen. Das Wasser spritzte über ihre Gummistiefel, aber das war ihr egal. Sie hüpfte mit einem Schwung über die Absperrung aus Panzerglas, die die einzelnen Becken der Auswilderungsstation voneinander trennten. Das war nicht erlaubt, aber zeitsparend.

»Warum hast du nicht angerufen? Wir hätten dich doch am Bahnhof abgeholt. Ich habe so an dich gedacht, aber ich wollte auch nicht nerven. Hast du alles einigermaßen überstanden?«

Marie wollte antworten, doch stattdessen sah sie nur stumm auf *Jack Sparrow,* der in der letzten Woche geschätzte zehn Kilo zugenommen haben musste.

Bald ist es Zeit für ihn, dachte sie. *Alles, was ich liebe, geht.*

»Oh je …« Pia nahm sie in den Arm und führte sie ein paar Schritte weg. Das Lachen und Klatschen von mehreren Schulklassen klang zu ihnen hinüber. In den anderen Becken arbeiteten zwei Praktikantinnen. Marie hatte sie noch nie gesehen. Die eine hatte himmelblaue Haare, trug ein T-Shirt mit der Aufschrift *Ramones* und tanzte wie wild mit dem Schrubber herum.

»Wer ist das denn? Hat sie das immer?«

Pia grinste. »Das ist Ramona Riedel. Sie hört wahrscheinlich gerade *Subway to Sally* oder *Iced Earth*. Du solltest mal ihre Tattoos sehen. Aber das Schärfste ist: Sie ist Mutter von Zwillingen.«

»Echt?« Ramona sah definitiv nicht danach aus.

Sie musste bemerken, dass über sie gesprochen wurde, denn sie nahm die Kopfhörer ab und winkte zu ihnen hinüber. »Hi! Bist du Marie? Pia hat mir von dir erzählt.« Sie verließ das Becken und kam auf sie zu.

Das andere Mädchen hörte ebenfalls auf und kam hinterher.

»Ich bin Ramona. Und das ist meine Freundin Sandra. Aber alle nennen sie nur Sami.«

Sami grinste und ließ den Schrubber wie Anakin Skywalkers Lichtschwert durch die Luft wirbeln. »Unsere neue Chefin?«

Erst wusste Marie nicht, wer damit gemeint war. Doch dann sagte Pia: »Klar. Strengt euch an. Wer bei ihr nicht spurt, muss den Rest seines Praktikums Hering pürieren.«

Die Mädchen kicherten.

»Ihr glaubt mir nicht? Ich musste vier Wochen mit ihr zusammenarbeiten. Seht mich an. Ich bin ein Wrack.«

»Äh, ja.« Marie wusste nicht, was sie sagen sollte. Sie reichte Ramona und Sami die Hand. »Also herzlich willkommen. Und auf eine gute Zusammenarbeit.«

»Seht ihr?« Pia grinste zufrieden. »Sie quatscht auch schon so wie eine Chefin.«

Die Mädchen gingen wieder zurück zu ihren Becken.

Pia hakte sich bei Marie unter und zog sie zum Haupthaus. »Willst du einen Tee? Anne ist heute nicht da. Seitdem das Schiffswrack aufgetaucht ist, ist Wilhelmswacht Disney World. Alles, was ein Boot hat, fährt hin. Picknick am Strand, Lagerfeuer, Tauchausflüge … Ich will nicht wissen, was hier los ist, wenn die Bergung beginnt. Für die Vögel, die Robben und alle anderen Tiere ist das eine Katastrophe.«

Sie hatten das Haus erreicht. Pia hielt Marie die Tür auf.

»Hauptsache, die Tanks von diesem Schrottkahn werden gecheckt«, fuhr Pia fort. »Wenn wirklich einer leck schlägt, dann gute Nacht.«

»Es ist kein Schrottkahn.« Marie folgte Pia hinauf in den ersten Stock. Aus dem Kinderzimmer klag Timms tiefe, warme Stimme. Nun war sein freiwilliges ökologisches Jahr fast vorbei. Marie war seine direkte Nachfolgerin und tatsächlich so etwas wie die Vorgesetzte der Praktikantinnen. Ob sie dann auch den Kita-Kindern das Wattenmeer erklären würde? Warum sein Schutz so immens wichtig war? Und ob sie sich jedes Mal, wenn die Gruppe genauso laut wie begeistert die spielerische Unterrichtsstunde verließ, die eine Frage stellen würde: Warum aus diesen Kindern Erwachsene wurden, die auf die Welt, in der sie lebten, pfiffen? »Es ist die *Trinity.*«

Sie erreichten die Kaffeeküche.

»Weiß ich doch.« Pia füllte den Wasserkocher und suchte, während der seine Arbeit tat, zwei Becher aus dem Regal. »Ich hab's im Fernsehen verfogt. Sag mal, stimmt das? Ich bin ja fast in Ohnmacht gefallen. Du bist doch eine von *den* Vosskamps, nicht wahr? Oder ist es nur eine Namensgleichheit?«

»Meine Urgroßeltern waren an Bord und sind bei dieser Havarie ums Leben gekommen. Nur Clara nicht, meine Großmutter, die damals noch ein Kind war. Sie wurde am Tag nach dem Untergang gerettet.«

»Mamma mia. Das ist ja harter Stoff. Seit wann weißt du das?«

»Erst seit ein paar Tagen. Eigentlich auch nur aus den Nachrichten. Wir haben in der Familie nie darüber gesprochen. Ich muss mir die Fakten auch erst mühsam zusammensuchen.« Marie setzte sich auf einen Hocker.

Sie hätte gerne geweint, aber die Müdigkeit war zu groß und erstickte die Tränen. Zum Weinen braucht man Kraft, dachte sie, und die habe ich nicht mehr. Es war alles ein bisschen viel gewesen in den letzten Tagen. Da hatte sie geglaubt, es wäre nur deshalb schwer, eine Vosskamp zu sein, weil alle dachten, sie würden im Geld ersticken. Aber dann hatte sie ein viel schwereres Erbe entdeckt: das, was sich zwei Brüder angetan hatten. Und es lagen gerade mal zwei Generationen zwischen diesen Brüdern und ihr.

Pia ging vor ihr in die Knie und nahm sie in die Arme. »Es tut mir so leid.«

»Schon gut. Es war ein Schock. Ich muss so vieles erst mal auf die Reihe kriegen. Mein Zuhause, meine Familie – ich habe mir nie Gedanken darum gemacht. Alles war da. Und dann, eines Tages, bricht es weg. Einfach so. Als mein Vater gestorben ist, da hab ich zum ersten Mal gespürt, dass eine Zeit abgelaufen ist. Ihn konnte ich nicht mehr fragen. Und Clara …« Sie legte die Arme auf die Knie und versenkte ihren Kopf. »Clara hat so viele Geheimnisse mitgenommen. Ich bin die Letzte in dieser Ahnenreihe. Und ich habe keine Ahnung, was ich tun soll. Vor allem nach den schrecklichen Dingen, die in unserem Haus passiert sind.«

Pia öffnete den Mund und schloss ihn wieder.

»Sag's nicht!«, bat Marie. »Hast du schon was von der *Sea Fire* gehört?«

»Sie soll schon neben Wilhelmswacht liegen, hat Jensen erzählt.«

»Ich will nicht, dass sie in die *Trinity* runtertauchen.«

»Aber die Tanks …«

»Das ist ein Fake. Die Entschuldigung dafür, nach diesen dämlichen Tassen zu suchen. Die will ich auch nicht. Sie gehören mir nicht und meiner Mutter auch nicht. Wir haben unser ganzes Leben ohne diesen Kram gelebt. Und plötzlich kommen Glücksritter und wollen ihn sich unter den Nagel reißen.«

»Aber wenn du die Sachen nicht willst …«

»Verstehst du das nicht? Sie sollen meine Familie in Ruhe lassen! Als Clara gehört hat, was sie vorhaben, hat sie sich so aufgeregt, dass sie den nächsten Schlaganfall bekommen hat!«

Pia stand auf, weil das Wasser kochte. Mit zwei Teebeuteln und Kandiszucker versuchte sie, etwas Trinkbares zu zaubern. »Meinst du wirklich?«

»Ja. Ich war bei ihr. Ich habe ihre Reaktion gespürt. Das war abgrundtiefes Entsetzen. Sie wollte definitiv nicht, dass jemand die Totenruhe dort unten stört. Wer weiß, was sich da abgespielt hat. Dieses dämliche Porzellan wühlt alles wieder auf. Und warum machen die Leute das? Aus reiner Geldgier. Am meisten nervt mich, dass jeder von mir erwartet, ich würde mitmachen.«

»Hier. Besser geht's nicht.«

Pia reichte Marie einen Becher. Der Inhalt war so heiß, dass sie sich beinahe die Lippen verbrannt hätte.

»Wenigstens steht Magnus auf meiner Seite.«

»Magnus?«, fragte Pia.

»Der Lover meiner Mutter. Sie wollen heiraten. Er übernimmt die Firma und sie kann dann malen bis an ihr Lebensende.«

»Und du?«

Marie blies in ihren Tee.

»Was ist mit dir?«, fragte Pia.

Marie zuckte mit den Schultern. »Soll er mit der Firma glücklich werden. Ich hatte nie dieses Handels-Gen, das liegt mir einfach nicht im Blut. Im Moment habe ich bloß das Gefühl, im falschen Film zu sein. Da unten liegt ein Schiff mit über fünfzig Toten, und das soll meine Geschichte sein?«

Pia rührte zwei Löffel Zucker in ihren Tee. »Warum hat deine Großmutter dir nur nie mehr über deine Familie erzählt??«

»Keine Ahnung. Aber Claras letzter Wunsch war eindeutig: Lasst die *Trinity* in Ruhe. Mein allererster Impuls war: Wow!

Nix wie runter, Millionen holen. Aber dann hat mich Magnus daran erinnert ...«

»Der Freund deiner Mutter? Ausgerechnet der?«

Die Tür zum Klassenraum ging auf. Eine Horde Grundschüler stürmte ins Treppenhaus. Ihnen folgte Timm. Er war groß und schlaksig, die Haare hingen ihm fast in die Augen, und sein schmales Gesicht zierte der Hauch eines blonden Bartwuchses. Ein süßer Junge, schoss es Marie durch den Kopf. Ist mir noch gar nicht aufgefallen. Irgendwie passt er besser in einen Hörsaal als in Gummistiefel.

»Hi, Pia«, sagte er, als er vorüberging. »Marie! Bist du wieder da? Wie geht es deiner Großmutter?«

»Sie ist gestorben«, antwortete sie. Timm war jemand, den man nicht belog. »Gestern war die Beerdigung.«

»Das tut mir leid. Wirklich. Und da bist du schon hier?«

»Ich will jetzt anpacken und mich nützlich machen.«

»Verstehe. Kann ich irgendetwas für dich tun?«

Marie schüttelte den Kopf. »Danke, es geht schon. Ich würde am liebsten gleich anfangen.«

»Mach mal langsam. Anne hat uns so eingeteilt, dass du eine Woche Schonfrist hast. Mindestens.«

»Danke.«

»Da nicht für. Ich muss runter. Becken schrubben.«

Pia stellte ihre Tasse ins Waschbecken. »Ich helfe dir gleich.«

»Kümmere dich lieber um Marie. Die Becken schaffe ich auch alleine.«

Er lief die Treppe hinunter. Pia sah ihm hinterher. Ihre Stirn war am Ansatz einen Hauch gerötet, und auch ihre Wangen sahen aus, als hätte sie zu viel Rouge benutzt.

»Sag mal …« Marie griff nach einem Handtuch. »Seit wann wirst du rot, wenn du mit Timm redest?«

Ihre Freundin ließ Wasser in ihre Tasse laufen und spülte sie so lange ab, bis es lächerlich wirkte.

»Seit wir gestern zusammen rausgefahren sind. Ein Sonnenuntergang, wie ihn Hollywood nicht besser hätte erfinden können. Wir haben viel geredet. Seine Zeit hier ist bald um, meine auch. Da ist uns aufgefallen, dass wir uns eigentlich gar nicht kennen. Stell dir vor, wir arbeiten fast ein Jahr zusammen und wissen so gut wie gar nichts voneinander.«

»Ja«, pflichtete Marie bei und hatte einen Kloß im Hals. »Man denkt immer, man hat noch ewig Zeit, die wirklich wichtigen Fragen zu stellen.«

Pia nahm ihr das Handtuch ab. »Also, so existenzielle Dinge haben wir natürlich nicht besprochen. Aber ich weiß jetzt, dass er einen Studienplatz in Kiel bekommen hat.«

»Nicht soo weit weg von Flensburg.«

»Nicht soo weit weg«, bestätigte Pia, trocknete ihre Tasse ab und stellte sie zurück. »Und bei dir übernimmt dieser Magnus mittlerweile das Ruder und kümmert sich um deine existenziellen Fragen?«

»Ja. Ein bisschen zu sehr für meinen Geschmack. Aber er entwickelt sich tatsächlich zu einer … hmmm … moralischen Stütze.«

»Na, da es dir vor allem an Moral gebricht …«

Sie gingen hinaus in den Flur. Von hier aus hatte man die gesamte Aufzuchtstation im Blick.

»Der Untergang der *Trinity*«, sagte Marie. »Der große, schwarze Fleck. Ich muss mehr darüber erfahren. Dann kann ich Clara vielleicht verstehen.«

»Stammbücher? Heimatmuseen? Die Hamburger Kaufmannschaft? Irgendwer muss sich doch an die Geschichte erinnern. Habt ihr nicht noch einen alten, gichtigen Butler? So was gibt's doch in jeder reichen Familie.«

»Pia, wir sind nicht mehr reich, sondern ziemlich verschuldet. Und den Letzten von der alten Garde hat Magnus gerade vor die Tür gesetzt.«

Pias Augen weiteten sich.«So viel zum Thema Nachhilfe in Moral.«

»Ich war gestern bei ihm.«

»Bei eurem Butler?«

Sie drehte sich zu Pia um. »Nee, Mensch! Bei Weller. Unserem Prokurist. Magnus hat ihn geschasst. Er ist schon ziemlich alt, aber er wusste alles. Zumindest, was die Firma betrifft. Von ihm habe ich erfahren, dass mein Ururgroßvater zwei Söhne hatte.«

»Und was …« Pias Pieper stieß einen Pfeifton aus.

»Seehundalarm. Kommst du mit?«

»Klar.«

Marie sprintete in die Kaffeeküche zurück, stellte ihre Tasse ungespült ab und jagte dann mit Pia hinunter. Auf dem Weg zum Ausgang kam ihnen Timm entgegen.

»Wilhelmswacht«, sagte er hastig. »Zwei junge Seehunde, vielleicht auch drei. Ich bin mit den Becken noch nicht fertig.«

»Kein Problem. Wir übernehmen das.«

»Die Becken? Das ist aber nett von –«

Pia grinste und lief weiter. *»Never change a winning team!«*, rief sie ihm noch zu. »Komm!«

Sie sprinteten los, bevor Timm noch etwas sagen konnte.

23.

Das Meer.

War es nicht so, als ob hier draußen alle Fragen ihr Ende finden würden? Die *Seerose* zerteilte die Wellen mit ihrem Bug, stieg hoch hinauf und glitt sanft hinab in die Täler aus grünem Glas. Das Wasser schloss sich hinter ihr, schäumend und brodelnd hinterließ sie eine breite Spur, die sich erst in der Ferne wieder schloss. Möwen jagten kreischend um den Mast. Der Himmel war diesig, wie zerlaufenes Blei, und steuerbord ballten sich Gewitterwolken, die die Sonne nicht ganz verdecken konnten. Dort, wo sie noch eine Lücke fand, fielen die Strahlen wie Balken gebündeltes Licht über den Horizont hinab.

So sah es schon immer aus. Seit Millionen von Jahren.

Der Gedanke hatte etwas Tröstliches. Was waren Maries Sorgen im Vergleich zum Lauf der Welt? Würde ihr irgendetwas fehlen, wenn zwei Dutzend Porzellanschalen nie mehr den Weg zurück ans Licht fänden? Nichts. Also.

Trotzdem ließen die Ereignisse sie nicht los. Zu viel war in der letzten Woche auf sie zugekommen. Sie fühlte sich den

Entwicklungen schutzlos ausgeliefert. Die Rückkehr nach Friedrichskoog kam ihr im Nachhinein vor wie eine Flucht. Flucht vor Tatsachen, denen sie sich eigentlich stellen müsste. Zuallererst die *Trinity.* Bergen oder nicht bergen? Hatte sie überhaupt noch eine Möglichkeit, Einfluss zu nehmen? Dann die Geschichte ihrer Familie, die sie so noch nie gehört hatte. Claras Schweigen. Das tat am meisten weh. Marie hatte ihre Großmutter geliebt und musste nun erkennen, dass sie keine liebenswerte alte Dame gewesen war, die Apfelkuchen backte und Märchen von Zauberponys erzählte. Sie hatte ihre Eltern verloren, ihre Heimat, und sie hatte allein in einem fremden Land noch einmal ganz von vorne anfangen müssen. Das Trauma hatte Spuren hinterlassen, die von keinem so richtig bemerkt worden waren. Das Ausblenden von allem, was mit dem Untergang zu tun hatte. Ihr absolutes Schweigen darüber. Sogar die Anfragen zur Bergung hatte sie ignoriert. Erinnerungen vernichtet. Es gab nichts aus dieser Zeit, bis … bis auf ein altes Stück Eisen und den Namen Jane.

Jane. Es war doch kein Zufall, dass ausgerechnet dieser Name an Claras Tür gestanden hatte. Und dann die grauenhaft lebensechte Puppe in der Badewanne – ein ertrunkenes Mädchen. Welcher kranke Mensch dachte sich so etwas aus? An Violas Bild wollte sie gar nicht erst denken. Der Schaden war geradezu lächerlich im Vergleich zu dem Schock, den die blutrote Farbe und das Kind unter Wasser verursacht hatten.

Die Vorfälle mussten im Zusammenhang mit der *Trinity* stehen, das konnte gar nicht anders sein. Claras Schlaganfall und dann ihr Tod schienen etwas ausgelöst zu haben, das bei irgendjemandem böse Fantasien freisetzte. Er wollte den Frauen der Vosskamps schaden und das auf eine ziemlich perverse Art und Weise.

Bald ist es vorbei, dachte sie. Hoffentlich findet die Polizei diesen Psychopathen. Und es war ihr mittlerweile sogar egal, ob diese dämlichen Tassen gefunden wurden oder im Schillgraben landeten. Sie wollte damit nichts zu tun haben. Sie wollte raus aufs Meer, immer wieder, wollte Seehunde und Kegelrobben retten, wollte studieren und tauchen und die Welt sehen und jemanden lieben und vielleicht, eines Tages, selbst auf die Suche gehen …

Jensen stand im Steuerhaus, mal den Horizont, mal das Echolot im Visier. Gottfried, sein Ferienkind, saß hinter ihm auf einer Bank, ein Steckschach auf dem Schoß. Seine Züge teilte er dem Skipper mit, der dann irgendeinen hahnebüchenen Zug diktierte und sich mit Gottfried richtig in die Wolle kriegen konnte, wenn der ihn schon wieder geschlagen hatte. Aber man spielte ja auch kein Steckschach, wenn man eigentlich am Steuerrad stand. Der schmale Strand von Wilhelmswacht kam in Sicht. Der Skipper drosselte den Motor und lenkte die *Sandrose* scharf nach backbord. Pia hangelte sich an der Reling entlang zu Marie herüber.

»Da! Sieh mal!«, rief sie.

Langsam glitten sie am Wrack der *Trinity* vorüber. Wie ein gewaltiger, dunkler Fels lag es auf dem Meeresboden, die Deckaufbauten gerade mal ein paar Meter unter der Wasseroberfläche. Marie erinnerte sich, dass sie bei der letzten Ausfahrt den Scheitelpunkt der Flut schon überschritten hatten. Ein Wunder, dass sie bei der Kollision so glimpflich davongekommen waren.

Pia legte ihren Arm um Maries Schulter. Gemeinsam sahen sie schweigend auf das Schiff, das für so viele Menschen den Tod bedeutet hatte.

»Es muss schrecklich gewesen sein. Kalt und dunkel«, flüsterte Marie. Die Motoren hatten aufgehört zu dröhnen. Vielleicht zollte auch Jensen dem Grab dort unten für zwei Minuten seinen Respekt. Marie schluckte. »Und dann dieser Sturm. Vielleicht liegen meine Urgroßeltern da unten in einer Kabine.«

»Nö.«

Ihr Kopf fuhr herum. Hinter ihr stand Gottfried, sein Schachspiel zusammengeklappt in der Hand. Er drängte sich zwischen sie und sah ebenfalls hinunter auf das versunkene Schiff.

»Sie sind bei Gott.«

»Meinst du?«

Mit einem Ernst, den sie dem Jungen niemals zugetraut hätte, nickte er. Mehrmals. »Zumindest kann es keiner eindeutig widerlegen.«

»Da hast du recht.« Sie strubbelte ihm durch die Haare.

»Klare Beweise hat natürlich auch niemand«, setzte er hinzu. »In so einem Fall würde ich mich immer für die angenehmere Vorstellung entscheiden.«

»Sag mal ... Wie alt bist du?«

»Meine Mom sagt immer, wahre Weisheit hat mit Alter nichts zu tun.«

»Ah ja.« Marie grinste. Gottfried hatte es geschafft, dass ihr wieder leichter ums Herz war. Sie ließen die *Trinity* hinter sich, und es war ein Gefühl, als ob man aus einem kühlen Schatten hinaus in die Sonne treten würde.

Pia stieß einen Schrei aus. »Das … Das kann doch nicht wahr sein!«

Marie, die immer noch in die Tiefe gestarrt hatte, hob den Kopf und blinzelte, um herauszufinden, was Pia so aufregte. Mittlerweile war der steinige Strand von Wilhelmswacht gut zu erkennen. Auch das Boot, das dort lang. Ein schlankes, schnelles Beiboot, wie es größere Schiffe gerne mit sich führten. Zwei Männer verließen es gerade.

»Sind diese Touristen jetzt völlig irre geworden?« Pia stürmte zu Jensen ins Steuerhaus und holte das Fernglas. Voller Anspannung richtete sie es auf den Stand und das Boot. Nach einer halben Ewigkeit reichte sie das Glas an Marie weiter. »Das musst du dir ansehen!«

Zunächst war das Bild unscharf. Aber nachdem sie etwas nachjustiert hatte, erkannte sie, wer dort am Strand lagerte, als wäre das Naturschutzgebiet ein Campingplatz mit Bootsanleger.

Sie ließ das Fernglas sinken, dachte an einen Spuk, eine dumme Gaukelei. Hob es wieder hoch, stellte es noch mal nach und versuchte, die maßlose Wut, die gerade in ihren Bauch schoss, zu zähmen.

Vince. Und der andere war Robert. Das Boot trug den Namen *Sea Fire II*. Ein Zodiak, die neueste Generation. Es war mit Satellitenanlage, Antennen und weiteren Aufbauten ausgerüstet, die Marie nicht kannte. Vince hatte einen Tablet-PC in der Hand und zeigte Robert gerade etwas auf dem Bildschirm. Dann erkannten sie, dass die *Seerose* direkt auf sie Kurs nahm. Langsam schlenderten sie zurück zu ihrem Boot.

»Das sind keine Touris.« Sie gab Pia das Glas zurück. »Das sind Leute von dem Bergungsunternehmen und sie haben die Erlaubnis, sich hier rumzutreiben. Schließlich geht es um *Umweltschutz*.«

Das letzte Wort klang fast wie Hohn. Es ging also los. Offenbar hatten sie alle Genehmigungen bekommen, denn sonst wäre niemand so dreist, mit einem Zodiak vor Wilhelmswacht durchs Wattenmeer zu brausen.

Pia suchte den Strand ab. »Ich sehe keine Seehunde. Wahrscheinlich haben sie sie ins Meer getrieben. Wenn Heuler darunter waren, können wir nur hoffen, dass sie irgendwo an Land kommen, wo man sie findet. Unglaublich.«

Wütend ging ihre Freundin zurück zu Jensen ins Steuerhaus. Sie sprach mit dem Skipper.

Marie spürte das Dröhnen der Motoren unter ihren Füßen, noch bevor der Lärm hörbar wurde. Sie rannte hinterher. »Lasst uns wenigstens nachsehen.«

Jensen zuckte mit den Schultern und sah zu Pia. Sie war nicht nur die ältere von den beiden Helferinnen, sie hatte auch die Entscheidungsgewalt.

»Ich weiß nicht. Ich will den beiden nicht begegnen.«

Marie sah zum Fenster hinaus. Der Strand war keine hundert Meter entfernt. Sie konnte erkennen, wie Vince das Tablet unter der Persenning seines Bootes verstaute. »Sie sind gleich weg. Aber wir haben einen Hilferuf erhalten und sollten wenigstens an Land gehen und nach den Tieren Ausschau halten. Bis wir da sind, sind die schon längst wieder an Bord ihres Schiffes. Wo ist das eigentlich?«

Jensen sah auf sein Echolot und tippte auf dem Display herum. »Süd Südwest. Direkt hinter der Insel. Wir können es von hier aus nicht sehen. Das sind zwei Seemeilen.«

»Komisch, dass sie nicht am Wrack sind«, sagte Marie.

»Flut«, antwortete Gottfried in einem Ton, als wäre er schon als Wattwurm zur Welt gekommen.

Jensen, der alte Seebär, nickte zustimmend. »Ich würde es auch nur bei Ebbe probieren. Da kann man ja fast trockenen Fußes rein.«

Entsetzt starrte Marie ihn an. »Wirklich?«

»Ich würde es aber niemandem raten. Das Wrack liegt direkt auf dem Schelf. Eine starke Welle, eine falsche Belastung, und es fällt wie ein Stein runter in den Schillgraben.«

»Zeig's mir.«

Jensen verkleinerte das Bild noch mehr. Nun konnte Marie den Meeresboden im Umkreis von zwanzig Seemeilen erkennen.

»Hier. Siehst du?«, fragte Jensen. »Über die Jahrzehnte ist das Schiff quasi einen sanften Hang hinaufgetragen worden.

Der Hang ist der Sockel von Wilhelmswacht. Aber das seichte Ufer täuscht. Das Wattenmeer ist tückisch. Es verändert sich von Tiede zu Tiede. Neue Inseln entstehen. Alte gehen unter. Und dort, keine fünf Meilen vor Wilhelmswacht, liegt dieser Graben.«

Er deutet mit seinem Zeigefinger auf ein schwarzes Band, das sich wie ein Fluss auf dem Meeresgrund zu schlängeln schien, und Marie bekam eine Gänsehaut.

»Eine Rinne, eine Tücke der Natur«, fuhr er fort. »Fünfzig, sechzig Meter tief. Der Meeresboden hat sich hier hochgeschoben. Ähnlich, wie wenn du am Strand Sand hochschiebst. Meistens kommt da nur ein lütter Haufen bei raus. Aber manchmal bricht der Sand hinten weg, wie eine Klippe. Und genau an dem Punkt liegt das Wrack. Die nächste oder übernächste Tiede reicht, um es in den Graben fallen zu lassen.«

Gottfried riss die Augen auf. »Sie kippt da rein?«

»Jou, min Jung.«

Erst wenn man das Bild entziffern konnte, verstand man, wie gefährlich die Situation war. Das Schiff lag direkt vor der Rinne.

»Ich kann die Burschen schon verstehen«, fuhr der Skipper fort und strich sich mit der Hand über das Kinn. »Die *Trinity* ist wie der Fliegende Holländer. In dem Moment, in dem sie auftaucht, ist sie schon fast wieder untergegangen. Als sie gesunken ist, kann sie nicht allzu tief aufgeprallt sein. Aber das hier, das ist schon ein anderes Kaliber. Wenn sie über die

Klippe fällt – und das kann jeden Moment geschehen –, saust sie fünfzig, sechzig Meter runter. Sie wird den Aufprall nicht überstehen.«

»Die Tanks«, sagte Pia.

Jensen nickte mit gerunzelter Stirn. »Eine Katastrophe. Also von mir aus sollen sie so schnell wie möglich das Wrack untersuchen und es anschließend in den Graben werfen. Meinen Segen haben sie.«

Das Porzellan, dachte Marie. Das wird ihre wahre Sorge sein. Diesen Sturz übersteht keine Kiste. »Du bist doch dafür, oder?« Der alte Seebär drehte sich zu Marie um. Seine blauen Augen musterten sie ohne irgendeinen Hinweis darauf, was er von dem zweiten, weitaus lukrativeren Teil der Bergung hielt.

»Nein. Überhaupt nicht.«

»Ach nee. Dann wärst du doch Multimillionärin.«

Täuschte sie sich oder schwang da ein Hauch von Geringschätzigkeit mit?

»Das ist mir egal, Jensen. Von mir aus sollen sie die Tanks untersuchen und das Öl absaugen oder was auch immer. Aber ich will nicht, dass sie nach den Kisten suchen, die angeblich irgendwo da drin versteckt sind.«

»Hm«, brummte er und wandte sich wieder seinen Instrumenten zu. Er gab Gas und langsam tuckerte die *Seerose* Richtung Strand.

Pia stellte sich neben ihn. »Es geht auch um ihre Familie. Würdest du es wollen, dass Leute das Grab deiner Urgroßeltern aufbrechen, um irgendetwas herauszuholen, was von Wert ist?«

Gottfried schüttelte sich. »Uh. Nein.«

Jensen brummte wieder in sich hinein und begann das Landemanöver. Marie ging hinaus. Sie wartete, bis das Schiff beilegte und der Anker rasselnd nach unten fiel. Vince deutete auf sie und sagte etwas zu Robert. Statt in den Zodiac zu steigen, watete er durch das seichte Wasser auf sie zu.

Am liebsten hätte Marie sich irgendwo versteckt. Sie hatte keine Lust, ihm über den Weg zu laufen. Am allerwenigsten hier. Sie ging zur der großen Kiste, holte ein paar Wathosen heraus und streifte sie über. Als sie fertig war, hatte Vince sich der *Seerose* schon auf Rufweite genähert.

»Moin moin!«, rief er. »Das sagt man hier doch so, oder?«

Er hatte einen leichten Sonnenbrand auf dem Nasenrücken und den Wangen, aber sonst sah er genauso aus, wie sie ihn in Erinnerung hatte. Ein umwerfend gut aussehender Typ mit ausgebleichten Haaren, breiten Schultern, schmalen Hüften und – heute mal klitschnassen Hosen.

»Was macht ihr hier?«, rief Marie zurück.

Pia kam aus dem Steuerhaus. »Hallo! Ihr seid von der *Sea Fire?*«

»Jep.«

»Habt ihr noch alle Tassen im Schrank? Das hier ist ein Naturschutzgebiet!«

»Das ist verseuchtes Land, wenn wir uns nicht bald darum kümmern.«

Marie und Pia sahen sich an, als ob Vince ihnen gerade das Märchen von Hänsel und Gretel erzählen wollte.

»Und warum seid ihr dann hier und nicht am Schiff?«, rief Pia.

»Weil wir hier eventuell Ölsperren auslegen müssen. Um euer Paradies zu schützen. Das Areal ist gerade groß genug dafür, haben wir soeben festgestellt.«

»Aha.« Marie zog die Nase kraus. »Ich hoffe, ihr habt alle Genehmigungen.«

»Haben wir. An Bord. Möchten die Ladies uns vielleicht begleiten?«

»Nein.« Pia wandte sich ab und suchte sich ebenfalls ein Paar Wathosen. Marie kletterte über das Geländer und tastete nach der Leiter.

Vince kam näher. »Was macht *ihr* hier?«

»Wir haben einen Rettungsruf erhalten und –«

Verdammt! Sie rutschte ab. Sie hörte noch ein lautes Platschen, dann war Vince bei ihr und hielt sie fest. Sein Griff erinnerte sie an die Berührung in der Menschenmenge, wie sie unausweichlich an ihn gepresst worden war und dass sie es als keinesfalls unangenehm in Erinnerung hatte. Anfangs zumindest.

»Langsam, Lady.«

Vorsichtig stieg sie die letzten Stufen der Leiter hinunter, bis sie fast bis zu den Hüften im Wasser war. Wieder umfasste er sie und hob sie sanft herunter, bis ihre Füße den Meeresboden berührten. Die nächste Welle schwappte ihr bis an die

Brust. Das Wasser lief in die Hosen, es war kalt und verdammt nass. Sie drehte sich zu Pia um. »Es ist zu tief!«

»Niemals.« Vince ging zu Pia, die vorsichtig eine Sprosse nach der anderen herabstieg, nahm sie auf die Arme und trug sie Richtung Ufer. Marie sah den beiden hinterher. Ihre beste Freundin kicherte, und es machte die Sache auch nicht besser, dass Marie sich fühlte wie ein Hering in Plastik. Langsam watete sie den beiden hinterher.

Vince setzte Pia erst ab, als das Wasser nur noch knöchelhoch war.

»Danke.« Die Trockenere sah sich nach der Nasseren um. »Oh Süße, das tut mir leid.«

»Schon gut«, knurrte Marie. Sie war keine Süße. Warum benahm Pia sich so blöde? Sie stapfte an den beiden vorbei ans Ufer und zog dort die Überhosen aus Gummi aus. Ein Schwall Wasser lief in den Sand. Es hätte sie nicht gewundert, wenn auch noch ein paar Krabben dabei gewesen wären. Ihre Jeans tropfte, die Gummistiefel begleiteten jeden Schritt mit einem nassen Schmatzen.

»Pia, ich geh nach rechts. Du nach links?« Ohne eine Antwort abzuwarten, lief sie los.

»He!«, rief Vince. »Warte!«

Sie drehte sich nicht um. Sollte Vince, Retter der Witwen, Waisen, freiwilligen ökologischen Helferinnen und Porzellanschalen anderen mit seiner Selbstlosigkeit imponieren.

Keine zwanzig Meter und er hatte sie eingeholt. »Was sucht ihr hier eigentlich?«

»Seehunde«, gab sie knapp zurück. »Verletzte Tiere oder von ihren Müttern verlassene Jungtiere, die alleine nicht überleben würden. Aber ihr habt sie mit eurem Motorboot wahrscheinlich direkt wieder ins Meer getrieben.«

»Das tut mir leid.«

Sie warf ihm einen schnellen Seitenblick zu. Nahm er sie auf den Arm? Er sah zumindest nicht danach aus.

»Aber so, wie du hier losrennst, wärst du für mich als Seehund die größere Bedrohung.« Er grinste.

Marie blieb stehen. »Uns sitzt die Zeit im Nacken. Wir müssen vor dem Rückgang der Flut wieder zurück sein. Es macht keinen Spaß, unverrichteter Dinge umkehren zu müssen, weil man den Tag vertrödelt hat. Für manche Jungtiere ist es dann zu spät. Die sind verhungert.«

»Okay, okay.«

Sie lief weiter und ärgerte sich maßlos. Über Vince, über die kichernde Pia, am meisten aber über sich selbst, weil sie so affig reagierte. Es war schwer, im nassen Sand vorwärtszukommen. Treibholz versperrte den Weg, Dünen schoben sich immer wieder nah ans Meer. Nach einer Viertelstunde begann Marie zu keuchen und bekam Seitenstechen.

»Hier vielleicht?« Vince lief zu einer Sandhöhle.

»Vorsicht!«, schrie sie. Abrupt blieb er stehen. Sie folgte ihm.

»Die Dinger können einbrechen. Dann bist du schneller erstickt als in einer Lawine.«

Langsam näherten sie sich dem Spalt, doch schon vor dem Eingang winkte Marie ab.

»Keine Spuren. Hier sind sie nicht.«

»Wie viele sucht ihr denn?«

»Zwei oder drei.« Ihr Handy klingelte. Umständlich holte sie es aus der wasserdichten Hülle, die sie sich an Bord ausgeliehen hatte.

»Marie«, klang Pias verzerrte Stimme an ihrem Ohr. »Ich hab einen gefunden. Jensen hilft mir, ihn zu bergen. Ein Heuler, sehr schwach. Wie sieht es bei dir aus?«

»Nichts. Bis jetzt. Ich gehe jetzt mal hoch Richtung Kliff.«

»Aber beeil dich! Noch zwanzig Minuten, hat Jensen gesagt.«

»Okay. Roger over.«

Sie steckte das Handy weg. Die dunklen Wolken am Horizont hatten die Lichtbalken verschluckt. Aus weiter Ferne klang ein Donnergrollen übers Meer und vermischte sich mit dem auffrischenden Wind. Ihr war eiskalt.

»Du solltest umkehren.« Vince war der Wetterumschwung auch aufgefallen. Aber vielleicht war es genau das, was Marie dazu brachte, das Gegenteil zu tun.

»Ich will noch rauf auf die Dünen. Dort oben ist ein Plateau. Sie liegen da oft, weil es der wärmste Ort ist. Pia hat einen Heuler gefunden. Also muss noch mindestens einer auf der Insel sein. Wenn wir ihn nicht finden …«

Sie machte sich an den Aufstieg. Immer wieder rutschte sie im Sand aus. Es war ein mühsames, kräftezehrendes Vorankommen. Schließlich ging Vince ein paar Schritte voraus und reichte ihr die Hand. Widerwillig nahm sie sie. Dass er ihr jetzt auch noch bei der Suche half, setzte diesem ganzen Unternehmen die Krone auf. Aber der Gedanke, was mit dem Tier geschehen würde, wenn sie es jetzt nicht fanden, war schlimmer.

Endlich wurde der Sand fester, ihre Füße fanden Tritt. Als sie es auf die Klippe geschafft hatten, stieß Marie einen entsetzten Schrei aus.

Der kleine Seehund lag in einer halbwegs windgeschützten Kuhle und blutete. Doch er lebte. Er wendete den Kopf in einer anmutigen Bewegung, der man den Schmerz nicht ansah, und musterte die beiden Zweibeiner mit einem rätselhaften Blick aus seinen dunklen Augen.

Vince wollte sofort auf ihn zueilen, aber Marie hielt ihn zurück.

»Nicht«, sagte sie. Langsam ließ sie ihn wieder los. »Ruhige Bewegungen, vorsichtiges Annähern. Es sind Raubtiere. Sie wehren sich, wenn man sie in die Enge treibt. Und sie sind am gefährlichsten, wenn sie verletzt sind.«

Vince nickte. Er atmete tief durch und ging langsam auf das verletzte Tier zu. Es schien, als hätte diese eine Bewegung die letzten Kräfte des Seehundes aufgezehrt. Mit einer matten Bewegung ließ er den Kopf wieder sinken. Er war klein, vielleicht zwei, drei Monate alt. Also kein ernsthafter Gegner. Doch ein Biss konnte durchaus sehr schmerzhaft sein. Und sie hatten weder eine Kiste noch eine Rettungsdecke.

»Warte.«

Vince blieb stehen. Es gefiel Marie, dass er in diesem Moment ihre Autorität akzeptierte. Sie wählte Pias Nummer.

»Wir brauchen die Kiste«, sagte sie, als ihre Freundin sich meldete. »Wir haben ein verletztes Jungtier gefunden. Von der Mutter weit und breit keine Spur.«

»Moment.« Sie hörte, wie Pia mit Jensen sprach. »Marie, es tut uns leid, aber das schaffen wir nicht mehr. Du musst zurück.«

»Aber ich kann ihn doch nicht hier lassen! Bis morgen ist er tot!«

»Wo bist du?«

»Auf der Düne vor der Vogelkoje.«

»Schiet. Sorry, aber Jensen gibt das Zeichen zum Abbruch. Du bist zu weit weg. Bis wir mit der Kiste bei dir und wieder zurück sind, vergeht eine Stunde. Das schafft die *Sandrose* nicht mehr.«

»Aber beim letzten Mal –«

»Beim letzten Mal sind wir mit einem Wrack kollidiert und buchstäblich mit der letzten Welle in Friedrichskoog angekommen. Außerdem war Anne mit dabei. Vielleicht wüsste die, was wir machen können. Aber heute sind wir allein. Wenn Jensen sagt Abbruch, dann gilt Abbruch.«

Marie ließ das Telefon sinken. Vince hatte den Heuler erreicht. Der schlug matt mit seinen Flossen, zu mehr Gegenwehr war er nicht fähig. Sein verhinderter Retter ging in die Knie und betrachtete mit besorgter Miene die Wunde. Dann sah er auf. Ihre Blicke trafen sich.

Vince stand auf und kam zu ihr zurück.

»Pia, morgen ist es zu spät.«

Schweigen. Schließlich hörte sie, wie ihre Freundin einen tiefen Seufzer ausstieß. »Wir können nicht alle retten. Es tut mir leid. Soll Jensen mit dem Gewehr kommen? Das schaffen wir gerade noch. Aber keine Kiste, keine Erstversorgung.«

»Oh Gott, nein!«

»Was ist?«, fragte Vince.

Sie spürte, wie sie am ganzen Leib zitterte. Der Wind heulte über das Plateau und trieb kleine Sandwolken vor sich her. Ein Korn geriet ihr ins Auge. Sie blinzelte und rieb mit der Hand darüber. *Hoffentlich denkt er nicht, ich heule.*

»Wir können ihn nicht retten.«

»Warum nicht?«

»Weil unser Schiff wieder in den Hafen muss. Und bis morgen wird er nicht durchhalten.«

»Aber es sind doch keine zwanzig Minuten!«

»Die werden nicht reichen, hin und zurück. Es ist zu gefährlich. Wir wollen nicht draußen im Wattenmeer stecken bleiben. Das wäre dann wirklich der Tod dieses Tieres. Eine Nacht in der Kiste, nein. Vielleicht ist es besser so für ihn.« Sie wandte sich ab. Jetzt heulte sie wirklich. Schmach und Schande.

»Nein, das ist es nicht. Wir haben noch eine Chance. Gib sie mir.«

Wortlos reichte sie ihm das Telefon, ohne ihn dabei anzusehen. Sie fragte sich nicht, warum sie das tat. Vielleicht, weil Vince jemand war, der wusste, wann man auf andere hörte und wann man selbst handeln musste. War es so?

Verwirrt ging sie zu dem Tier, das matt in seinem Blut lag. Der Wind peitschte ihr die Haare ins Gesicht. Sie fühlte, wie ihre Hände und Füße eiskalt wurden, weil ihre Sachen immer noch feucht waren. Ich werde mir hier den Tod holen, dachte sie. Was Vince mit Pia besprach, konnte sie nicht hören. Das Meer rauschte, eine Bö jagte die nächste über das flache Land und drückte das Dünengras fast waagrecht auf die Erde.

Sie ging vor dem Heuler in die Hocke. Er war nicht mehr fähig, sie zu verletzen, das sah sie auf den ersten Blick. Wahrscheinlich würde es gnädiger sein, wenn Jensen kam und den Seehund erlöste. Dann ist das mein erstes Mal, dachte sie. Eines Tages musste es ja so kommen.

Plötzlich stand Vince neben ihr und gab ihr das Handy zurück. Die Verbindung mit Pia war beendet.

»Also.« Er ging neben ihr in die Hocke. »Robert kommt mit einer Decke. Den Kleinen schaffen wir doch mit links. Wir bringen ihn zum Zodiak und dann zur Erstversorgung auf die *Sea Fire*. Wir haben da eine Ambulanz und sogar einen OP-Raum. Morgen könnt ihr ihn abholen oder wir bringen ihn zu euch, falls er das überlebt. Du musst dich jetzt sofort auf den Weg zu eurem Kahn machen.«

»Ich will mit«, sagte sie, ohne zu überlegen.

Vince runzelte die Stirn. »Das geht nicht.«

»Warum?«

»Weil du dann die Nacht über bei uns bleiben müsstest. Wir werden unsere Position nicht wegen einem Heuler ändern. Und auch nicht wegen der Lady, die uns dazu bringt, völlig unvernünftige Dinge zu tun. Seehunde retten.« Er schüttelte den Kopf, als ob er selbst nicht glauben könnte, was er gleich tun würde.

»Ich lasse ihn nicht allein.«

»Traust du uns nicht?«

»Doch. Natürlich. Aber ihr kennt euch nicht mit diesen Tieren aus. Habt ihr ein Becken an Bord? Fressen? Ihr habt doch keine Ahnung –«

»Lady«, unterbrach er sie. Warum nannte er sie so? Er wusste doch, wie sie hieß! »Wir haben alles an Bord, um Menschen zu retten. Warum sollte uns das nicht bei einem Seehund gelingen? Wir werden das für ihn tun, was in unserer Macht steht. Schon allein deshalb, um nicht morgen deinem vorwurfsvollen Blick begegnen zu müssen. Also?«

»Ich will mit«, beharrte sie trotzig. Die Leute von der *Sea Fire* hatten andere Sorgen als vorwurfsvolle Blicke. Ein Seehund auf einem Bergungsschiff. Was, wenn Robert Vince einen Vogel zeigte?

Er sah sie lange an. »Okay«, sagte er schließlich. »Wenn du eine ganze Nacht bei uns an Bord verbringen willst? Aber ich warne dich.«

»Wovor?«

Er lächelte sie an. Und es war, als ob dieses Lächeln sie mitten ins Herz treffen würde. »Wir sind Piraten.«

24.

Der Zodiak schoss über das Wasser. Marie hielt den Seehund, der in eine Decke gehüllt war, auf ihrem Schoß fest. Wenn er das nur überlebte … Er rührte sich nicht mehr, hatte die Augen geschlossen.

Rumms. Wieder eine Welle, hart wie ein Brett.

»Nicht so schnell!«, schrie sie. »Er hält das nicht aus!«

Vince nickte und tippte Robert auf die Schulter. Mit beiden Händen machte er eine beschwichtigende Handbewegung. Tatsächlich verlangsamte Robert das Tempo. Die *Sea Fire* kam näher, und Marie stellte fest, um wie viel beeindruckender das Schiff war, wenn man es genauer in Augenschein nehmen konnte. Es war kein Ozeanriese, aber mit über sechzig Meter Länge und einem bulligen, weiß gestrichenen Rumpf ein leistungsfähiges Motorschiff. Der Regen peitschte Marie ins Gesicht. Oder war es die Gischt? Der Himmel schien nur noch eine einzige, graue Wolke zu sein. Sie presste die Augen zusammen, weil das Salzwasser so brannte, und beugte sich schützend über das Tier. Atmete der Heuler noch? Konnten sie ihn retten?

Die Überfahrt schien endlos zu dauern. Erst als das Schlauchboot noch langsamer wurde und sie ein lautes Hupen hörte, sah sie wieder hoch. Wie eine gewaltige stählerne Wand erhob sich der Schiffsrumpf aus dem Meer. Sie konnte die Bullaugen erkennen, die Aufbauten mit den Rettungsbooten, und, schemenhaft hinter Regenschleiern, ein flaches Ding, das aussah wie ein Segelflugzeug ohne Flügel.

Die Luke im Schiffsrumpf klaffte wie ein riesiges Loch. Mehrere Seeleute in weißen Overalls, auf denen *S.F.M.E.* stand, warteten mit dicken Tauen. Der Zodiak machte einen eleganten Schlenker und kam backbord neben der Luke an. Er tanzte auf dem kabbeligen Wasser. Die Differenz zwischen dem Boot und dem Steg, der noch hinter den Seeleuten auf seinen Einsatz wartete, betrug mal einen halben, mal fast zwei Meter.

Das schaffen wir nie, dachte Marie. Was für eine dämliche Idee. Wir sind mitten in einem Unwetter und sollen einen Seehund aus dieser Nussschale auf die *Sea Fire* bringen! Wie um Himmels willen soll das gehen?

Einer der Männer warf Vince ein Tau zu. Er fing es geschickt auf und machte es fest. Wieder heulte der Motor. Robert musste den Zodiak auf Kurs halten. So nah wie möglich am Schiff, aber nicht zu nah. Eine Kollision hätte schreckliche Folgen. Sie war froh, dass sie eine Schwimmweste trug, auch wenn sie damit aussah wie eine Öltonne auf Beinen.

Vince turnte nach hinten, das zweite Tau erwischte er nicht. Die Seeleute holten es wieder ein und warfen es erneut. Diesmal klappte es. Aus dem Rumpf der *Sea Fire* fuhren nun in vier Meter Höhe zwei stählerne Arme heraus. Wahrscheinlich sollte das Boot an ihnen eingeholt werden.

»Komm!« Vince nahm ihr das Bündel ab.

»Für den Steg ist die See zu unruhig. Du musst springen. Schaffst du das?«

»Klar.« Mittlerweile fühlte sie sich wie ein Eisklotz. Einer der Seeleute wartete an der Luke auf den günstigsten Moment, um ihr das Kommando zu geben. Unter ihr klaffte eine Lücke von fast einem Meter Breite.

»Jetzt!«

Sie nahm Anlauf und sprang. Der Matrose packte sie und zog sie hinein. Augenblicklich hatte sie das Gefühl, auf festem Grund zu stehen. Der zweite Seemann bekam von Vince das Bündel herübergereicht. Was er dem Mitarbeiter zuschrie, konnte sie nicht verstehen. Zu laut die Motoren, der Wind, die aufgepeitschte See.

Aber der Mann nickte und lief los. *»Follow me!«*

Erst jetzt erkannte sie ihn. Es war einer der Anzugsträger, die während der Pressekonferenz oben auf der Bühne gestanden hatten.

»Davor? Davor An… Antuno …«

»Antunovic. Yes, Mylady. Du kannst mich Dave nennen.« Der Boden hier unten war mit grünem, rutschsicherem PVC ausgelegt. Dave steuerte auf eine Tür zu, die mit einem gewaltigen Schließmechanismus gesichert war. »Kannst du sie aufmachen?«

Marie stemmte das große Stahlrad nach rechts. Es bewegte sich, die Tür schwang mit einem metallischen Geräusch nach hinten. Dave ging voraus, Marie folgte ihm und verschloss den Eingang wieder. Sie befanden sich anscheinend auf dem Maschinendeck, denn die Lautstärke war ohrenbetäubend und Dieselgeruch schwängerte die Luft. Dave ging nach links in einen schmalen Gang mit weiß gestrichenen, genieteten Stahlwänden. Am Ende war eine Eisentreppe, die er, ohne sich umzusehen, eilig hochstieg. Da das Leben des Seehundes für Marie die oberste Priorität hatte, dachte sie nicht lange nach. Vince würde sie schon finden.

In dieser Etage lag strapazierfähiger Teppichboden. Vermutlich waren sie im Quartier der Mannschaft angekommen. Vor einer Tür mit einem großen, roten Kreuz stoppte Dave und nickte ihr aufmunternd zu.

Sie klopfte. Ein Mann, Mitte dreißig, mit ziemlich wenig Haaren auf dem Kopf für dieses doch noch jugendliche Alter, öffnete ihnen. Er war glatt rasiert und hatte ein eigentlich schmales Gesicht, aus dem aber lieblich gerundete Apfelbäckchen hervorstachen.

»Ich bin Doc Norton«, sagte er und streckte Marie die Hand entgegen. »Und das ist wohl mein nächster Patient. Rob hat mich schon informiert.«

»Wohin?« Dave trat ein und sah sich suchend um. »Da?«

Der Raum war eine Art Krankenstation. In der Mitte stand eine schmale, hohe Untersuchungsliege. Bedeckt war sie mit frischen weißen Tüchern.

Der Doc schlug die Decke auseinander und warf einen Blick auf den Seehund. »Moment.«

Er ging zu einem Regal und holte eine Plastikplane hervor, die er auf der Liege ausbreitete. Dann gab er Dave ein Zeichen, das Tier dort abzulegen. Marie sah zur Seite, als der Arzt die Wunde begutachtete.

»Eieiei«, sagte er.

»Lebt er noch?«, fragte Marie.

»Ja. Lass mich jetzt alleine mit ihm, okay? Ich werde alles tun, um deinem kleinen Freund zu helfen.«

»Doc Norton ist großartig«, sagte Dave. »Wenn es einer schafft, dann er.«

Marie nickte zögernd. Dave begleitete sie hinaus in den engen Gang. Dort blieb sie stehen. Ihr war, als ob sie keinen einzigen Schritt mehr gehen könnte. Sie begann am ganzen Körper zu zittern.

»Was ist los?«

»Ich ... Ich weiß nicht«, sagte sie mit klappernden Zähnen.

Dave nahm ihre Hand. »Du bist eiskalt. Wahrscheinlich hast du eine Unterkühlung. Soll dich der Arzt auch mal ansehen?«

»Nein, es geht schon.« Marie versuchte, sich zusammenzureißen. »Ich muss nur aus diesen Klamotten raus.«

»Du brauchst eine heiße Dusche. Ich bringe dich in eine unserer Gästekabinen. Vince wird dir was zum Anziehen raussuchen. Okay? Um sechs treffen wir uns alle in der Kantine. Dann gibt es auch was Warmes zu essen.«

Sie nickte hastig. Heiße Dusche. Trockene Klamotten. Essen. Schon der Gedanke daran hatte etwas Wärmendes. Dave ging wieder voraus, denn für zwei Leute nebeneinander waren die Gänge einfach zu eng. Er führte sie noch eine Etage weiter hinauf.

Hier war der Teppich dichter und weicher. Weiß gestrichene, holzverkleidete Wände verbreiteten zusammen mit dem Dunkelblau des Teppichs und den Messingbullaugen ein sehr maritimes Flair. Die *Sea Fire* war ein Bergungs- und kein Passagierschiff, weshalb die Technik zumindest platzmäßig den Vorrang hatte. Trotzdem bemerkte Marie auf jeder Seite des Ganges mindestens zehn Türen, die zu ebenso vielen Kajüten führten. Eine Trennung zwischen Arbeitern und Schatzsuchern schien es nicht zu geben.

»*Here we are.*« Dave blieb stehen, öffnete eine Tür und ließ Marie eintreten.

Von einem winzigen Mini-Flur aus ging es nach links in ein mikroskopisch kleines Badezimmer, in dem man quasi auf dem Toilettendeckel duschte, und geradeaus in eine kaum sechs Quadratmeter große Kabine. Das Einzelbett war in der Wand verankert und frisch bezogen. Vor dem rechteckigen, großen Fenster mit abgerundeten Ecken hing eine duftige Gardine. Gegenüber vom Bett befand sich ein fest montiertes, schmales Regal, auf dem ein Fernseher stand – wahrscheinlich auch verschraubt – und das man als Schreibtisch benutzen konnte. Insgesamt gesehen wahnsinnig eng, aber gemütlich.

»Danke!«

»Ich sage Vince Bescheid, okay? Im Bad findest du alles, was du brauchst. Rob hat öfter Gäste an Bord. Wir müssen vielleicht am Platz sparen, aber nicht an der Gastfreundlichkeit.«

Dave grinste. Am liebsten wäre Marie ihm um den Hals gefallen. Doch sie hielt sich gerade noch zurück. Zum einen, weil das einem Fremden gegenüber vielleicht etwas zu aufdringlich gewesen wäre. Und zum Zweiten …

Ihr Handy summte. Dave verschwand und sie las eine SMS von Viola: »Schatz, wo steckst du? Mache mir Sorgen.«

Schatz. Meinte sie wirklich Marie? Und seit wann machte sie sich Sorgen? Ihre Mutter hatte noch nicht einmal mitgekriegt, dass Marie an ihrem vierzehnten Geburtstag morgens um fünf von der Polizei nach Hause gebracht worden war. Doch, mitbekommen hatte sie es schon, aber es war ihr keine Erwähnung wert gewesen, weil sie sich damals in einer kreativen Krise befunden hatte. Es war Maries einzige heftige Erfahrung mit Alkohol gewesen und sie hatte seitdem freiwillig auf solche Exzesse verzichtet. Sie waren das schale Gefühl nicht wert, das man tagelang mit sich herumtrug.

Die Puppe. Das Bild. Vielleicht hatten diese verstörenden Ereignisse Viola verändert. Sie hatte unter Schock gestanden. Das durfte man nicht vergessen. Wer so etwas erlebte, suchte vielleicht Nähe. Wahrscheinlich nur vorübergehend, aber das war kein Grund, sie einfach zu ignorieren.

»Bin auf der Sea Fire und morgen wieder in Friedrichskoog«, schrieb sie zurück. Vielleicht sollte sie anrufen. Sie ließ es klingeln, bis die Mailbox ansprang. Merkwürdig. So groß schien die Sorge wohl nicht gewesen zu sein.

Marie spürte wieder dieses Ziehen im Bauch. Früher war es schlimmer gewesen. Es hatte so wehgetan, dass sie heulend im Bett lag und nicht schlafen konnte. Mittlerweile kam sie damit klar. Es tauchte auch immer seltener auf. Eigentlich nur noch, wenn Viola eine Erwartung schürte, die sie anschließend enttäuschte. Sie liebt dich, redete Marie sich dann ein. Sie ist deine Mutter. Sie kann ja gar nicht anders.

Sie rief Pia an.

»Marie? Wo steckst du?«

Das Ziehen verschwand. Die Wärme kehrte zurück. Jemand vermisste sie und wollte wirklich wissen, wie es ihr ging. Das tat gut.

»Immer noch auf der *Sea Fire.* Sie haben den Heuler erst mal versorgt. Er wird wahrscheinlich bis morgen durchhalten. Aber er muss so schnell wie möglich nach Friedrichskoog. Meinst du, Jensen könnte uns morgen holen?«

»Bestimmt, wenn kein Einsatz kommt. Und? Wie ist es so im Herzen des Feindes?«

»Interessant. Ich hatte noch keine Gelegenheit, mich umzuschauen.«

»Wer war denn dieser Typ, der mich auf Händen getragen hat, nur um dann mit dir durchzubrennen?«

»Das war Vince.«

»Vince? Den du an der Alten Liebe treffen solltest?«

»Jep. Und er ist nicht mit mir durchgebrannt. Ich bin

nur hier, um den Heuler zu retten. Er steht auf der anderen Seite.«

»Ach, Marie, du klingst wie bei einer Laienaufführung von *Romeo und Julia.* Huh, er ist ein Montague! Es hat ja wohl schon tiefere Gräben gegeben als eine Kiste Geschirr.«

»Es geht nicht um die Kiste. Sondern darum, wo sie liegt und was man damit anstellen will.«

Pia wurde ernst. »Hast du dir darüber eigentlich schon mal Gedanken gemacht? Das sind Millionen.«

Marie hatte das nicht. »Magnus will meiner Mutter eine Galerie kaufen.«

»Ist ja süß. Und was willst du?«

»Keine Ahnung. So weit habe ich noch nie gedacht. Für mich ist klar, dass die *Trinity* nicht angerührt wird. Ich würde nie glücklich werden mit Geld, das aus einem Grab gestohlen wurde.«

Pia schwieg. Endlich hörte Marie einen tiefen Seufzer. »Okay.«

»Und du?«, fragte Marie. »Was würdest du machen?«

»Ich? Erst mal eine Weltreise. Von der Südsee bis zum Nordpol. Dann würde ich in Friedrichskoog ein Kino, eine Eisdiele und einen Club aufziehen. Damit nachfolgende Generationen von Praktikantinnen nicht vor Langeweile nachts den Mond anheulen. Und dann … keine Ahnung. Spenden? Vielleicht ein Haus kaufen, irgendwo auf dem Land. Mit einem Garten, in dem lauter alte Apfelbäume stehen und wo Platz genug ist für meine ganze Familie. Das wäre schön.«

»Ja«, sagte Marie. »Das wäre schön.«

Plötzlich fror sie wieder. Ihr wurde bewusst, dass sie noch immer in den nassen Kleidern steckte, und sie suchte nach der nächstbesten Gelegenheit, um das Gespräch zu beenden. Nachdem ihr das gelungen war, warf sie das Handy auf das Bett. Ein Haus mit einem Garten voll alter Apfelbäume. Eine Familie. Hunde, Pferde. Etwas, worauf man sich freute. Ein Heim.

Sie konnte Pias Traum verstehen. Ihre Freundin hatte drei Geschwister und teilte sich zu Hause mit ihrer jüngeren Schwester ein Zimmer. In ihrer Familie ging es beengt zu, doch Marie beneidete sie im Stillen.

Was würde ich mit dem Geld machen?

Sie hatte einen Wunsch. Eine tiefe, geheime Sehnsucht. Keiner wusste davon, sie hatte sie nie mit jemandem geteilt. Es war etwas, an dem man sich festhielt, wenn man nachts nicht schlafen konnte. Ein Traum, in dem man spazieren ging wie in einem fremden, geheimnisvollen Land. Etwas, das man vor sich herschob mit den Worten: E*ines Tages, eines Tages werde ich es tun.* Diese Kiste Porzellan könnte auch eine Chance sein …

Nein. Sie ist unantastbar.

Sie riss sich die Rettungsweste und die nassen Sachen vom Leib und ging ins Bad. In einem Schrank, seegangsicher verstaut, standen Duschgel, Shampoo und Bodylotion. Flauschige Handtücher fand sie platzsparend über der Tür. Sie stieg aus ihren nassen Klamotten und drehte das heiße Wasser auf.

Minutenlang ließ sie es auf sich herunterprasseln, so lange, bis sie endlich das Gefühl hatte, aufgetaut zu sein.

Dann griff sie nach einem Handtuch und rubbelte sich ab. Sie wischte eine Stelle auf dem beschlagenen Spiegel frei und versuchte, sich zu erkennen.

Und außerdem bist du an Bord der Sea Fire *und keiner weiß, wer du bist. Finde heraus, was sie wirklich vorhaben.*

Ihrer Familie war einfach zu viel Schlimmes passiert. Von ihr aus konnten sie in den Frachträumen der *Trinity* suchen, so viel sie wollten. Aber keiner durfte den Kabinen zu nah kommen. Ruth und Piet hatten das nicht verdient.

Sie sah sich in die Augen. Sie hatte noch keine Ahnung, wie sie ihre Familie beschützen sollte. Aber dass es ihr gelingen würde, daran hegte sie keinen Zweifel. Sie machte die Badezimmertür auf – und stieß einen Schrei aus.

25.

Vince stand in der Kabine.

»Du?«, entfuhr es ihr.

Hastig zog sie das Handtuch über die Körperstellen, die man definitiv keinem Überraschungsbesuch zeigen wollte. Vince grinste. Allein dafür hätte sie ihm am liebsten das Tuch über die Ohren gezogen, wenn sie es nicht dringender gebraucht hätte.

Er deutete auf einen Stapel Klamotten, den er aufs Bett gelegt hatte. »Dave meinte, du brauchst was zum Anziehen. Und wenn ich dich so ansehe … Ich glaube, er hat recht.«

Sie ging zurück in die Nasszelle und knallte die Tür zu. »Noch nie was von Anklopfen gehört?«, rief sie gegen das Holz.

»Habe ich ungefähr eine halbe Stunde lang gemacht. Dann kam Salli aus der Küche zum zweiten Mal vorbei und schaute mich ziemlich komisch an. Also kam ich rein. Was ist nun? Willst du dich umziehen?«

»Ja. Natürlich. Wenn möglich, ohne Zeugen.«

»Okay. Ich warte draußen im Gang. Aber vergiss mich nicht.

Wenn Salli mich zum dritten Mal sieht wie einen abgewiesenen Liebhaber, hält er mich für verrückt.«

Marie war es egal, was dieser Salli von Vince hielt. Sie wartete, bis ein schwaches Klicken ihr verriet, dass er seine Ankündigung wahr gemacht hatte. Dann schlüpfte sie aus der Dusche und ging zum Bett. Eine Jeans, drei Nummern zu groß, ein Seemannspullover, der ihr wahrscheinlich bis zu den Knien reichen würde, dicke Socken und eine geflickte, aber saubere lange Unterhose. Dazu ein Paar Gummistiefel, wahrscheinlich viel zu groß, aber sie war dankbar, dass er überhaupt daran gedacht hatte.

Sie brauchte nicht lange, um sich zu stylen. Glücklicherweise hatte sie in ihrer Tasche eine Bürste und ein Haargummi dabei. Und bei den Klamotten war sowieso alles zu spät.

Sie zog die Kabinentür auf. »Fertig.«

Vince, der an der gegenüberliegenden Wand, also kaum eine Armlänge entfernt, gelehnt hatte, gab sich einen Ruck und betrachtete sie von oben bis unten. Die Jeans hatte sie noch mit ihrem eigenen Gürtel in den Griff bekommen. Die Ärmel des Pullovers aber hingen selbst umgekrempelt über ihren Handknöcheln.

»Arbeiten bei euch Riesen?«, fragte sie und hob die Arme. Mit ihren ein Meter siebzig war sie nicht klein. Trotzdem fiel der Pulli an ihr herunter wie ein Kartoffelsack.

»Sorry.« Um seine Mundwinkel spielte ein spöttisches Lächeln. »Wir sind hier nicht auf Top Models eingestellt.«

Verwirrt trat sie zur Seite, um ihn einzulassen. Was meinte

er damit? Wollte er sie verarschen? Sie war zufrieden mit sich. Nicht himmelhoch jauchzend, aber zufrieden. Das sagte sie sich zumindest immer wieder, wenn sie sich im Spiegel betrachtete. Ein bisschen zu rund an den entscheidenden Stellen, ein bisschen zu flach an den noch entscheidenderen. Die Haare störrisch oder, wenn sie wie jetzt nass zurückgekämmt waren, schnittlauchglatt. Guter Durchschnitt, aber manchmal, im Sommer, wenn sie eine zarte Bräune im Gesicht hatte, vielleicht ein bisschen darüber. Als Top Model hatte sie sich nie gesehen. Hielt er sie vielleicht für zickig und eingebildet?

»Was sagt der Doc?«, fragte sie.

»Da war ich noch gar nicht. Ich bin aus einem anderen Grund hier.«

Er ging ans Fenster und sah hinaus. Allerdings gab es dort nicht viel zu erkennen. Der Regen verwandelte Himmel und Meer in die gleiche graue Wand. Die Tropfen liefen in schrägen Bahnen am Glas entlang.

»Und der wäre?«

Ihr wurde bewusst, wie klein die Kabine war. Wenn sie sich beide setzen wollten, dann ging das nur auf dem Bett. Und dort war man sich ungewollt ziemlich nahe. Trotzdem ging sie das Risiko ein. Sie ließ sich aufs Fußende fallen, kroch in die Ecke und zog die Beine an. Jetzt du, dachte sie.

Vince drehte sich zu ihr um. »Wer bist du?«

Sie sah ihn an und wusste nicht, was sie sagen sollte. Vielleicht leuchtete auf ihrer Stirn gerade ein Spruchband. *Habe mich eingeschlichen. Will euch ausspionieren.* Oder so ähnlich.

»Marie«, sagte sie und musste sich räuspern. »Das weißt du doch.«

»Und weiter?«

Himmel! Sollte sie ihren Namen sagen? Sie wusste, was dann passieren würde. Eine echte Vosskamp an Bord. Wahrscheinlich würden sie sie mit einem Rettungsboot aussetzen. Wenn sie Glück hatte.

»Warum ist das wichtig?«

Er setzte sich ans andere Ende des Bettes. Es war viel Platz zwischen ihnen. Mindestens ein Meter.

»Ich will einfach nur wissen, wer du bist«, beharrte er. »Wir kennen uns nicht. Du bist einmal auf der Pressekonferenz aufgetaucht und hast kein gutes Haar an unserem Unternehmen gelassen. Dann kommst du mit einem Fischkutter auf Wilhelmswacht an und rettest angeblich Seehunde.«

»Nicht angeblich«, antwortete sie eisig. »Du warst auch noch daran beteiligt, falls du dich erinnerst.«

»Ja. Aber Rob muss dich in die Liste eintragen. Wir sind zwar außerhalb der Drei-Meilen-Zone, aber auch da gibt es so etwas wie Formalitäten. Hast du deinen Ausweis dabei?«

Natürlich, hätte sie beinahe gesagt. Ohne den geht keiner von uns außer Haus. »Nein«, log sie. »Der ist in der Aufzuchtstation. Ich heiße Marie Schneider.« Violas Mädchenname.

»Willst du auch noch Geburtsdatum, Ort und Adresse?« Sie merkte selbst, wie giftig ihre Stimme klang.

»Eigentlich ja, aber das kannst du später bei Margeaux erledigen. Ich bin noch aus einem zweiten Grund hier.«

»Ja?« Was jetzt? Fingerabdrücke? Ein Kontrollanruf zu Hause? Schufa? Polizeiliches Führungszeugnis?

»Ich finde das klasse, was du machst. Ich werde dir nachher etwas über unser Unternehmen erzählen. Und ich hoffe, dass wir dich und deine Leute wenigstens etwas beruhigen können.«

»So? Inwiefern?«

»Dass wir keine Grabräuber sind. Wir bergen Schätze, um sie der Menschheit wieder zurückzugeben.«

Mir kommen die Tränen, hätte sie beinahe gesagt. In letzter Sekunde konnte sie sich zurückhalten. Wenn sie nicht auffliegen wollte, musste sie wenigstens ansatzweise so tun, als ob sie ihm glaubte.

»Ich weiß nicht ...« Sie angelte nach dem Handtuch im Badezimmer, was kein großer Akt war, denn sie musste einfach nur um die Ecke greifen. Damit griff sie noch einmal in ihren tropfenden Pferdeschwanz. »Wie habt ihr euch das denn mit den Porzellantassen vorgestellt?«

»Normalerweise gibt es Vereinbarungen mit den Eigentümern der Fracht. Irgendjemandem hat alles einmal gehört. Bei der asturischen Fregatte, die wir vor Singapur gehoben haben, war es natürlich nicht mehr der König, sondern der spanische Staat. Im Fall der *Trinity* leben noch Nachfahren. Mit denen ist das komplizierter.«

»Ach ja?«, fragte sie und hoffte, dass Vince nicht den falschen Unterton bemerkte.

»Ja. Eigentlich machen wir fifty-fifty. Aber jetzt gibt es Schwierigkeiten.«

Innerlich jubelte Marie. Bravo, Magnus, dachte sie. Ich habe dir nicht geglaubt und tue hiermit Abbitte.

»Sie wollen alles. Und das geht gar nicht.«

Sie hatte das Handtuch zur Seite legen wollen und erstarrte mitten in der Bewegung. Ich habe mich verhört, dachte sie. »Wie?«

»Alles. Sie wollen uns lediglich die Bergungskosten aus dem erwarteten Gewinn bezahlen.«

Marie konnte nicht anders. Sie saß da wie betäubt. Sie hatte sich nicht verhört.

»Wer ist das denn?«, fragte sie schließlich und musste sich räuspern, damit ihr nicht die Stimme wegblieb.

»Die Vosskamps. Wer sonst?«

Sie musste ihn anstarren wir ein Mondkalb.

»Wundert dich das?«, fragte er.

»Ähm … nö.« Mehr brachte sie nicht heraus.

»Normalerweise gibt es Richtlinien, an die sich alle halten. Hier sieht die Sache anders aus. Die Vosskamps sind tatsächlich in der Lage, uns Knüppel zwischen die Beine zu werfen. Diese bornierten Pfeffersäcke. Jahrzehntelang hat sich keiner von ihnen darum gekümmert. So oft haben wir versucht, Kontakt aufzunehmen. Denkst du, irgendjemand hätte sich mal bei uns gemeldet? Und jetzt, wo das Meer uns dieses Schiff quasi auf dem Silbertablett serviert, wachen sie plötzlich auf und sagen: Alles meins.«

»Alles meins«, wiederholte Marie. »Echt? Sie haben nie reagiert? Mit wem habt ihr denn gesprochen?«

»Kennst du diese Leute?«

Sie versuchte, eine Art Zopf aus ihrem Pferdeschwanz zu flechten, um ihm nicht in die Augen zu schauen. »Nein. Nicht direkt. Aber in Cuxhaven sind sie natürlich bekannt wie bunte Hunde.«

Lügen war einfach nicht ihr Ding. Dazu kam noch, dass sie ihre eigene Familie verleugnete. Wenn er das herausfand … Na und?, dachte sie trotzig. Spielte hier überhaupt irgendjemand mit offenen Karten? Magnus … Sie holte tief Luft. »Ich hätte meine Hand dafür ins Feuer gelegt, dass sie die Bergung verhindern würden.«

Vince lehnte sich nun auch zurück. »Warum?«

»Das ist doch logisch. Weil die Familie damals fast komplett ausgelöscht wurde. Denkst du, es waren alle einverstanden, als man nach fast hundert Jahren wieder in die Titanic eingebrochen ist?«

»Die Titanic …« Vince' Stimme bekam einen sehnsüchtigen Klang. »Da wäre ich auch gerne dabei gewesen. Die spektakulärste Bergung der Welt.«

»Die größte Grabschändung, sagen andere.«

Er stand auf. »Dann hätte Pompeji auf ewig unter der Asche liegen bleiben müssen.«

»Das war ein Unglück! Eine Naturkatastrophe!«

»Die *Trinity* ist in einem Sturm untergegangen!«

»Sie ist ein Sarg!«

»Woher weißt du das?« Er fixierte sie, als ob etwas in ihren Argumenten ihn misstrauisch gemacht hätte.

»Weiß doch jeder«, murmelte sie. »Im Fernsehen kam es rauf und runter. Und die Zeitungen waren voll davon.«

»Sie ist rostiges Eisen, korrodierende Tanks, und vielleicht, mit viel Glück, ein paar Kisten Porzellan. Sie ist kein Sarg.«

»Wo sind dann die Leute hin, die auf ihr gewesen sind?«

»Im Meer«, antwortete er leise. »Sie sind alle ertrunken. Willst du Genaueres wissen?«

»Ich … Ich weiß nicht.«

»Wir haben das Protokoll des Untergangs, die letzten Funksprüche. Die Aussage der einzigen Überlebenden. Willst du das wirklich?«

Die einzige Überlebende.

Omi, warum hast du nie mit mir darüber geredet? Warum musstest du dein Geheimnis mit ins Grab nehmen? Will ich wirklich wissen, was du damals unter Schock zu Protokoll gegeben hast? Ich hatte noch gar keine Zeit, um dich zu trauern. Ich brauche all meine Kraft, um dich zu schützen.

Marie nickte. Vince ging in die Knie, damit er ihr in die Augen sehen konnte. Sie zwang sich dazu, seinen Blick zu erwidern.

»Was ist los? Was macht dir Angst?«, fragte er.

Er hatte etwas bemerkt. Angst? Nein. Angst war es nicht. Nur die Entdeckung einer neuen Lüge.

»Dass wir so nahe dran sind«, flüsterte sie. »An so vielen Toten.«

26.

What is lost, must be found.

Was verloren ging, muss gefunden werden. Ist das so?, fragte sich Marie, als sie die Inschrift über der Kantinentür las. Muss wirklich alles Verlorene wieder ans Licht gezerrt werden?

Es gab klare Hühnerbrühe mit Gemüse, danach eine Lasagne mit grünem Salat und zum Nachtisch eine Art Kaiserschmarrn mit Unmengen Puderzucker darauf. Marie saß mit Vince, Dave, Margeaux und Robert an einem Tisch.

Die Kantine war ein relativ großer Raum auf dem Hauptdeck, nicht weit von der Einsatzzentrale entfernt. Vince hatte auf dem Weg einen kurzen Rundgang mit ihr gemacht und die wichtigsten Stationen erklärt – auch den Weg zu den Rettungsbooten und die Stellen, an denen die Schwimmwesten aufbewahrt wurden.

Die *Sea Fire,* das war Marie mittlerweile klar, war ein straff organisiertes Unternehmen auf See. Ausgestattet mit modernster Technik und hoch spezialisierten Fachkräften. Geoinformatiker, Elektroniker, Taucher, Unterwasserarchäologen, Ingenieure, die die neuste Such- und Ortungstechnik beherrschten.

»Und wer bist du?«, hatte sie Vince gefragt, als sie die letzte Treppe nach oben stiegen und in der Luft schon ein vielversprechender Duft nach Essen lag.

»Ich bin Taucher. Freitaucher.«

»Was ist das?«

»Ich kann über dreißig Meter tief tauchen und fast zehn Minuten unter Wasser bleiben, ohne ein Mal Luft zu holen.«

»Wow.« Ihre Bewunderung war echt. Als sie in der Kantine beim Essen saßen, hatte sie schließlich Gelegenheit, weiter nachzufragen. »Wie schaffst du das? Das mit dem Freitauchen, meine ich.«

»Durch Übung, nichts als Übung. Fang einfach mal in der Badewanne an. Wahrscheinlich wirst du erst mal nicht über eine Minute kommen. Aber je länger und öfter du es machst, umso einfacher wird es.«

»Wie lange hast du geübt?«

»Mein ganzes Leben lang.«

Marie schob den leeren Teller zurück. Sie hatte das Gefühl, gleich zu platzen, so viel hatte sie gegessen.

»Da hatte aber jemand Hunger«, sagte Robert und lachte. Er hatte sich auch noch eine zweite Portion Lasagne an der Ausgabe geholt. Der Raum war hell und freundlich, fünf Tische mit je vier Stühlen standen darin, alle voll besetzt. Dazu herrschte ein reges Kommen und Gehen.

»Wie viele Leute arbeiten hier?«, wollte Marie wissen.

»Dreiundfünfzig. Alles Verrückte. Dreiundfünfzigeinhalb, wenn wir diese halbe Portion dazurechnen.«

Er boxte den kräftigeren Vince freundschaftlich in die Seite, der das mit einem Grinsen über sich ergehen ließ.

»Und wann soll es losgehen?«, fragte Marie.

Ihr entging nicht der schnelle Blick, den Margeaux und Robert wechselten.

»Das kommt aufs Wetter an. Morgen wollen wir, wenn alles glatt geht, den Deepdiver zum ersten Mal einsetzen. Wir haben seit Monaten alle erforderlichen Genehmigungen. Eigentlich wollten wir jetzt schon auf dem Weg nach Schottland sein, weil dort ein anderes Schiff darauf wartet, von uns geborgen zu werden.«

»Und warum seid ihr dann noch nicht dorthin unterwegs?«

»Weil die *Trinity* sich bewegt hat, und währenddessen konnten wir keinen Einsatz starten. Jetzt liegt sie direkt am Schillgraben. Eine Riesen-Welle und sie kippt über die Kante. Dann ist sie für immer verloren.«

»Ist das nicht gefährlich?«

Robert nickte. »Natürlich. Aber wir sichern unsere Leute und versuchen, die Roboter so oft wie möglich einzusetzen. Unser Meteorologe hat außerdem ein paar Tage ruhiges Wetter vorhergesagt. Das bisschen Regen heute macht gar nichts. Aber wir müssen jetzt ran, denn der zweite Untergang der *Trinity* ist nur eine Frage der Zeit. Ebbe und Flut haben gewaltige Kräfte. Irgendwann fällt sie über die Kante. Heute, morgen, in vier Wochen … Dann ist eine Bergung nicht mehr möglich.«

»Und warum kann man das nicht einfach zulassen?« Marie sah in die Runde.

Margeaux unterdrückte einen Seufzer, Vince runzelte die Stirn. Nur Robert hieb mit ungebrochenem Appetit auf seine Lasagne ein.

»Weil wir schon zu viel Zeit und Geld in die Vorbereitung investiert haben.«

»Aber offenbar bringt euch das auch nicht weiter. Vince hat mir erzählt, dass die Vosskamps sich, na ja, querstellen?« Sie wollte es aus Roberts Mund hören. Es war einfach ungeheuerlich, was sie über Magnus erfahren hatte.

Doch seine Antwort fiel sehr knapp aus. »Es gibt Differenzen.«

Margeaux trank einen Schluck Wasser und ließ Marie dabei nicht aus den Augen.

Halt dich zurück. Du redest dich hier um Kopf und Kragen.

»Kennst du die Familie?«, fragte die blonde Surferin. »Es war gar nicht leicht, an sie heranzukommen.«

Marie zuckte nichtssagend mit den Schultern.

»Es ist immer das Gleiche«, antwortete Robert, der weiter aß, als ob ihm nichts aufgefallen wäre. »Sobald bekannt wird, worum es geht, will jeder sein Stück vom Kuchen haben.«

»Es ist aber auch ein verdammt großer Kuchen«, sagte Marie.

Robert nickte. Vince strich die Hälfte seines Puderzuckers vom Nachtisch. »Auch für den gibt es gesetzliche Regelungen. Finderlohn und so.«

»Das heißt, für euch rechnet es sich.«

»Mit der Zweitverwertung, also Filmen und Vorträgen, vielleicht auch einer Wanderausstellung – ja.«

Die Tür ging auf und Doc Norton kam in den Raum.

Marie sprang so schnell hoch, dass ihr Stuhl nach hinten kippte und scheppernd zu Boden fiel. Mit einer hastigen Bewegung richtete sie ihn wieder auf. »Ist alles in Ordnung? Was ist mit ihm?«

»Ihr Schützling schläft. Morgen wissen wir mehr. Wir haben ihm auch noch eine Ration pürierten Hering verabreicht, also verhungern wird er nicht. Aber ich. Was gibt's?«

Mit einem prüfenden Blick auf die Teller verschwand der Doc, um sich ein Tablett zu holen. Erleichtert setzte sich Marie wieder hin.

»Klingt doch gut«, sagte Vince. »Vielleicht können wir ihn morgen schon nach Friedrichskoog bringen.«

Robert schüttelte den Kopf. »Morgen nicht. Wir machen den ersten Tauchgang. Und dich will ich dabeihaben. Wer weiß, in welchem Zustand die Frachträume sind.«

Marie sah irritiert zu Vince. »Du gehst doch morgen nicht da runter?«

Robert lachte. »Nein, unsere Taucher arbeiten nur auf dem Trockenen. Im Ernst: Vince bleibt zunächst an Bord, ist aber in der Kommandozentrale. Wir schicken erst mal unseren Roboter vor. Aber Vince muss sich die Bilder ansehen. Und wenn noch Zeit bleibt – und so ist es geplant –, machen wir den ersten Gang zusammen.«

Margeaux legte ihre Hand auf Maries Arm. »Natürlich kommst du nach Hause. Wir werden gleich in Friedrichskoog anrufen. Vielleicht kann euer Skipper dich abholen oder einer unserer Leute wird dich rüberbringen. Nur Vince müssen wir dir morgen leider vorenthalten.«

Die kleinen Lachfältchen um ihre Augen wurden tiefer. Konnte es sein, dass Margeaux sich über sie amüsierte?

»Ich halte es hier schon noch aus, keine Sorge«, sagte Marie. »Außerdem habe ich schon mit der Stationsleitung telefoniert.«

Anne war am Nachmittag zurückgekehrt und hatte Pias Berichterstattung mit Sorge vernommen. Die verflog aber schnell, als Marie ihr von der *Sea Fire* und der Erstversorgung des Heulers erzählt hatte. Sie einigten sich darauf, dass Jensen am Vormittag auslaufen und sie beide, Marie und den Heuler, holen würde. Ein wenig bereute Marie nun diese Zusage. Sie war neugierig geworden. Vince hatte es doch tatsächlich geschafft, ihr Interesse an seinem Job zu wecken.

»Vermisst dich denn keiner?«, fragte Margeaux.

»Doch. Mindestens vierundzwanzig Seehunde und Kegelrobben.«

Vince prustete los. Sogar Robert lachte und der abgeschabte Puderzucker flog wie eine Staubwolke in die Luft. Als alle sich beruhigt hatten, stand Vince auf und brachte sein Tablett zurück. Marie folgte ihm.

»Noch einen Kaffee?«, fragte er.

Sie schüttelte den Kopf. »Morgen also. Morgen wird zum ersten Mal nach über sechzig Jahren wieder jemand die *Trinity* betreten.«

»Spüre ich da ein gewisses Mitgefühl mit meiner Wenigkeit? Eine gelinde Sorge? Ein kleines Ängstchen?«

»Weiß nicht.«

Seine Ironie und die Leichtigkeit, mit der er dieses ganze Unternehmen betrachtete, verunsicherte sie. Vielleicht lag es aber auch nur daran, dass er wieder so nah neben ihr stand. Eine junge Frau mit Haarnetz und Küchenkittel nahm ihr das Tablett ab.

Vince ging zur Tür und hielt sie ihr auf. »Willst du wissen, wie wir das machen?«

»Klar.«

»Dann komm mit.«

Er führte sie wieder zwei Etagen tiefer auf das Maschinendeck. Marie erinnerte sich, dass irgendwo in der Nähe die Luke für den Zodiac sein musste. Die Luft wurde stickig, aber es war warm. Vince führte sie in Richtung Heck und öffnete eine Tür, auf der *Diving Storage* stand. An beiden Längswänden standen Regale mit einer Vielzahl unterschiedlicher technischer Geräte.

»Magnetometer, Pinger, Locator, Metalldetektoren, Peilferngläser, alles, was man so als Standardausrüstung fürs Schatztauchen braucht. Schleppruder, Rollbojen. Die Hebekörper lagern wir woanders, bei diesem Einsatz werden wir sie nicht brauchen.«

Er ging ein paar Schritte weiter. Nebeneinander aufgereiht hingen rund zwanzig Tauchanzüge. Flaschen, Finimeter, Bleigurte, Handschuhe, Masken, alles perfekt und auf dem neusten Stand.

»Wir verwenden Kompaktgeräte mit kopfstehenden Flaschen und unten liegenden Ventilen.« Er holte ein Seil in grüner Neonfarbe von einem Haken. »Kennst du die Signale?«

»Mit der Sicherungsleine? Vom Leinenführer oder vom Taucher?«

Er hängte das Seil zurück und lächelte. »Ich sehe, du kennst dich aus.«

»Nicht so richtig. Das ist alles Hightech-Equipment. Ich bin eher Spaß- und Spieltaucher.«

»Da wärst du bei uns genau richtig.« Er ging noch ein paar Schritte weiter zu mehreren Geräten, die aussahen wie Ventilatoren mit Motor. »Unsere Sub-Scooter. Mit denen geht die Post ab.«

Marie kannte die Geräte, hatte aber noch nie eines benutzt. Es war eine Art Unterwasser-Turbine, die man beim Tauchen vor sich halten konnte und mit der man auch größere Strecken relativ mühelos zurücklegen konnte.

»Und die Mailbox.« Das war ein Riesen-Staubsauger zum Entfernen von Schlick auf dem Meeresboden. »Mal sehen, was davon zum Einsatz kommt. Wir werden uns erst mal die Tanks ansehen und uns dann auf die Suche nach den Kisten und dem Safe machen.«

»Welchem Safe?«

Vince ging zurück zum Ausgang. »Wir glauben, dass es noch eine Menge interessante Dinge da unten gibt, die man vielleicht für eine Ausstellung verwenden könnte.«

»Du meinst, so ganz private Sachen? Schmuck? Münzen?«

Er blieb stehen. Um ein Haar wäre sie in ihn hineingerannt. Sie schreckte zurück.

Langsam drehte er sich zu ihr um. »Marie Schneider, ich weiß, dass dir das nicht gefällt. Die ganze Zeit über willst du mir weismachen, dass du dich um die Robben sorgst. Aber es steckt mehr dahinter. Was?«

Das Licht der Neonröhre war unbarmherzig. Es verriet jede Regung in ihrem Gesicht. Sie wandte sich um und nahm ein Fernglas in die Hand, betrachtete es, als ob es sie interessieren würde. Er nahm es ihr sanft ab und legte es zurück. Dabei berührten sich ihre Finger. Ein Schauer lief über ihren Rücken. Es war die Angst, durchschaut zu werden. Und seine unverhoffte Berührung, die ihre Sinne offenbar völlig verrückt spielen ließen. Wir sind Piraten, hatte er gesagt … Konnte man sich in der Gegenwart eines Menschen eigentlich schutzlos und geborgen zugleich fühlen?

»Wir holen Dinge zurück, die verloren wurden. Was ist daran so verwerflich?«

»Nichts.« Sie versuchte, so unbefangen wie möglich zu klingen. »Wenn ihr die Toten respektiert. Bis jetzt habe ich nur was von Tanks und Porzellan gehört. Plötzlich taucht auch noch ein Safe auf. Da liegen vielleicht wirklich persönliche Dinge drin.«

»Glaubst du nicht, dass die Angehörigen der Toten sich darüber freuen würden?«

»Ich stelle mir nur vor, wie das ist, wenn es meine eigene Familie getroffen hätte. Hast du nie ähnlich Gedanken?«

Pass auf! Pass auf, was du sagst! Du lügst ihm ins Gesicht. Das wird er dir nie verzeihen.

»Doch.« Er brach seine unbarmherzige Musterung ab und wandte sich wieder in Richtung Tür.

»Und?«

»Ich würde mich freuen, wenn ich die Taschenuhr meines Urgroßvaters in der Hand halten dürfte. Und ich hätte nichts dagegen, wenn sie irgendwo ausgestellt würde.«

»Ihr sucht doch nicht nach Taschenuhren. Ihr sucht Goldbarren und Münzen und Schmuck. Das ist es, was mich stört.«

»Ich hatte dich gewarnt.«

Er öffnete die Tür und wartete, bis sie hinaus in den Gang getreten war. Immer noch spürte sie die Nähe seines Körpers, als ob Wellen von ihm ausgingen. Fast so wie in dem Moment, als er sie am Geländer der Alten Liebe in den Arm genommen hatte.

»Wo …« Sie musste sich räuspern. »Wovor hast du mich gewarnt?«

»Vor uns.« Er sah sie an. Das Licht im Gang war wärmer und nicht so hell, vielleicht war es eine Art Notbeleuchtung. Und in diesem Licht sahen seine Züge verwegener aus, wilder, die Augen dunkler. Seine Stimme klang rau. Er kam näher. Dieses irritierende, leicht spöttische Lächeln weckte etwas in ihr. Eine völlig verrückte, ziehende Sehnsucht.

Küss mich, schoss es ihr durch den Kopf. Nimm mich in den Arm und küss mich, bis ich ohnmächtig werde. Etwas geschah mit ihr, das sie nicht mehr steuern konnte. Sie wollte mit ihrem Blick eintauchen in diese Augen, seine Seele suchen, sie hörte das Rauschen des eigenen Blutes in den Ohren wie die Brandung des Meeres. Er beugte sich zu ihr hinunter, hielt inne, sah sie an im Schutz des Schattens, der sie einzuhüllen schien, so nah, so geheim, nur sie beide, nur diesen Blick, nur diesen Mund …

»Hier seid ihr.«

Das Licht flackerte auf. Marie und Vince fuhren auseinander. Am Ende des Ganges stand Margeaux. Wenn sie etwas bemerkt hatte, so ließ sie es sich nicht anmerken.

»Denk dran. In einer Stunde Treffen beim Chef«, sagte sie. »Sie kommen.«

Damit verschwand sie wieder. Marie pustete sich eine Haarsträhne aus dem Gesicht. Die Spannung zwischen ihnen war verflogen. Doch noch immer spürte sie, wie ihre Wangen brannten und ihr Herz schneller schlug. Der Moment mit Vince schien sie zu umhüllen wie ein unsichtbarer Kokon.

»Sorry«, sagte er.

Einfach nur: Sorry. Als ob er sie auf der Rolltreppe geschubst hätte. Das Wort hatte dieselbe Wirkung wie ein Eimer eiskaltes Wasser. Der Kokon zerriss. Mit einem Mal fühlte sie sich schutzlos.

»Ich würde dir gerne noch was zeigen«, sagte er.

Marie versuchte, ihre alte Lockerheit wiederzufinden. »Das Nachtleben auf eurem Luxusdampfer?«, fragte sie und wusste gleichzeitig, wie verkrampft das klang.

Er schüttelte lachend den Kopf, während er voranging. Die wenigen Sekunden plötzlicher Intimität schienen für ihn vergessen. Offenbar konnte er den Schalter umlegen, den Marie bisher bei sich vergeblich gesucht hatte. Sie war froh, dass er ihr nicht ins Gesicht sehen konnte.

»In den Mannschaftsunterkünften gibt es Satelliten-TV. Außerdem haben wir eine Bibliothek und einen Kino-Saal, in dem Robert Expeditionsfilme zeigt oder Dokumentationen. Bis neun ist die Kantine geöffnet. Du kannst dir Bier oder Wasser holen, was du willst. Auch später noch jederzeit was zu trinken. Aber ich dachte, ich nehme dich jetzt kurz mit auf eine Reise in die Vergangenheit.«

»Klingt spannend. Wohin genau?«

»In eine Aprilnacht im Jahr 1951.«

27.

Die »Bibliothek« war so etwas wie der Salon der *Sea Fire*. Der Raum war nicht hoch und auch nicht wirklich groß. Aber die dunkelblauen Vorhänge und das polierte Holz an den Wänden machten ihn zu etwas Besonderem. Schwere Ledersessel, im Boden verschraubt, waren zu Sitzgruppen arrangiert. Das Mahagoni der niedrigen Tische glänzte, der Teppich verschluckte das Geräusch ihrer Schritte, als sie eintraten. In die gegenüberliegende Wand eingelassen beziehungsweise maßgenau eingepasst waren Bücherregale. In ihrer Mitte war Platz für einen Flatscreen und eine Leinwand, die Vince nun langsam herunterfahren ließ.

»Setz dich. Ich will dir ein paar Dinge zeigen, die du vielleicht noch nicht kennst.«

Er dimmte das Licht mit der Fernbedienung und ließ sich neben Marie auf ein Ledersofa fallen. Aus den Lautsprechern kam ein Knacken, gefolgt von einem Rauschen wie das einer uralten Tonspur. Über die Leinwand huschten zerkratzte Zeichen, dann erschienen die Zahlen Drei, Zwei, Eins. Eine Wochenschau.

»Wie im Kino.« Er legte den Arm um ihre Schulter. Oder auf die Rücklehne.

Schulter. Rücklehne. Was sollte das denn wieder? War das eine geplante Verführung? Am liebsten hätte sie ihn gebeten, das zu lassen. Aber das traute sie sich nicht, denn es hätte ja auch nichts anderes als eine entspannte Position sein können. Und dann würde sie sich grenzenlos lächerlich machen.

Was tun? Sie fühlte sich in ihrer Haut wie eine Fremde. Vielleicht hätte sie es genossen, ihren Kopf an seine Schulter zu legen. Vielleicht sogar darauf gewartet, dass er sie küssen würde. Warum zum Teufel musste sie jedes Wort, jede Geste von ihm sezieren wie einen Frosch im Anatomieunterricht? Verliebte sie sich gerade in einen Schatzjäger?

Hilf Himmel. Bitte nicht.

Aber ihr Herz hörte nicht auf sie. Es klopfte schnell und verräterisch. Sie beugte sich vor und tat so, als ob sie ihre viel zu großen Wollsocken in den Stiefeln hochziehen müsste. Er ist wenigstens ehrlich, dachte sie. Er ist scharf auf dich und zeigt es. Du hast ihn vom ersten Moment an belogen.

Als sie sich wieder zurücklehnte, war der Arm weg. Das war ja noch frustrierender.

Er ist nicht scharf auf dich. Wie blöde kann man eigentlich sein, Marie Vosskamp?

Dramatische Musik erklang und schepperte auch weiter, als ein Sprecher in einem Ton, der in ihren Ohren altmodisch und militärisch zugleich klang, die Sturmschäden jener Aprilnacht 1951 bilanzierte. Dann kamen die Schiffe der Küstenwacht, die hinaus auf See fuhren. Marie hatte Mühe, sich zu konzentrieren.

»Mit eiserner Kraft und unermüdlichem Eifer kämpfen die Einsatzkräfte gegen die Wut der Elemente, um doch noch Überlebende der Schiffskatastrophe zu finden. Die *Trinity* war auf ihrem Weg von New York nach Hamburg am Schwarzen Kliff zerschellt. Stunde um Stunde sinkt die Hoffnung. Doch dann geschieht das Wunder. Ein Mädchen wird gerettet. Die Kleine konnte sich an einer Holzplanke festhalten und überlebte fast vierundzwanzig Stunden in der eiskalten Nordsee.«

Die Jubelbilder vom Hafen. Marie kannte sie aus dem Fernsehbericht. Ihr Herz zog sich zusammen, als sie Clara sah, die an Land gebracht wurde. Ein alter Mann, auf einen Stock gestützt, näherte sich dem Kind.

»Gustav Vosskamp, ein Kaufmann aus Cuxhaven, erkannte das Mädchen sofort als seine Enkelin und konnte es noch am Pier in seine Arme schließen. Für die anderen Passagiere und Besatzungsmitglieder scheint es keine Hoffnung mehr zu geben.«

Teilnahmslos ließ die kleine Clara sich umarmen. Der alte Mann weinte und herzte und küsste das Mädchen. Fotografen mit riesigen Blitzlichtern auf ihren Apparaten drängten sich um die beiden, um die besten Schnappschüsse von dieser Szene aufzunehmen. Marie verengte die Augen und beugte sich vor, um besser zu sehen.

»Warum freut sie sich nicht?« Sie stellte die Frage eigentlich sich selbst und wunderte sich, als Vince antwortete.

»Sie ist völlig entkräftet und dehydriert. Dazu halb erfroren. Und dann der Schock.«

»Ja. Stimmt.« Sie lehnte sich wieder zurück und ließ den Rest des Berichts an sich vorbeirauschen. Er bestand im Wesentlichen aus den Informationen, die sie schon hatte. Nur der Leuchtturmwärter weckte noch einmal ihr Interesse. Der Mann war fix und fertig und betonte, wie sehr er sich beeilt hatte, um das Seefeuer wieder in Gang zu bringen. Ihn traf keine Schuld, und trotzdem fühlte er sich sichtlich als Versager. Er tat Marie leid.

Als der Bericht zu Ende war, ging Vince zu einem Regal und holte zwei große Aktenordner hervor. Noch immer fühlte Marie sich befangen. Aber sie hoffte, dass er es nicht merkte. Zumindest wirkte er wieder ganz so, wie sie ihn kannte: professionell, mit einem Tick Abenteurer. Eigentlich eine unwiderstehliche Mischung.

Du verliebst dich ja tatsächlich. Ausgerechnet in ihn. Hast du noch alle Tassen im Schrank?

Vince kam mit den Ordnern zurück.

Sie grinste ihn an. Wenigstens das konnte sie noch. »Kein Popcorn?«

»Später.«

»Was ist das?«

»Die *Files*. Unsere Wrack-Dossiers. Von Archivaren und Historikern in unserem Auftrag zusammengetragen. Sie forschen auf der ganzen Welt. Bei Versicherungen, wo immer eine *list of loss* existiert – Verluste, die diese Gesellschaften ersetzen mussten. Und natürlich arbeiten wir auch nach der *problem fact*-Methode, bei der man gescheiterte Bergungsversuche ausfindig macht und checkt, ob man vielleicht mit modernerer Technik einen neuen Versuch wagen sollte. Das wurde über Jahre zusammengetragen. Und erst nach Abwägung aller Informationen, die wir über ein Schiff haben, entscheiden wir uns für oder gegen eine Bergung.«

Er legte den Ordner vor Marie auf einen niedrigen Couchtisch aus glänzend poliertem Mahagoni.

»Dann beginnt der langweilige Teil. Die Suche. Dafür gibt es verschiedene Methoden. Ausgangspunkt sind die letzten Koordinaten. Aber dann muss man so viele Faktoren beachten, dass das richtige Cracks in die Hand nehmen. Anschließend rastern wir den Meeresboden und fahren ihn mit Sonaren ab. Ich kann dir das gerne mal auf der Brücke zeigen, wenn es dich interessiert.«

»Brennend«, sagte sie und meinte das genaue Gegenteil.

»Und dann sammeln wir natürlich alles an Informationen, was es gibt. Anders als bei richtig alten Karacken ist die *Trinity* ein junges Schiff. Die Berichterstattung über sie musste nicht in uralten Handschriften zusammengesucht werden. Wir fanden auch eine ganze Menge in amerikanischen Zeitungsarchiven.«

Er schlug den ersten Ordner auf. *The New York Post*. 4. April 1951. Das Foto eines großen Frachters am Hafen, im Hintergrund die Freiheitsstatue. Die *Trinity*. Zum ersten Mal sah

Marie das Schicksalsschiff. Sie kannte es nur als Wrack und versuchte jetzt, sich jede Einzelheit einzuprägen.

»Ein Stückgutfrachter«, erklärte Vice. »Er hat mehrere Laderäume und Zwischendecks. Da, siehst du die Ladebäume und das Geschirr?«

»Ja.« Sie sahen aus wie riesige Wäschespinnen.

»An so einem Baum ist dein Skipper wohl hängen geblieben. Sie sind abgebrochen und zerstört. Die *Trinity* liegt glücklicherweise auf der Seite, sodass wir nicht von oben in sie einsteigen müssen. Das wäre brandgefährlich. Sie ist ein relativ kleiner Frachter, nur knapp hundertzwanzig Meter lang. Fünf Luken, hier.«

Er deutete auf das Foto. Marie kniff die Augen zusammen, um alle Details aufzunehmen.

»Sie ist ein *LoLo*«, fuhr er fort. *»Lift on lift off.* Im Gegensatz zu den *RoRos* – *»Roll on, roll off«* – wird also das Frachtgut an Bord gehoben und nicht gerollt.«

Er blätterte weiter bis zu einer anderen Ausgabe der Zeitung. *»Vosscamp family leaves US.«* Neugierig beugte Marie sich über den Text. Die technischen Einzelheiten interessierten sie nicht. Das Schicksal der Menschen war es, über das sie mehr herausfinden wollte. Der Artikel handelte davon, dass Piet und Ruth Vosscamp, angesehene Mitglieder der New Yorker Society, die Vereinigten Staaten Richtung Germany verließen. Der Unterton war ärgerlich.

»Sie verstehen nicht, warum eine Jüdin zurück nach Deutschland geht.«

»Das war damals auch schwer zu begreifen«, sagte Vince. »Nur fünf Jahre nach Kriegsende, gerade mal ein Jahr nach dem Ende der Nürnberger Prozesse.«

Ein Foto. Grobkörnig, schwarz-weiß. Ein kräftiger Mann, eine zarte Frau, und ein kleines Mädchen im Kinderwagen. Marie suchte nach Ähnlichkeiten. Der Körperbau vielleicht, den konnte sie von Piet haben. Obwohl ... So breit und groß war sie nun auch wieder nicht. Und so eine kartoffelige Nase kam weder bei Clara noch Frederick – und glücklicherweise auch nicht bei ihr – vor. Ruth war bildhübsch, klein, schmal, also das genaue Gegenteil von Marie. Das Kind trug eine gehäkelte Wollmütze und strahlte pausbackig in die Kamera. Die Vosscamps lebten zurückgezogen, was das ältere Bild erklärte. Schließlich war Clara ja bei der Abfahrt kein Baby mehr gewesen, sondern ein elfjähriges Mädchen.

»Kann ich davon eine Kopie haben?«, fragte sie.

»Klar. Morgen, wenn das Office wieder besetzt ist.«

Vince stand auf und ging zur einem geschlossenen Schrank neben dem Regal. In ihm standen Unmengen an Pappröhren. Er griff mit schlafwandlerischer Sicherheit mitten hinein und öffnete den Verschluss noch auf dem Weg zurück. Auf dem niedrigen Tisch breitete er ein Pergament aus. Der Bauplan.

»Das ist sie.«

Eine Querschnittzeichnung durch den Rumpf der *Trinity*. Marie erkannte die verschiedenen Decks und Laderäume, die Kabinen, die Kombüse, Aufgänge, Maschinenraum, Brücke.

»Hier war die Familie untergebracht.«

Drei nebeneinander liegende Kabinen auf dem Oberdeck, links oben gut und deutlich zu erkennen.

»Und hier«, sein Finger fuhr quer über das Papier nach rechts unten, »vermuten wir die Porzellankisten. Ein separater kleiner Frachtraum. Eine Art begehbarer Tresor. In ihm befanden sich Geld, Papiere, Wertgegenstände. Hier steht auch der Safe. Du siehst, er ist fast am anderen Ende des Schiffs. Sollten die Vosskamps wirklich in ihren Kabinen ums Leben gekommen sein, was ich nicht glaube, dann liegen diese beiden Orte weit genug auseinander.«

Sie nickte widerwillig. »Was passiert bei einem Untergang?«

»Die Sirene gibt Alarm. Alle legen ihre Schwimmwesten an und kommen zu einem Sammelpunkt an Deck. Meist in der Nähe der Rettungsboote. Hier.«

Die Boote waren klein, fast winzig im Vergleich zum Rest des Schiffes.

»Läutet die Glocke?«

»Das wäre doch zu theatralisch. Außerdem hatten die Leute sicher anderes zu tun. Mörderischer Seegang wird das Fieren der Boote, das Herablassen also, erschwert haben. Außerdem ist die Querschotteneinteilung mangelhaft.« Er deutete auf den Plan, aber Marie hatte keine Ahnung, was er meinte. »Sie haben nicht bis zum Hauptdeck gereicht, deshalb lief der Rumpf innerhalb kürzester Zeit mit Wasser voll.«

»Panik?«

»Wahrscheinlich. Eher bei denen, die wenig Erfahrung haben.«

»Warum hat Clara als Einzige überlebt? Wurde sonst niemand gefunden?«

Vince verstaute die Rolle wieder in ihrem Behältnis. Er brauchte länger dafür und tat es auf eine recht umständliche Weise, sodass Marie den Eindruck bekam, er wolle ihr nicht antworten.

»Die Leute in Friedrichskoog sagen, noch Wochen später … am Strand …«, stammelte sie.

»Ertrunkene Seeleute. Ich weiß.«

»Aber warum die und nicht …«

Er brachte den Plan zurück an seinen Platz. »Es ging wahnsinnig schnell. Das Schiff lief auf Grund, die Längsseite wurde aufgeschlitzt, Wasser drang ein. Die *Trinity* war nicht die *Titanic.* Sie legte sich auf die Seite und sank. Wahrscheinlich hat es sie doch in den Kabinen erwischt.«

»Oh mein Gott.«

»Es gibt Berichte über den Untergang der *Cimbria.* Ich denke, auf der *Trinity* wird sich Ähnliches abgespielt haben. Du kannst es nachlesen.« Er deutete auf das Bücherregal. »Aber ich würde dir davon abraten. Ich will auch nicht genau wissen, was an Bord eines abstürzenden Flugzeuges passiert.«

Marie vergrub das Gesicht in ihren Händen. Es war so lange her, und trotzdem erschütterte sie das Unglück, als hätte sie eben erst davon erfahren.

»Von den siebenundfünfzig, die in New York aufbrachen, wurden nur sechzehn an Land getragen. Die konnte man identifizieren. Alles Seeleute.«

Er kam zurück, setzte sich neben sie und legte wieder den Arm um ihre Schulter. Dieses Mal hatte es etwas Tröstliches. »Die *Trinity* ist eine wirkliche Grenzerfahrung. Von Archäologen werden wir gehasst, genauso wie von den Regierungen der Länder, die Anspruch auf die Schätze erheben, die wir finden. Und ethisch ist es vielleicht am schwersten.« Es war das erste Mal, dass er so einen Gedanken aussprach.

»Warum tut ihr es dann?«, flüsterte Marie durch ihre Finger.

»Weil wir alle verrückt sind. Abenteurer. Schatzsucher. *What is lost, must be found.*«

Sie ließ die Hände sinken und er nahm seinen Arm weg. Egal. Es war sowieso nur eine gestohlene Berührung. Sie galt einer Marie, mit der man Mitgefühl hatte, nicht Marie, der Lügnerin. Sie überlegte, wie er reagieren würde, wenn sie ihm die Wahrheit sagte. *Bloß nicht.*

»Wem gehört das Porzellan?«, fragte sie.

»Ganz einfach. Die *Trinity* wurde als herrenlos eingestuft. Herrenlos ist ein Wrack, wenn es keine rechtmäßigen Eigentümer mehr gibt oder wenn sie ihre Ansprüche aufgegeben haben. Dann wird noch zwischen dem Eigentümer des Schiffs und dem der Fracht unterschieden. Bei der Ashford-Collection ist das die Familie Vosskamp. Das Küstenmeer ist Hoheitsgebiet der Bundesrepublik, die hätte Anspruch auf einen Teil des Bergelohns, wenn es die Vosskamps nicht gäbe. Der wäre aber relativ gering. Die echt harte Nuss sind die Nachfahren der Eigentümer. Aber Margeaux wird sie knacken.«

»Wird sie das?«, sagte Marie tonlos.

Magnus, du Drecksack. Wenn ich dich erwische.

»Sie kommen heute Abend an Bord.«

»An – an Bord? Wer?«

»Die Vosskamps.«

»Wer noch mal?«

»Die Erben.«

Hatte er Viola unter Drogen gesetzt? Sie würde niemals ein Schiff betreten. Zumindest nicht, solange ihr Lavendel noch nicht trocken ist, setzte Marie in Gedanken hinzu.

»Wie? Also … wie?«

»Ist alles okay?«

Ihre Nachfragerei musste völlig verwirrt geklungen haben!

»Ja. Natürlich«, beeilte sie sich zu sagen. »Ich frage mich nur, wie sie auf das Schiff kommen wollen. Der Zodiac wird doch nicht bis nach Cuxhaven fahren. Oder?«

Er lachte. »Nein. Wir haben eine Barkasse, ziemlich fix und bequem. Dave ist schon auf dem Weg, er müsste jeden Moment mit ihnen eintreffen. Sie wollen morgen beim Tauchgang mit dabei sein. Das nervt zwar, aber sie sind wichtig. Oder sagen wir so: Wir sollten ihnen das Gefühl geben, wichtig zu sein.«

Marie nickte. Sie musste sich beherrschen, nicht sofort bei Viola anzurufen. »Darf ich das mitnehmen?« Sie deutete auf den Ordner. »Ausleihen, meine ich?«

»Klar. Aber pass bitte darauf auf. Das sind zwar nur Faksimiles, aber es war ganz schön schwierig, an sie heranzukommen.«

Jemand riss die Tür auf. Margeaux' sonnengebleichter Blondschopf erschien.

»Vince, wir suchen dich überall!«, rief sie. »In zehn Minuten. Großer Theaterdonner, also zieh dir was Anständiges an.«

»Mach ich. – Willst du mitkommen?«, fragte er Marie.

»Nein!«, sagte sie hastig.

Sie sah, wie Margeaux kaum merklich die Stirn runzelte. Marie war eine Fremde, gehörte nicht zum Schiff. Wenn man es genau nahm, war sie als Abgesandte der Seehundaufzuchtstation sogar ein Gegner des gesamten Unternehmens. So jemand war bestimmt das Letzte, was man bei einem heiklen Besuch wie dem der Vosskamps dabeihaben wollte.

»Ich will noch mal nach dem Heuler sehen.« Marie klappte den Ordner zusammen. »Ihr habt bestimmt Geschäftliches zu besprechen.«

Margeaux lächelte, sichtlich entspannter. »Richtig. Es wird kompliziert. Aber ich denke, wir werden eine Einigung erzielen. Ihnen scheint es um andere Dinge als den Schutz des Wattenmeeres zu gehen.«

»Geld«, sagte Marie.

»Letzten Endes geht es immer darum. – Vince?«

»Gleich.«

Zögernd schloss Margeaux wieder die Tür. Vince ließ die Leinwand hochfahren.

Marie, mit den Ordnern in den Armen, wartete auf ihn. »Hast du das öfter? Großer Theaterdonner?«

»Nur wenn Geldgeber und Investoren kommen. Das gehört zum Spiel. Sehe ich dich nachher noch?«

»Wo?«, fragte sie überrumpelt.

»Wo wohl?« Er grinste. »Achterdeck. Bei Sonnenuntergang. Sofern wir ihn noch zu sehen kriegen.«

28.

Dem Heuler ging es den Umständen entsprechend. Doc Norton hatte eine tiefe Wanne aus stabilem Plastik herbeischaffen und sie in eine etwas ruhigere Ecke auf dem Maschinendeck bringen lassen. Das Tier war immer noch betäubt, sonst hätte es diese Behausung gar nicht ausgehalten. Marie betrachtete es mit Sorge.

»Morgen muss er unbedingt in die Aufzuchtstation.«

Der Doc nickte. »Hast du schon Kontakt aufgenommen?«

»Ja. Jensen, unser Skipper, wird gegen Mittag kommen. Vielleicht kann der Zodiac uns rüberbringen.«

Doc Norton legte die Stirn in Falten. »Hast du das mit der Einsatzplanung abgesprochen? Da starten wir wahrscheinlich gerade den ersten Tauchgang.«

Marie biss sich auf die Lippen. Natürlich! Das hatte sie völlig vergessen. Hier begann offenbar die größte Schatzhebung der deutschen Nachkriegsgeschichte und sie bestellte einfach mal ein Wassertaxi. »Es tut mir leid. Aber wenn er länger hier bleibt, stirbt er.«

»Wir werden eine Lösung finden. Da hat Vince uns was

Schönes eingebrockt. Jetzt mach dir keine Sorgen.« Er betrachtete die Ordner, die Marie auf einem dicken Maschinenrohr abgelegt hatte. »Du hast dich ja schon gut mit Lektüre versorgt.«

»Wie weit liegt die *Trinity* entfernt?«

»Eine halbe Seemeile, schätze ich mal.«

»Es ist unheimlich. Haben die Taucher keine Angst?«

Der Arzt nahm die Ordner herunter und reichte sie ihr. »Wer keine Angst hat, überlebt nicht. Angst ist in der Tiefe der beste Schutz. Sie darf nur nicht in Panik umschlagen.«

»Und wie verhindert man das?«

Er lächelte. »Tief durchatmen und an Schokolade denken.«

Marie starrte ihn einen Moment lang verständnislos an. Dann bemerkte sie, dass er sie auf den Arm genommen hatte.

»Das beste Mittel gegen Panik ist Ruhe«, fuhr er ernster fort. »Und wenn du dich dazu zwingen musst – halte inne, atme tief durch, bewahre Ruhe. Wenn dir das nicht gelingt, dann befiehl deinem Körper, Bewegungen langsam und durchdacht zu machen. Also nicht huschhusch, sondern tatsächlich eins nach dem anderen. Oft ist man versucht, das Gegenteil von dem zu tun, was vernünftig wäre. Dann muss man sich an Regeln erinnern. Einfachste Regeln. Beim Tauchen: Oben ist da, wo die Luftblasen verschwinden. Und wenn sie auf einmal unter deinen Beinen durch in die Tiefe versinken – dann hat sich kein Naturgesetz geändert, sondern du liegst einfach kopfüber im Wasser.«

»Gab es denn schon mal so eine dramatische Situation?«

»So lange ich auf dem Schiff bin, nein. Aber jeder Taucher kennt das Risiko. Wir sind hier nicht im Planschbecken.«

Nicht im Planschbecken. Das war Marie klar, als sie zurück in ihre Kabine ging. Zwei Männer in weißer Uniform kamen ihr entgegen. Offenbar warf sich alles in Schale, um *die Vosskamps* zu empfangen.

Sie rief noch einmal ihre Mutter an und erreichte sie weder auf dem Festnetz noch mit dem Handy. Wahrscheinlich hatte sie sich wieder in ihr Atelier zurückgezogen und das Telefon aus Versehen in einen Eimer Dunkelviolett fallen gelassen. Das war alles schon vorgekommen.

Und Magnus? Ob sie ihn anrufen sollte?

Ich weiß, was du vorhast. Du hast uns belogen und hintergangen. Was werden dir Robert und Margeaux bezahlen, damit du Viola umdrehst?

Mich manipulierst du jedenfalls nicht noch einmal, dachte Marie erbittert. Aber das Gefühl der Machtlosigkeit war trotzdem überwältigend. Sie konnte nichts tun, um das Vorhaben zu verhindern. Und so, wie Vince es ihr erklärt hatte, hätte sie auch wenig Gegenargumente in der Hand. Die Kajüten von Piet, Ruth und Clara würden die Taucher in Ruhe lassen. Die Tanks, das größte Problem, würden gecheckt. Dadurch könnte eine Katastrophe verhindert werden. Blieb der Safe, von dem sie eben erst erfahren hatte. Und die Ashford-Collection, das Familienvermögen. War es nicht gut, wenn es geborgen wurde? All das Geld, all die Millionen …

Mit welchem Recht sollte es uns gehören?, fragte sich Marie. Die leeren Fächer im Regal hatten ihren Vater nie gestört. Und Clara wäre es am liebsten gewesen, wenn die *Trinity* gar nicht mehr aufgetaucht wäre. Vielleicht könnte das Geld wirklich die Firma retten. Arbeitsplätze, von denen Familien ernährt wurden.

Und ich könnte … nein. Sie verbot sich, weiterzudenken. Denn der Wunsch war wieder da. In einer dunklen Ecke ihres Herzens wartete er wie ein diskreter Diener, bereit, sofort zu ihr zu eilen, wenn sie ihm einen Wink geben würde.

Nein. Das wäre verrückt und Wahnsinn und ich könnte es niemals alleine durchziehen.

Aber zu zweit?, wisperte eine andere Stimme in ihr. Gemeinsam mit einem Piraten …

Marie warf die Ordner auf das Bett, streifte die Gummistiefel ab und legte sich dann selbst auf die Decke. Gedankenverloren öffnete sie den ersten und begann, sich in die Zeitungsartikel zu vertiefen. Letzten Endes berichteten alle das Gleiche. Das Schicksal der Vosskamps schien einmal ein echter Burner gewesen zu sein. Warum hatte sie nie etwas davon mitbekommen? Als Schülerin war sie ein oder zwei Mal im Wrackmuseum von Cuxhaven gewesen. Noch nicht einmal dort war ihr etwas aufgefallen. Oder die Lehrer hatten sie geschickt um die entscheidenden Teile der Ausstellung herumgeführt, damit sie nicht damit konfrontiert wurde.

Wahrscheinlich hatte Clara der ganzen Berichterstattung irgendwann einen Riegel vorgeschoben. Man konnte ja nicht ewig die alten Geschichten wieder hervorholen. Marie war fünfundvierzig Jahre nach dem Unglück geboren worden. Die *Trinity* hatte es nie zu einer überregionalen Berühmtheit gebracht wie das Wunder von Bern oder die Grube von Lengede, die Gustloff oder die Titanic. Die Menschen vergaßen. Übrig blieb ein Name und der hatte in Marie tatsächlich etwas zum Klingen gebracht. Sie musste ihn schon einmal gehört oder gelesen haben. Aber wann? Und wo? War er jemals von Clara oder ihrem Vater ausgesprochen worden? Vielleicht war es nur ein Flüstern gewesen, ein Gewisper in dunklen Gängen hinter verschlossenen Türen …

Sie legte den ersten Ordner zur Seite und widmete sich dem zweiten. Frachtpapiere, Versicherungsscheine, alle auf Englisch. Die Mannschaftsliste, nicht mehr von Hand, sondern schon mit Schreibmaschine geschrieben.

Captain, Commander, Seaman, Warrant Officer … und dann: *Passengers.* Piet Vosskamp, 41, *tradesman, married.* Ruth Vosskamp, 29, *spouse, married.* Clara Vosskamp, 11, *child.* Dahinter die Nummern der Kabinen.

Rosemary Armstrong, 47, *housemaid, widowed.* Ein Hausmädchen hatten sie also noch mit auf der Reise gehabt. Rosemary. Der Name klang amerikanisch, ebenso wie Susan Taylor, 34, *nursemaid, unwed.* Ein Kindermädchen war also auch noch mit dabei gewesen. Richtig, Gerhardt Weller hatte das erwähnt! Vermutlich hatte sich die Familie zwei Kabinen geteilt und die dritte für das Haus- und das Kindermädchen reserviert. Und das war ebenfalls nicht allein gereist. In der Kabine des Personals schlief auch … Maries Herzschlag setzte aus. Jane Taylor … 10, *child.*

Jane.

Jane! Die Tochter von … Marie suchte den Namen. Susan Taylor, 34, *nursemaid, unwed.* Ledig. Nicht verheiratet. Ein uneheliches Kind. Fast so alt wie Clara.

Sie haben sich gekannt. Natürlich. Das ging doch gar nicht anders. Tür an Tür, da müssen sie sich gesehen haben.

Hatte ihre Großmutter deshalb so auffällig reagiert, als sie am Ende ihres Lebens noch einmal diesen Namen hörte? Waren die Mädchen miteinander befreundet gewesen? Piet und Ruth waren nicht alleine aufgebrochen, sondern hatten zwei Frauen auf dieser Unglücksreise mit dabei gehabt. Eine Witwe und eine ledige Mutter, beide höchstwahrscheinlich ohne Mann und Familie. Bereit, in Deutschland ein neues Leben zu beginnen. Alle Brücken hinter sich abzubrechen. Sie mussten vertraut mit den Vosskamps gewesen sein und eine sehr enge Bindung gehabt haben, sonst wären sie wohl kaum mitgekommen. Und ebenso vertraut musste der Umgang der Kinder miteinander gewesen sein.

Jane …

Hast du mit ihr gespielt? Seid ihr miteinander aufgewachsen? War sie deine Freundin? Oder mehr wie eine Schwester? Hast du sie geliebt und deshalb nach ihrem Tod nie wieder enge Freunde gehabt?

Marie begriff Claras doppelten Verlust. Ihre Großmutter hatte auf einen Schlag alle, aber auch alle Menschen verloren, die ihr nahegestanden hatten. Nun verstand sie, warum das Mädchen bei seiner Ankunft nach der glücklichen Rettung so apathisch gewesen war. Gustav Vosskamp, der alte, halb blinde Mann mit den Tränen in den Augen, ihr letzter noch lebender Verwandter, war ein Fremder gewesen. Clara hatte ihn noch nie gesehen. Das Land, in dem sie ankam, kannte sie nicht. Wahrscheinlich wurde in New York im Haus der Vosskamps noch deutsch gesprochen, und trotzdem musste es für Clara ein Albtraum gewesen sein.

Vielleicht hatten die Eltern dem Mädchen von der fremden, neuen, alten Heimat erzählt. Aber was? Wie viel hatte Clara von all dem mitbekommen? Konnten sie den schrecklichen Verrat, der Ruth beinahe das Leben gekostet hatte, verheimlichen? Von welchem Deutschland handelten ihre Geschichten, an welchem Vaterland hingen ihre Erinnerungen?

Deine Familie, dachte sie. Nur zwei, drei Generationen trennten sie von diesem unsagbaren Leid. Es schien mit der *Trinity* für immer versunken. Sie hätte niemals etwas davon erfahren, wenn Robert und Margeaux nicht so beharrlich alles zusammengetragen und gesucht hätten.

Sie wollte das schlechte Gewissen verdrängen. Schatzsucher. Grabräuber. Geldgierige Jäger. Die Leute der *Sea Fire* interessierten sich nicht für das Schicksal der Menschen, die an Bord des Schiffes gewesen waren. Für sie zählte nur der Gewinn. So war es doch, oder? Mit genau diesem Gefühl war sie auf das Schiff gekommen, hatte Vince belogen und alle anderen dazu. Hatte sie hindern wollen, diesen eisernen Sarg zu plündern, der seine Geheimnisse über all die Jahre so gut bewahrt hatte.

Aber ohne sie wüsste Marie nichts, gar nichts von dem tiefen Riss, der quer durch ihre Familie gegangen war.

Wie sehr musste Clara gelitten haben! Marie konnte das Bild des Mädchens am Hafen nicht vergessen. Ein blondes, spitznasiges Ding mit ängstlich aufgerissenen Augen, eingehüllt in Wolldecken, bejubelt, beklatscht, fotografiert, einem Fremden an die Hand gegeben. Ob Gustav sich gut um sie gekümmert hatte? War er ihr ein Großvater geworden?

Und Jane …

Marie wühlte sich noch einmal durch den ersten Aktenordner. Irgendwo war vielleicht noch ein Foto von allen Passagieren zusammen? Nein. Wenn, dann hatte man sich nur für die Vosskamps interessiert, und bis auf eine Ausnahme – Piet vor einer Lagerhalle, auf der in altmodischer Schrift *Vosskamp Tea* stand –, hatten sich alle Zeitungen ohnehin immer auf dasselbe Bild gestürzt.

Was hatte Weller erzählt? Dass sie sich geschrieben hatten? Wo waren diese Briefe und Fotos? Clara hätte sie niemals vernichtet. Aber warum tauchten sie nirgendwo, nicht ein einziges Mal auf? Natürlich gab es Fotoalben. Aber die hatte ihr Vater angelegt. Sie begannen mit der Hochzeit und endeten mit einem letzten Bild: Frederick, Viola und Marie am Flughafen in Hamburg, von wo aus ihr Vater zu seiner letzten Expedition aufgebrochen war.

Motorenlärm näherte sich. Marie legte die Ordner zur Seite

und ging zum Fenster. Die Barkasse näherte sich, ein flinkes, kleines Motorboot. Am Rumpeln unter ihren Füßen merkte Marie, dass ihre Kabine direkt über der Luke liegen musste. Sie versuchte, das Fenster zu öffnen, aber es gelang ihr nicht. Also schlüpfte sie in Stiefel und eilte hinaus. Zwei Mitarbeiter der *Sea Fire* in weißer Galauniform hasteten an ihr vorbei. Marie folgte ihnen, hielt aber Abstand.

Die Männer erreichten die Tür zum Lukenraum. Marie konnte nicht weiter. Es war unmöglich, sich unbefangen dem Begrüßungskommittee anzuschließen. Was hätte sie sagen sollen, wenn sie plötzlich Magnus gegenübergestanden hätte? Wenn er vielleicht sogar noch ihre Mutter im Schlepptau führte?

Sie entdeckte den Zugang zum Lager und schlüpfte hinein. Durch einen schmalen Spalt in der Tür hatte sie den Gang im Blick. Es verstrichen einige Minuten – ein Nachzügler kam angerannt und gesellte sich zu den anderen. Und dann kamen sie endlich heraus. Margeaux ging voran, ihr folgte Robert, gleich darauf ein paar Männer aus der Mannschaft. Es war eng in dem Gang und die Vorhut verstellte Marie den Blick auf die Nachfolgenden. Wo war Magnus?

Die Gruppe kam direkt auf sie zu. Marie schloss die Tür und wartete, bis sie sicher sein konnte, dass alle vorüber waren. Dann schlüpfte sie in den Gang und hätte am liebsten sofort kehrtgemacht. Am Fuß der Treppe stand Vince mit einem breitschultrigen Mann, der ihr den Rücken zudrehte.

Sie blieb stehen, zur Salzsäule erstarrt, in der Hoffnung,

dass die beiden nicht zurückschauen und sie entdecken würden. Doch die Hoffnung wurde enttäuscht. Vince trat zur Seite und wollte dem Mann gerade den Vortritt lassen, als er sie bemerkte.

»Marie!«, rief Vince.

Der Mann blieb stehen und drehte sich um. Die Leute vor ihm gingen weiter.

»Komm her. Ich möchte dir Nicolas Vosskamp vorstellen.«

Wie ein Roboter setzte sie sich in Bewegung.

»Marie Schneider von der Seehundstation ist ebenfalls unser Gast«, erklärte Vince. »Wir haben sie und ein verletztes Robbenjunges vorübergehend an Bord, bis beide nach Friedrichskoog zurückkehren können.«

Der Mann verzog die Lippen. Es war ein eiskaltes Lächeln, das nicht seine Augen erreichte.

»Eine gerettete Lebensretterin«, sagte er. Seine Stimme war rau und scharf zugleich. Sie erinnerte Marie an ein Messer, das über Granit kratzte. Sie blieb drei Schritte vor den beiden stehen.

Sie hatte ihn noch nie gesehen. Doch sie erkannte etwas in ihm, das ihr beim Betrachten der alten Fotos aufgefallen war: Er hatte eine vage Ähnlichkeit mit Piet. Groß und bullig und gesegnet mit einer Kartoffelnase. Doch Piets hemdsärmelige, zuversichtliche Kraft schien bei Nicolas in eine seltsam unterdrückte Rohheit gewandelt zu sein. Er war kein Anpacker. Kein Macher. Eher einer, der einen auf der Rolltreppe zur Seite stieß.

Vince musste auffallen, dass etwas mit ihr nicht stimmte. Er nickte ihr aufmunternd zu. »Wir sehen uns nachher noch. Um neun, Achterdeck. Nicht vergessen.«

»Ja.« Sie wusste überhaupt nicht mehr, was er meinte. Ihr Denken war völlig blockiert. Diese Stimme … Sie kannte sie, hatte sie schon einmal gehört. Aber sie wusste nicht mehr, bei welcher Gelegenheit.

»Also dann …« Der Mann stieg die Treppen hoch.

Vince hob fragend die Schultern. »Ist was?«

Der Fremde verharrte einen Moment und ging dann weiter hinauf. Sie wartete, bis sie sicher sein konnte, dass er außer Hörweite war.

»Bist du sicher, dass er ein Vosskamp ist?«, flüsterte sie.

»Hundert pro. Was ist denn los? Du hast ihn angestarrt wie ein Mondkalb.«

»Ich bin nur … Es ist so … Kommt er aus Hamburg?«

»Ja. Marie, kannst du mir endlich erklären, was du hast? Irgendwas stimmt nicht mit dir. Das habe ich vom ersten Moment an geahnt. Sag es mir. Ich kann was aushalten.«

»Nein«, wisperte sie. »Es ist alles okay.«

Sie konnte seine Enttäuschung geradezu körperlich spüren. »Gut. Wie du willst«, sagte er.

Er nahm zwei Stufen auf einmal. Erst als sie seine Schritte im Gang über ihr hörte, lehnte sie sich an die Wand und rutschte langsam in die Hocke.

Albert Vosskamp. Die verstoßene, enterbte Hamburger Linie. Mit seinen Nachkommen hatten Robert und Margeaux die Verhandlungen geführt.

Sie lehnte den Kopf zurück an die Wand und lachte. Lachte, lachte, lachte. Vince würde sie definitiv für verrückt erklären, wenn er sie so sähe. Endlich beruhigte sie sich wieder.

Nazis und Verräter. Erbschleicher und Betrüger. Kommt alle in meinen Garten unter die alten Apfelbäume.

Ihr Handy klingelte. Es war Magnus. Erst wollte sie den Anruf nicht annehmen. Doch dieser Mann, so unsympathisch er war, entpuppte sich nach und nach als der Geringste unter den Gaunern.

»Ja?«

»Marie! Gott sei Dank, dass ich dich erreiche. Es ist etwas Furchtbares geschehen.«

So hatte sie ihn noch nie erlebt. Er weinte ja fast und schien völlig neben sich zu stehen.

»Was ist passiert?«

»Viola ...«

Er schluchzte. Das war so absolut ungewöhnlich, und dann auch noch im Zusammenhang mit ihrer Mutter, dass sie geradezu spüren konnte, wie das Adrenalin in ihre Adern schoss.

»Was ist mit ihr?«

»Viola hat ... sie hat ...«

Marie kam auf die Beine und begann, unruhig auf und ab zu gehen. »Magnus, beruhige dich. Was ist mit Viola?«

»Sie hat sich die Pulsadern aufgeschnitten.«

Ein Faustschlag in die Magengrube. Marie klappte vornüber und ging in die Knie. »Nein, Magnus. Sag, dass das nicht wahr ist. Ist sie ...«

»Ich kam von der Arbeit und da habe ich sie gefunden. Das ganze Atelier war verwüstet. Sie hat ihre Bilder zerstört! Und dann hat sie sich …«

»Was ist los mit ihr?«, schrie Marie. Sie musste es wissen. Jetzt sofort. Er sollte endlich aufhören, um den heißen Brei herumzureden.

»Die Ärzte kämpfen um ihr Leben.«

Er weinte. Magnus, der mit allen Wassern Gewaschene, Magnus, der Mann für alle Lebenslagen, Magnus, der aalglatte Verführer, der nach einem Fehltritt gleich den nächsten rettenden Strohhalm ergriffen hatte, Magnus weinte.

»Was heißt das?«

»Ich weiß es nicht!«, rief er. »Ich habe sofort den Notarzt gerufen. Und dann bin ich bei ihr geblieben. Ich wollte dich erst informieren, wenn sie es geschafft hat. Aber eben kam einer zu mir und hat mir gesagt, es könnte kritisch werden.«

»Kritisch heißt?«

»Der Blutverlust. Wenn ich nur eine halbe Stunde später gekommen wäre … Ein Termin ist geplatzt. Deshalb war ich schon um sechs zu Hause. Ich wollte Viola zum Essen ausführen. Nach allem, was sie mitgemacht hat in letzter Zeit. Und da fand ich sie. Ich frage mich immer wieder, warum? Was haben wir übersehen?«

Sie atmete tief durch. »Gar nichts. Viola bringt sich nicht um.«

»Wie?«

»Viola ist verrückt, aber sie liebt das Leben. Und am meisten ihre Kunst. Sie würde nie, niemals ein Bild zerstören, das sie gemalt hat.«

»Vielleicht …«

»Sie hat Lavendel gemalt. Keine schwarzen Flächen. Sie war durcheinander. Aber das wäre jeder, mit dem man so grausame Scherze getrieben hat. Was ist mit den Bildern passiert?«

»Sie hat sie von der Staffelei gerissen und die Leinwände aufgeschlitzt. Ich bin immer noch fassungslos. Und dann hat sie eine Rasierklinge genommen und … Alles war voller Blut. Und sie hat kaum noch geatmet! Sie muss schon Stunden da gelegen haben.«

»Ruhig, Magnus, ganz ruhig. Was ist mit den Überwachungskameras?«

»Die hat sie ausgeschaltet.«

»Das kann nicht sein. Viola hat von Technik keine Ahnung. Sie hat die Kameras gehasst! War die Polizei da?«

»Ja. Und der Mann vom Sicherheitsdienst. Das war natürlich sehr hilfreich. Er hat ja Violas Ängste nie ernst genommen. Alle waren sich sofort einig, dass sie durchgedreht ist.«

»Was denkst du?«

Sie hörte nur sein Schnaufen am anderen Ende der Leitung. »Ich weiß es nicht«, sagte er schließlich. »Sie ist sensibel. Und sie hatte es nie leicht bei euch. Claras eisige Abneigung, der Tod deines Vaters, und du …«

»Was ich?«, fragte sie scharf.

»Du hast Viola nie das Gefühl gegeben, eine gute Mutter zu sein.«

Marie schnappte nach Luft. Das war unglaublich. Was redete dieser Mensch sich und anderen eigentlich noch alles ein? »Halte mich auf dem Laufenden«, brachte sie schließlich heraus. »In welcher Klinik liegt sie?«

Magnus gab ihr den Namen und die Telefonnummer. »Kannst du kommen?«, fragte er.

»Ich werde es versuchen.« Vielleicht konnte Vince helfen. So unterkühlt, wie er sich von ihr verabschiedet hatte, war er bestimmt froh, wenn sie die *Sea Fire* noch bei Nacht und Nebel verließ. Sie legte auf. Dann rief sie in der Klinik an und ließ sich mit der Notaufnahme verbinden.

Nachdem sie der diensthabenden Schwester erklärt hatte, in welchem Verwandtschaftsgrad sie zu Viola Vosskamp stand und einige schrecklich lange Minuten verstrichen, bis die Frau sich informiert und rückversichert hatte, bekam sie endlich eine vernünftige Auskunft.

»Ihre Mutter wurde stabilisiert. Sie wurde in ein künstliches Koma versetzt, aus dem wir sie morgen aufwecken werden. Im Moment ist sie außer Lebensgefahr.«

Außer Lebensgefahr. Hallelujah.

»Aber sagen Sie diesem Herrn von Treut, er möge sich bitte mäßigen. Er hat die ganze Station auf Trab gehalten.«

»Das werde ich. Danke. Danke sehr!«

Marie wollte ihr Handy wegstecken, doch etwas hielt sie ab. Sie öffnete ihr SMS-Fach.

Schatz, wo steckst du? Mache mir Sorgen.

Die SMS war um 17:44 Uhr eingegangen. Eine Viertelstunde später hatte Magnus von Treut die blutüberströmte, leblose Viola gefunden, inmitten ihrer zerstörten Bilder.

Sie wollte nicht darüber nachdenken, aber sie musste es tun. Ihre Mutter hatte ihr, ohnmächtig, verblutend, kaum noch atmend, eine SMS geschickt. Und sie hatte ihr geantwortet.

Bin auf der Sea Fire und morgen wieder in Friedrichskoog.

Sie rief Magnus an. Er ging sofort ans Telefon.

»Wo ist Violas Handy?«

»Das weiß ich nicht. Sie hat es schon seit einigen Tagen vermisst. Warum?«

»Ich ruf es mal an, okay?«

Aber sie hatte wieder nur die Mailbox am Apparat. Noch einmal wählte sie Magnus' Nummer.

»Hast du das Klingeln gehört? Liegt es irgendwo im Atelier?«

»Nein! Auf die Idee sind wir doch schon längst selbst gekommen. Warum ist das so wichtig?«

»Nur so. Ich habe gerade mit der Klinik gesprochen. Sie verbreiten vorsichtige Zuversicht. Ich komme, so schnell ich kann.«

»Sag Bescheid, wenn ich dich irgendwo abholen soll.«

Geniale Idee. Spring in ein Boot und hol mich hier weg, dachte sie. Schon die Vorstellung allein erheiterte sie. Wenigstens ein bisschen. »Mach ich«, sagte sie. »Bis bald.«

Sie musste hier weg, so schnell wie möglich. Jemand hatte versucht, Viola umzubringen. Und Marie hatte ihm auch noch verraten, wo sie sich befand.

Ruhig bleiben, befahl sie sich. Die Bewegungen langsam und koordiniert ablaufen lassen. Geh jetzt zur Treppe. Steige hinauf. Begib dich in deine Kajüte. Schließe sie ab. Du bist sicher. Es ist ein Schiff. Du kannst es nicht verlassen. Aber es wird auch niemand kommen können. Es sei denn, er schwimmt.

Irgendwo hinter ihrem Rücken fiel eine Tür zu.

29.

Marie, Marie. Deine großen, unschuldigen Augen. Dein dümmliches Kichern. Ich habe dich mit ihm gesehen. Er heißt Vince. Und er hat keine Ahnung, wer du bist. Vermutlich wird er es auch erst erfahren, wenn sie dich als Wasserleiche aus dem Meer fischen. Sofern du an Land gespült wirst. Weißt du eigentlich, dass du diesem Tag die Krone aufgesetzt hast?

Ich bin auf der Sea Fire … Wie blöde kann man sein?

Und der Tag hatte doch schon seinen ganz eigenen Höhepunkt: die wunderschöne, verwirrte Viola. Hört und sieht nichts, wenn sie ihre welken Blumen malt. Sank anmutig wie eine gebrochene Tulpe zu Boden, nachdem ich ihr den Lappen mit dem Äther vors Gesicht gepresst hatte. Wurde noch mal kurz wach, als ich ihre Pulsadern nicht beim ersten Schnitt gefunden habe. Gleich noch eine Packung obendrauf, so macht man das. Ihr Lover kommt erst spät am Abend von der Arbeit, bis dahin ist sie längst über den Jordan. Und ich war auf dem Weg zum Hafen, zur Alten Liebe. Dorthin, Marie, wo wir uns zuerst begegnet sind.

Du hast mich nicht bemerkt. Wie auch, wir wurden uns ja nicht vorgestellt. Aber ich habe dich gleich erkannt. Du siehst deiner

Großmutter ähnlich, weißt du das? Derselbe Blick, dieselben geraden Schultern, die arrogante Kopfhaltung.

Ich bin noch unentschlossen, ob ich es dir sagen soll, bevor ich dich entsorge. Warum du so früh sterben musst. Ich werde es in dem Moment entscheiden, in dem es so weit ist. Vielleicht muss ich schnell handeln, dann ist für lange Erklärungen keine Zeit. Was eigentlich schade wäre, aber ich tue das ja nicht zu meinem Vergnügen. Nein. Wenn du denkst, es hätte Spaß gemacht, Violas Arme aufzuschneiden und das warme Blut auf meinem Gesicht zu spüren, dann irrst du dich. Es war eklig. Es kostete Überwindung. Und ich will das, ehrlich gesagt, nicht noch einmal erleben. Und dass ich das ertragen muss, Marie, ist eure Schuld. Das müsste man dir endlich einmal klarmachen. Das solltest du begreifen, bevor du stirbst, so wäre es richtig. Natürlich wirst du mir nicht verzeihen. Das anzunehmen, ist naiv. Welches Opfer verzeiht dem Täter schon seine Tat? Aber verstehen solltest du es. Dass deine Schuld eine Erblast ist, die auf dich übergegangen ist und für die du nun geradestehen musst. Wir haben so lange geschwiegen. Wir haben so lange gelitten. Wir haben so lange gekuscht. Jetzt ist es so weit, dass deine Schuld beglichen wird. Es geht nicht anders, Marie. Du musst sterben. Und wenn ich dir sage, warum, dann wirst du einsehen, dass es keinen anderen Weg gegeben hat.

Um neun am Achterdeck. Er wird zu spät kommen, dafür werde ich sorgen. Viel zu spät.

30.

Nicolas Vosskamp.

In ihrer Kabine versuchte Marie, ihren unbekannten Verwandten mit ihrem Handy zu googeln. Es gab einen, der in Landshut am Lech in die Schule gegangen war, und einen zweiten, der in Thüringen Autoreifen verkaufte. Von beiden existierte kein Foto, was auch unwichtig war, denn sie kamen wohl nicht infrage.

Immer wieder schweiften ihre Gedanken ab zu Viola. Hier, in der Geborgenheit ihres kleinen, schwimmenden Zuhauses kam ihr der Gedanke an einen Mordversuch noch abwegiger vor. Wer sollte denn Viola etwas zuleide tun? Ein Konkurrent? Dann müsste der ja noch schlechtere Bilder als ihre Mutter malen. Einbrecher? Die hätten doch nach Wertgegenständen gesucht. Je länger sie darüber nachdachte, desto unwahrscheinlicher kam ihr die Version eines Anschlags vor.

Aber Viola war auch niemand, der plötzlich Selbstmord beging. Sie hatte keinen Grund. Sie war glücklich. Mit Absagen von Galerien hatte sie leben gelernt. Mit Spott und Häme, wenn sie einmal einen Platz bei der Ausstellung im Heimatmuseum ergattert hatte, auch. Zuletzt hatte sie ihre Bilder in einer Kita gezeigt. Marie war bei der »Vernissage« dabei gewesen. Wenigstens den Kindern hatten die Gemälde gefallen. Viola war, was ihre Kunst betraf, nicht nur erstaunlich leidensfähig, sondern auch zäh und unbeirrbar.

Die rätselhaften Vorfälle im Haus bestätigten das. Sie hatte sich recht schnell wieder gefangen. In all dem Chaos, all der Unperfektheit ihres Lebens steckte doch etwas, das Marie so bisher noch nie gesehen hatte: ein eiserner Wille. Und ein Ja zu dem, was Violas Herz mit Leidenschaft erfüllte. Es war schwer, vielleicht sogar unmöglich, diese Frau zu verstehen. Doch für eines würde Marie ihre Hand ins Feuer legen: Sie würde sich niemals umbringen. Nicht, solange sie noch einen Pinsel halten konnte.

Kein Selbstmord, kein Mord. Was dann? Vandalen? Wahnsinnige? Ein Serienkiller, der es auf Malerinnen und ihre Blumenbilder abgesehen hatte? Marie wäre am liebsten sofort zu ihrer Mutter geeilt. Aber das ging nicht. Die *Sea Empress* erschien ihr mehr und mehr wie ein Gefängnis.

Es klopfte. Leise, aber unüberhörbar.

Marie richtete sich langsam auf. Ihr Herz schlug heftig. »Wer ist da?«

»Dein versetztes Date.«

Vince. Sie entriegelte die Tür. Er trat nicht ein, sondern blieb im Gang stehen, die Arme auf dem Rücken verschränkt.

»Ja?«, fragte sie. Ihr dämliches Herz klopfte weiter.

»Wir waren um neun verabredet, falls du dich noch daran

erinnerst.« Er präsentierte ihr eine Flasche Wein. »Die habe ich in letzter Sekunde aus der Kantine retten können. Und dann sitze ich da oben und warte und warte, und wer nicht kommt, ist Marie. Okay, ich war ein paar Minuten zu spät. Bist du deshalb wieder abgehauen?«

»Ähm, nein. Ich war gar nicht da«, musste sie zugeben.

Sie hatte es vergessen. Oder besser gesagt – nicht daran geglaubt, dass er sich erinnern würde. So, wie sie sich unten im Gang voneinander verabschiedet hatten. Er hob die Flasche und tat so, als ob er das Etikett betrachten und mit ihr reden würde.

»Dann also nur du und ich, keine Marie. Vielleicht hätte ich sie mit dem Enterhaken kapern sollen. Aber ich dachte, man könnte es ja zur Abwechslung auch mal mit Romantik versuchen.« Er grinste. »Kommst du trotzdem?«

»Willst du das denn noch?«, fragte sie und wunderte sich, warum sie plötzlich so mutig war.

»Das und noch einiges mehr.«

»Was denn?«

»Nicht so ungeduldig. Warte es ab.«

Du spielst tatsächlich mit dem Feuer, dachte sie. Und du wirst dir so was von die Finger daran verbrennen.

Sie angelte nach ihren Gummistiefeln und wollte sie anziehen. Das Schiff rollte von der einen auf die andere Seite. Um ein Haar hätte sie das Gleichgewicht verloren. Vince sah ungerührt zu, wie sie auf einem Bein mit dem Stiefel herumturnte. Sie hätte schwören können, dass er sie insgeheim auslachte.

»Ich dachte, ihr habt noch jede Menge zu besprechen«, sagte sie, um von ihren Hüpfkunststücken abzulenken.

»Das Wichtigste ist geklärt. Jetzt sind Zigarren und Whisky dran.«

»Aha.« Endlich gelang es ihr, in den einen Stiefel zu schlüpfen. »Also wisst ihr jetzt, wie die Beute geteilt wird?«

Er hob leicht die Augenbrauen. Es war immer noch ein heikles Thema zwischen ihnen. »Das ist geregelt. Beide Seiten können damit leben.«

»Was bringt dich darauf, dass es rechtlich bindend ist, wenn ihr mit ihm als Vertragspartner verhandelt?«

»Wie meinst du das?«

Vince kam in die Kabine und schloss die Tür. Marie ließ sich für den zweiten Stiefel aufs Bett fallen. Sie versuchte, ihrer Stimme etwas Heiteres, Unverbindliches zu geben. Aber sie wusste nicht, ob es ihr gelang.

»In Cuxhaven kennt man keinen Nicolas Vosskamp«, erklärte sie. »Dort gab es nur Clara als Familienoberhaupt.«

»Ich weiß.« Er setzte sich ebenfalls aufs Bett und legte die Flasche zwischen sie. »Clara, wie du sie nennst, hat aber nie reagiert. Ich nehme an, Nicolas muss ihr so eine Art Pflichtteil auszahlen.«

»Hat er sich legitimiert, euer Nicolas?«

Vince betrachtete sie von der Seite. »Warum interessiert dich das?«

»Bei mir warst du in dieser Hinsicht ziemlich genau.« Sie hatte den zweiten Stiefel an. »Von mir aus kann's losgehen. Ich bin gespannt.« Sie wollte mit einem Lächeln aufstehen.

Vince griff an ihren Unterarm und hielt sie zurück. »Marie, ich will endlich wissen, wer du bist.«

»Das weißt du.«

»Nein. Du verheimlichst etwas. Wir sind eine kleine Truppe hier an Bord. Jeder ist auf den anderen angewiesen. Wir müssen uns aufeinander verlassen können.«

»Das kannst du.«

»So?« Er zog seine Hand weg. »Warum glaube ich dir nicht?«

Du bist eine lausige Schauspielerin. Tu was. Lenk ihn ab. Mach was. Sag was. Bring ihn auf andere Gedanken, sonst bist du aufgeflogen.

Sie wusste nicht, warum sie es tat. Vielleicht, weil sie sich in die Enge getrieben fühlte. Oder weil sie seine Fragen nicht beantworten wollte. Vielleicht auch, weil es leichter war als lügen. Sie beugte sich zu ihm und küsste ihn.

Erst war er überrascht. Doch dann erwiderte er den Kuss. Lange, zärtlich, leidenschaftlich. Zu leidenschaftlich. Ehe Marie wieder einen klaren Gedanken fassen konnte, fand sie sich in seinen Armen, und es war ein unbeschreibliches Gefühl. So, als ob sie schon immer dorthin gehört hätte. Als ob sich ihr nach einer unendlich langen Wanderung durch eine Wüste plötzlich die Tür zu einem Garten öffnen würde.

Sie sank zurück, und nun beugte er sich über sie und küsste ihr Gesicht, ihre Augen, ihre Lippen, ihren Hals. Wanderte hinunter mit seinem Mund, tiefer, sie spürte seine Hände auf ihrem Rücken, den Schultern, in ihren Haaren, tiefer … Er wusste genau, was er tat. Vince war ein paar Jahre älter als sie und nicht nur in dieser Hinsicht hatte er einen Vorsprung. Etwas in ihr wollte sich ausliefern, sich in ihm verlieren. Vertrauen haben, sich fallen lassen, wissen, dass man sie auffing … Sie, Marie, die Lügnerin. Plötzlich war sie wieder bei sich.

Mit einer fast schlangengleichen Bewegung entschlüpfte sie ihm und setzte sich auf. Ihre Wangen brannten, ihr Haar war zerwühlt. Seine Augen glühten vor Verlangen. Er wollte sie wieder berühren, aber sie rückte ein Stück weg.

»Was ist?«, fragte er.

Sie zog die Knie an und legte den Kopf in ihre verschränkten Arme. Am liebsten hätte sie losgeheult. Wenn sie ihm jetzt die Wahrheit sagte, war alles vorbei. Wenn sie sie nicht sagte …, war es auch vorbei. Er brauchte gar nicht zu fragen. Sie war das Sinnbild eines kläglichen, ängstlichen Versagers. Egal, was sie tun würde, Piraten ließen sich nicht mit armen Würstchen ein.

»Hallo?«

Sie spürte seine Hand auf ihrer Schulter und schüttelte sie ab.

»Habe ich irgendetwas falsch gemacht? Ich dachte, du wolltest das.«

Herr im Himmel! Und wie ich es gewollt habe!

Nie im Leben wäre sie auf die Idee gekommen, diejenige zu sein, die ihn zuerst küssen würde. Sie hatte es getan, um seinem Verhör zu entkommen, und weil es genau das gewesen war, wonach sie sich gesehnt hatte. Unter normalen Umständen hätte sie sich das nie getraut.

»Marie!« Er wollte den Arm wegziehen, der ihr Gesicht verbarg. Sie wehrte sich und rückte noch weiter weg. Jetzt saß sie in der Ecke und hatte das »Badezimmer« im Rücken. »Mach endlich den Mund auf! Was zum Teufel ist los mit dir?«

Sie schüttelte den Kopf. »Lass mich in Ruhe!«

»Okay.«

Sie spürte, dass er aufstand. Sie hörte, wie er zur Tür ging. Sie merkte, dass er sie öffnete, weil die kühlere Luft vom Gang einen Hauch Diesel mit sich trug.

»Geh nicht«, flüsterte sie. Aber das konnte er natürlich nicht hören. Sie hob den Kopf. »Geh nicht!«

Langsam drehte er sich zu ihr um. Er sah zornig aus. Aber er beherrschte sich. »Ja?«

»Komm her. Ich muss dir was sagen.«

Er überlegte einen Moment, dann schloss er die Tür, steckte die Hände in die Hosentaschen und blieb stehen.

»Du wirst mich nicht verpfeifen. Versprichst du mir das?«

»Nein. Ich verspreche dir gar nichts.«

Das klang kalt und ernst. Sie seufzte. »Okay. Ihr werdet mich nicht bei Nacht über Bord werfen. Können wir uns darauf einigen?«

»Eventuell.«

Ihre Kehle war wie zugeschnürt. Sie spürte, wie ihre Hände zu zittern begannen, und sie ballte sie zu Fäusten, damit ihm das nicht auffiel. Sie sah ihn an und in ihrem Blick lag die verzweifelte Bitte um Entschuldigung.

»Mein Name ist Marie Vosskamp.«

31.

Oh, jetzt bin ich böse. Richtig böse. Du kleines mieses Frettchen. Wo warst du? Du wolltest ihn doch, oder? Das merkt man schon an deiner Stimme, die so hoch und fiepsig und kleinmädchenhaft wird, wenn du mit ihm redest. Vielleicht findest du das sexy. Aber es ist albern, Darling, einfach nur albern.

Und ich friere mir hier den Arsch ab. Hatte alles so schön vorbereitet. Ein Schlag, ein Stoß, vielleicht noch ein Schrei, der im scharfen Wind verhallt, und schon ist es vorbei. Vielleicht wirst du irgendwo an Land gespült werden, aber wünsche dir das besser nicht, denn dann wirst du kein schöner Anblick mehr sein. Das bist du übrigens auch jetzt nicht. Dieser Junge sieht aus wie der Traum aller pubertierenden Mädchen. Was sollte er an dir finden? Siehst du eigentlich mal in den Spiegel, du kleines Drecksstück?

Ich will das hinter mich bringen. Viola war ein Kinderspiel. Aber hier, an Bord, vor den Augen von fünfzig Männern, wird es schwierig werden. Ich muss mir etwas anderes überlegen. Vielleicht könnte man dich mit runternehmen und dir dann die Luft abdrehen. Dir was ins Essen mischen, aber dafür bin ich nicht gerüstet. Ich müsste den Medikamentenschrank aufbrechen und das würde auffallen. Die Crew ist klein, jeder scheint jeden sehr gut zu kennen.

Jetzt bloß nichts überstürzen. Ärgerlich. Es hat so viele Gelegenheiten gegeben. Ich bin einfach zu eitel. Statt gleich einen ordentlichen Schnitt zu machen, mussten es ja diese dummen Spielchen sein. Dabei sind die es, die über kurz oder lang die meisten Täter überführen.

Guten Tag, Herr Profiler. Was sagt es über mich aus, dass ich vier Buchstaben mit blutroter Schrift auf eine Tür geschrieben habe? Und das ertrunkene Kind in der Badewanne, auf wen ließe das denn schließen? Auf einen Psychopathen? Ich hätte mich auch nicht so im Atelier austoben sollen. All diese grässlichen, naiven Bilder zu zerstören, das war nicht nötig. Ich wollte Viola töten. Und nicht auch noch ihren kleinen, lächerlichen Traum von einer Künstlerseele. Was ist da über mich gekommen in diesem Moment? Jahrzehntelanger Hass? Eine generationenübergreifende Verachtung? Die durch nichts zu bändigende Wut, als ich dieses Haus gesehen habe, das mir gehören sollte und nicht diesem jämmerlichen Haufen von Versagern?

Clara. Die war aus einem anderen Holz geschnitzt. Sie wusste, dass es manche Chancen im Leben nur einmal gibt, und hat sie genutzt. Dafür musste sie zahlen. Lange nicht genug, aber sie hat sich ihrer Schuld gestellt. Frederick hingegen … Dieser Herumtreiber … Mit ihm begann der Untergang. Und du, Marie? Wo soll ich dich einordnen? Hast du überhaupt eine Ahnung, wofür ich dich zur Rechenschaft ziehe? Bestimmt nicht. Du klei-

nes Mädchen wunderst dich. Aber ich verspreche dir: Im entscheidenden Moment werde ich dich aufklären. Und du wirst einsehen, dass all die verschlungenen Pfade des Lebens, all die vertanen Jahre letztendlich zu einem unausweichlichen Ziel führen: Ich werde gewinnen. Und du wirst alles verlieren. Und mit alles .... meine ich alles.

32.

Marie war fertig mit ihrem Geständnis. Vince hatte sie nicht einmal unterbrochen. Er saß auf dem Bett, so weit entfernt wie möglich, und sagte nichts. Das war das Schlimmste. Mit einem Wutausbruch hätte sie fertigwerden können. Vielleicht sogar mit der Aufforderung, bei Morgengrauen das Schiff mit der Barkasse zu verlassen. Aber dieses Schweigen …

»Es hat sich einfach so ergeben.« Eine schwache Rechtfertigung, das wusste sie selbst. »Ihr hättet mich hier doch nie frei herumlaufen lassen, wenn ihr gewusst hättet, wer ich bin.«

Er sah an ihr vorbei zur gegenüberliegenden Wand. Dort befand sich nichts, was irgendein Interesse hervorrufen könnte, außer dem schwarzen Bildschirm des kleinen Fernsehers.

»Für mich war euer Unternehmen eine einzige große Plünderung. Wie hättest du denn reagiert, wenn es um deine Familie gegangen wäre?« Angriff. Den Spieß umdrehen. Versetz dich doch mal in meine Lage, hieß das.

Vince ließ auch diese Aufforderung unerwidert verstreichen.

»Es war nicht meine Idee. Du hast mich gefragt, ob ich aufs Schiff mitkommen will. Hätte ich abgelehnt, wäre der Heuler gestorben.«

Er stand auf. Marie verfolgte jede seiner Bewegungen, als sähe sie sie zum letzten Mal. Wahrscheinlich würden sie sich nie wieder so nahe sein. Morgen würde sie die *Sea Fire* verlassen, bei der ersten sich bietenden Gelegenheit. Sie würde Jensen anrufen und ihn bitten, so früh wie möglich zu kommen.

»Gibt es sonst noch etwas, das ich wissen müsste?«, fragte er tonlos.

»Meine Mutter liegt im Krankenhaus. Ich wäre froh, wenn ich sie bald sehen könnte.«

»Ich kümmere mich um deine Überfahrt, falls deine Leute in Friedrichskoog das nicht schaffen. Ich hoffe, es ist nichts Ernstes.«

»Nein. Nur ein Selbstmordversuch. Sie hat sich die Pulsadern aufgeschnitten und zuvor alle ihre Bilder zerstört.« Sie spürte, wie ihr Tränen in die Augen stiegen, doch sie wollte sich nichts anmerken lassen.

»Ist das wahr?«

Wer einmal lügt …

»Natürlich! Ihr Freund hat sie in allerletzter Sekunde gerettet. Sie liegt in Cuxhaven im Krankenhaus. Langsam wird das so was wie mein Zweitwohnsitz. Erst meine Großmutter, dann meine Mutter …«

Sie biss sich auf die Lippen, aber es half nichts. Ihr Blick verschwamm. Sie presste die Augen zusammen und spürte, wie die Tränen über ihr Gesicht liefen.

»He«, sagte er leise. Sie vergrub den Kopf wieder in ihren Armen, damit er ihre Tränen nicht sah. »Das tut mir leid. Wirklich.«

»Das Schlimmste daran ist: Es war kein Selbstmordversuch. So was tut Viola nicht.«

»Ich kann verstehen, dass du das …«

»Du verstehst nichts!«, unterbrach sie ihn. »Seit die *Trinity* aufgetaucht ist, geschehen schreckliche Dinge. Jemand geistert in unserem Haus herum und beschmiert die Wände. Der größte Horror war eine Kinderpuppe, so ein großes, lebensechtes Ding, wie ertrunken in unserer Badewanne. Und jetzt meine Mutter … Ich dachte, alles wird gut, wenn ich zurück nach Friedrichskoog gehe. Aber es wurde nur noch schlimmer. Es ist … als ob Geister gekommen wären. Böse Geister.« Ruckartig hob sie den Kopf.

Er runzelte die Stirn.

»Ja, das hört sich gaga an. Aber erst rammen wir auf dem Weg nach Wilhelmswacht beinahe das Wrack, dann stirbt meine Großmutter, und dann das mit meiner Mutter. Und zu allem kommt noch, dass ich plötzlich einem Vosskamp gegenüberstehe, von dem ich noch nie etwas gehört habe.« Sie fuhr sich mit einer unwilligen Bewegung über das Gesicht und wischte sich die Tränen ab.

Vince setzte sich ihr gegenüber auf den Boden. Das war doch wenigstens etwas.

»Das kann nicht sein«, sagte er. »Nicolas Vosskamp sagte mir, dass er zu deiner Großmutter eine enge Verbindung hatte.«

»Er lügt.«

»Scheint in der Familie zu liegen.«

Sie überhörte diesen Einwurf. »Clara hat nie etwas von diesem Zweig erzählt. Ich weiß auch erst seit Kurzem davon, dass es in Hamburg noch Nachfahren von meinem Urgroßvater gibt. Die Familien haben sich, ich weiß nicht, wie man das nennt, getrennt. Zerkracht. Mein Ururgroßvater Gustav hat das veranlasst.«

»Das geht nicht.«

»In diesem Fall war es aber so!«

»Schon möglich, dass man sich verkracht. Aber das setzt noch lange nicht die gesetzliche Erbfolge außer Kraft. Nicolas Vosskamp ist ebenso mit deinem Gustav verwandt wie du.«

»Aber er kann doch nicht entscheiden, was wir wollen.«

»Wenn ihr euch nicht meldet und überhaupt nicht reagiert ... Wir haben es versucht, wieder und wieder. Es gab keine Möglichkeit, mit Clara zu reden. Sie hat alles abgeblockt. Schließlich haben wir nach weiteren Verwandten geforscht und stießen auf Nicolas. Ihr werdet selbstverständlich mit dem euch gesetzlich zustehenden Anteil abgegolten.« Er sagte das so kühl, als wären sie Unbekannte, denen man irgendwann einmal über seinen Anwalt einen Scheck zukommen ließ. »Du hattest nie eine Chance, irgendetwas zu verhindern.«

»Ja«, flüsterte sie. »Das sehe ich jetzt auch.«

Er erhob sich. »Morgen früh um sieben geht's los. Wenn du willst, kannst du dabei sein. Ich glaube, euer Skipper kann wegen der Ebbe nicht vor zwölf oder eins hier sein. Mit etwas Glück wärst du noch dabei, wenn wir den Safe heben.« Er wollte gehen.

»Könntest … Könntest du ….«

Er drehte sich um. »Ja?«

»Wäre es möglich, dass ich noch bis morgen Mittag Marie Schneider bin?«

»Das ist mir persönlich völlig egal. Aber wenn du Wert darauf legst, dann bleibt das vorläufig unter uns. Gute Nacht.«

»Danke.«

Kaum war er gegangen, krümmte sich Marie auf ihrem Bett zusammen und heulte Rotz und Wasser. Sie wusste gar nicht genau, was ihr so zusetzte. Viola, natürlich. Vince und wie er auf ihre Lüge reagiert hatte. Diese Verwandten, die aus dem Nichts aufgetaucht waren und das Erbe der Vosskamps für sich beanspruchten, das Marie nie gewollt hatte. Etwas war unrecht daran. Doch so sehr Marie den Fehler in der ganzen Geschichte suchte, sie kam nicht darauf.

Als die Tränen versiegten, stand sie auf und tastete sich ins Bad. Im Licht der aufflammenden Neonröhre sah sie aus wie eine Wasserleiche. Zugequollene, rote Augen, bleiche Wangen, die Haare völlig zerzaust. Sie wusch sich das Gesicht mit kaltem Wasser und merkte erst jetzt, was für einen Durst sie hatte. Konnte man das Wasser aus dem Hahn trinken? Marie erinnerte sich, dass sie Wasserkästen neben dem Tresen in der Cafeteria gesehen hatte. Jeder konnte sich daraus bedienen. Nur für die Getränke im Kühlschrank musste man bezahlen.

Sie schlüpfte in ihre Gummistiefel und lief über die Treppe hoch in das nächste Stockwerk. Schon von Weitem konnte sie erkennen, dass der Raum dunkel war. Doch die Tür ließ sich öffnen, und sie fiel hinter ihr, wie überall auf dem Schiff, von alleine wieder zu. Sie schlich zu den Kästen und nahm eine Flasche heraus. Die Kohlensäure zischte, als sie den Verschluss öffnete. Auf dem Rückweg durch die Cafeteria trank sie die ersten Schlucke.

Gedämpfte Stimmen. Vom anderen Ende des Flurs. Wie angewurzelt blieb sie stehen. Vince? War das Vince? Margeauxs Lachen auf jeden Fall, das erkannte sie sofort wieder. Die Leute näherten sich. Sie wollten doch nicht etwa in die Cafeteria?

Vorsichtig, um kein Geräusch zu verursachen, huschte sie zurück und kletterte über den Tresen, der jetzt, nach Dienstschluss, leer und abgeräumt war. In letzter Sekunde konnte sie sich dahinter zusammenkauern. Die Tür ging auf, das Licht ging an.

»Eine Runde für alle!«, dröhnte Rob. »Machst du das?«

»Klar«, antwortete Vince.

Marie biss sich auf die Lippen. Wo stand noch mal der Getränkekühlschrank mit dem Bier? Nicht in der Küche, hoffentlich. Eine zweite Konfrontation mit ihm würde sie nicht ertragen.

Rechts an der Wand neben der Tür. Sie hörte Flaschenklirren und atmete auf, um im nächsten Moment wieder zusammenzufahren.

»Gläser?«

Sie standen in großen Körben aus spülmaschinenresistentem Kunststoff auf mehreren Stahlwagen hinter dem Tresen in der Küche, keine zwei Meter von Maries Versteck entfernt.

Margeaux erlöste sie. »Nicht nötig. Oder soll ich Ihnen eines holen, Herr von Treut?«

»Nein danke.«

Marie hielt den Atem an. Magnus. Wie zum Teufel kam er auf das Schiff? Als sie zuletzt miteinander gesprochen hatten, war er doch in der Villa gewesen, in Violas Atelier … Er hatte sie angelogen. Sie machte sich noch kleiner, kroch geradezu in sich zusammen und betete, dass keiner in der Truppe auf die Idee kam, sich eine kalte Frikadelle zu holen.

Stühle wurden gerückt, Menschen setzten sich.

»Auf unsere Vereinbarung«, sagte Rob, und alle stimmten ein und stießen miteinander an.

»Wie schön, dass wir uns noch einigen konnten«, sagte Margeaux. »Wir wissen ja noch gar nicht, was uns da unten erwartet. Aber falls die Schalen tatsächlich noch in dem gleichen Zustand wie beim Untergang des Schiffes sind, dann haben wir allen Grund zum Feiern.«

Zustimmendes Gemurmel erklang.

»Und Sie tauchen morgen schon in den Frachtraum?«, fragte Nicolas Vosskamp. Marie hatte ihn ja erst vor Kurzem kennengelernt, aber seine Stimme war unverkennbar. Am liebsten hätte sie die beiden in flagranti erwischt, jetzt, am Tisch. Wie lange ging das schon so? Warum hatte Magnus nie etwas davon erzählt, dass er Kontakt zu den Hamburger Vosskamps hatte?

»Vielleicht gelingt es Ihnen ja schon, an den Safe zu kommen.« Nicolas schien es besonders eilig zu haben.

»Vielleicht«, antwortete Vince. Seine Stimme klang freundlich, aber etwas distanziert. »Abwarten, welche Bilder uns der *Deepdiver* liefert. Wir müssen uns auf jeden Fall mit der Bergung beeilen, denn wir wissen nicht, wie lange sich die *Trinity* noch halten kann.«

Vince ... Keine drei Meter entfernt. Ihr Herz zog sich zusammen. Wenn er jetzt in die Küche käme und sie beim Lauschen erwischte ... Das einzig Beruhigende im Moment war, dass sie in seinen Augen nicht mehr tiefer sinken konnte. Sie war wohl schon völlig unten durch. Warum kam sie eigentlich ständig in so dämliche Situationen mit ihm? Konnte sie nicht einmal etwas richtig machen in seiner Gegenwart? Der Kuss, fiel es Marie ein. Der Kuss war richtig gewesen. Aber der Rest ...

»Für mich ist das Porzellan wichtiger als der Safe.« Das war Nicolas. Das Jagdfieber. Es schien jeden zu packen, sobald er das Wort »Schatz« hörte. »Das hat absolute Priorität.«

»Eins nach dem anderen.« Rob trank einen Schluck und stellte dann die Flasche ab. »Wir arbeiten uns von A nach B vor, nicht umgekehrt. Jeder einzelne Meter muss gesichert und geprüft sein. Das Leben meiner Leute hat Vorrang vor allem anderen.«

»Aber selbstverständlich«, pflichtete ihm Magnus bei. »Da sind wir ganz bei Ihnen.«

Wir. Wen auch immer Magnus damit meinte – er konnte weder Viola noch Marie meinen.

»Niemand soll zu Schaden kommen. Nun haben wir schon all die Jahre gewartet, da kommt es auf ein paar Stunden oder Tage auch nicht mehr an.«

Dieser Heuchler. Er hatte sie von Anfang an hintergangen. Die Vollmacht hatte er allein aus dem Grund gebraucht, um mit Rob und Margeaux zu verhandeln und einen Deal mit Nicolas zu machen. Fifty-fifty. Heimlich, still und leise. Ein geschickter Plan. Sobald das Porzellan das Licht der Oberwelt erblickte, war Viola reich. Sehr reich. Und Magnus, der Verwalter, nach einer Heirat auch der Mitbesitzer des Vermögens. Ein weiterer Selbstmordversuch, und Viola könnte ihre Bilder in Zukunft im Garten einer schönen Privatklinik malen, und er …

Du steigerst dich in etwas hinein. Das ist verständlich, nach allem was du in den letzten Tagen verdauen musstest. Magnus wollte die Bergung verhindern, vergiss das nicht.

Aber keine drei Meter entfernt saß er mit den Burch und seinen Leuten zusammen und tönte: »Auf einen glücklichen Ausgang!«

Und alle stießen mit an.

Stühle wurden gerückt, die Ersten standen auf.

»Morgen früh ist die Nacht rum.« Marie erkannte Daves Stimme.

Einer nach dem anderen verließ den Raum. Sie rührte sich nicht und wartete ab. Noch immer brannte Licht. Und tatsächlich. Mindestens zwei waren sitzen geblieben.

Die eine Person war Magnus. »Fifty-Fifty. Ich hätte nicht gedacht, dass wir sie so weit kriegen. Gut, dass wir so hervorragend zusammenarbeiten.«

»Abwarten und Tee trinken.« Nicolas lachte dröhnend. »Haben Sie den Wisch dabei?«

»In meiner Kabine.«

Marie unterdrückte ein Stöhnen. Wahrscheinlich hatte Viola gar nicht gewusst, was sie da unterschrieb. Sie vertraute Magnus voll und ganz.

»Wann bekommen wir das Geld?«, fragte Magnus jetzt.

»Sie wollen es in bar, das dauert natürlich ein paar Tage.« Nicolas senkte die Stimme. »Zwei Millionen, mehr geht nicht auf die Schnelle.«

»Das ist zu wenig! Wir hatten –«

»Erst mal müssen wir sehen, was überhaupt ans Tageslicht kommt und in welchem Zustand es ist. Ich habe mich bei den größten Auktionshäusern umgehört. Für die Untersuchungen und die Schätzung müssen wir mindestens vier bis sechs Wochen veranschlagen. Die Frage ist, für wie viel so ein Lot über den Tisch geht. Zwei Millionen ist eine sehr großzügige Abfindung. Sie können das natürlich anfechten. Aber Sie wissen, was wir dann aus dem Ärmel ziehen.«

»Ja«, antwortete Magnus. »Sie aber auch.«

Schweigen.

»Wir sind da schon sehr großzügig. Genauso gut könnten wir sagen, es gibt gar nichts.«

»Das gilt auch umgekehrt.« Magnus hatte offenbar auch noch ein Händchen fürs Pokern. Aber Nicolas' Antwort war eindeutig.

»Dann kriegt alles der Staat. Und der wird noch nicht einmal Danke sagen. Also noch mal: Wir tragen das gesamte Risiko des Verkaufs, dafür bekommen Sie zwei Millionen in bar, und alle weiteren Ansprüche sind damit getilgt. So hatten wir es ausgemacht. Es gibt keine Nachverhandlungen.«

»Wann?«, fragte Magnus knapp.

»Wir treffen uns in vier Wochen in Genf. Übergabe, Unterschrift, Ende. Zum Wohl. Wie geht es Viola?«

»Sie nimmt das alles nervlich ziemlich mit. Sie hat sich ein paar Tage in eine Klinik zurückgezogen.«

Marie musste sich beherrschen, um nicht aufzuspringen und sich auf Magnus zu stürzen. Am Telefon noch war er die Verzweiflung selbst gewesen. Fast hatte sie ihm seine Sorge abgekauft. Und jetzt bagatellisierte er Violas Zustand und machte eine kleine Erschöpfung daraus. Andererseits … Diese Tragödie betraf zunächst einmal einen sehr kleinen Kreis. Bevor Marie nicht mit ihrer Mutter gesprochen hatte, sollte am besten gar nichts nach draußen dringen. In diesem Sinne spielte Magnus seine Karten eigentlich gar nicht so schlecht aus.

»Wir sollten uns auch etwas für die Presse überlegen.« Aha. Nicolas dachte aber auch an alles. »Familienzusammenführung und so einen Scheiß.«

»Hm. Viola würde da vielleicht mitmachen. Bei Marie weiß ich es nicht so genau.«

»Ach kommen Sie, das ist doch genau das, was alle wollen: tränenreiches Wiedersehen nach über sechzig Jahren. Wir könnten gemeinsam einen Kranz über der *Trinity* abwerfen.«

Hatte Nicolas sie noch alle? Marie wurde schwindelig von all der Heuchelei.

»Außerdem sind die Mädchen im gleichen Alter. Was macht Marie?«

»Sie rettet Seehunde.«

Der Hamburger stieß einen schnaubenden Laut aus. Wahrscheinlich sollte das ein Lachen sein. »Na, das ist ja mal ein wirklich sinnvoller Job. Carina will auf ein amerikanisches College. Harvard, mindestens. Sehr ehrgeizig, das Mädchen. Na, jetzt können wir es uns ja leisten. Prost. Auf morgen. Ein großer Tag für die Familie Vosskamp.«

Die Männer stießen mit ihren Flaschen an.

»Was werden Sie mit dem Geld machen?«

»Keine Ahnung«, antwortete Magnus.

Nicolas senkte die Stimme. Marie reckte den Kopf, um ihn besser verstehen zu können. »Sie haben Schulden. Das wäre genau das Rundum-Sorglos-Paket für einen Neuanfang. Haben Sie darüber schon mal nachgedacht?«

Das Schweigen darauf war Antwort genug.

»Zwei Millionen in bar. Was Sie damit machen, ist mir egal. Wenn ich Ihnen einen Rat geben darf: Sehen Sie zu, dass Sie Land gewinnen. Die Firma ist nicht mehr zu retten. Und Ihr Ruf auch nicht. Ich an Ihrer Stelle wüsste, was ich täte.«

Sag was. Tu was. Hau ihm eine rein!

Aber Magnus schwieg. Damit hatte er endgültig bei Marie verspielt.

Die Männer verließen die Kantine. Marie wusste nicht, wie lange sie zusammengekauert in der Dunkelheit saß und darauf wartete, ungesehen aus der Kantinenküche zu entkommen. Was sie gehört hatte, war ein noch größerer Schock für sie als alle bisherigen zusammen.

Magnus besaß eine Vollmacht. Mit der war er mit den Hamburger Vosskamps in Verhandlungen getreten und hatte einen Deal ausgemacht: zwei Millionen in bar. Übergabe in vier Wochen in Genf. Marie bezweifelte, dass Viola davon wusste. Sie bezweifelte sogar, dass Magnus mit dem Geld jemals nach Cuxhaven zurückkehren würde.

Du zockst uns ab, dachte sie. Das hattest du vom ersten Moment an vor. Und ich kann nichts dagegen unternehmen.

Vince. Sie musste mit Vince reden. Doch im selben Moment, in dem sie diese Idee hatte, verwarf sie sie schon wieder. Er würde nicht auf sie hören. Schlimmer noch: In seinen Augen war sie eine notorische Lügnerin. Bei ihm hatte sie jeden Kredit verspielt. Sie war auf der *Sea Fire* ganz auf sich allein gestellt.

Zitternd schlich sie zur Tür, öffnete sie einen Spalt breit und spähte in den Flur. Nur das trübe Licht der Notbeleuchtung brannte. Es schien, als ob sich alle in ihre Kabinen zurückgezogen hatten. Marie holte tief Luft und verließ die Küche. Mit klopfendem Herzen lief sie den Gang entlang. Leise wie ein Schatten, damit niemand sie bemerkte. Schon gar nicht Magnus.

Vielleicht hatte er die Kabine direkt neben ihr. Sie musste warten, bis er sich wirklich zurückgezogen hatte, damit sie ihm nicht über den Weg lief. Wie hätte sie sich auch verhalten sollen? Ihn direkt nach den zwei Millionen fragen? Nach der Vollmacht? Nach Viola? Nach seinen eigenen Plänen?

Sie war ein Stockwerk zu weit hinaufgestiegen. Das musste das Achterdeck sein. Vor langer Zeit in einem anderen Leben hatte dort jemand auf sie gewartet. Frische Luft und ein Sternenhimmel, das war genau das, was sie jetzt brauchte. Die Tür am Ende des Ganges ließ sich erstaunlich leicht öffnen. Sie betrat ein grün gestrichenes, sauber geschrubbtes Deck, auf dem der Apparat stand, den sie vom Zodiac aus mit einem Heuler auf dem Schoß gesehen hatte. Vorsichtig trat sie näher.

Das Ding war zwei Meter lang, flach wie ein Rennwagen, doch statt Rädern war es links und rechts mit schmalen Tragflächen ausgestattet. Es musste für zwei Personen gebaut worden sein, denn die beiden Kuppeln aus Plexiglas ermöglichten den Piloten eine 380-Grad-Rundumsicht.

Ein U-Boot für Schatzsucher. Eine Art Unterwasser-Segelflugzeug. Es sah sehr modern und sehr teuer aus. Auf der Seite stand der Schriftzug *Deepdiver*. Es hatte Griffe, an denen man sich von außen festhalten konnte. Würde Vince damit hinunter in die Tiefe reisen? Sie berührte die Außenwand des Gefährts. Sie war glatt wie eine Thermoskanne.

Tu es nicht, Vince, dachte sie. Es ist zu viel Böses an Bord, und keiner weiß, was unter Wasser noch lauert.

Doch dann kamen ihr diese Bedenken lächerlich vor. Alle beherrschten ihren Job und wussten, was zu tun war. Jeder hatte seine Aufgabe. Und ihre war es, so schnell wie möglich von der *Sea Fire* zu verschwinden. Irgendwo fiel ein Stück Eisen aufs Deck.

Erschrocken drehte Marie sich um. War ihr jemand gefolgt? Die Rettungsboote hingen in ihren Verankerungen wie umgedrehte Wale. Vier Meter über ihr befand sich die Kommandobrücke, darüber riesige Scheinwerfer und Masten mit Sendeanlagen. An Steuerbord stand bereits der Kran, mit dem der *Deepdiver* ins Wasser gelassen werden sollte. In einer Ecke stapelten sich in einer Art großem Käfig Rettungswesten, Kanister, Netze und Stangen. Vielleicht hatte sich eine von ihnen gelöst. Sie lauschte. Die Wellen ließen das Schiff schaukeln, als befänden sie sich auf Fahrt, der Wind war aufgefrischt und ließ sie frösteln.

Ein schepperndes Geräusch erklang, als ob eine Eisenstange übers Deck rollte. Es stoppte so abrupt, als sei jemand darauf getreten. Ihr war, als hätte sie jemanden hinter der Steigleitung auftauchen sehen, aber da war niemand. Die Positionslichter brannten und weit im Westen loderte ein letzter Streifen glutrotes Licht.

Du spinnst, dachte sie. Fang jetzt nicht mit Verfolgungswahn an.

Trotzdem wäre sie plötzlich gerne in ihrer Kabine. Sie schien der einzige, sichere Zufluchtsort auf diesem Schiff zu sein. Aber aus dieser Richtung war das Geräusch gekommen … Sie holte tief Luft und schlich, eng an die Außenwand des U-Boots gepresst, Schritt um Schritt zurück, hinter den Käfig. In diesem Moment wurde ihr schwarz vor Augen. Sie schrie und schlug um sich, versuchte, die Decke vom Kopf zu reißen, aber jemand hielt sie mit eiserner Kraft umklammert. Ihre Stimme klang dumpf. Ihr war klar, dass niemand sie hören wurde. Trotzdem wehrte sie sich verzweifelt.

»Hilfe!«, schrie sie. Und immer wieder: »Hilfe!«

Sie wurde über das Deck gezerrt. Ihre Gummistiefel fanden auf dem nassen Boden keinen Halt. Panik und Angst drohten, sie zu ersticken. Immer wieder trat sie nach ihrem Angreifer, schrie, boxte um sich, doch der Griff war eisenhart.

Und dann spürte sie nur noch einen gewaltigen Schlag und alles um sie herum wurde schwarz.

33.

»Marie?«

Eine Stimme, von ganz weit her. Gleißendes Licht, verschwommene Gestalten.

»Frau Schneider?«

Jemand schlug ihr ins Gesicht. Sachte zwar, aber trotzdem schmerzhaft genug, um sie daran zu hindern, wieder in ihrem Traum zu versinken. Ein schöner Traum war es gewesen. Alles war hell und warm gewesen und jemand hielt sie im Arm und hatte lächelnd auf sie herabgeblickt.

»Mama …« Ihre Kehle schmerzte. Ihr Atem klang wie ein Röcheln. »Mama?«

»Sie wacht auf!«, rief jemand. »Sie wacht auf!«

Klar wache ich auf, wenn alle hier so rumschreien, dachte sie. Dann wurde ihr kalt, so kalt, dass sie mit den Zähnen klapperte. Die Übelkeit packte sie, sie krümmte sich zusammen und erbrach – bitteres Wasser. Sie hustete und hustete, ihr Kopf schmerzte, und endlich öffnete sie die Augen.

Vince beugte sich über sie. Sorge und Wut standen in seinem Gesicht. Klar war er sauer auf sie. Sie kotzte gerade das ganze Bett … Oder was war das? Eine Liege? Jedenfalls reiherte man nicht in Anwesenheit von Piraten. Die fanden das wohl gar nicht lustig.

Langsam, ganz langsam kam die Erinnerung wieder. Mit einem Schrei fuhr sie hoch.

»Ruhig. Du bist in Sicherheit. Es ist vorbei.«

Seine Haare waren tropfnass. Um den Oberkörper hatte er eine Decke geschlungen. Hinter ihm hantierte Doc Norton in einem Arzneimittelschrank herum und nahm ein Päckchen heraus, das er mit zusammengekniffenen Augen musterte.

»Das war knapp«, sagte er.

Vince nickte. »Was zum Teufel hast du dir dabei gedacht? Einfach so ins Wasser zu fallen?«

»Was?« Sie erkannte ihre eigene Stimme nicht mehr, so rau und heiser war sie.

»Du bist über die Reling geklettert und offenbar auf dem nassen Deck ausgerutscht.«

Marie hustete. So sehr, dass sie sich vorbeugen musste und Vince ihr nicht gerade sehr rücksichtsvoll auf den Rücken schlug. Doc Norton griff hastig nach einer Petrischale und hielt sie ihr vor den Mund. Aber es kam nichts mehr, ihr Magen war leer.

»Ausgerutscht?«, röchelte sie.

»Erstaunlicherweise hinter der Reling direkt vor der Bordwand. Dorthin, wo noch nicht einmal Schlafwandler gelangen, ohne aufzuwachen. Wolltest du dich umbringen? Noch mal schwimmen gehen? Deinen Namen auf dem Geländer tanzen?«

»Nein!«

Er griff ihr unters Kinn und hob ihr Gesicht hoch, sodass er sie ansehen konnte. »Wie irre kann ein Mensch sein?« Er ließ los, ihr Kopf kippte wieder nach vorne. »Hör zu. Dieses Schiff ist kein Spielplatz. Wir stehen unmittelbar vor einer Bergung. Alle wissen, was zu tun ist, alles ist an seinem Platz. Und da kletterst du über die Reling? Ungesichert? Das machen noch nicht einmal unsere Seeleute!«

»Das hab ich nicht gemacht!«

»Hast du das öfter? Dass du Dinge tust, von denen du hinterher nichts mehr weißt?«

Doc Norton öffnete die Schachtel und kam zu ihnen. »Vorwürfe helfen jetzt nicht, Vince. Ich gebe ihr eine Spritze zur Beruhigung. Morgen soll die Barkasse sie direkt nach Cuxhaven bringen, damit sie von dort aus ins nächste Krankenhaus kann.«

»Ich brauche keine Beruhigungsspritze«, stieß Marie hervor. »Jemand wollte mich umbringen.«

Wenn sie erwartet hatte, eine mitfühlende Reaktion zu ernten, hatte sie sich getäuscht. Vince und der Doc tauschten einen Blick, der Bände sprach. Völlig durchgeknallt, könnte man ihn in zwei Worte übersetzen.

»Jemand hat mich da oben überfallen und niedergeschlagen!«, rief sie und spürte, wie sie immer aufgebrachter wurde. »Und danach hat er mich über die Bordwand geworfen! Ich sollte ertrinken!«

Der Doc holte eine Ampulle aus der Packung. »Das hier wird

Sie erst einmal zur Ruhe bringen. Dann schlafen Sie ein paar Stunden und morgen sieht alles wieder ganz anders aus.« Er nahm eine Spritze vom Behandlungsschrank und stach damit durch die Versiegelung.

»Nein«, schrie Marie. »Ich will das nicht!«

»Wir wollen Ihnen doch nur helfen.«

»Ich will keine Hilfe! Ich will hier weg! Vince! Bitte!«

Vince sah unbehaglich auf die fertige Spritze. Der Doc ließ einen Tropfen austreten und wollte nach Maries Arm greifen.

Hastig zog sie ihn weg. »Ich schwöre. Ich bin weder an der Bordwand herumgeklettert noch freiwillig ins Wasser gesprungen. Jemand hat mir eine Decke über den Kopf geworfen. Dann hat er mich zur Reling geschleppt und mir eins über den Kopf gezogen. Hier.« Sie deutete auf die Stelle, wagte aber nicht, sie anzufassen.

Doc Norton nickte. »Wahrscheinlich sind Sie im Fallen irgendwo gegen geprallt.«

»Ich bin nicht gefallen. Ich wurde! Gefallen! Klingt das besser?«

Er ließ die Spritze sinken. »Frau Schneider, egal, was passiert ist, Sie müssen sich beruhigen.«

»Ich bin ruhig!«, schrie sie. Dann, als sie sah, dass beide nicht gerade überzeugt waren, hob sie beschwichtigend die Hände. »Ich bin ruhig.«

Sie stand auf. Alles um sie herum drehte sich, und wenn Vince sie nicht aufgefangen hätte, wäre sie einfach so zusammengeklappt. Obwohl sie wütend auf ihn war, tat es gut, ihn zu spüren. Seine Arme, die sie hielten, seinen Körper, an den sie sich klammern konnte wie an einen starken Baum.

»Ich will in mein Bett.«

Vince ließ sie vorsichtig los. »Ja. Da gehörst du auch hin.«

Erst jetzt bemerkte sie, dass nicht nur seine Haare, sondern die ganze Kleidung nass war. »Was … Wie bin ich …«

»Du hattest die Freundlichkeit, direkt an meinem Fenster vorbei aufs Wasser zu klatschen. So schnell war ich noch nie an Deck. Ich habe dich in letzter Sekunde und im allerletzten Licht des Tages rausziehen können. Zur Freude der gesamten Mannschaft, die uns hilfreich wieder zurück an Bord geholt hat. Schöne Grüße von Rob. Von dem wirst du noch ein Donnerwetter zu hören bekommen.«

Er sah sie so ärgerlich an, dass sie am liebsten schützend die Arme hochgehoben hätte. Er hat dich gerettet, fiel ihr gerade noch ein. Dann wird er dir ja jetzt in Anwesenheit des Arztes keine runterhauen. Aber sicher war sie sich nicht. Vince war außer sich. Vor Wut, nicht vor Sorge. Sorge sah anders aus. Wahrscheinlich. So richtig Sorgen um sie gemacht hatten sich bisher ziemlich wenige Leute. Deshalb konnte sie das nicht genau auseinanderhalten.

»Danke«, flüsterte sie und humpelte zur Tür. »Doc Norton, Sie sind doch Arzt?«

Er nickte und warf resigniert die Spritze in den Papierkorb.

»Dann haben Sie doch Schweigepflicht, oder? Können Sie das nicht für sich behalten?«

»Das geht nicht. Außerdem weiß das ganze Schiff bereits,

was passiert ist. Dave hat die Luke öffnen lassen, die Mannschaft wollte sogar schon mit dem Zodiac rausfahren, aber das wäre vielleicht schon zu spät gewesen. Vince ist gesprungen und er hat Ihnen das Leben gerettet.«

Sie sah beschämt zu Boden.

»Mein Rat: Bleiben Sie bis morgen in Ihrer Kabine und verlassen Sie das Schiff so unauffällig wie möglich. Rob versteht in solchen Dingen überhaupt keinen Spaß. Sie haben sich mutwillig in Gefahr gebracht und andere noch dazu. Seien Sie froh, wenn die Sache kein Nachspiel hat.«

»Ist gut«, knurrte Vince. »Es reicht jetzt. Ich glaube, sie hat es kapiert.«

»Hoffentlich.« Der Doc schloss den Medikamentenschrank.

Vince stützte sie auf dem Weg in ihre Kabine. Immer wieder musste sie pausieren und sich am Geländer rechts oder links in den Gängen festhalten. Sie sprachen nicht miteinander. Marie kam es vor, als hätten die Wände Ohren, und hinter jedem Schatten würde ihr Angreifer lauern. Endlich erreichten sie ihre Tür. Sie hatte keinen Schlüssel, aber sie wusste, dass sie von innen verriegeln konnte. Das war alles, was sie noch wollte. Allein sein. Und in Sicherheit.

»Danke, Vince. Ich komme zurecht.«

Sie trat ein und zu ihrem größten Erstaunen folgte er ihr.

34.

»Den Eindruck habe ich nicht.«

Sie stolperte zum Bett und ließ sich fallen. Zu ihrem Erstaunen begann er, sie auszuziehen. Erst streifte er ihr die Stiefel von den Füßen, dann öffnete er ihren Gürtel. Sie hob abwehrend die Hand. »Das ist okay. Ich schaffe das alleine.«

»Du musst dich umziehen.«

»Mache ich gleich. Meine anderen Sachen sind bestimmt schon trocken. Geh einfach.«

Doch stattdessen setzte er sich vor dem Bett auf den Boden und lehnte sich mit dem Rücken an die Bordwand unter dem Fenster. Er zog ein Bein an und legte den rechten Arm aufs Knie. Dabei ließ er sie nicht aus den Augen. Noch nie hatte sie sich unter dem Blick eines Menschen so unbehaglich gefühlt.

»Was ist passiert?«, fragte er schließlich. »Ich will keine Lügen hören.«

»Du glaubst mir doch sowieso nicht.«

Er strich sich die feuchten Haare aus der Stirn. »Marie Vosskamp, du machst es mir verdammt schwer. Aber ich will es versuchen. Erzähl mir, was passiert ist.«

»Das weißt du doch. Ich habe auf der Reling Ballett getanzt und dann geglaubt, ich könnte fliegen.«

»Das ist die offizielle Version. Und es wäre gut, wenn sie es auch bliebe.«

Marie glaubte im ersten Moment, sie hätte ihn nicht richtig verstanden.

»Und jetzt deine Version, wenn ich bitte darf.«

»Die … Die kennst du.«

Vince runzelte die Stirn. »Decke über den Kopf, zur Reling schleifen, drüber werfen und ab über die Bordkante?«

»Ja.«

»Ich habe die Decke gefunden. Sie lag nicht da, wo sie hingehörte. Jemand muss sie aus der Kiste geholt haben. Warst du das?«

»Nein!«

»Wirklich nicht? Es ist kalt da oben nach Sonnenuntergang.«

»Ich war es nicht. Ich tauche seit Jahren. Ich fahre im Sommer jeden Tag mit Jensen raus in die Deutsche Bucht. Ich weiß, wie man sich auf einem Schiff verhält.«

»Also hat da oben jemand auf dich gewartet und wollte dich über Bord werfen.«

»Scheint so«, antwortete sie. Sie zitterte. Ihr war immer noch entsetzlich kalt.

»Warum?«

»Ich weiß es nicht. Magnus ist an Bord. Seit wann?«

»Magnus von Treut? Er kam mit der Barkasse. Wie waren selbst überrascht, aber er ist euer gesetzlicher Vertreter und steht wohl auch mit den Hamburger Vosskamps in Verbindung. Meinst du, er war es?«

Marie schüttelte den Kopf. »Ich weiß es nicht. Ich glaube, ich kann niemandem mehr trauen. Er lässt sich auszahlen. Zwei Millionen, in bar.«

»Interessant. Aber das gibt es öfter. Gut, wenn ihr euch vorher einigt.«

»Besser, wenn wir davon wüssten.«

Er beugte sich vor. »Ihr seid nicht informiert, was euer Vertreter aushandelt?«

»Nein.«

»Woher weißt du es dann jetzt?«

Immer dieser prüfende Unterton. Am liebsten hätte Marie sich umgedreht und die Decke über die Ohren gezogen. Jedes einzelne Wort von ihr legte er auf die Goldwaage. Ihr Kopf schmerzte. Sie würde eine riesige Beule bekommen. Vielleicht hatte sie auch eine Gehirnerschütterung. Schlecht genug war ihr jedenfalls.

»Ich habe die beiden belauscht. Nicolas Vosskamp und Magnus. Vorhin in der Kantine.«

»Marie, bitte. Du warst nicht dabei.«

»Doch.« Sie zog die Decke noch ein Stück höher, fast bis ans Kinn. »Ich habe in der Küche hinter dem Tresen gehockt.«

»Du hast – was?«

»Das wollte ich nicht! Ich hatte Durst! Und dann seid ihr aufgetaucht! Ich wollte diesem Nicolas nicht über den Weg laufen. Kannst du mich denn nicht verstehen?«

Er schüttelte langsam den Kopf. »Es gibt ganz sicher niemanden auf der Welt, der diese hohe Kunst beherrscht. Weiter.«

»Als ihr gegangen seid, sind die beiden zurückgeblieben. Und dann haben sie das miteinander besprochen, den ganzen Deal. Die müssen sich schon vorher getroffen haben. Hinter unserem Rücken.«

»Aber von Treut ist euer Bevollmächtigter.«

Sie nickte. »Offenbar. Aber meine Mutter soll heute Nachmittag einen Selbstmordversuch unternommen haben. Dabei würde sie das niemals tun. Irgendjemand hat versucht, sie völlig verrückt dastehen zu lassen, damit es auch glaubhaft wirkt. Und jetzt will er offenbar das Gleiche mit mir anstellen. Ist es Magnus? Oder der große Unbekannte? Ich weiß es doch nicht! Ich werde noch wirklich verrückt!«

Sie sah, dass er ihr den letzten Satz aufs Wort glaubte.

»Nein, keine Sorge, werde ich nicht. Ich kann mir auch nicht vorstellen, dass es Magnus gewesen ist. Aber wer dann? Nicolas? Warum? Alle kommen doch wunderbar aus dem Deal heraus! Die einzigen, die in die Röhre gucken, sind meine Mutter und ich!«

»Marie … Das ist … Ich kann das einfach nicht verstehen.«

»Ja. Ich wusste es.« Resigniert ließ sie den Kopf aufs Kissen sinken und schloss die Augen. Sie würde keine Minute Schlaf finden. Einen Moment bereute sie, dass sie Doc Norton nicht freie Hand gelassen hatte. Aber lieber schlaflos die Minuten bis Sonnenaufgang zählen, als ohnmächtig auf einer Krankenstation liegen und nicht wissen, wer sie noch besuchen würde.

Sie hörte, wie Vince tief durchatmete. »Wenn ich dir glaube, dann heißt das, dass wir einen … einen Irren an Bord haben.«

»Könnte sein.«

»Und du bist wirklich nicht da oben rumgeturnt und …«

»Nein! Drei Mal Nein!«

»Okay. Was hast du vor? Sollen wir die Polizei rufen? Es muss noch Spuren oben an der Bordwand geben, Fasern an der Decke. Wir blasen unser ganzes Bergungs-Unternehmen ab, weil du der Meinung bist, dass dich ein Unbekannter verfolgt und töten will.«

Sie setzte sich halb auf. Zu schnell. Wieder drehte sich alles um sie und der Schmerz in ihrem Kopf war beinahe unerträglich. »Aber es war so.«

»Rob wird das anders sehen. Wenn er herausfindet, wer du bist und warum du dich bei uns eingeschlichen hast –«

»Ich habe mich nicht eingeschlichen! Du hast mich hergeholt! Und ich wäre beinahe gestorben! Verstehst du nicht? Gestorben!« Tränen schossen in ihre Augen. »Und meine Mutter … Sie liegt im Koma, kapierst du das? Aber gleichzeitig schreibt sie mir eine SMS und will wissen, wo ich bin! Das ist crazy! Jemand hat es auf uns abgesehen!«

»Warum?«, fragte er.

»Warum? Warum riskiert ihr euer Leben? Warum soll dieses verfluchte Wrack geplündert werden, obwohl es jede Sekunde in den Abgrund rauschen kann? Das ist doch auch verrückt. Warum will uns jemand aus dem Weg räumen? Weil wir stören. Wenn ich herausfinde, wen bei was, dann habe ich die Lösung. Hoffentlich wird es nicht mein letztes Aha-Erlebnis.« Sie schlang die Arme um sich, weil sie das Zittern einfach nicht in den Griff bekam. Ihr ganzer Körper bebte. Sie fühlte sich, als ob sie den Finger in eine Steckdose halten würde.

»Marie …«

»Danke, dass du mein Leben gerettet hast. Wahrscheinlich nicht für sehr lange, aber es war eine nette Geste. Eigentlich nur von symbolischem Wert, denn morgen wird es dieser Irre wieder versuchen. Und wenn nicht morgen, dann übermorgen. Ich werde mich nie mehr sicher fühlen.« Tränen schossen ihr in die Augen. Alles verschwamm. Sie warf sich herum und heulte los.

»Marie!«

»Hau ab! Hau endlich ab!«

Und dann spürte sie seine Hände. Seine Umarmung. Seine Nähe und seine Wärme. Er nahm sie in die Arme und hielt sie fest, einfach nur fest. Wartete, bis aus ihrem lauten, verzweifelten Weinen ein Schluchzen wurde, das schließlich verebbte. Sanft wiegte er sie hin und her, flüsterte Worte, die sie kaum verstand. »Ist ja gut, beruhige dich, ich bin ja bei dir.«

Er küsste sie, überall, liebevoll, tröstend, überhaupt nicht aufregend – das wäre auch das Letzte, was sie jetzt gebrauchen könnte –, sondern einfach nur unendlich zärtlich. Obwohl er sie so wütend gemacht hatte, obwohl er vielleicht immer noch nicht hundertprozentig überzeugt war, fühlte sie sich geborgen. Und das war nach allem, was geschehen war, ein unfassbar großes Geschenk. Verlass mich nicht, flehte sie in ihrem Innersten, bitte, bitte verlass mich nicht.

Schließlich sagte Vince: »Ich kenne dich nicht. Ich weiß nicht, wie du drauf bist. Vielleicht steckt eine tickende Zeitbombe in dir oder du hast einfach eine blühende Fantasie. Es fällt mir schwer, dir zu vertrauen.«

Sie schniefte. Immer noch Wasser in der Nase. Schade, dass er diesen Moment zerstörte. Da war wohl nichts zu machen.

»Aber irgendetwas sagt mir, dass du, Marie Vosskamp, eigentlich eine Lady bist, die mit beide Beinen auf dem Boden steht.«

»Hm, ja. Meistens.«

»Und deine Seehundrettung war schon ziemlich professionell. Du bist cool. Das wusste ich vom ersten Moment an. Jede andere hätte mir an der Alten Liebe eine geknallt.«

»Hätte ich auch, wenn es nicht so eng gewesen wäre.«

»Und das da ...« Er strich ihr zärtlich über die Haare. Seine Lippen wanderten wieder ihre Schläfe hinunter. Augenblicklich wurde ihr warm. Nicht warm. Heiß.

»... was du vorhin getan hast ...« Er küsste ihre Wange. »Das hat mir gut gefallen.«

»Was?«, flüsterte sie. Ihr Herz begann wieder, wie verrückt zu pochen. Ihr ganzer Körper glühte. Vince erreichte mit einer einzigen Umarmung mehr als alle Docs der Welt zusammen.

»Wie du mich geküsst hast, das war sensationell. Ich weiß gar nicht, ob ich das auch so gut kann.«

Sie schloss die Augen, atmete seinen Duft, spürte seine Hände, die ihren Rücken hinunterwanderten. Wollte, dass dieses Verlangen weiterging, mehr wurde, viel mehr. »Versuch's doch mal«, flüsterte sie.

Seine Lippen fanden ihren Mund. Sie waren rau und schmeckten salzig. Und er konnte es mindestens genauso gut wie sie. Nein. Besser. Viel besser. Verdammt noch mal um einiges besser. Mit einem Stöhnen sank sie zurück ins Kissen. Er folgte ihrer Bewegung und neigte sich über sie. Ihre Hände spürten, wie seine Muskeln sich spannten. Er stöhnte leise auf und vergrub seinen Mund in ihrer Halsbeuge. Es war wie ein elektrischer Schlag, der alle ihre Nerven vibrieren ließ. Sie wollte ihn. Wollte ihn so sehr.

Es klopfte. Erst nahm Marie das Geräusch gar nicht wahr. Zu tief hatte sie sich in diesen süßen Rausch fallen lassen, den Todesnähe und Verlangen zu einem Cocktail mixten, der die Sinne berauschte. Doch dann hob Vince seinen Kopf und sah zur Tür.

Es klopfte wieder. Lauter dieses Mal.

Marie fuhr hoch. Mit schreckgeweiteten Augen sah sie ihn an. Sie hatte nicht abgeschlossen. »Wer ist das?«, flüsterte sie.

»Keine Ahnung.« Vince stand ebenfalls auf.

Marie strich sich hastig die Haare zurück und versuchte, den Pullover wieder dorthin zu bekommen, wo er hingehörte. »Ja?«, fragte sie. Ihre Stimme klang immer noch heiser.

Mit einem Ruck flog die Tür auf und Magnus stand im Raum. »Marie! Was zum Teufel ...«

Sein Blick fiel auf Vince, der in letzter Sekunde zurückgesprungen war. Magnus hatte getrunken. Wahrscheinlich den Abend über mehr als das eine Bier in der Kantine. Er schwankte ein wenig und das kam nicht vom Seegang. »Hier bist du also! Ich hab sofort gewusst, wer der blinde Passagier mit dem Seehund ist, der sich hier eingeschlichen hat. Dave hat mir's erzählt.«

Mit verschränkten Armen blieb Marie stehen und ließ ihn nicht vorbei.

Vince kam auf die Beine und stellte sich hinter sie. »Herr von Treut?«

»Ah, der junge Taucher. Machen Sie sich so fit für morgen?« In Magnus Stimme lag etwas, das Marie gar nicht mochte. Es war diese völlig an den Haaren herbeigezogene Selbstherrlichkeit, die der Alkohol verursachte. »Und die junge Erbin. Da scheint mir ja echt was entgangen zu sein.«

Nein, Magnus entging nichts. Auch wenn er einen im Tee hatte. Maries zerwühlte Haare und ihre roten Wangen sprachen Bände. Aber sie würde sich nicht vor ihm rechtfertigen. Es gab nur einen einzigen Grund, weshalb sie ihn nicht auf der Stelle hinauswarf. Er wusste, wer sie war. Und das sollte er bitte für sich behalten.

»Ich hab mir Sorgen gemacht. Hast du was zum Trinken?«

»Nein.«

Magnus schob sich einfach an Vince vorbei und ließ sich auf das zerwühlte Bett fallen.

»Kannst du mir verraten, was das hier wird?«, fauchte sie ihn an.

Auch Vince sah auf den Überraschungsgast mit einer Begeisterung herab, mit der man vielleicht Marder unter der Motorhaube betrachtete. »Ich denke, der Herr hat sich verirrt. Ich kann Ihnen gerne den Weg zurück in Ihre Kabine zeigen.«

Magnus winkte mit einer schwachen Handbewegung ab. »Nee, nich nötig. Alle werden seekrank, ich auch. Ein Bier, ein Bier! Mehr nicht. Aber diese Tabletten, die hauen ja den stärksten Seemann aus den Schuhen. Warum nennst du dich eigentlich Schneider? Bist du jetzt undercover hier? Keine Sau weiß, wer du bist.«

»Es wäre gut, wenn es so bliebe. Und du? Wie kommst du überhaupt auf das Schiff?«

»Nicolas Vosskamp, der Penner. Dachte, er könnte mich über den Tisch ziehen. Aber nicht mit mir.« Magnus tippte mit dem Finger gegen seine Stirn. »Ich will dabei sein, wenn es losgeht. Damit die nicht was zur Seite schaffen. Hab angerufen und da sagte mir der Boss, dieser Robert, Bob, wie auch immer, dass eine Barkasse ablegt und ich mitkommen kann. Ich bin ja nicht blöd.« Er sah Marie erwartungsvoll an. Als keine Antwort kam, sank er mit einem kleinen Rülpser zurück aufs Kissen. »Egal. Interessierst dich ja sowieso nicht für die Firma. Das kann ja alles ich erledigen. Dabei hast du keine Ahnung, wie es wirklich um euch steht.«

»Ich weiß immerhin, dass zwei Millionen in bar uns ein ganz schönes Stück weiterbringen würden.«

Vince' Kopf fuhr herum. Wahrscheinlich war er überrascht, dass sie die Angelegenheit jetzt schon zur Sprache brachte.

Doch Magnus fühlte sich offensichtlich alles andere als ertappt. »Ja. Mehr war nicht.«

»Mehr war nicht? Wie konntest du dich von Nicolas so über den Tisch ziehen lassen?«

Magnus kicherte. Vielleicht war er ja verrückter als Viola und der unbekannte Wahnsinnige zusammen. So hatte sie diesen coolen, aalglatten Menschen noch nie erlebt. »Du hast so was von keine Ahnung, stimmt's? Ich sag dir was. Wenn das alles vorbei ist und ich die Kohle habe, dann erzähle ich dir mal in einer ruhigen Minute, was wirklich los ist. Und für wen ich hier eigentlich meinen Arsch riskierte. Ende. Roger. Over.« Er griff das Kissen und legte es sich einfach aufs Gesicht. Ratlos sah Marie zu Vince, der auch nur mit den Schultern zuckte.

»Magnus?« Sie berührte seine Schulter, aber er reagierte nicht.

Sein nächster Atemzug wurde begleitet von einem gewaltigen Schnarcher.

»Magnus! Aufwachen!« Sie rüttelte ihn, aber er reagierte nur mit einem unwilligen Knurren. »Großartig. Und nun?«

»Nimmst du eben seine Kabine.« Vince legte den Arm um sie und zog sie an sich. »Oder meine. Die müsstest du aber mit mir teilen.«

Er küsste sie. Nicht mehr so leidenschaftlich, eher etwas verhalten. Magnus schnarchte wieder.

Das Geräusch war so laut, dass Marie sich mit einem Lachen losmachte. »Lieber nicht.«

»Lieber nicht oder lieber nie?« In seine Augen, diese sorglosen, blauen Jungenaugen, stahl sich etwas Ernsthaftes.

»Lieber nicht heute.«

Er zog sie an sich. »Dann ist es gut. Komm, ich bring dich rüber.«

35.

Vince begleitete sie hinaus in den Gang. Magnus' Kabine befand sich nur zwei Türen weiter auf der gegenüberliegenden Seite.

»Jetzt sind wir aber wirklich ausgebucht. So viele Gäste haben wir selten an Bord.« Er öffnete die Tür und knipste das Licht an.

Der Raum war nicht größer als Maries Unterkunft, aber Magnus hatte seine Sachen überall liegen gelassen. Auf dem Bett stapelten sich Klamotten, zwei Hemden hingen über der offenen Badezimmertür. Seine Aktentasche lag halb unter dem Bett.

»Denkt er, hier gibt es Roomservice?«, fragte Marie.

»Nur für ausgesuchte Gäste. Ich komme morgen früh mit einem Kaffee und wecke dich, wenn dazu noch Zeit ist. Wäre das okay?«

»Sehr okay.«

Er küsste sie zum Abschied. Mit sehr viel Gefühl, sehr viel Sehnsucht und sehr sehr sexy. Als er ging und die Türe sich hinter ihm schloss, spürte Marie seine Abwesenheit fast körperlich.

Da hat es dich aber erwischt. Meine Güte. Hast du dir eigent-

lich mal einen klaren Gedanken darüber gemacht, wie es mit euch weitergehen soll?

Es musste mittlerweile kurz vor Mitternacht sein. Sie war todmüde und gleichzeitig hellwach. Kein Wunder nach so einem Tag. Kaum in Friedrichskoog angekommen, war sie mit Jensen, Gottfried und Pia nach Wilhelmswacht aufgebrochen. Vince und sie hatten den Heuler gerettet, doch dann waren Nicolas und Magnus an Bord gekommen, und jemand hatte versucht, Viola umzubringen. Und dieser Jemand war ihr dann auch noch auf die *Sea Fire* gefolgt und nun hinter ihr her.

Sofort verriegelte sie die Tür. Morgen würde sie das Schiff verlassen. Dann sollten sich Nicolas und Magnus um das Erbe streiten. Sie würde nach Cuxhaven fahren und Viola besuchen. Vielleicht konnte sich ihre Mutter an etwas erinnern, das diesen Wahnsinnigen überführen könnte.

Er ist hier, an Bord.

War es Magnus? Dieser Volltrottel? Schwer vorstellbar. Nicolas? Schon eher. Wenn es Viola und Marie nicht mehr gab, dann war das zu seinem Vorteil.

Ein Schauer lief ihr über den Rücken. Sie kannte diesen Mann nicht. Die kurze Begegnung hatte keinen guten Eindruck bei ihr hinterlassen. Er wirkte groß und brutal. Sie bereute, nicht bei Vince geblieben zu sein. Aber in diesem Fall würden sie beide keinen Schlaf finden …

Marie nahm die Klamotten vom Bett und warf sie in die Ecke unter den Fernseher. Dann betrat sie das Badezimmer. Magnus' Kulturbeutel lag im Waschbecken. Beim Hochnehmen fiel er ihr aus der Hand und der Inhalt ergoss sich mit lautem Scheppern auf das Porzellan. Wütend stopfte sie alles zurück. Rasierschaum, Bürste, Zahnpasta, Schlüssel ... Schlüssel. Ein Safeschlüssel. Passend zu einem Bankschließfach.

Sie setzte sich auf den geschlossenen Klodeckel, das blitzende Stück Metall auf ihrer Handfläche. Die eingravierte Nummer lautete 5582. Das musste Claras Schließfach sein. Ohne lange zu überlegen, verließ sie das Bad und holte die Aktentasche unter dem Bett hervor. Sie war offen. In ihr befanden sich jede Menge Unterlagen, Schriftstücke, alte Fotos und Briefe. Fassungslos breitete sie den Inhalt auf dem Bett aus. Claras Geheimnis war ausgerechnet bei Magnus gelandet. Das würde er ihr erklären müssen, aber haargenau. Warum hatte er das alles mit an Bord gebracht? Was hatte er damit vor? Eine dünne Mappe aus Leder fiel ihr als Erstes in die Hände. Sie schlug sie auf.

Es war ein Schreiben einer Hamburger Anwaltskanzlei. Das schwere Papier und die gestochen wirkende Schrift einer Schreibmaschine mit schwarzem Farbband bewies, dass es sich um ein älteres Dokument handelte. Ausgestellt worden war es im Dezember 1945.

Testament. Hiermit vermache ich, Gustav Vosskamp, geb. 31.7.1898, meinen gesamten Besitz meinem Sohn Piet Vosskamp. Meinen Sohn Albert Vosskamp sowie seine Abkömmlinge schließe ich hiermit vollkommen aus der Erbfolge aus. Albert hat an seinem eigenen Bruder Piet und dessen Ehefrau Ruth auf niederträchtigste Weise Verrat begangen, was am 8.10.1945 vor der Hamburger Spruchkammer und dem Military Government of Germany an Eides statt von ihm nach Vorlage der belastenden Gestapo-Unterlagen bestätigt wurde. Ich habe mich bereits zu Lebzeiten von Albert losgesagt und die Familienbande zu ihm vollständig zerschnitten. Gustav Vosskamp.

Erschüttert ließ Marie das Papier sinken. So klar, so hart war der Schnitt also gewesen. Albert hatte ein schreckliches Verbrechen verübt. Musste er dafür ins Gefängnis? Wahrscheinlich nicht. Die Entnazifizierung war eines der schmählichen Kapitel deutscher Nachkriegsgeschichte. Marie erinnerte sich noch gut an die wenigen Unterrichtsstunden, in denen dieses Thema berührt worden war. 1948 hatte man die Verfahren eingestellt. Zu viele Persilscheine waren ausgestellt worden, zu viele Nazis hatten sich auf korrupte Weise durch alte Seilschaften und Bestechung einer Verurteilung oder Strafverfolgung entzogen. Vielleicht hatte Albert sogar geglaubt, er wäre im Recht gewesen. Er, der fleißige, ältere Bruder, der immer alles getan hatte, um dem Vater zu gefallen. Er musste mit ansehen, wie sein jüngerer Bruder Piet ständig Unruhe stiftete und dann auch noch die Karriere und das Ansehen des Älteren durch die Verbindung mit einer Jüdin in Gefahr brachte. Und der Vater? Statt ein »Machtwort« zu sprechen, gab er Piet sogar das Familienvermögen mit auf die Flucht.

Marie konnte gar nicht anders. Sie mochte Gustav. Und Piet. Und Ruth. Und Albert – überhaupt nicht.

Wenn ich doch nur früher davon erfahren hätte. Warum musstest du auch so lange schweigen, Clara? Ich wäre stolz auf euch gewesen.

Sie schlug die Mappe zu. Sie fühlte nichts für Albert. Vielleicht ein wenig Mitleid für seinen Sohn Nicolas, obwohl sie sicher war, dass der allenfalls eine geschönte Version der Ereignisse zu hören bekommen hatte. Wenn überhaupt. Galt dieses Testament eigentlich noch? Gustav hatte es nach Piets Tod nicht erneuert, also war das Erbe auf Clara übergegangen. Und die hatte kein Testament gemacht. Zumindest war nirgendwo eines gefunden worden. Marie suchte alle Papiere durch – es handelte sich um uralte Aktien, die noch in Reichsmark ausgestellt worden waren und allenfalls antiquarischen Wert hatten, Schreiben von der Bank über die Auflösung oder Neueinrichtung von Konten älteren Datums, mehr nicht. Und Briefe. Viele, viele Briefe.

Abgeschickt und abgestempelt in New York. Adressiert an Gustav Vosskamp in Cuxhaven. Sie holte die dünnen Air-Mail-Blätter heraus und begann zu lesen. Piet schilderte seinem Vater in einer sauberen, sehr klaren Handschrift den Aufbau des kleinen Import-Unternehmens und dass er in Brooklyn eine Lagerhalle gemietet habe. Ruth ginge es gut. Sie sei schwanger.

Marie ließ den Brief sinken und verstaute das hauchzarte Papier wieder in seinem hellblauen Umschlag. Es war ein ganz normales Schreiben. Ein Sohn berichtete seinem Vater, wie er in der fremden Heimat lebte. Der Stempel trug das Datum 8.4.1940. Sie las den nächsten. Er war aus dem Jahr 1950. Piet berichtete, dass er Ruth von Gustavs Ansinnen erzählt habe und sie um Bedenkzeit bitte. Clara ginge es gut, sie besuche die *elementary school* und sei sehr musikalisch.

Clara musikalisch? Seit wann das denn?

Marie überflog das nächste Schreiben. 1946. Das Papier war anders, holziger, und der Brief schien schon durch mehrere Hände gewandert zu sein. Er trug keine Marke und hatte einem Care-Paket beigelegen, das die Vosskamps nach Cuxhaven geschickt hatten und in dem sich wohl vor allem Schokolade und Waschpulver befunden hatte. Piet bat seinen Vater um einen genauen Bericht der Ereignisse, die er als »Schande« umschrieb. Vermutlich ging es um den Verrat des Bruders, der gerade erst aufgedeckt worden war. Piet schien sehr besorgt um die Gesundheit seiner Eltern zu sein. Offenbar lebte seine Mutter, Else, zu diesem Zeitpunkt noch. Sie schien das alles sehr mitzunehmen. Der Krieg, die schlimmen Zeiten danach und dann auch noch die grausame Verfehlung ihres ältesten Sohnes … All das setzte ihr wohl sehr zu.

Marie fand auch einen Brief mit Trauerrand, aber den las sie nicht. Der Inhalt der Aktentasche lag verstreut vor ihr. Alte Fotos waren auch dabei. Sie nahm eines hoch. Es zeigte Clara als Baby. Auf der Rückseite stand in Piets altmodischer Handschrift: »Unser größtes Glück. September 1940.« Vorsichtig legte sie die Schwarz-Weiß-Aufnahme mit dem gezackten Rand zurück zu den anderen.

Das war doch ein Schatz! Ihre Geschichte! Die Geschichte der Vosskamps, verknüpft mit allen Schrecken, allen Abgründen, allem Leid des vergangenen Jahrhunderts. Aber auch mit Hoffnung, Neuanfang und überlebten Katastrophen. Das konnte man doch nicht so einfach in einem Banksafe verschwinden lassen und dann nie wieder jemandem davon erzählen. Am Ende musste sie noch Magnus dankbar dafür sein, dass er diese Sachen gerettet hatte. Gestohlen, korrigierte sie sich. Er hat den Schlüssel aus Claras Schreibtisch gestohlen. Welchen Wert besaßen diese alten Familienstücke für ihn, dass er sie sogar mit auf die *Sea Fire* genommen hatte? Wollte er ein Fotoalbum daraus basteln und Viola damit überraschen? Der Gedanke war absurd. Am liebsten wäre sie sofort hinüber gelaufen und hätte Magnus mit dem Brauseschlauch aus der Dusche geweckt, und zwar mit eiskaltem Wasser. Und ihn dann zur Rede gestellt. Magnus wusste mehr, viel mehr, das war jetzt klar. Er hatte die Vosskamps systematisch hinters Licht geführt, und zwar von Anfang an. Hatte Verhandlungen mit den Hamburgern heimlich eingefädelt. Irgendwelche Deals abgeschlossen. Und sich die Vollmacht dafür von Viola geholt, die sich nicht mehr wehren konnte.

Marie wusste, dass sie keinen Schlaf finden würde. Schon gar nicht, wenn die Antwort auf so viele Fragen vor ihr lag und darauf wartete, endlich auch von ihr entdeckt zu werden.

Marie betrachtete die Fotos, eines nach dem anderen. Sie fand ein ganz ähnliches wie das, das sie in der New York Post gesehen hatte. Es war aus dem Jahr 1948. Ein anderes zeigte die kleine Familie ein Jahr später. Piet, Ruth und …

… Marie kniff die Augen zusammen. Piet, Ruth und ein Mädchen. Es musste neun Jahre alt sein, wenn das mit Bleistift auf der Rückseite vermerkte Datum stimmte. Aber dieses Mädchen war nicht Clara. »Ostern 1948, Piet, Ruth und unser *sweet little sunshine.*«

Merkwürdig. Sie hatten doch nur ein Kind. Unser kleiner Sonnenschein. Vielleicht die Tochter von Nachbarn oder Mitarbeitern … Aber das schickte man doch kaum über den großen Teich in die alte Heimat! Ruth hatte das Kind auf dem Schoß, es strahlte in die Kamera. Kein Zweifel, der Fotograf hatte eine glückliche, kleine Familie abgelichtet. Und genau das beunruhigte Marie.

Irrte sie sich? Hastig suchte sie in den anderen Fotos nach Aufnahmen der etwas älteren Clara. Manchmal standen auf der Rückseite die Namen der Abgebildeten und der Ort der Aufnahme.

»Piet, Ruth and Clara, Hudson River«. Die kleine Familie am Ufer eines Flusses. Das Mädchen, drei oder vier Jahre alt, war zu einem strammen kleinen Ding herangewachsen. Es lachte fröhlich und schien überhaupt keine Kamerascheu zu haben. Die Haare hatte es unter einem Spitzenhütchen versteckt. War das ihre Großmutter als Kind? Nein. Doch. Nein. Je mehr Fotos Marie betrachtete, desto größer wurden die Zweifel. Und dann hielt sie eines in den Händen, das deutlicher als alle anderen eine unfassbare Wahrheit zeigte.

»Clara at Junior High School.«

Sweet little sunshine. Dasselbe Mädchen, das Ruth auf einem anderen Bild so innig umarmte. Braune Haare und braune Augen. Es ähnelte seiner Mutter, das war nicht zu übersehen. Fein gezeichnete, klare Züge, ein herzförmiges Gesicht. In Marie wuchs ein ungeheuerlicher Verdacht.

Sie schloss die Augen und versuchte, sich an die Szene aus

dem Wochenschau-Film zu erinnern. Fotografen. Der alte, weinende Mann. Ein Mädchen, eingehüllt in eine Decke, das an Land getragen und von dem Greis erschüttert empfangen wurde. Es war blond und kräftig gewesen. Kein *sweet little sunshine*. Also … nicht Piets und Ruths Tochter.

Wahnsinn. Was hat das zu bedeuten?

Wenn dieses braunhaarige Mädchen Clara war – und man konnte es sehen, jeder, der Augen im Kopf hatte, konnte es sehen! – wer war dann das blonde Kind am Hafen?

»Meine Großmutter«, murmelte Marie. »Jane.«

Sie stand auf. Wäre am liebsten hinaus und an Deck gerannt. Sie brauchte Bewegung und frische Luft, doch das wäre das Dämlichste, was sie jetzt tun könnte.

Mosaiksteinchen für Mosaiksteinchen setzte sie eine unglaubliche, herzzerreißend tragische Geschichte zusammen. Gerhardt Weller hatte erzählt, dass Gustav immer schlechter sehen konnte. Die letzten Fotos hatte sein Vater ihm beschreiben müssen. Hatte er Claras Haarfarbe erwähnt? Bestimmt! Ein dunkelhaariges, schlankes Kind, das seiner Mutter wie aus dem Gesicht geschnitten war.

Und Jane? Die blonde, kräftige Jane? Marie ging in die Dusche und betrachtete sich im Spiegel. Sie hatte die Nase ihrer Großmutter, auch das energische Kinn. Das sagte jeder. Viola hatte ihr die braunen Haare vererbt, aber leider nicht die schönen Locken. Marie war eindeutig die Enkelin von … Jane.

Wie betäubt kehrte sie in die Kabine zurück und nahm das Foto wieder hoch. Die Vosskamps hatten ein Kindermädchen gehabt. Eine ledige junge Frau, die ein uneheliches Kind hatte. Mit diesem Mädchen war Clara gemeinsam auf der *Trinity* gewesen. Zwei Kinder im gleichen Alter. Das eine aus einer wohlhabenden Familie, das einer gesicherten Zukunft in Deutschland entgegenreiste. Das andere mit einem Makel behaftet, der in den prüden Fünfzigerjahren einen verdammt schlechten Start ins Leben verhieß.

Clara in der Luxuskabine, umhegt, verwöhnt, geliebt. Jane Taylor mit Mutter Susan und der Köchin zusammen in einem kleinen Raum, dem Dienstbotenzimmer. Jane. Warum hatte keiner genau hingesehen?

Weil es keiner wissen wollte, du dumme Gans. Weil die Menschen Wunder brauchten. Märchenprinzessinnen. Keine unehelichen Töchter aus ärmsten Verhältnissen.

So musste das Verhängnis seinen Lauf genommen haben. Gustav verliert erst seinen ältesten Sohn, verstößt und enterbt ihn. Dann raubt ihm das Schicksal auch noch den Zweitgeborenen, dessen Frau und das Kind. Und als alle Hoffnung verloren scheint, wird in der Nordsee ein Mädchen aufgefischt. Traumatisiert, halb tot. Es ist im Alter seiner Enkelin. Sagt nichts, tut nichts, reagiert nicht. Der alte Mann hat Clara noch nie im Leben gesehen. Er will glauben. So sehr, so fest. Dieses Kind ist alles, was von den Vosskamps geblieben ist. Dieses Kind ist Clara. Es muss Clara sein. Etwas anderes durfte der Himmel doch nicht wollen, oder? Das öffentliche Hoffen und Bangen, die überwältigende Anteilnahme – sie galt nicht Jane Taylor, sondern Clara Vosskamp.

Und das Mädchen schwieg. Sein Leben lang. Welche Alternative hätte es auch gehabt? Irgendwann war es aufgewacht in weißem Leinen, hatte ein eigenes Zimmer, wunderschöne Kleider, einen Großvater, der es liebte. Jane Doe, der Niemand, war ein Jemand geworden. Hätte sie das eintauschen sollen gegen ein Eisenbett im Waisenhaus?

Marie schob die Briefe zur Seite und legte sich hin. Ihre Glieder waren schwer wie Blei, aber in ihrem schmerzenden Kopf jagten die Gedanken herum wie ein Schwarm schwarzer Vögel. Jane … Kein Wunder, dass dieser Name noch etwas bei ihrer Großmutter zum Klingen gebracht hatte. Vielleicht war es die Angst vor der Entdeckung gewesen. Vielleicht aber auch der Schock, nach all den Jahren noch einmal so genannt zu werden.

Wer bin ich?

Gute Frage. Sehr gute Frage.

Du bist Marie. Marie Vosskamp.

Kann nicht sein. Du bist eine Namenlose. Auch eine Jane Doe. Nichts von dem, was die Vosskamps betrifft, hat etwas mit dir zu tun. Es ist ein gestohlener Name. Ein gestohlenes Leben. Eine gestohlene Familie.

Sie hatte keine Tränen mehr. Trotzdem brannten ihre Augen und die Kehle war wie zugeschnürt. Sie lag auf dem Bett, neben sich einen Haufen Briefe und Fotos von fremden Leuten. Das gehört mir nicht, dachte sie. Das Zittern kam wieder.

Jemand will mich töten. Und das hier ist der Grund.

36.

Marie erwachte von lautem Rufen und dem Getrappel von Schritten auf dem Deck über ihr. Mühsam öffnete sie die verquollenen Augen und blinzelte zum Fenster. Es war taghell.

Der Schreck jagte sie aus dem Bett. In fliegender Hast stopfte sie die Fotos und Briefe zurück in Magnus' Aktentasche. Dann versuchte sie, sich mit seiner Zahnpasta auf den Fingern irgendwie die Zähne zu putzen. Kamm und Bürste betrachtete sie mit Widerwillen und entschied sich dann, so zerzaust zu bleiben, wie sie war. Sie schnappte die Tasche und verließ die Kabine. Warum hatte Vince sie nicht geweckt? Es musste mindestens acht Uhr sein, wahrscheinlich schon viel später.

Als Erstes besuchte sie den Seehund. Er wirkte immer noch matt, schlug aber schon wieder mit seinen Flossen und schien hungrig zu sein, obwohl eine leere Plastikflasche mit Schlauch und Trichter bewies, dass er sein Frühstück bereits bekommen hatte. Die Wunde hatte der Doc mit mehreren Stichen vernäht, sie schien zu heilen. Zumindest waren auf den ersten Blick keine geröteten Ränder zu entdecken.

»Wird schon«, sagte sie zu ihm. »Ein paar Stunden musst du noch aushalten. Dann sind wir erlöst.«

Er gab einen Klagelaut von sich.

»Du rufst nach deiner Mutter. Es tut mir leid. Wir werden alles versuchen, um dich wieder fit zu machen. Eines Tages nehme ich dich mit raus aufs Meer und dann springst du in die Freiheit. Ist das ein Wort?«

Der Heuler schlug wieder um sich. Marie hatte Angst, ihn zu sehr aufzuregen, wenn sie noch länger blieb. Er war ein Wildtier. Verletzt, in die Enge getrieben, auf engstem Raum eingesperrt auf einem Schiff, dessen Motorenlärm für ihn der Horror sein musste. Und dann kam auch noch so ein Mensch daher und redete einfach drauflos … Bestimmt gab es Leute, die der Meinung waren, dass er auf Wilhelmswacht hätte bleiben und sterben sollen.

Sie stand auf. »Du wirst leben. Ich verspreche es dir.«

An Deck herrschte Hochbetrieb. Alle Mitarbeiter der *Sea Fire* schienen versammelt und es gab ein geschäftiges Hin und Her, ein aufgeregtes Rufen und Brüllen. Im Gewühl erkannte sie mehrere Taucher, die gerade die Flaschen und die Gürtel ablegten.

Dave kam ihr entgegen und hob die Hand. »Einen Moment noch. Bleib hier.«

Der Kran hievte etwas aus dem Wasser, aber sie konnte nicht erkennen, was. Es war klar, dass Außenstehende in seinem Umkreis nichts zu suchen hatten.

»Ich dachte, ihr schickt erst mal den Roboter runter?«

»Haben wir doch längst. Die *Trinity* liegt optimal. Wackelig, aber auf der Seite, und sie streckt uns den Bauch zum Kraulen entgegen. Vince war schon unten. – Hey! Erklär mal deiner Freundin, wie das bei uns abläuft!«

Ihr Herz machte einen Sprung. *Deiner Freundin.* War sie das? Vince trug einen eng anliegenden Taucheranzug und war tropfnass. Er nahm sie einfach in die Arme und drückte ihr einen ebenso feuchten wie salzigen Kuss auf die Lippen.

»Du wolltest mich wecken«, murmelte sie und hoffte, dass Magnus' Zahncreme ganze Arbeit geleistet hatte.

»Sorry, hab ich vergessen.« Er zog sie ein paar Schritte nach rechts hinter die Leiter, die zu der Plattform neben den Rettungsbooten führte. »Nein, hab ich nicht.«

Er küsste sie wieder, und Marie fühlte sich in seiner Nähe so frei und unbeschwert, als hätte es die letzten vierundzwanzig Stunden nicht gegeben. Nicht daran denken, befahl sie sich.

»Was ist das?«, fragte er mit Blick auf die Aktentasche.

Sie stellte sie auf den Boden. »Nichts.«

Sie brachte es nicht übers Herz, mit der Wahrheit herauszurücken. Nicht jetzt. Sie hatte noch gar nicht begriffen, was Claras Geheimnis für sie bedeutete. Sie hatte Angst, den letzten Rest Boden unter den Füßen zu verlieren. Später war immer noch Zeit genug, darüber nachzudenken. Jetzt war die Stunde der Piraten.

Die Luft vibrierte vor Spannung. Das Dröhnen der Hydraulik mischte sich mit den heiseren Rufen der Männer. Ein Schlag erschütterte das Deck.

Vince ließ sie los. »Der Safe ist da. Das erste Stück. Komm mit.«

Sie drängten sich durch die Umstehenden bis vorne ans Deck. Dort standen Rob, Margeaux, Dave und der engste Kreis der Mitarbeiter um einen riesigen, eineinhalb Meter hohen Würfel aus korrodiertem Eisen. Gerade lösten einige Männer die dicken Seile und warfen sie zur Seite. Marie klammerte sich an Vinces Arm. Ihr Körper versteifte sich. Beim letzten Mal, als Menschen an diesen Würfel herangetreten waren, hatten sie ihre Kostbarkeiten hineingelegt und gehofft, sie würden sicher verwahrt werden.

Das waren sie auch. Über sechzig Jahre lang.

Vince drückte ihre Hand. Gespannt beobachtete er, wie Dave an den Safe trat und ihn genau untersuchte. Rotes Wasser rann von den Wänden herab. Unter dem Rost war nicht mehr zu erkennen, wo sich das Schloss befunden haben musste. Jemand kam mit einem Schlauch und spritzte den Safe ab. Unter großem Hallo und Geschrei sprangen die, die in der Nähe standen, zurück.

»Wir brauchen Brechstangen und Schneidbrenner!«, rief Dave in die Runde. Sofort machten sich zwei Jungen in Maries Alter auf den Weg und kamen wenig später mit dem Gewünschten wieder. Sie sah sich um. Auf der anderen Seite des Geldschranks stand Nicolas. Er ließ den Stahlkoloss nicht aus den Augen.

Mach dir nicht ins Hemd. Hier wird keiner etwas stehlen.

Margeaux stand bereit mit einer Videokamera. Esteban

Lopez, der dunkelhaarige Finanzchef mit den Zügen eines spanischen Großinquisitors, hielt ganz altmodisch Stift und Block in der Hand. Junge Männer brachten Bergungskisten aus Kunststoff an Deck.

»Wie habt ihr ihn gefunden?«, fragte Marie.

Vince öffnete den Reißverschluss seines Anzuges. »Die *Trinity* ist heute Nacht näher an die Kante gerutscht. Dadurch kam sie noch mehr auf steuerbord zu liegen. Der Riss ging backbord quer durch den Rumpf. Ob du es glaubst oder nicht, der Safe lag quasi zu unseren Füßen.«

»Ich glaube es.«

Er musterte sie von der Seite. »Alles okay?«

Keine Ahnung. Nein. Nichts ist okay. Aber ich kann nicht darüber reden. Nicht jetzt. Das ist dein Moment.

In ihr herrschte ein heilloses Durcheinander. Wenn es überhaupt noch ein eindeutig bestimmbares Gefühl in ihr gab, dann die Neugier auf das, was in diesem Safe war. Zumindest lenkte sie das ab.

»Klar, alles okay. Ich bin gespannt, wie viele Taschenuhren ihr findet.«

Dave und einer der Unterwasserarchäologen untersuchten den eisernen Klotz. Nachdem Margeaux ihn gefühlte tausend Mal fotografiert hatte – der Verschluss ihrer Kamera ratterte wie ein kleines Maschinengewehr –, trat sie zurück.

Rob hob den rechten Arm. »Go!«

Unter Jubel, Klatschen und Anfeuerungsrufen begannen die Männer, den Safe aufzuhebeln. Vince nahm Maries Hand und zog sie durch die Umstehenden, bis sie in der ersten Reihe standen.

»Dynamit?«, rief Dave, dem der Schweiß von der Stirn rann.

Rob schüttelte den Kopf.

»Go go go!«, brüllten alle.

Und dann … Mit einem lauten Knall öffnete sich die Tür. Ein Schwall schlammiges Wasser ergoss sich aufs Deck und über die Schuhe all derer, die zu nahe standen. Mit einem aufgeregten Schrei sprang Marie zurück und wäre beinahe einem jungen Matrosen auf die Füße getreten.

»Sorry!«

Der Mann hatte seine Schiebemütze zum Schutz gegen die Sonne tief ins Gesicht gezogen. Er zuckte nur mit den Schultern. Der Jubel und das Geschrei kannten keine Grenzen. Rob trat vor. Gemeinsam mit Dave wollte er die Tür öffnen. Als es ihnen nicht gelang, sprang Vince dazu. Endlich schafften sie es, den Safe einen halben Meter weit zu öffnen.

Neugierig reckte Marie den Hals. Der Inhalt war – Schlamm. Rob gab den Seeleuten einen Wink. Sie kamen mit den Plastikwannen, und der Archäologe begann, vorsichtig das erste Fach auszuräumen.

Es waren völlig durchweichte Papiere, die ihm in der Hand zerflossen.

»Ladelisten, Abrechnungen, Hafenbücher und so«, keuchte Vince, der von der Anstrengung immer noch außer Atem war.

Nicolas beugte sich über die Wanne, wurde von dem Wissenschaftler aber verscheucht.

Das nächste Fach brachte einige Kassetten zum Vorschein. In einer befand sich brauner Brei, in den man mit viel Mühe ein paar Bündel Geldscheine hineininterpretieren konnte. Ob Dollars oder Mark konnte nicht mehr festgestellt werden. Die dritte hatte einmal Dokumente verwahrt. Ihr Inhalt war besser erhalten, weil die Papiere in Wachstuch eingewickelt gewesen waren. Der Archäologe zog sie mit einer Pinzette zur Seite. Es waren Ausweise der Vereinigten Staaten von Amerika.

»Die müssen ins Labor«, sagte er. »Sonst zerfallen sie vor unseren Augen. Mitch?«

Mitch, ein Brecher von einem Mann mit breiten Schultern und einem wild wuchernden Vollbart, kippte vorsichtig Wasser in die Wanne, bis die Kassette bedeckt war. Rob tastete weiter in dem Safe herum, aber er brachte nichts mehr zutage.

»Das ist normal«, erklärte Vince. »Die Passagiere hatten ihre eigenen Safes in den Kabinen. In solchen Dingern wurden eigentlich nur Papiere und Geld aufbewahrt. Seeleute trugen ihre Wertsachen am Körper.« Er deutete auf den Schlamm in den Wannen. »Da ist nichts mehr übrig. Also dann?«

Er drehte sich zu Rob um. »Wie geht es weiter?«

»Das besprechen wir gleich. Treffen in einer halben Stunde in der Bibliothek.«

»Darf ich dabei sein?«, fragte Marie hastig.

Rob warf ihr einen ärgerlichen Blick zu. »Wenn ich Nein sage, springst du dann wieder ins Wasser?«

Sie senkte den Kopf.

»Sorry. Aber wir müssen hier arbeiten. Du stehst schon genug im Weg herum. Wann kommt eigentlich dein Lift?«

»Keine Ahnung«, antwortete sie trotzig. »Nach Hause schwimmen darf ich ja nicht.«

Rob wandte sich ab und sammelte seine Männer. Die Menge verlief sich. Marie griff instinktiv in ihre Hosentasche und stellte fest, dass ihr Handy nicht mehr da war. Ärgerlich. Wahrscheinlich war es beim Sturz über die Bordwand verloren gegangen. Sie nahm sich vor, vom Office aus mit Friedrichskoog zu telefonieren. Es war überdeutlich, dass ihre Zeit an Bord abgelaufen war.

Die Wannen wurden weggebracht. Der Safe blieb stehen. Vince ging zu der Absperrung, hinter der die Taucherausrüstungen lagen, und hievte seine Flaschen heraus.

»Was machst du jetzt?«, fragte Marie. Sie fühlte sich überflüssig. Vielleicht lag es daran, dass sie das alles gar nichts mehr anging. Sie war ja keine Vosskamp mehr. Sie war eine Fremde.

»Ich bereite mich auf den nächsten Tauchgang vor.«

»Du willst noch mal da runter?«

Er sah sich um. Mitch begann gerade, das Deck mit dem Schlauch abzuspritzen.

»Bei der nächsten Flut kann es schon zu spät sein«, sagte er leise. »Die Tanks sind okay, die haben wir schon gecheckt. Ich weiß zwar nicht, was passiert, wenn die *Trinity* in den Graben rauscht. Aber es sieht so aus, als ob im Moment keine Gefahr von ihnen ausgeht.«

»Von was dann?«

»Alles, das gesamte Unternehmen, hängt davon ab, ob wir die Kisten kriegen. Wir können nur noch heute runter. Danach ist es zu gefährlich.« Er küsste sie flüchtig auf die Wange. Liebevoll, aber so hastig wie jemand, der befürchtet, seinen Bus nicht mehr zu bekommen. »Bis gleich.«

Sie sah ihm hinterher, dann betrachtete sie noch einmal den Safe. Er hatte sein Geheimnis gelüftet und es war nichts als Morast gewesen. Wahrscheinlich würde er irgendwann in einer Ausstellung wieder auftauchen und die Fantasie der Leute anregen, die sich fragen würden, was sich wohl einmal in ihm befunden hatte.

Sie schlenderte zurück zu der Leiter. Blieb stehen. Sah sich um. Das war doch der Ort gewesen, an dem sie die Aktentasche abgestellt hatte. Eindeutig. Die Leiter war noch da. Aber die Tasche war weg.

37.

Du denkst, ich hätte dich vergessen? Glaub das nur, Marie. Marie, du Schmerzensreiche. Tatsache ist: Im Moment passiert hier zu viel. Alle haben etwas zu tun, da fällt es auf, wenn jemand nur in der Gegend herumsteht und auf eine gute Gelegenheit wartet, sein eigenes Tagwerk anzugehen. Beim letzten Mal war das Ergebnis leider suboptimal. Von dem Alarm und den Suchscheinwerfern hast du ja gar nichts mehr mitbekommen, stimmt's? Dein Lover war sofort auf den Beinen, bereit, sein Leben zu geben für dich. Die Überwachungskameras hatten deinen Fall gefilmt, plötzlich war hier was los, sage ich dir! Hätte ich mir sparen sollen. Ab jetzt zählt Kalkül statt Leidenschaft.

Ja, ich habe mich hinreißen lassen. Als du da so allein spazieren gegangen bist, keine drei Meter von meinem Versteck entfernt. Das wird mir nicht noch einmal passieren. Ärgerlich ist, dass du eigentlich so gar kein Gegner bist. Ich hatte etwas mehr Spaß und Gegenwehr erwartet. Stattdessen tust du alles, um es mir so leicht wie möglich zu machen.

Die Aktentasche zum Beispiel. Wieder so ein Geschenk. Als ich gesehen habe, was sich darin befindet, konnte ich mein Glück kaum fassen. Für einen Moment habe ich mir sogar überlegt, dich und Viola am Leben zu lassen. Mit diesen Dokumenten wäre es leicht gewesen, großzügig zu sein.

Doch dann fiel mir wieder ein, was mein ganzes Leben überschattet hat. Wir im Dunkeln, ihr im Licht. Lange wusste ich nicht, warum das so war. Bis diese Leute von der Sea Fire mehr herausfanden, als ihnen wohl bis heute klar ist. Anfangs habe ich noch so etwas wie eine Rechtfertigung für euch gesucht. Verständnis aufgebracht. Ihr könnt ja nichts dafür – so einen Scheiß habe ich mir eingeredet. Bis mir einfiel: Ich ja auch nicht! Ich bin genauso unschuldig! Alle sind wir nackt geboren, alle haben wir vor dem Gesetz die gleichen Chancen. Doch die einen sind gleicher als die anderen, nicht wahr?

Also, süße Marie. Ab jetzt ist Schluss mit lustig. Wir werden den Spieß umdrehen und zur Abwechslung mal das Ruder übernehmen. Keine Ahnung, ob ich meine Rede dann noch halten kann. Nachts, in den stillen Stunden vorm Einschlafen, feile ich daran. Lege mir Sätze zurecht. Bringe die Sache auf den Punkt. Marie, werde ich dir sagen, ihr habt lange genug das Leben von anderen gelebt. Das Wirtstier entledigt sich nun des Parasiten. Das ist ein ganz natürlicher Vorgang. Der Affe laust seinen Artgenossen. Das Nashorn ertränkt die lästigen Biester auf seinem Rücken. Ich töte dich. Was ist daran so schwer zu verstehen?

38.

Sie fand Magnus in der Kantine, wo er verdrießlich eine Schale Müsli in sich hineinschaufelte. »Gut geschlafen?«

Er sah hoch. Als er Marie erkannte, verzog sich sein Gesicht zu einer ärgerlichen Grimasse. Mehr Gruß gab es nicht.

»Verkatert?« Sie holte sich einen Kaffee aus dem großen Stahlspender und setzte sich zu ihm. Ein paar Arbeiter saßen zusammen und sprachen wohl über den bevorstehenden Einsatz des *Deepdivers*.

»Das sind die Tabletten gegen Seekrankheit.« Er schob die Schale weg. Tatsächlich wirkte er etwas grünlich im Gesicht.

»Gibt es was Neues von Viola?«

Er nickte. »Sie ist über den Berg. Gott sei Dank.«

»Gott sei Dank«, murmelte Marie. Wenigstens diesen Stein konnte sie nun von ihrem Herzen rollen. »Wann fährst du zu ihr?«

»Sobald das alles hier zu Ende ist. Lange kann es ja nicht mehr dauern. Was war das eigentlich für ein Krach die ganze Zeit?«

»Du hast den Safe verpasst. Sie haben ihn schon heute Morgen raufgeholt. Allerdings war sein Inhalt eine Enttäuschung: Schlamm, Dreck und Schmodder, mehr nicht.«

»Wie geht's weiter?«

»Sie gehen noch mal runter. Die *Trinity* liegt günstig, kann aber jeden Moment in den Schillgraben sausen. Was hast du mit den Vosskamps ausgemacht?«

Magnus zog Maries Becher zu sich heran und nahm einen tiefen Schluck. »Das Übliche. Wir teilen den Gewinn.«

»Wir kriegen zwei Millionen. Ist das richtig? Nach Abzug der Steuern wird nicht mal genug übrig bleiben, um das Dach zu flicken. Was ist das für ein beschissener Deal!«

Er setzte den Becher ab. »Das ist alles, was ich rausschlagen konnte.«

»Warum? Was ist es, womit ihr euch gegenseitig erpresst?«

»Nicht so laut.« Er warf den Arbeitern einen schnellen Blick zu, aber die hatten sichtlich andere Sorgen. »Das ist kompliziert.«

»Wenn du es kapierst, dann mach dir um mich keine Sorgen. Ich habe Gustavs Testament gefunden. Er hat die komplette Hamburger Linie ein für alle Mal enterbt. Rechtlich gesehen, haben sie noch nicht mal Anspruch auf den Dreck in den Tassen.«

»Du hast das Testament? Wo? Wo ist es? Was hast du gemacht?« Magnus schien plötzlich hektisch zu werden.

Marie biss sich auf die Lippen. Fehler. Das hätte sie nicht sagen dürfen. Jetzt wusste er, dass sie den Inhalt der Aktenmappe kannte.

»Ich hab in deiner Kabine geschlafen. Sorry, aber wer die Bankschließfächer meiner Großmutter ausräumt, hat in meinen Augen kein Recht mehr auf Privatsphäre.«

»Wo sind die Sachen?«

»Weg.«

»Weg?« Magnus ballte die Hände. Er schien geradezu verzweifelt nach etwas zu suchen, das er an die Wand werfen könnte.

Sie nahm ihm den Becher weg und hielt ihn fest umklammert.

»Weg?«, wiederholte er.

»Ich habe deine Mappe mit an Deck genommen und dort stehen lassen. Als ich wiederkam, war sie weg. Du hast ja hoffentlich Kopien.«

Sie sah ihm an, dass er die nicht hatte.

»Das … Das waren Originale?«, stammelte sie.

Er wurde, wenn das irgendwie möglich war, noch grüner.

»Und du bringst sie einfach mit aufs Schiff? Warum?«

Mit einem Stöhnen sank Magnus zurück und fuhr sich mit den Händen über sein ohnehin schon zerknautschtes Gesicht. Ohne Hemd, Krawatte und Binder, sein Rasierwasser, sein Haargel und den teuren Anzug war nichts mehr von dem großartigen Manager übrig. Er hatte in T-Shirt und Jeans geschlafen und dementsprechend sah er auch aus. Dazu kam, dass ihm offenbar wieder schlecht wurde.

Reiß dich zusammen, Magnus, dachte sie. Das war eine ganze Schale Müsli.

»Sie sind … Die Hamburger sind in Besitz eines Fotos. Das wollten sie mir geben. Im Austausch bekommen sie das Testament. Und keiner flickt dem anderen etwas am Zeug.«

»Ein Foto.«

Er musterte sie, als ob er abwägen wollte, wie viel er ihr anvertrauen könnte – oder ob er sich vorher übergeben sollte.

»Ein Foto«, wiederholte sie. »Lass mich raten. Der Beweis, dass Clara Jane war.«

»Seit … Seit wann …«

»Für wie blöd hältst du mich eigentlich?«, zischte sie und beugte sich so nahe zu ihm, wie sie es ertragen konnte. »Jeder, der die Wochenschau und all die Bilder nach der Rettung sieht, weiß es. Die wundersame Verwandlung der namenlosen Jane in die schillernde Clara. Meiner Großmutter war klar, dass der Schwindel auffliegt, wenn nur ein einziges der New Yorker Fotos in der Öffentlichkeit auftaucht. Sie hat alle unter Verschluss gehalten. Alle. Nur die nicht, die ihr Vater bis fünfundvierzig nach Hamburg zu seinem Bruder geschickt hat. Albert, die Ratte. Wie lange wussten die Albert-Vosskamps von Claras Betrug?«

»Zwanzig Jahre, mindestens«, antwortete Magnus. »Es muss nach Alberts Tod angefangen haben. Nicolas wird die Fotos im Nachlass seines Vaters gefunden haben. Vielleicht hatte der einen Rest von Anstand bewahrt und deine Großmutter in Ruhe gelassen. Aber sein Sohn fühlte sich ungerecht behandelt. Da ging das los.«

»Und Clara hat ihr Leben lang bezahlt, um uns zu schützen.«

Magnus nickte mühsam. »Der Skandal. Stell dir das mal vor. Eine Erbschleicherin auf dem Cuxhavener Kaufmannsthron.«

»Nenn sie nicht so! Sie hat ihr Leben lang hart gearbeitet!«

Er hob beschwichtigend die Hände und legte sie dann auf seinen Magen. »Spürst du das?«

»Was?«, fragte sie ärgerlich.

»Das Schiff. Auf und ab, auf und ab …«

»Das haben Schiffe auf See so an sich. Clara wurde erpresst. Du hast es herausgefunden. Und dann?«

»Ich habe es ihr auf den Kopf zugesagt. Wir hatten eine böse Auseinandersetzung. Ich wollte wissen, warum sie bereit war, nicht nur die Firma, sondern auch Violas Zukunft zu ruinieren. Sie gab zurück, dass sie genau das verhindern wollte.«

»Das war es also.« Sie schenkte Magnus einen Blick, in dem all ihr Abscheu lag. »Du hast sie krank gemacht!«

»Denk doch, was du willst. Ihr muss klar gewesen sein, dass die Geschichte irgendwann herauskommt. Die Wanderung der *Trinity* quer durch die Deutsche Bucht war bekannt, zumindest bei Schatzjägern. Die Leute der *Sea Fire* haben einfach als Erste den Claim abgesteckt und waren auch bei Clara. Sie hat sie hochkant rausgeschmissen. In Hamburg hatten Rob und Margeaux mehr Glück. Und Nicolas war, im Gegensatz zu Clara, sofort verhandlungsbereit.« Mit einem Stöhnen lehnte er sich zurück. Schweißperlen standen auf seiner Stirn.

»Das Erbe der Vosskamps«, murmelte sie. »Was für eine unglaubliche Geschichte.

»Woher kennst du sie eigentlich?««

»Ich habe sie von Herrn Weller erfahren. Falls du dich erinnerst: Das ist der, den du rausgeschmissen hast.«

»Weil er eine jahrelange, jahrzehntelange Veruntreuung gedeckt hat! Wäre er doch zur Polizei gegangen!«, rief Magnus.

»Dann hätte Nicolas Claras Geheimnis gelüftet. So was nennt man Loyalität.«

Magnus antwortete nicht. Er atmete durch die Nase und hatte einen ziemlich merkwürdigen Zug um den Mund. So, als ob er gleich …

Sie schob die halb leere Müslischale näher zu ihm heran. »Und du?«, fragte sie schließlich. Immerhin saßen sie, im wahrsten Sinne des Wortes, bis auf Weiteres in einem Boot. »Wie lange weißt du es schon?«

»Clara benahm sich immer verrückter. Verkaufte Bilder und diese kleinen Porzellanfiguren. Ein ganzes Dutzend hattet ihr davon, jedes einzelne ein paar Tausend Euro wert. Viola hat von all dem nichts mitbekommen. Weller hat die Quittungen der Pfandleiher und Antiquare in einer Spardose aufbewahrt.«

»Mein Vater?«

»Dein Vater hat wohl auch nichts gemerkt. Er war viel unterwegs, und Clara konnte die Fassade lange aufrechthalten. Nach seinem Tod gab es niemanden, der sie kontrolliert hätte. Bis ich auftauchte.« Mit einem selbstgefälligen Nicken bestätigte er seinen Status als Retter der Witwen und Waisen. »Ich entzog Weller die Prokura. Schließlich drohte ich Clara damit, sie für unzurechnungsfähig erklären zu lassen. Sie hat eure Zukunft verspielt.«

»Sie wollte unsere Zukunft beschützen!«

»Ja!«, rief Magnus wütend. Die Arbeiter sahen zu ihnen. Er senkte seine Stimme. »Ja. Aber das wusste ich zu diesem Zeitpunkt noch nicht. Versetz dich doch mal in meine Lage!«

»Du hättest mit mir darüber reden können!«, widersprach Marie. »Mir hätte Clara vielleicht alles gesagt! Versetz dich mal in *ihre* Situation!«

Er nickte, resigniert und ironisch zugleich. »Jaja. Jeder will Verständnis. Und so entstehen die größten Missverständnisse.«

Marie sah in ihren Becher. »Okay. Alles ist scheiße gelaufen. Du dachtest, sie ist verrückt. Und sie hatte Panik, dass ihre Lebenslüge auffliegt. Wie weiter?«

»Sie bekam den Schlaganfall. Viola war völlig überfordert. Ich suchte ihre Sachen zusammen. Mir war bekannt, dass es ein Bankschließfach gab. In den Büchern war die Miete verzeichnet. Aber sie hatte seine Existenz immer geleugnet. Und Weller – der sagte natürlich auch nichts.«

»Vielleicht liegt es an deinen Managerqualitäten und deinem Umgang mit fremder Leute Spardosen, dass manche in deiner Gegenwart lieber den Mund halten?« Marie spürte, wie die Empörung sich in ihrem Bauch zusammenballte. »Wie hast du es bloß so weit bei Höhne geschafft?«

Er würgte und beugte sich über die Müslischale. In letzter Sekunde hatte er sich wieder in der Gewalt.

»Hast du Claras Sachen durchwühlt?«, fragte Marie.

»Ja.«

Gott sei Dank. Wenigstens das konnte man einem Täter zuordnen. Sympathischer machte das Magnus natürlich nicht.

»Irgendwo musste der Schließfach-Schlüssel ja sein! Und alte Damen sind in puncto Verstecke leider ziemlich einfallslos, wie dir jeder Polizist bestätigen kann. Das Geheimfach in ihrem Safe war ein Klacks.«

»Du bist ein Dieb.«

Er zuckte mit den Schultern und wischte sich mit dem Handrücken den Mund ab. Er sah aus wie der sprichwörtliche Schluck Wasser in der Kurve. »Nenn mich, wie du willst. Du hast den gesamten Inhalt des Schließfaches gesehen, als du meine Tasche durchwühlt hast. Kein Geld, keine Brillanten. Alte Briefe, alte Schwarz-Weiß-Fotos. Wie brisant sie waren, fiel mir erst auf, als eines Tages Nicolas anrief und um ein Treffen bat. Er präsentierte mir eine Aufnahme der Vosskamp-Familie in den USA. Vater, Mutter, *sweet little sunshine*. Der Fall war offensichtlich. Erbschleicherei. Er sagte, dass er weitere Zahlungen mit Freude entgegennähme.«

»Der Hammer!« Marie wäre am liebsten aufgesprungen und hinausgerannt, um Nicolas zur Rede zu stellen, ihn zu schütteln, anzuschreien und vor aller Augen bloßzustellen.

»Die Sachlage war eindeutig. Clara war nicht Clara, sondern die uneheliche Tochter von Susan Taylor. Da ich ja sonst nichts zu tun hatte, habe ich eine Detektei beauftragt, mehr über eure echte Familie in den Vereinigten Staaten herauszufinden.«

»Und?« Maries Herz zog sich zusammen. Gerade hatte sie

herausgefunden, dass ihr ganzes Leben ein Lügengebäude war, das gerade krachend zusammenstürzte, da zog Magnus schon die nächste Überraschung aus dem Hut.

»Es gibt sie nicht. Susan Taylor ist in einem Waisenhaus groß geworden. Man vermutet, dass sie die Tochter irischer Einwanderer war. Sie kam in Connecticut zur Welt und schlug sich durch bis New York. Sie arbeitete im Lager von Vosskamp, wurde schwanger, und Ruth setzte sich dafür ein, dass sie nicht auf der Straße landete. Sie wurde Claras Kindermädchen.«

»Keine Nachfahren? Keine Verwandten? Nichts?«

»Nichts.« Magnus zuckte mit den Schultern.

Marie war sich noch nicht im Klaren, ob das gute oder schlechte Nachrichten waren.

»Ich befand mich in einer schlimmen Lage«, fuhr Magnus fort. »Hätte ich die Erpresser angezeigt, wäre alles ans Licht der Öffentlichkeit gekommen. Ich begann, die ganze unappetitliche Geschichte zu recherchieren, und fand heraus, warum die Hamburger enterbt worden waren. Es gab sogar ein Testament. Ich wusste aber nicht, ob es noch rechtsgültig war. Beim Notar war nichts in dieser Hinsicht hinterlegt.«

»Deshalb wolltest du so schnell dahin? Du hast nie vorgehabt, die Bergung zu verhindern!«

»Sie ist ein Geschenk des Himmels!«

Wohl eher der Hölle, dachte Marie. Die Büchse der Pandora. Welche Abgründe an Gier und Hass und Lüge sich dadurch erst aufgetan hatten …

»Ich zeigte dem Notar Gustavs letzten Willen. Und er bestätigte mir, dass er nach wie vor gilt. Dumm gelaufen für Nicolas Vosskamp. Ihr seid im Patt: Egal, wer mit seinem Wissen als Erster zur Polizei geht, beide Parteien gucken in die Röhre.«

»Warum?«

»Ganz einfach: Die Hamburger sind für immer und ewig enterbt.«

»Und das wissen sie?«

»Nicolas weiß es. Er könnte nun sagen: Scheißegal, wenn wir nichts kriegen, sollen die Cuxhavener auch nicht glücklich werden. Ich zeige sie an wegen Erbschleicherei.«

»Und dann?«

»Kriegt keiner was!«, rief Magnus. »Da haben wir beide entschieden, dass es besser wäre, für immer zu schweigen.«

»So. Wäre es das?«, fragte Marie.

Magnus nickte. »Es sei denn, du möchtest der Bundesrepublik Deutschland ein Geschenk im Wert von mehreren Millionen Euro machen.«

»Es ist, egal wie man es dreht und wendet, gestohlenes Geld.«

»Das ist eine Sache des Standpunktes. Also. Wo ist die Aktentasche?«

»Du hast Schulden«, hielt Marie ihm vor.

»Und?«

»Du kriegst zwei Millionen in bar und haust damit ab.«

»Da weißt du mehr als ich. Wo ist die Tasche?«

Marie stand auf. »Verschwunden.«

Magnus erhob sich taumelnd und musste sich an der Tischplatte abstützen. Wieder sahen die Arbeiter zu ihnen hinüber. »Willst du mich verarschen?«, zischte er.

»Nein.«

Er griff nach ihrer Hand und umklammerte sie mit eisernem Griff.

Marie stöhnte auf vor Schmerz. »Lass mich!«

»Wenn du sie verloren hast, verspielst du alles! Alles!«

Sie riss sich los. »Wie denn? Ohne Einsatz?«

Damit ließ sie ihn stehen und rannte hinaus.

39.

In ihrer Kabine angekommen, warf Marie die Tür zu und verriegelte das Schloss. Sie lehnte den Kopf an die Wand, schloss die Augen und versuchte, ihren rasenden Puls unter Kontrolle zu bekommen.

Marie und Viola Taylor. Mittellose Nutznießer einer gigantischen Erbschleicherei. Verwickelt in Erpressung, Nötigung, Unterschlagung, und dafür von einem Unbekannten gejagt und fast zu Tode gehetzt.

Sie konnte Magnus' Wut verstehen. Mit der Aktentasche war das Pfand verschwunden, das sie vor einer Verfolgung durch Nicolas geschützt hätte. Sie überlegte, ob sie Rob einschalten und von dem Diebstahl erzählen sollte. Die bestohlene Diebin. *Rob, versteh das bitte, ich bin doch nur unter falschem Namen hier, bin nachts aus Spaß ins Wasser gesprungen und, ach so, das hatte ich ganz vergessen, mit den Vosskamps bin ich ähnlich verwandt wie ein Kieselstein mit einer Weinbergschnecke. Nichts für ungut. Ich müsste nur noch die Beweise wiederbekommen, die das bestätigen, um so weiterleben zu können wie bisher.*

Das war ausgeschlossen. Wenn sie das Schiff verließ, würde sie nie mehr dieselbe sein. Sie wollte Pia anrufen, aber sie hatte ja ihr Handy verloren.

Im Office saß nur ein Mann, obwohl es mehrere Arbeitsplätze gab. Marie fragte, ob sie telefonieren dürfe, und er bot ihr sogar einen Stuhl und einen Schreibtisch an. Der Computer war in Betrieb. Auf einem Fernsehschirm liefen die Bilder der Überwachungskamera.

»Seehundaufzuchtstation Friedrichskoog, Ramona Riedel am Apparat?«

»Hier ist Marie – « Sie brach in letzter Sekunde ab. Der Mann trug Kopfhörer und bearbeitete gerade irgendwelche Diagramme. Er würde nicht zuhören. Trotzdem wollte sie ihren ganzen Namen nicht sagen.

Aber Ramona erkannte sie sofort. »Marie! Erinnerst du dich noch? Wir sind uns gestern kurz über den Weg gelaufen.«

Gestern? War das nicht schon Jahre her?

»Was kann ich für dich tun?«, fragte Ramona.

»Ich wollte eigentlich nur wissen, ob Jensen mich heute von der *Sea Fire* abholen kann. Dem Heuler geht es den Umständen entsprechend gut, aber er wird nicht lange durchhalten. Wir haben kein Becken an Bord, nur eine etwas größere Wanne.«

»Ich verstehe. Aber Jensen ist unterwegs nach Norderhever und Süderoog. Es wurden mehrere Sichtungen gemeldet.«

Marie musste gar keinen Blick auf die Seekarte an der Wand werfen, um zu wissen, dass das in genau entgegengesetzter Richtung lag. »Wann wird er denn wieder zurück sein?«

»Gegen eins, schätze ich mal. Wenn kein neuer Notruf kommt. Im Moment klingelt hier jede Stunde das Telefon. Wir haben schon jetzt kaum noch Platz.« Ramona seufzte.

Sie wussten beide, was das bedeutete. Wenn für verletzte oder verlassene Jungtiere keine Aufnahmestation gefunden werden konnte, dann bedeutete das ihren sicheren Tod.

»Wir rufen dich an, okay? Ich sage Anne und Pia Bescheid. Kannst du noch so lange an Bord bleiben?«

Sofern mich das nächste Mal nicht Rob in Wasser wirft, dachte sie.

»Ja, klar«, gab sie laut zur Antwort. »Ich habe mein Handy verloren.« Sie sah auf die Nummer des Apparates, den sie gerade benutzte, und gab sie durch.

»Wir melden uns. Ist sonst alles in Ordnung? Das ist unglaublich aufregend. Wir haben die ganze Zeit das Radio an. Gerade habe ich ein Interview mit Rob Burch gehört. Er sagt, sie gehen heute noch runter. Stimmt das?«

»Kann sein.«

»Bist du denn nicht dabei?«

»Um ehrlich zu sein – an Bord bekommst du davon kaum etwas mit, wenn du nicht direkt beteiligt bist. Ich war bei der Öffnung des Safes dabei. Aber es war ungefähr so spannend, wie wenn jemand direkt vor dir durch eine Pfütze fährt.«

»Ah so.« Ramonas Stimme klang enttäuscht. »Na dann, viel Spaß noch.«

»Danke, werd ich haben.« Sie legte auf. »Darf ich noch mal?«

Der Mann mit den Kopfhörern nickte. Sie rief die Auskunft

an und ließ sich mit dem Cuxhavener Krankenhaus verbinden. Innerhalb kürzester Zeit hatte sie Violas Station am Apparat.

»Ihre Mutter ist stabilisiert«, sagte die Schwester. »Wir haben sie immer noch in einer Art Dämmerschlaf, aus dem wir sie wecken, sobald wir das verantworten können.«

Wenigstens ein Teil des Gebirges auf Maries Herz fiel gerade in sich zusammen. »Danke«, sagte sie. »Vielen, vielen Dank. Ich versuche, so schnell wie möglich zu kommen. Aber ich bin auf einem Schiff, und im Moment haben die hier andere Sorgen, als mich an Land zu bringen. Spätestens morgen bin ich da.«

»Das reicht vollkommen. Machen Sie sich keine Sorgen. Sie ist in guten Händen.«

Marie legte auf. Keine Sorgen, die Frau hatte gut reden. Bis jetzt kamen ihr die grausamen Versuche dieses Wahnsinnigen vor wie Fingerübungen. Was war, wenn die Kisten erst einmal geborgen waren? Wenn es wirklich um Millionen ging?

Sie betrachtete den Mann mit den Kopfhörern, der ihr den Rücken zuwandte. Ich kenne so gut wie niemanden hier, dachte sie. Jeder könnte es sein.

Der Mann stand so plötzlich auf, dass sie erschrocken zusammenfuhr. Er verließ den Raum, ohne sich nach ihr umzusehen. Wieder erklangen Rufe auf Deck. Der zweite Teil der Expedition begann.

Sie wollte dem Mann folgen, doch dann blieb ihr Blick an

den Bildern der Überwachungskameras hängen. Der Monitor war mit einem PC verbunden. Sie stand auf und sah sich die Aufnahmen genau an. Kamera drei hatte das Achterdeck im Visier. Sie drückte auf *Escape* und hatte das komplette Wiedergabemenü vor sich. Es war ein Kinderspiel, die Aufnahmen zurücklaufen zu lassen.

Hastig ging sie zur Tür und spähte in den engen Flur. Niemand da. Sie eilte zurück zum Schreibtisch und gab das Datum des vergangenen Tages und die ungefähre Uhrzeit ein, zu der sie überfallen worden war.

Die Bilder flimmerten im rücklaufenden Zeitraffer an ihr vorüber. Kamera drei musste oben an der Steuerbrücke angebracht sein, denn sie hatte das gesamte vordere Deck mit allen Aufbauten im Blick. Den *Deepdiver,* die Rettungsboote, die großen Aufbewahrungsboxen für die Tauchausrüstung, all das konnte Marie genau erkennen. Da. Eine Gestalt tauchte auf. Sah sich um, trat an das U-Boot, strich über die Außenhaut.

Das bin ich.

Gleich musste ihr Angreifer erscheinen. Warum hatte sie nicht früher daran gedacht? Hier war der Beweis, dass sie sich nicht nur alles ausgedacht hatte!

»Oh nein!«

Ungläubig starrte sie auf den Bildschirm. Marie Vosskamp, auch Volltrottel genannt, verschwand im toten Winkel rechts hinter dem U-Boot. Genau diese Stelle hatte die Kamera nicht erfasst.

Sie hörte, wie jemand die Tür vom Deck zum Gang öffnete und wollte gerade wieder zur aktuellen Wiedergabe zurückspringen, als ihr etwas auffiel. Die Abdeckung des Rettungsbootes bewegte sich. War es der Wind? Oder lag ein Mensch darunter?

Zu spät. In allerletzter Sekunde setzte sie das Menü zurück, sprang einen Schritt zur Seite und betrachtete die Karte der Deutschen Bucht.

Wenn dem Officer, der zurückkam, etwas auffiel, so ließ er es sich zumindest nicht anmerken. »Sie starten«, sagte er und ließ sich ziemlich frustriert wieder auf seinem Stuhl nieder.

Marie überlegte, ob sie ihn auf die Überwachungsvideos ansprechen sollte. Aber er würde ohne Robs Einverständnis nichts herausrücken. »Danke.«

Sie verließ das Büro und machte sich auf den Weg zum Deck. Dieses Mal war die Stimmung anders. Ruhiger, konzentrierter. Es schien, als ob nur die versammelt waren, die auch tatsächlich etwas mit dem nächsten Tauchgang zu tun hatten.

Rob und Margeaux stiegen in den Deepdiver. Die Plexiglaskuppeln waren zurückgeklappt. Sie verschwanden bis zu den Schultern in dem lang gestreckten Tauchboot.

Dave sprach gerade mit jemandem über eine Bluetooth-Verbindung. Als er Marie sah, winkte er sie zu sich heran. »Vince ist unten an der Luke. Wir begleiten den *Deepdiver* mit dem Zodiak und vier Tauchern.«

»Danke!« Sie machte auf dem Absatz kehrt und rannte zurück in das enge Treppenhaus.

Der Abstieg schien ewig zu dauern, denn ständig kam ihr jemand entgegen. Endlich erreichte sie das Maschinendeck und jagte auf die Tür zum Bugvisier zu, hinter dem sich die Rampe befand, über die sie aufs Schiff gekommen war.

Ein Dutzend Männer waren in dem großen, eisernen Raum versammelt. Auf den Wellen tanzte das Schlauchboot. Vier Taucher in Montur warteten auf den Moment, in dem sie die *Sea Fire* verlassen und auf das schlanke, schmale Boot wechseln konnten. Einer von ihnen war Vince.

»Marie!« Er löste sich aus der Gruppe und kam auf sie zu.

Noch nie hatte sie jemanden auf so dramatische Weise verabschiedet. Sie lief los und landete in seinen Armen. »Pass auf dich auf, ja? Mach keinen Scheiß, okay?«, stammelte sie.

Er nahm ihr Gesicht in beide Hände und küsste sie. Seine Bartstoppeln kratzten, aber das war egal. »Wünsch mir Glück«, murmelte er. »Wenn ich wieder auftauche, bist du Millionärin.«

Sie schüttelte wild den Kopf. »Nein, das bin ich nicht. Ich kann es dir jetzt nicht erklären. Aber versprich mir eins: Dieses Geschirr da unten ist egal. Wirklich absolut egal. Komm wieder, ja? Komm wieder!«

»Was ist los?« Er musterte ihr Gesicht, als ob er darin eine Antwort auf seine Frage finden könnte.

Sie schmiegte sich an ihn, roch das Neopren seines Tauchanzuges, wollte ihn nie wieder loslassen. Sie hatte das Gefühl, genauso auf den Wellen zu tanzen wie das Schiff. Kein Boden unter den Füßen. Nichts, an dem sie sich festhalten konnte.

Jemand rief seinen Namen.

Vorsichtig löste er sich aus ihrer Umarmung. »Pass auf dich auf«, sagte er.

»Du auch.«

Sie ließ ihn gehen. Es war, als ob ihr Herz in zwei Teile geschnitten würde. Sie stand da und beobachtete, wie er mit den anderen Tauchern in den Zodiak sprang und die Flaschen umschnallte. Der Fahrer gab Gas und das Boot drehte in einem weiten Bogen ab von der *Sea Fire.* Etwa hundert Meter entfernt verlangsamte es das Tempo und kam ganz zum Stillstand.

Ein metallisches Kreischen verriet, dass der Kran auf Deck wieder in Betrieb war. Im gleichen Moment fiel der Schatten des *Deepdivers* in den Raum. Die Männer traten zurück. Majestätisch schwebte das U-Boot hinunter auf die Wasseroberfläche. Die Metallseile klinkten selbsttätig aus, dann versank das futuristische Gefährt in den Fluten.

Die Männer klatschten sich ab und ließen das Schott hoch. Anschließend sicherten sie das Visier mit einem schweren Bolzen. Der Raum wurde dunkel. Licht kam jetzt nur noch aus einem kleinen Fenster links neben dem geschlossenen Tor. Es gehörte zu einer Tür, durch die man die Außenbordwand erreichte und die vermutlich benutzt wurde, wenn man auf das Schiff gelangen wollte, ohne gleich die riesige Luke zu öffnen.

Die Männer verließen den Raum, der Letzte wandte sich an Marie. »Sie können hier nicht bleiben.«

Mit einem Seufzen machte Marie sich auf den Rückweg. Nun begegnete ihr kaum jemand. Alle waren wohl an ihren

Plätzen. Vor Bildschirmen, im Funkraum, auf der Steuerbrücke. Die Luft vibrierte geradezu vor gespannter Erwartung. Als sie an der Bibliothek vorbeiging, stand die Tür offen. Die Bilder des *Deepdivers* wurden direkt auf die Leinwand übertragen. Im Halbdunkel der zugezogenen Vorhänge standen Seeleute in voller Montur neben den Wissenschaftlern. Ganz vorne stand Nicolas. Magnus war nirgendwo zu entdecken. Wahrscheinlich hing er in seiner Kabine über der Kloschüssel.

Sie lief hoch zum Achterdeck und lehnte sich über die Reling, um zu beobachten, was sich rund um die *Trinity* abspielte. Dabei sah sie immer wieder über die Schulter nach hinten, damit sich ihr niemand unbemerkt nähern konnte.

Der *Deepdiver* war verschwunden. Der Zodiak lag ruhig im Wasser, aber zwei der vier Taucher waren verschwunden.

Mitch kam pfeifend vorbei und rollte ein Seil auf. Der Wind war frisch, aber nicht kalt. Weiße Wolken jagten über den Himmel. Für die Nordsee war es ein geradezu wunderschöner Tag.

Als sie sicher war, dass niemand außer ihr mehr auf dem Achterdeck war, schlenderte sie zur Leiter, die hinauf zu den Rettungsbooten führte. Auch wenn die Kamera sie erfasste – der Officer hatte im Moment Wichtigeres zu tun, als sie im Auge zu behalten. Außerdem suchte sie ja nur nach einem sonnigen, windstillen Platz. Die Boote waren dafür ideal.

Niemand da.

Sie kletterte die Leiter hoch. Die Außenwände des Bootes reichten ihr fast bis zur Schulter. Auf den ersten Blick war die

Abdeckplane sauber verschnürt. Sie umrundete das Boot und konnte nichts entdecken, was auf eine Nachlässigkeit oder Beschädigung zurückzuführen war. Rätselhaft. Aber dann glitt ein Lächeln über ihr Gesicht. Ein Reißverschluss. Sieh an, sieh an. So kam man also ruck, zuck aus dem Boot heraus. Sie stellte sich auf die Zehenspitzen und wollte ihn zurückziehen, hielt dann aber inne. Man kam auch wieder hinein.

Was, wenn ihr wie Kai aus der Kiste jemand entgegensprang? Sie sah sich um. Ein ganzes Stück weiter hinten versuchte Mitch gerade, Taurollen mit Fußtritten aus dem Weg zu räumen. Er war in Rufweite. Die Kameras liefen. Sie konnte jederzeit auf sich aufmerksam machen.

Langsam, ganz langsam zog sie den Reißverschluss zurück und spähte ins Innere des Bootes. Das Licht war durch die blaue Persenning gefärbt, und das machte den Anblick noch unheimlicher. Zentimeter um Zentimeter verbreiterte sie die Öffnung, konnte immer besser erkennen, was sich im Inneren des Bootes befand.

Es war der Blick ins Hirn eines Wahnsinnigen.

An den Innenwänden des Bootes hingen Fotos. Fotos von Marie und Viola. Marie am Fenster ihres Zimmers in Cuxhaven. Viola im Bad beim Zähneputzen. Marie in der Küche. Viola im Atelier. Die Beerdigung. Marie und Viola nebeneinander in der Bank. Und dann – Marie inmitten der Menge auf der Pressekonferenz der *Sea Fire Marine Explorer* auf der Alten Liebe. Der größte Schock war nicht, dass jemand sie rund um die Uhr beobachtet und fotografiert hatte. Das Schlimmste war, dass dort, wo ihre Augen sein müssten, schwarze Löcher klafften. Ausgestochen mit einem Messer, einer Schere oder irgendeinem anderen gefährlichen, tödlich spitzen Gegenstand.

Es dauerte einen Moment, bis sie die Tragweite begriff. Das war seine Höhle. Sein Versteck. Sie musste Rob oder Vince rufen … Aber keiner war da. Die Bergungsaktion war angelaufen. Sie musste Geduld haben.

Mitch war verschwunden. Nur das Auge der Kamera oben auf der Steuerbrücke beobachtete noch, was sich weit unten tat. Hinter den Fenstern konnte sie niemanden entdecken. Sie war allein.

Der Boden des Bootes war bedeckt mit den zertrampelten, beschmierten und zerrissenen Briefen. Ein Teil davon war verkohlt, so als ob der Täter versucht hatte, sie in Brand zu stecken, sich dann aber eines anderen besonnen hatte. Vorsichtig zog sie den Reißverschluss wieder zu.

Zwei Seeleute kamen zurück und checkten den Kran. Ihr Misstrauen und ihre Angst explodierten. Der Linke könnte es sein. Oder der Rechte. Vielleicht Mitch? Oder Dave? Jeder. Man sah den Menschen ihren Wahnsinn nicht an. Sie musste ungesehen verschwinden und abwarten, bis Vince und Rob wieder zurück waren.

Marie erreichte die Leiter und stieg herab, ohne dass sie von den beiden Seeleuten entdeckt wurde. Ihre Knie waren weich wie Gummi. Da oben war der Beweis, dass sie nicht verrückt war. Die Polizei musste informiert werden. Die Spurensicherung. Es gab bestimmt überall Fingerabdrücke. Das Büro. Sie musste telefonieren.

Sie raste die Treppe hinunter. Schon von Weitem hörte sie laute Rufe und Klatschen. Die Bibliothek musste mittlerweile gerammelt voll sein.

»Da ist sie!«, schrie jemand.

»Ja! Hol die Süße!«

Marie fegte durch die offene Tür und blieb wie angewurzelt stehen. Die Leute drängten sich vor der Leinwand und beobachteten, was sich gerade fünfzig Meter weit unter ihnen abspielte. Im diesigen Lichtkegel der Unterwasserkamera sah Marie zwei Taucher, die über einer Stahlkiste schwebten. Sie trugen riesige Masken vorm Gesicht, die ihnen erlaubten, ohne Schnorchel zu atmen und über Mikrofone miteinander zu reden. Trotzdem hielt einer ganz altmodisch der Kamera den nach oben gereckten Daumen entgegen.

»Vince!«, brüllte einer. »Du Teufelskerl!«

Das Bild switchte um vom *Deepdiver* zur Kopfkamera eines Tauchers. Mit einem Stemmeisen machte sich Vince an dem Kistendeckel zu schaffen. Atemlos verfolgten alle, wie er immer und immer wieder ansetzte. Und dann … sprang der Deckel auf! Der Jubel war unbeschreiblich. Seine Headcam sandte nur ruckartige, verwackelte Bilder, aber es war deutlich zu erkennen, dass sich in dieser Kiste etwas befand.

»Go! Go! Go!«

Vince wickelte ein brüchiges Stück Stoff ab, und dann hielt er sie in der Hand: eine kleine, weiße Porzellanschale.

»Er hat sie!« – »Wahnsinn!« – »Volltreffer!«

Ein Bergenetz aus dicken Seilen schwebte herab. Vince verschloss den Deckel wieder. Die beiden Männer versuchten, die Kisten anzuheben, aber es gelang nicht.

»Die Nähnadel!«, brüllte einer. »Nimm die Nähnadel!«

Marie drängte sich durch die Menge. Wo war Magnus in diesem krönenden Moment seiner verpfuschten Laufbahn? Hastig wollte sie die Bibliothek verlassen, da schrie jemand auf.

Über die Lautsprecher kam ein hohles, eisernes Stöhnen. Schlamm und Sand wirbelten auf, die Headcams der Taucher erfassten nur noch graue Wolken. Durch die Bibliothek wogte eine Welle des Entsetzens.

»Die *Trinity* bewegt sich!«, schrie einer.

Der Archäologe direkt neben Marie schlug sich entsetzt die Hand vor den Mund. »Sie müssen raus! Um Gottes willen!«

Der unheimliche Ton wurde lauter. In ihn mischte sich das Schreien von verbogenem Eisen und ein gewaltiges, erschütterndes Knirschen.

»Vince!« Marie boxte sich zurück durch die Menge und blieb kurz vor der Leinwand stehen. »Was ist mit ihm?«, rief sie dem Nächstbesten zu. »Was passiert da?«

Einer der Seeleute riss seinen Blick los von den grauen Schwaden. »Der Rumpf neigt sich gerade über die Kante. Sie kippt. Sie kippt!«

»Aber … Aber es hieß doch, sie würde es mindestens eine Tiede lang aushalten?«

Der Mann schüttelte unwillig den Kopf und starrte wieder auf die Leinwand. »Das Risiko gibt es immer.«

»Sie müssen raus. Seid doch mal ruhig! Ruhe!«

»Ruhe!«

Augenblicklich erstarben die Gespräche. Marie hörte den Funkverkehr.

»Vince!«, brüllte Rob. »Hörst du mich? Wir haben den Sichtkontakt verloren! Position?«

Ein Knacken und Rauschen. Und dann die Stimme von Vince. Ruhig und besonnen. »Immer noch im Frachtraum. Die *Trinity* ist schätzungsweise zwei Meter abgerutscht. Alles okay.«

»Rückzug!«, schrie Rob. »Sofort!«

»Wir haben die Kisten im Bergungsnetz. Zieht!«

»Zieht!«, wiederholte Rob den Befehl.

Das Bild wechselte zur *Deepdiver*-Kamera, die ebenfalls nicht viel mehr lieferte als Schwärze und Grau. Die Scheinwerfer geisterten durch den aufgewühlten Schlamm.

Eine andere Stimme schaltete sich ein. Sie musste von den Männern am Kran kommen. »Es hängt fest!«

»Verdammter Mist!«, brüllte Vince. »Zieht!«

»Ende, Vince.« Das war Margeaux. »Du brichst sofort ab und kommst da raus.«

»Hey, versucht es einfach noch mal. Alex?«

»Ja?« Alex musste der zweite Taucher sein.

Marie ging in die Hocke und setzte sich auf den Boden. Ihre Beine trugen sie nicht mehr. Wie gebannt starrte sie auf die Leinwand, die Hände zu Fäusten geballt und vor den Mund gepresst. Komm raus da, flehte sie. Denk doch nicht an die Scheißkisten! Die *Trinity* sinkt! Sie sinkt! Sie fällt in einen Abgrund! Und du bist im Laderaum!

Wieder heulte das Eisen und ein noch lauteres Krachen klang durch die Lautsprecher. Alle Leute im Raum stöhnten gleichzeitig auf.

»Was machen diese Irren?«, schrie einer.

»Alex, geh hoch und sieh nach, wo das Seil hängt.«

»Vince, wir ... Wir müssen abbrechen!«

»Nur noch eine Minute. Okay? Sie ist noch in der Waage, so schnell kann sie nicht kippen. Schwimm raus und schau von außen nach. Da bist du in Sicherheit.«

»Ich sehe die Hand vor den Augen nicht!« Alex schien langsam in Panik zu geraten.

Nun schaltete sich wieder Rob ein. Die Angst in seiner Stimme war unüberhörbar, und trotzdem klang sie ruhig und überlegt. »Vince, das ist ein Befehl. Du brichst die Operation ab. Chris, klinke das Bergungsseil aus und sichere die Führungsleine. Ihr kommt nach oben, alle beide.«

»Nein! Chris, warte. Warte! Ich hab's gleich!«

»Dieser Idiot!«, fluchte einer der Zuschauer.

»Chris!«, schrie Margeaux. »Abbruch! Sofort!«

»Ich hab's!« Vince schrie den Triumph hinaus. Das Mikrofon übersteuerte, sein Ruf schmerzte in den Ohren. »Ich hab's! Zieh!«

Und in diesem Moment brach das Inferno aus. Die Kamera ruckte, Eisenteile flogen vorbei, ein Seil schlängelte sich fort ins Nichts. Mit weit aufgerissenen Augen verfolgte Marie die Katastrophe, die sich auf dem Meeresgrund abspielte.

Der *Deepdiver* zeigte einen riesigen, schwarzen Schatten, der sich zur Seite neigte. Das Dröhnen schwoll an, und ein ohrenbetäubender, dunkel kreischender Ton erfüllte die Luft. Es war, als ob die *Trinity* einen letzten barbarischen Gruß an die Welt der Lebenden herausbrüllte. Der schwarze Schatten bäumte sich auf – und blieb fast senkrecht über dem Abgrund hängen. Eine gewaltige Schlammwolke wälzte sich direkt auf das U-Boot zu.

»Weg hier!«, brüllte Rob. »Verdammt noch mal! Weg!«

Das Bild schaltete um auf die Headcam der Taucher. Es war schwarz.

»Vince?«, schrie Margeaux. »Alex?«

Ein Knacken und Rauschen, sonst nichts.

»Chris? Chris!«

Nichts. Marie hielt die Luft an. Sie spürte, wie die *Sea Fire* sich von der einen auf die andere Seite neigte. Das musste die Welle sein, die die *Trinity* bei ihrem letzten Aufbäumen angeschoben hatte. Einige stürzten ans Fenster, rissen es auf.

»Chris!«

»Der Zodiac kentert!«, schrie einer. »Es reißt ihn runter!

Nein, flüsterte Marie zu sich selbst. Sie zog die Knie an, legte die Arme darauf und vergrub ihr Gesicht in der dunklen Kuhle. Nein.

»Er versinkt! Um Gottes willen! Chris hat die Leinen nicht gekappt! Dieser Idiot!«

Nein, nein, nein. Vince hat es geschafft. Er ist in letzter Sekunde aus dem Frachtraum raus. Er ist doch ein Profi. Er setzt doch nicht sein Leben aufs Spiel für eine Kiste Scherben.

»Vince?«, fragte Margeaux. »Alex?«

Keine Antwort, schwarzes Bild.

Und plötzlich stieß jemand einen Schrei aus. »Da sind sie! Das Boot! Chris! Alex!«

Ungläubig hob Marie den Kopf. Sie konnte nichts sehen, denn alle drängelten sich vor den Fenstern, schlugen sich auf die Schultern und schrien Flüche und Verwünschungen hinunter, denen sie gleichzeitig Kraftausdrücke wie »Ihr Hunde!« oder »Gottverdammte Teufelskerle!« hinterherwarfen.

»Wir tauchen auf.« Robs Worte gingen fast unter in dem Jubel. »Was ist passiert?«

»Brücke hier. Der Zodiak ist wieder da, konnte sich offenbar losreißen. Wir sehen Teile des Hecks der *Trinity* aus dem Wasser ragen. Sie scheint senkrecht über dem Abgrund zu hängen. Wenn sich da jetzt eine Möwe falsch draufsetzt, geht die Luzie ab … Chris paddelt im Wasser, Alex auch. Es scheint, als ob die Bergungsleine noch befestigt ist. Die Führungsleine ist … offenbar gekappt.«

»Und Vince?«

Der Jubel erstarb. Ihm folgte Schweigen. Marie spannte jeden einzelnen Muskel an, um nicht laut loszuschreien. Und plötzlich schrie einer: »Da!«

Ihr Kopf ruckte herum.

»Vince! Vince hat es geschafft!«

Sie sprang auf und boxte sich durch, bis sie ans Fenster gelangte. Tief unter ihr im Wasser trieb, kieloben, der Zodiak. An ihm hielten sich vier Männer fest – Chris, Alex, und die beiden anderen Taucher, die sich ihren Einsatz wohl auch anders vorgestellt hatten. Zwanzig Meter weiter schnellte Vince durchs Wasser und kraulte auf das Boot zu.

Die Freudenschreie zerrissen ihr beinahe das Trommelfell. Vince erreichte den Rumpf, riss sich die Maske vom Gesicht, trieb den Arm in die Luft und zeigte den erhobenen Daumen.

»Die Kisten! Er hat die Kisten!«

Alles stürmte hinaus. Marie blieb am Fenster stehen. Oh mein Gott, ich danke dir. Mehr konnte sie nicht denken. Danke, danke, danke.

40.

Danke, danke, danke.

Kein Jubel, nur eine stille Demut breitete sich in Marie aus. Von ferne hörte sie die aufgeregten Stimmen der Seeleute, die nun den Kran in Position brachten, um den *Deepdiver* und den gekenterten Zodiac zu bergen. Die jungen Männer, die sich an der Bordwand des Bootes festhielten, lachten. Sie waren bis hinauf zum Fenster der Bibliothek zu hören. Marie sah, dass Vince immer wieder zum Achterdeck blickte. Vielleicht suchte er sie. Aber sie brauchte noch diesen stillen Moment. Die Freude war offenbar ein langsamer Weggefährte, der Angst und Schrecken hinterherhinkte.

Jemand schloss leise die Tür der Bibliothek. Sie drehte sich um. Außer ihr war nur noch der junge Seemann im Raum, dem sie vorhin auf die Füße getreten war. Er kam auf sie zu. Er hatte seine Haare zu einem blonden Pferdeschwanz gebunden und war außergewöhnlich schmal für einen Matrosen. Über die linke Schulter trug er einen Bleigürtel. Als er sie fast erreicht hatte, bemerkte sie es. Der Seemann war eine Frau.

»Marie, Marie«, sagte sie, ließ den Gürtel fallen und beugte sich aus dem offenen Fenster neben ihr. »So ein schöner Tag.«

Marie trat einen Schritt zur Seite. Etwas an der jungen Frau war ungewöhnlich. Nicht, dass sie wie ein Seemann gekleidet war. Sondern die befremdliche Art, mit der sie lächelte und ihr Gesicht in die Sonne hielt.

»Ja«, sagte Marie. Sie wollte zur Tür, doch die Frau griff blitzschnell nach ihrem Arm und riss sie zurück.

»He? Was –«

Es kam aus heiterem Himmel. Die Frau rammte ihr das Knie in die Magengrube. Marie klappte zusammen und fiel stöhnend vornüber auf den Boden. Sie schnappte nach Luft. Der Schmerz war fast unerträglich.

»Tut mir leid, Süße. Aber ich dachte, klare Kante gleich am Anfang, das erspart Diskussionen.«

»Was ... Was willst du?«, brachte sie hervor.

Die Frau beugte sich zu ihr herab. Marie konnte ihr Gesicht nur verschwommen erkennen, weil der glühende Schmerz ihr die Tränen in die Augen trieb. »Nur das, was mir zusteht.«

Papier raschelte. Marie drehte sich stöhnend auf die andere Seite, aber die Frau stieg einfach über sie hinweg und setzte sich mit gekreuzten Beinen vor sie hin.

»*Liebe Mama.* Sagst du Mama zu dieser Irren?«

Marie wollte sich aufrichten. Eine harte Ohrfeige streckte sie nieder.

»Sagst du Mama?«

»Ja«, würgte sie heraus. »Aber selten.«

»Verstehe. Nur zu hohen Feiertagen. Aber das ist einer. *Liebe Mama. Mein ganzes Leben war eine Lüge. Ich weiß nicht mehr, wer ich bin. Ich weiß gar nichts mehr. Dieses verfluchte Schiff hat mir alles genommen. Sollen andere mit den Kisten glücklich werden. Ich habe kein Recht darauf, ein gestohlenes Leben weiterzuführen, und Umtausch ist bei beschädigter Ware ja ausgeschlossen. Ich gebe es zurück, weil alles sinnlos ist. Deine Marie.* Das mit dem Umtausch ist doch genial, oder?«

Marie reagierte nicht.

Die Frau beugte sich zu ihr herab. »Oder? Sag mal, muss ich dir alles wie Würmer aus der Nase ziehen?«

»Genial«, stöhnte Marie. Was erzählte diese Irre da?

»Ist das klar genug, dass du damit deinen Selbstmord meinst? Ich bin etwas im Zweifel. Man könnte auch hineininterpretieren, dass du das Porzellan umtauschen willst. Aber wir sind ja nicht bei Wulle. – Hallo?«

Marie biss die Zähne zusammen, um nicht laut aufzuschreien. Jetzt verstand sie. Der Wahnsinnige, der sie verfolgt hatte, war eine Frau. Diese Frau. Sie war nicht viel älter als sie selbst. Hübsch, wenn sie sich nicht absichtlich unscheinbarer gemacht hätte, als sie war. Sie hatte dieses Gesicht schon einmal gesehen. Nicht auf der *Sea Fire,* sondern anderswo.

Die Frau packte Marie an den Haaren und zog sie zu sich heran. Marie versuchte, sich zu befreien, aber das war chancenlos. »Ob das klar ist?«

»Weiß ich nicht! Fick dich!«

Der nächste Schlag traf sie direkt ins Gesicht. Das knirschende Geräusch wurde begleitet von einem so wahnsinnigen Schmerz, dass Marie schwarz vor Augen wurde.

Die Frau war plötzlich blind vor Wut. Sie sprang auf und trat ihr Opfer in die Seite. Marie konnte nicht anders, als sich zusammenzukrümmen. Blut tropfte aus ihrer Nase. Wahrscheinlich war die gebrochen.

»Also.« Die Frau hielt inne und keuchte. »Der Brief kommt in deine Kabine, wo ihn dein geliebter Volltrottel Vince finden wird, sobald er mal wieder was anderes im Kopf hat als unser Vermögen. Und dieses Mal gehst du unter, das verspreche ich dir. Und wenn ich zehn Bleigürtel an dir festbinde.«

Marie stemmte sich auf die Unterarme und versuchte, hochzukommen. Es gelang ihr nicht. Kraftlos sank sie wieder zurück. »Sag mir wenigstens, wer du bist!« Sie klang, als ob sie einen Mega-Schnupfen hätte. Das Blut lief auf ihre Hand und auf den Teppich. Aber der war leider rot. Niemandem würde auffallen, was sich in der Bibliothek abgespielt hatte.

»Ach so, ja. Ich bin Carina Vosskamp. Wir sind weder verwandt noch verschwägert, wie ich seit Neuestem weiß. Das macht die Sache leichter, aber nicht weniger notwendig. Moment.« Carina kramte in der Vordertasche ihres Overalls herum und förderte eine aufgezogene Spritze zutage. »Was man nicht alles im Abfall findet …«

Marie schüttelte den Kopf. »Nein«, flüsterte sie. »Tu das nicht. Was habe ich dir denn getan? Warum verfolgst du uns? Ich habe dich noch nie im Leben gesehen!«

»Oh doch, das hast du. Ich war sogar in eurem Haus. Erinnerst du dich? Als die Kameras eingebaut wurden? Aber für Leute wie euch sind wir ja unsichtbar. Die Vosskamps aus Cuxhaven. Diese eingebildeten Schnösel, die sich wer weiß was auf ihre Familie einbilden. Dabei habt ihr denselben schwarzen Fleck wie wir.«

Marie versuchte, die vorüberhuschenden Gedanken einzufangen und miteinander zu verbinden. Carina Vosskamp. Derselbe schwarze Fleck …

»Albert«, murmelte sie.

»Bingo! Der Witz an der ganzen Sache ist aber – ihr seid Betrüger. Hochstapler. Diebe. *Ihr* seid der schwarze Fleck. Da habt ihr Jahrzehnte auf uns herabgeschaut, und was seid ihr in Wirklichkeit? *White trash.* Die Abkömmlinge einer kleinen Nutte, die sich die Kosten für die Überfahrt sparen wollte. Abkömmlinge, was für ein Wort! Es stammt nicht von mir. Mein eigen Fleisch und Blut hat das verwendet, als es darum ging, uns aus der Linie zu kanten. Enterbt, für immer und ewig. Rausgeworfen aus dem Stammbaum. Und warum? Wegen einem Nazi. Zeig mir die Familie in Deutschland, die keinen Nazi durchgeschleppt hat. Ach was. Guck dich mal um in Europa: Als ob wir die Einzigen gewesen wären, die *Heil! Heil!* gebrüllt hätten. Schwamm drüber.« Carina faltete das Papier mit einer Hand wieder zusammen. In der anderen hielt sie immer noch die Spritze. »Ich will wiederhaben, was mir gehört.«

Marie wischte sich das Blut mit dem Handrücken ab. Ihr Bauch glühte, ihre Nase war mittlerweile völlig zugeschwollen, und sie hatte das Gefühl, ihr Kopf könnte jeden Moment platzen. »Nimm es. Werde glücklich. Aber verpiss dich.«

Carina holte aus. Marie hob reflexartig die Arme, aber ihre Peinigerin überlegte es sich anders.

»Du arrogante Schlampe. Du Pack. Denkst du, ich wüsste nichts von dem Deal, den mein Vater mit eurem grenzdebilen Vertreter ausgemacht hat? Weniger als der Pflichtteil. Damit hat er sich abspeisen lassen. Aber noch nicht mal den kriegt ihr. Weil es euch nicht mehr geben wird. Weil ich alles will. Alles.« Sie beugte sich wieder zu Marie herab. »Ich will die Familie, die du mir gestohlen hast. Von euch wird nichts mehr bleiben. Das Haus gehört mir. Der Garten. Das Geld. Die Firma. Und euer ach so guter Ruf. Niemand wird mehr an Albert, den Nazi, denken. Sobald ihr getilgt seid, beginnt meine Zeit.«

Sie war verrückt. Schlagartig erkannte Marie, was in Carinas Kopf vorging. Ein Leben, zerfressen von Neid und Eifersucht. Die guten und die bösen Vosskamps. Keine Chance auf die Rückkehr in den Schoß der Familie. Gustavs Testament hatte das für alle Zeiten verhindert.

Den Stich spürte sie kaum, dazu war ihr Körper zu zerschlagen. Aber wie sich eine wohlige Müdigkeit in ihr ausbreitete, wie ihr warm wurde, wie ihre Augenlider zu flattern begannen, ihre Arme und Beine schwer wurden, das merkte sie wohl.

»Ihr habt Clara erpresst«, murmelte sie. Nicht einschlafen. Bloß nicht einschlafen. »Ihr habt's gewusst und sie erpresst. Schweine.«

»Peanuts.« Carina angelte sich den Bleigürtel, griff unter Maries Schultern und hob sie weit genug hoch, um ihn ihr um die Taille zu winden. »Aber …« Sie keuchte ein wenig vor Anstrengung, denn der Gürtel war schwer. »… immerhin hatten wir was in der Hand, um eurem Volltrottel das Testament abzuschwatzen. Dass du es mir dann auch noch direkt vor die Füße wirfst, ist einzig und allein deine Blödheit.«

Sie ließ Maries Oberkörper fallen. Der Aufprall durchschlug ihren Körper wie der bronzene Klang einer Glocke. Carinas Gesicht verschwamm. »Und ohne Testament – keine Enterbung. Wiedereinsetzung in den vorherigen Stand, sozusagen. Ich wollte mal Jura studieren.«

»Du bist … zu dumm dazu. Du wirst an deiner … Blödheit … verrecken.« Maries Worte zerbrachen auf ihren Lippen.

»Ach ja? Ich sag dir was. Wenn es euch nicht mehr gibt, erben wir alles. Alles, alles, alles. Wir sind wieder da, wo wir hingehören. So. Und du bist Fischfutter. Komm. Es wird Zeit.«

Carina stand auf und zog Marie auf die Beine. Das war nicht leicht, denn ihr Opfer hatte nicht die geringste Lust, sich zu welcher Schlachtbank auch immer führen zu lassen. Carina schleifte sie zum Fenster und griff ihr in den Nacken, sodass Marie mit dem Oberkörper schon im Freien hing. Verzweifelt versuchte sie, sich irgendwo festzuhalten, aber sie hatte keine Kraft mehr. Ihre Arme gehorchten nicht, ihr Körper war wie aus Gummi. Unter ihr wogte das Meer, auf und ab, hin und her, schwankend, unberechenbar, vor und zurück … Die Betäubung begann, ihre volle Wirkung zu entfalten.

»Sag *goodbye,* Marie. Ein bisschen irre sind wir schon, wir Vosskamps. Nicht wahr?«

Sie hob Maries Beine an und stieß sie aus dem Fenster. Die Bordwand raste auf sie zu, dann schlug sie mit voller Wucht auf dem Wasser auf. Sie wollte Luft holen, doch es war zu spät. Eine Welle drückte sie unter Wasser.

Vince, dachte sie. Vince … Sei nicht traurig. Denk an mich, ab und zu. Denk an Marie und nicht an das Mädchen mit den vielen falschen Namen.

Sie sank, tiefer und tiefer. Das Licht verstreute sich in diffuser Helligkeit, es wurde dunkler, dunkler … Sie wusste, dass sie irgendwann Luft holen musste. Sie war kein Freitaucher. In einer Minute würde alles vorbei sein. Der Druck auf ihren Lungen wurde stärker. In weiter Ferne sah sie, steil aufgerichtet, das mächtige Wrack der *Trinity,* dunkel wie eine letzte Warnung. Und dann, als sie nichts mehr hörte außer ihrem eigenen Herzschlag und sie immer weiter in die Tiefe sank, drang ein Ton an ihre Ohren. Ein weher, anschwellender Ton, und das Wrack glitt langsam, beinahe elegant, in die Tiefe.

Trinity. Jetzt holst du dir, was wir damals gestohlen haben. Da unten bin ich zu Hause, hat mal jemand gesagt. Nimm mich mit. Bring mich heim.

Sie schloss die Augen und ließ los. Ihre Arme schwebten über ihrem Kopf. Ihre Lungen drohten zu bersten. Der Schmerz in ihren Ohren jagte glühende Nadeln in ihren Kopf. Gleich war es so weit. Gleich … Jemand packte ihre Hand. Sie riss die Augen auf. Vince zog sie an sich und presste seine Lippen auf ihren Mund. Und Luft, göttliche Luft, füllte ihre Lungen. Sie spürte, wie er in wenigen geübten Handbewegungen den Gürtel löste. Sofort fühlte sie sich leichter.

Wie tief waren sie? Zehn Meter? Fünfzehn Meter? Der Meeresboden war nicht auszumachen. Sie geriet in Panik, wollte sich losreißen. Der Schmerz in ihren Ohren wurde beinahe unerträglich. Doch Vince hielt ihr Handgelenk eisenhart umklammert. Mit kräftigen Bewegungen schwamm er nach oben. Und dann erwischte sie der Sog. Wir schaffen das nicht, dachte sie verzweifelt. Wir schaffen es nicht! Die Sekunden dehnten sich zur Unendlichkeit. Immer näher wurden sie an den Abgrund herangezogen. Vince kämpfte, doch er kam gegen die unglaublichen Kräfte an. Das Heck der *Trinity* verschwand langsam in der Dunkelheit.

Und als ob die eiserne Hand des Meeres sie plötzlich losgelassen hätte, ging es wieder bergauf. Wie lange würde sie es noch aushalten? Wieder beugte er sich zu ihr herab, wieder küsste er sie.

Es reicht nicht, Vince, es reicht nicht. Oh Hilfe, ich will nicht sterben!

Er gab nicht auf, brachte sie näher ans Licht, zurück ins Leben. Als sie die Wasseroberfläche durchbrachen und sie Luft holte in einem tiefen, verzweifelten Ringen nach Atem, als sie begriff, dass sie am Leben war, hustete, keuchte …, da hielt er sie immer noch fest. Es war ein Wunder geschehen.

»Du …« Sie brach ab, schöpfte Atem.

»Ist gut. Alles okay. Ich bringe dich zurück. Ja? Vertrau mir. Halt dich an mir fest.«

Sie brauchte Minuten, um endlich wieder ruhig zu atmen. Er blieb bei ihr, hielt ihren Kopf über Wasser, redete beruhigend auf sie ein.

Endlich hatte sie das Gefühl, wieder bei sich zu sein. »Es … Es geht schon, danke.«

Sie ließ ihn los und begann langsam zu schwimmen. Die *Sea Fire* lag wie ein Riese im Wasser. Der Sog hatte sie rund zweihundert Meter weitergetragen.

»Schaffst du das?«

Marie drehte sich auf den Rücken, breitete die Arme aus und ließ sich von den Wellen tragen. Die See. Sanft wie die Arme einer Mutter. Brutal wie der Griff eines Mörders.

Und die Erinnerung war wieder da. Sie ging unter, schluckte Wasser, und Vince zog sie wieder nach oben und begann nun, sie wie ein Rettungsschwimmer abzuschleppen.

»Sie wollte mich töten.«

»Carina?«

Sie schnappte wieder nach Luft wie ein Fisch auf dem Trockenen. »Woher weißt du das?«

»Sie ist Nicolas' Tochter. Rob hat bereits die Polizei verständigt. Sie sind in einer halben Stunde da. Bis dahin haben wir sie in eine Kabine eingesperrt.«

»Du hast mich schon wieder gerettet.«

»Das ist wohl meine Aufgabe.« Er lachte leise.

Sie lag auf seiner Brust und sah in den Himmel, während er

mit kräftigen Zügen auf die *Sea Fire* zuschwamm. »Wie kam es dazu? Wie hast du mich gefunden?«

»Ich habe dich gesucht. Jemand sagte mir, du wärst in der Bibliothek. Aber die war abgeschlossen. Von innen. Und niemand hat aufgemacht. Also, man zähle eins und eins zusammen. Marie und der erste Sturz ins Wasser ist gleich zweiter Versuch, dich aus dem Weg zu räumen.«

»Ich hab gedacht … dass du …« Sie brach ab.

»Dass ich dir nicht glaube? Doch. Spätestens, als Mitch seinen Overall vermisste. Da wusste ich, wir haben einen blinden Passagier an Bord. Ich habe überall nachgesehen. Nur in den Rettungsbooten nicht. Komisch. Alles, was über deinem Kopf hängt, hast du gar nicht auf dem Schirm. Und dann der Einsatz, die *Trinity* … Scheiße. Ja.«

Sie hob den Kopf. »Was?«

Er antwortete nicht. Die *Sea Fire* war mittlerweile ein ganzes Stück näher gerückt. Sie löste sich aus seinem Griff und begann, wieder selbst zu schwimmen. Die Luke war geöffnet, sie konnte Rob, Margeaux und einige andere erkennen, die ihnen zuwinkten.

»Was?«

»Eure Tassen … Die haben es nicht geschafft.«

41.

Später, als die Polizei das Protokoll aufgenommen hatte und Marie, eingehüllt in eine warme Decke, im Krankenzimmer auf ihren Abtransport wartete, kamen Vince, Margeaux und Rob zu ihr.

Doc Norton, der einen glatten Nasenbeinbruch diagnostiziert hatte, dazu mehrere Prellungen und Blutergüsse sowie den offensichtlichen Einfluss eines starken Beruhigungsmittels, hatte ihr mehrere Tassen Kaffee verordnet. Zumindest für den Zeitraum, bis ihre Aussage zu Protokoll genommen worden war.

»Tja.« Rob zog sich einen Stuhl auf Rollen heran, drehte ihn um, setzte sich und legte die Arme auf die Rückenlehne. »Ich weiß gar nicht, was ich sagen soll.«

»Es tut uns leid, was passiert ist.« Margeaux setzte sich neben sie auf das Bett. Vince blieb an der Wand stehen. »Ich kann gar nicht sagen, wie leid. Warum haben Sie uns denn nicht informiert?«

Marie zuckte mit den Schultern. Die ganze Geschichte kam ihr immer noch aberwitzig und irrsinnig vor.

»Wir haben der Polizei die Überwachungsvideos ausgehändigt. Im Moment ist die Spurensicherung noch im Rettungsboot zugange«, sagte Rob. »Sie werden Ihre Familiendokumente sicher bald wiederbekommen.«

Marie senkte den Kopf und blies in ihren Kaffee. Sie konnte immer noch nicht glauben, dass dieser Albtraum endlich vorüber war.

»Carina Vosskamp.« Margeaux schüttelte den Kopf und legte ihren Arm um Maries Schulter. »Wie krank kann man sein? Geld macht Menschen zu Bestien.«

Es ging nicht um Geld, hätte Marie sagen können. Es ging um etwas, das mehr wert war. Eine Identität. Eine Familie. In gewisser Weise hatte Carina gesiegt: Marie hatte alles verloren.

Doc Norton kam herein und betrachtete die Versammlung mit einem überraschten Blick. »Na, das kann ich aber eigentlich nicht zulassen.«

»Wir gehen schon.« Rob stand auf. »Die Sache mit den Tassen kann Ihnen Vince erklären. So viel Mist wie heute hat er selten gebaut.«

»Moment. Immerhin habe ich ein Leben gerettet!«

»Und das von Alex riskiert. Darüber reden wir noch, mein Freund.« Rob und Margeaux verließen das Zimmer.

Während Doc Norton ihren Blutdruck maß, begann Vince mit einer umständlichen Erklärung. »Also. Sagen wir es so. Wir haben sie gehabt. Sie waren in den Netzen. Dann hat die *Trinity* ihre Lage geändert, dabei hat sich das Seil irgendwie verhakt. Ich habe noch versucht, es loszubekommen, aber das Schiff rutschte immer weiter ab. Dann hat es den Zodiac runtergerissen und wir mussten die Leinen kappen.«

»Hundertzehn zu neunzig. Absolut okay«, sagte der Doc.

»Die Kisten waren verloren«, fuhr Vince fort.

Der Doc entfernte das Klettband. »Wie fühlen Sie sich?«

»Bescheiden«, antwortete Marie.

Er nickte ihr zu. »Das wird wieder. Ein paar Tage Ruhe und Sie sind wieder auf dem Damm. Sie sind jung.«

Er verließ die Krankenstation. Marie nahm wieder ihren Kaffeebecher und klammerte sich daran fest.

Vince stieß sich von der Wand ab und kam zu ihr. Er blieb so lange vor ihr stehen, bis sie hochsah.

»Und?«

»Was und? Euch sind gerade mal ein paar Millionen durch die Lappen gegangen.«

»Unwichtig. Dieses Vermögen hat mir sowieso nie gehört. Ich will nach Hause.« Sie zuckte leicht zusammen. Nach Hause. Wie konnte sie so etwas sagen? Langsam stellte sie den Kaffeebecher auf dem Nachttisch ab. »Vince?«

Er setzte sich neben sie und strich ihr mit einer unendlich zärtlichen Geste eine Haarsträhne aus dem Gesicht. »Ja?«

»Ich muss dir was sagen.«

»Nicht schon wieder.«

»Es muss aber sein.«

»Ist es so wichtig?«

»Ja.«

»Dann schieß los.«

ZWEI MONATE SPÄTER

Es war ein wunderschöner Spätsommertag. Die Schwalben schossen um den Kirchturm, als die Glocke zu läuten begann und sich die hohen Tore öffneten. Lachend strömten die Menschen hinaus und stellten sich links und rechts des Weges auf. Als Viola und Magnus aus dem Portal traten, wurden sie mit pfundweise Reis und Rosenblättern empfangen.

Marie und Vince gehörten zu den Letzten, die die Kirche verließen. Timm und Pia warteten noch am Ausgang auf sie, aber dann bekamen sie mit, dass das Paar noch ein paar Minuten ganz für sich haben wollte.

Und das war gut so. Jede Minute war kostbar. Vince hatte für dieses Fest zwei Tage freibekommen, was in Anbetracht der fieberhaften Vorbereitungen für die nächste Bergungsfahrt als eine Art Extra-Geschenk von Rob zu betrachten war.

»Schottland also«, sagte Marie und beobachtete, wie Viola quietschend versuchte, sich den Reis aus den Haaren zu schütteln. Sie wollte hinaus zu den anderen, aber Vince hielt sie sanft zurück, zog sie hinter die Treppe zur Kanzel und küsste sie.

»Komm mit«, bat er sie.

»Das geht nicht. *Trinity* ist dieses Wochenende dran.«

Der Heuler, den sie mit der *Sea Fire* gerettet hatten, war auf der Aufzuchtstation zu einem strammen Brummer herangewachsen. Höchste Zeit, ihn endlich in die Freiheit zu entlassen. Fit genug war er. Sie, besser gesagt. *Trinity* war ein Weibchen.

»Rob meint, dein nächstes Praktikum könntest du bei uns machen. Dann müssten wir nicht unser ganzes Geld für Flüge ausgeben. Kann dir Magnus nicht mal ein Ticket spendieren? Ich denke, die Vosskamps sind so reiche Pfeffersäcke!«

Grinsend schlüpfte sie aus seiner Umarmung und lief vor die Tür. Die Hochzeitsgesellschaft machte sich zu Fuß auf den Weg in ein nahe gelegenes Restaurant. Die Flitterwochen wollte das frischgebackene Ehepaar nachholen, sobald es die finanzielle Situation der Firma erlaubte. Sie war nicht rosig, aber Magnus schien den Laden langsam in den Griff zu bekommen. Erst recht, seit Gerhardt Weller als Senior Berater wieder für Vosskamp arbeitete.

Hand in Hand schlenderten sie der Gruppe hinterher.

»Hast du eigentlich noch mal was von euren Verwandten gehört?«, fragte Vince.

»Den Hamburger Vosskamps? Nein. Carina ist in der Psychiatrie, und ich hoffe, sie kriegen sie einigermaßen wieder auf die Reihe. Aber ich will ihr nie wieder begegnen. Von Nicolas kam ein Brief. Tut ihm alles leid und so weiter. Aber es gibt Dinge, die lassen sich einfach nicht rückgängig machen.«

»Wie eine Verjährungsfrist.«

Marie nickte. Claras Betrug, falls er jemals einer gewesen war – und nicht der verzweifelte Wunsch eines Kindes und eines alten Mannes, etwas wahr sein zu lassen, was nicht der Wahrheit entsprach – war strafrechtlich nicht mehr relevant. Verjährt. Mehrere Juristen waren einhellig zu derselben Meinung gelangt. Claras Aufnahme im Hause Vosskamp kam einer Adoption gleich. Beide wussten, dass das Schicksal ihnen eine letzte Chance gegeben hatte, nicht völlig einsam zurückzubleiben.

»Die Vosskamps sind meine Familie. Im Guten wie im Bösen.«

Vince zog sie in die Arme. »Denk nicht mehr dran.«

Die Hochzeitsgesellschaft versammelte sich an der Auffahrt zur Kirche. Unter lebhaftem Beifall drehte Viola sich um und warf den Brautstrauß. Er landete in den Händen eines jungen Mannes, der in der Logistikabteilung der Firma arbeitete und in Begleitung eines weiteren jungen Mannes erschienen war, der nun glühend errötete. Alle jubelten dem Paar begeistert zu.

»Alle glücklich«, stellte Vince fest. »Ich wollte dich eigentlich noch was fragen. Du hast mir mal gesagt, es gäbe da was, das du mit all den Millionen anfangen wolltest, die du jetzt doch nicht hast. Weißt du noch? Am Rande deiner tränenreichen letzten Beichte im Krankenzimmer?«

Marie blieb stehen, während die anderen die Straße überquerten und den Garten der Gaststätte überfluteten. »Ja. Aber das hat sich erledigt.«

»Vielleicht nicht.« Er griff in seine Jackentasche und holte ein Päckchen hervor, das er Marie überreichte.

Fragend sah sie ihn an.

»Mach es vorsichtig auf. Und lass es bloß nicht fallen.«

Behutsam wickelte sie das Seidenpapier ab. Noch bevor sie die letzte Lage entfernt hatte, wusste sie, was es war. Ihr Herz begann zu jagen.

»Nein«, flüsterte sie. »Wo … Woher hast du das?«

Es war eine zierliche, kleine weiße Porzellanschale. Marie musste sie gar nicht gegen das Licht halten um zu wissen, dass sie aus der Song-Dynastie stammte.

Vince steckte die Hände in die Hosentaschen und sah hinauf zu einem Strommast, auf dem sich einige Spatzen niedergelassen hatten. »Lag da so rum«, sagte er. »Irgendwo. Ziemlich weit unten.«

»Du hast sie aus der Kiste gestohlen? Vince! Ich fasse es nicht!«

»Dein Geständnis, bitte. Ruf es einfach noch mal ab. Du hast angefangen damit, dass du eine Promenadenmischung aus Lügnern, Betrügern, Erbschleichern und Erpressern bist. Den Nazi am Rande lassen wir mal unter den Tisch fallen.«

»Und du hast gesagt, das ist dir total egal. Weil nur das zählt, was man aus seinem Leben macht. Und dass Familie mehr ist als ein Name oder Erbgut.«

»Stimmt.«

Marie sah hinüber zum Garten des Restaurants. Viola sah so glücklich aus. Nachdem sie aus dem Krankenhaus entlassen worden war und erfahren hatte, was geschehen war, hatte sie kopfschüttelnd eine neue Dose Pigment geöffnet, Carina zur Hölle gewünscht, die ganzen Vosskamps obendrein, ausgenommen ihre Tochter, und ein Malven-Tryptichon begonnen.

Mit Magnus hatte sich Marie ausgesprochen. Ihre Abneigung gegen ihn hatte sich in einen, nun, akzeptablen Respekt verwandelt. Er hatte tatsächlich nichts anderes als Violas Wohl – und damit natürlich in erster Linie das der Firma – im Auge gehabt. Marie hatte nie geglaubt, dass es außer ihrem Vater einen Mann geben würde, der die Macken ihrer Mutter ertragen könnte. Es gab ihn. Sein Name war Magnus von Treut. Er hatte Schulden. Doch die stotterte er ab. Er hatte ein fragwürdiges Vorleben. Doch das hatte er zugegeben und ad acta gelegt. Und als er erfahren hatte, dass das Vermögen der Vosskamps am Fuße des Schillgrabens zerschellt war, war er sofort an Violas Krankenbett zurückgeeilt. Und bei ihr geblieben. Mehr Liebesbeweis konnte es nicht geben. Auch er sah glücklich aus.

Vince trat von hinten an Marie heran und nahm sie in die Arme. »Und da dachte ich, das Einzige, was euch noch zu eurem Glück fehlt, ist ein Dieb.«

»Ich liebe dich«, sagte sie, und es waren die einfachsten Worte der Welt.

»Was hast du vor?«, fragte er und wiegte sie sanft in seinen Armen, während ein großer, teurer Wagen vor dem Restaurant hielt.

»Ich will nach Aserbaidschan.«

»Was?«

»Und von dort aus nach Armenien.«

»Dein Vater?«

Sie nickte. Sie hatte ihm von Frederick Vosskamp erzählt. Und davon, dass sein Grab bis heute nicht gefunden worden war.

»Muss es gleich sein?«

Sie lachte. »Nein. Natürlich nicht.«

»Ich könnte sonst mal mit Rob reden. Im Kaspischen Meer sollen noch eine Menge Galeeren liegen.«

Überrascht sah sie ihn an. »Das würdest du tun?«

»Ich lasse dich doch nicht alleine ans Kaspische Meer. Niemals. Wer soll dich denn da rausfischen?«

Vorsichtig wickelte sie die Schale wieder in das Papier. »Es hat ja noch Zeit. Aber eines Tages werde ich aufbrechen.«

»Wusste ich es doch«, murmelte er.

»Was?«

»Du bist eine Piratin.«

Sie drehte sich um und küsste ihn. So lange, bis sie hastige Schritte hörten, die sich näherten.

»Verzeihung?« Ein kleiner, dicker Mann mit Halbglatze kam auf sie zu. »Wo ich finde Viola Vosskamp? Sollte heiraten, hier. Aber ich sehe nirgendwo eine Braut!«

Marie wies mit einem Lächeln auf die andere Straßenseite. »Das ist die Frau im violetten Kleid.« Ihre Mutter hätte nicht im Traum daran gedacht, in Weiß zu heiraten. »Warum suchen Sie sie?«

»Gestatten, Alexej Tschukan. Galerist und Kunsthändler. Die Bilder dieser Frau! Eines hängt im Kindergarten meines Sohnes. Unfassbar! Sie ist eine Künstlerin! Ich will große Ausstellung in Moskau. Tretjakow. Mindestens. Sie verzeihen?«

Und damit eilte er über die Straße.

»Aber …« Marie sah ihm fassungslos hinterher. »Aber Magnus hat doch gar kein Geld mehr?«

»Warum sollte Magnus Geld haben, wenn dieser Typ deiner Mutter Bilder abkaufen will?«, fragte Vince.

Verwirrt griff sie nach seiner Hand und überquerte die Straße. »Das … Das verstehst du nicht. Ich erkläre es dir. Irgendwann.«

Vielleicht bei einem Sonnenuntergang in Baku.

EIN WORT ZUM SCHLUSS …

Was für ein schöner Moment. Das Buch ist fertig, die Geschichte erzählt. Und trotzdem … etwas bleibt zurück. Eine Mischung aus Wehmut und Freude. Freude, weil es so viel Spaß gemacht hat, Marie zu begleiten. Und ein kleiner Abschiedsschmerz, dem ähnlich, den man bei guten Freunden hat, die man nach einer schönen gemeinsamen Zeit verlassen muss.

Aber es gibt ja glücklicherweise die Seehundstation Friedrichskoog. Da kann ich immer wieder hin, wenn ich Sehnsucht nach der Nordsee habe und nach Menschen, die sich der Rettung von Heulern verschrieben haben. Tanja Rosenberger ist Diplom-Biologin und arbeitet dort. Sie hat mich durch die Station geführt und mir so viele Fragen beantwortet – danke für die schöne Zeit und die Geduld!

Und ein riesiges Dankeschön an meine Lektorin Susanne Krebs, mit der aus Ideen plötzlich Geschichten werden. Das war bei »Lilienblut« so, bei »Schattengrund« und jetzt auch bei »Seefeuer«. Ich hoffe, dass wir noch oft zusammen lachen, fabulieren, uns die Köpfe heiß reden und magische, spannende, berührende Momente beim Ausdenken haben, die sich dann, im glücklichen Fall, auch in den Geschichten wiederfinden.

Denn ich brauche Zuspruch, Lob und auch Kritik. Als Schriftsteller ist man Vampir der Welt, beobachtet, hört zu, lernt aus dem, was nicht gefallen hat, stärkt das, was gut angekommen ist, und versucht dennoch, das ganz Eigene zu bewahren. Danke deshalb an euch, meine Leser. Ich freue mich ganz besonders, dass einige von euch den Sprung vom echten Leben in eine meiner Geschichten gewagt haben. Pia Müller ist Maries beste Freundin geworden, und zu verdanken ist das ihrer Mutter Hella, die ihre Tochter für eine Rolle in »Seefeuer« vorgeschlagen hatte. Clarissa Dreier hat ihren Sohn Gottfried damit überrascht, dass er in einem Buch auftaucht – er wurde Jensens »Ferienkind« und hilft Marie in einem schweren Moment mit seiner Sicht der Dinge. Sandra Staudt hat ihre beste Freundin Ramona Riedel vorgeschlagen. Beide dürfen Marie in der Aufzuchtstation begegnen, genau wie Davor Antunovic, den ich zu einem Mitglied der *Sea Fire* gemacht habe.

Die Idee, einige Figuren in meinem neuen Buch mit echten Lesern zu »besetzen«, hatte ich auf meiner Facebook-Seite »Elisabeth Herrmann und ihre Bücher«. Wer mag, kann mich da auf meinen Reisen zu neuen Geschichten begleiten. Wir sind eine nette Combo! Ich würde mich freuen, euch dort zu treffen! Und wer weiß, auf welche Ideen wir noch so kommen … ☺

Herzlichst

Elisabeth Herrmann, im Mai 2014